冷成金　著

文学与文化的张力

U0133064

学林出版社

目　　录

目
录

绪论:建立中国古典文学研究的文化视界

　　新时期以来,中国古典文学在研究方法上经历了一系列的变革,首先是突破庸俗的政治学、社会学的研究方法,其中最值得称道的应该是突破了庸俗的阶级斗争理论、唯物主义和唯心主义对峙的模式以及所谓的儒法斗争论,使中国的古典文学研究从荒谬的状态中初步摆脱出来。继而是以辩证唯物主义作指导,以"实事求是"的态度对"十七年"研究方法的短暂的回归,接下来便进入了所谓的"百花齐放"的状态。这其中仍然有政治学、社会学的研究方法,但经过了超越性的回归,这种研究方法已经变得较为客观而平和;美学热的兴起以及古代文学研究界对文学的审美思维的重视导致了人们对王国维的重新发现,使人们更加钟情于所谓的"纯文学",但由于美学理论自身的局限,王国维的思想和研究成果的内部矛盾,尤其是中国传统的杂文学观念,使这一研究方法始终难以占据整个古典文学研究的主导地位。尤其是 20 世纪 80 年代中期以来,随着国外各种理论和批评思潮的不断引入,西方文论界近百年来的种种理论和思潮对中国当代文论进行了轮番轰击,对古代文学的研究方法也产生了深刻的影响,如形式主义、新批评等以注重文本内部结构的研究方法、原型批评方法以及文化人类学的研究方法,另外还有文化分析、文化阐释、文化诗学、文艺文化学的研究方法等等，一时难以尽数。

然而，在诸多的研究方法中，似乎从文化的视角出发研究中国的古代文学，或曰建立中国古典文学研究的文化视界应该是较为符合中国文学的实际和较为迫切的。

文学是文化的一个子系统，文学的发展最终受制于文化的模式，而文学又是文化的载体，文学对于文化具有超越功能。关于这些文学与文化的普遍性的关系，学术界已在一定程度上达成共识，此处不再加以论述。需要看到的是，中国文化的特质决定了中国文学与中国文化的内在联系，形成了自己鲜明的特点。

一旦具体到中国的文学与文化，就需要对此处的文化加以界定。在诸多的文化定义中，笔者较为倾向于哲学家恩斯特·卡西尔的有关的定义。卡西尔在《人论》中说："我们不能以任何构成人的形而上学本质的内在原则来给人下定义；我们也不能用可以靠经验的观察来确定的天生能力或本能来给人下定义。人的突出特征，人与众不同的标志，既不是他的形而上学本性也不是他的物理本性，而是人的劳作。正是这种劳作，正是这种人类活动的体系，规定和画定了'人性'的圆周。语言、神话、宗教、艺术、科学、历史，都是这个圆的组成部分和各个扇面。"（《人论》，甘阳译，上海译文出版社1985年版，第87页）卡西尔从语言、神话、宗教、艺术、科学、历史等方面来规定人，也就是规定文化，具有相当的普遍性，但具体到中国的文化与文学中的"文化"，就很不适应，因为卡西尔的"艺术"已经包含了文学，而宗教当中包含了哲学，历史当中包含了政治，因此，如果借鉴卡西尔的关于文化的定义，可以将其中的一些概念分解，组成符合中国文化与文学实际情况的"文化"概念，这就是以语言、神话、宗教、哲学（包括社会思潮）、政治（包括政治意识形态）等为主要成分

绪

论

的文化概念,而后两者对文学的影响则更为直接和具体。

辨析文化的概念对于探讨中国的文学与文化的关系是十分重要的,因为此处的文化是从文学的视角出发来考察中国特殊的历史状况来界定的,决非随意而为。在上述五种成分中,语言对中国文学的影响是基础性的,而哲学(包括社会思潮)和政治(包括政治意识形态)对文学的影响则是直接和具体的,甚至可以这样说,主要是后两者塑造了中国千姿百态的文学,我们探讨中国文化与文学的关系,也主要是这两者与文学的关系,也正因为如此,这种研究方法才和文化人类学等其他研究方法区别开来。

在这样的基础上,我们可以探讨中国文学与文化关系的特点。这些特点主要表现在三个方面。首先,中国传统的天人合一的思维方式和体用不二的哲学观念使中国文学与文化产生了深入的内在联系,这种思维方式和哲学观念使得文学与文化始终难以明确地区分开来,在这种文化观念的统摄下,文学往往处于器、用的层面上,在理论上获得独立的品格就相对困难。然而,这并不是说中国文学就缺乏独立性,恰恰相反,中国文学正是在与这种思维方式和哲学观念的抗争中凸现出了自己特有的独立品格,且在两者形成的巨大张力中得到了坚强而富有韧性的发展,这种坚强和韧性正是因其深深地扎根于文化之中而获得的。因此,中国文学在这个意义上就是中国文化的最好的载体。但要看到的是,这里的载体(文学)决不仅仅具备单纯的负载功能,更重要的是在这个张力场中中国文学的"逃逸本性"使之具有了对文化的超越功能,从而使文学与文化形成了一种相互转化和提升的良性关系。我们在研究中国文学时,会时时感受到这种关系,也只有理解了这种关系,才能真正明白中国文学的特点,在评价中国文化时,才不致于过于僵化、武断和封闭。

绪

论

其次,中国的杂文学观念使中国的文学与文化产生了一种天然的亲合,使中国文学的概念具有极强的开放性。中国的杂文学观念是由天人合一的思维方式和体用不二的哲学观念决定的,即使我们今天来坚持所谓的纯文学观念,也还是感到有些困难。因此,中国文学很难用体裁来界定,而应该依据是否具有审美属性来界定。其实,我们决不用因为我们没有纯文学观念而自卑,相反,以是否具有审美属性来界定文学的概念应该更符合文学的本质。在中国人看来,凡是具有一定的审美属性的以语言、文字表现的文化作品便是文学,不一定要是小说或诗歌,即使在形式上是小说或诗歌,如果是枯燥的议论或说教,也会被摒除于文学的殿堂,这正维护了文学的纯洁性。不从文学的外在形式来界定文学,而是从文学的内在规定性来界定文学,正是中国杂文学观念的实质。这样界定文学,恰好表现了中国文化的基本特点,也使中国文学的概念不是呈收敛状态,而是呈现出极强的开放性。

第三,中国数千年绵延不断的文化造就了中国文学与文化的内在联系的连续性。在人类文明史上,像中国文化这样从古至今一以贯之而从未中断的几乎可以说是绝无仅有的,这就使中国文学与文化的关系保持了一种强固的连续性,文化史与文学史并行不悖,相互彰显,使得文化评价与文学评价也相互渗透,任何一方面的缺失,几乎都会使其评价陷入矛盾和尴尬的境地。

在探讨了中国文学与中国文化的关系的基础上,我们就可以讨论是否需要建立中国文学研究的文化视界,如果需要,应该建立什么样的文化视界。

民族是一个文化的概念,没有自己的文化便没有自己的民族。每一个现实中的民族在接受文化信息时都是以自己的"前理解"为基础的,而这些"前理解"中的绝大部分是在历史积淀中传承下来的,任何一个民族要想改造自己,都要从改造自己的"前理解"开始,否则,便会招致天谴,这样的教训,犹在眼前。我们在经历了那样多的惨痛的失败以后,也许还是要老老实实地回到传统中,看看我们的传统中究竟隐含着些什么东西,如何评价和转化这些东西。建立文学研究的文化视界,便是这种工作的重要组成部分。

　　将文学置于文化的背景中加以研究,既不是什么新路,更不是什么捷径,相反,这种方法古今中外皆有之,相对于某些新潮的方法,它更是显得迂远。但我们在经历了研究方法的"喧哗与浮躁"之后,还是应该返本归根,当然,这在吸收了新思想以后的超越性的回归。

　　那么,接下来的问题就是建立怎样的文化视界。其实,这恐怕只能讲一些大致的原则,因为文化分析不同于一般的所谓方法、技巧,需要有深厚的学养,而遇到的问题更是千差万别,无一定之规可以遵循。我们如果借用以前的老话,就是首先要将文学置于历史文化背景中来考察。然而,这里不是指千篇一律的苏联模式的作家作品分析,也不是传统的知人论世,而是指真正的历史文化的考察。如苏轼在词史上的贡献,如果仅仅将其置于文体层面来考察,就只能得出苏轼扩大了词的题材范围、创立了豪放派、开创了苏辛词派等结论。但是,如果放到历史文化背景中来考察,就会发现,苏轼实是顺应历史潮流,得风气之先,将世俗感性提升到了生命本体的高度,融时代的价值感与审美要求于一体,从而为词"立法",使词成为时代精神的表现形式,这才是苏轼在词史上的真正意义。因此,这里的历史文化分析是指对时代文化精神的分析,不是一般的时代背景的考察,与史料性的考证和评价取向不同。

绪

论

其次，要善于探询其中的文化意蕴。真正优秀的文学作品是具有超越时空的功能的，这是因为它诉诸人们的文化心理，具有一定的普遍性，不依靠具体的历史条件而存在。这样的文学作品在历史上是很多的，但问题是我们往往知其然而不知其所以然。如果我们能够探询出其中的文化意蕴，就会进一步地深入理解。例如，人们读陈子昂的《登幽州台歌》，每每感动，却很少有人事先知道此诗写作的"时代背景"，何以会如此，就是因为《登幽州台歌》已超出了原有的怀古意义，表达了中国式的悲剧意识，同时也表现了中国人的"觉醒"方式和价值建构的方式，对于中国人来讲，每一次阅读，都会使人产生一次思考价值、追询价值、确立价值的冲动和渴望。再如苏轼的[念奴娇]《赤壁怀古》，所以具有巨大的艺术魅力，关键在于它与民族文化心理的深层结构相吻合，高度概括了中华民族文化心理中从起点到终点的整个流程。当我们理清了其中的文化意蕴时，我们思维取向也就自然清楚了。

第三，要在充沛的现代意识的引导下进行价值判断。上述的两点是过程，第三点才是目的，当然，前面的两点也包含着价值取向，并不是单一的"客观分析"，实际上，大多数情况下是分析与判断同在。至于以现代意识为引导，恐怕只能是"运用之妙，存乎一心"了。例如，在对汉大赋的评价上，过去一般认为是歌功颂德之作，最多是"劝百讽一"，无甚思想价值和艺术价值可言。然而，如果以实事求是的态度将其置于先秦至汉武帝时期的政治—文化发展历程上去考察，就会发现，汉大赋在审美本质上是对政治本体的乐感，表现出征服自然、社会的理想和气魄，是人类不可复现的理性之美，具有重大的历史—文化意义。我们拿今天政治化的标准去评价它，显得多么狂妄和幼稚！也许，当我们以历史的态度来实事求是的评价汉大赋的时候，就已经融进了现代意识。

　　建立文学研究的文化视界决不是文学研究的唯一方法,也不一定是最好的方法。所谓方法的好坏,还是要依时代的需要而定。当我们从急功近利的浮躁心态中摆脱出来以后,也许会认为这是一种未必是很好,但却肯定有益的方法。

　　建立文学研究的文化视界的研究方法永远处于一种动态的过程之中,因为从现代意识和现代理论中汲取营养是这种研究方法的活的灵魂,否则便会僵化。一旦僵化,其后果尤为可怕,刚刚过去不久的对传统的"革命",也是一种文化视界,当然,它是一种反文化的文化视界。因此,我们在建立文学研究的文化视界时,要时刻保持清醒而警惕的头脑。

绪

论

上编　文化视野中的苏轼研究

一、从《东坡易传》看苏轼的情本论思想

　　"三苏"父子当时虽然以文章名冠天下,但他们对自己的学术观点也极为重视,不仅苏轼晚年认为自己"一生得意处,惟在'三传'"(《东坡易传》、《书传》、《论语传》),就是蜀学阵营中的成员也持这种观点,如秦观说:"苏氏之道,最深于性命自得之际。其次则器足以任重,识足以致远,至于议论文章,乃其与世周旋,至粗者也。阁下论苏氏而其说止于文章,意欲尊苏氏,适卑之尔!"(《淮海集》卷3《答傅彬老简》)至于蜀学的基本特征,历代多有论述,基本认为是会通诸家,以儒为本。四库馆臣在综论前代的学术时,也这样评论蜀学:"苏氏之学,本出入于二氏之间,故得力于二氏者特深。"(《四库全书总目》卷146)全祖望则特别重视其中的两家对蜀学的影响,认为,"苏氏出于纵横之学而亦杂于禅"(《宋元学案》卷99)。在这些评论中,最权威的还是朱熹的评论,他说苏氏"早拾苏(秦)、张(仪)之余绪,晚醉佛老之糟粕"(《宋元学案补遗》卷99,《苏氏蜀学略补遗》),认为蜀学是"学儒之失",是不得其正而流于异端的杂学。今天看来,这样的论述恐怕不符合蜀学的实际,简单的一句"三教合一",对于研究苏轼的思想也不会有太大的益处。

　　以"三苏"为代表的蜀学与宋学的主流—理学—有着明显的

不同,在疑经方面表现为重变,在重视对理的阐发时发展出了重情、重自然的一面,在"三教合一"的方法论上,不是单向的吸收,而是以情为本进行多维整合。《东坡易传》是蜀学的核心著作,对当时和后世曾发生过很大的影响,但很少有人研究,侯外庐的《中国思想通史》提及时也是冠以"唯心主义"草草了事。实际上,《东坡易传》在关学、闽学、蜀学、洛学、新学诸学中独树一帜,具有十分丰富的思想。这里仅就其中表现出的情本论思想加以探讨。

　　宇宙生成论是《东坡易传》的一个基本主题,在有如何生于无、有与无的关系上,苏轼并不像《老子》那样认为"有生于无",而是将运动看成是有与无之间联系的方式,将道的本质规定为运动,即"易"。苏轼在解释"生生之谓易"时说:

　　　　相因而有,谓之生生,夫苟不生,则无得无丧,无吉无凶。方是之时,易存乎其中而人莫见,故谓之道,而不谓之易。有生有物,物转相生,而吉凶得丧之变备矣。方是之时,道行乎其间而人不知,故谓之易,而不谓之道。圣人之作《易》也,不有所设,则无以交于事物之域,而尽得丧吉凶之变。(《东坡易传》卷7,以下引《东坡易传》仅标卷数。)

　　"无得无丧,无吉无凶"的"道"是人的经验感受不到的,人所能感受到的,是"物转相生,而吉凶得丧之变备矣"的"易"。圣人作《易》,是为了"尽得丧吉凶之变",因此,"道"不是僵硬的,不是外在于人的,而是无时无处不与人共存共生着的"易"。更应该看到的是,"得丧吉凶"是人的情感判断和价值判断,因此,"易"("道")也就必然导源于人的情感。在苏轼那里,"道"与"一"是同一个概念,像对待"道"的态度一样,认为"一"是"不可执"的,他说:"天下之理未尝不一,而一不可执,知其未尝不一而莫之执,则几矣。"(卷 7)如果懂得了"一""不可执"而"莫之执",也就差不多了。既然这个无善无恶、无止无动的抽象的"一"是不可捉摸的,苏轼就采取了存而不问的态度,那么,什么才是"可执"的呢?只有具体的事物、活生生的情感才是可以把握和依靠的。

上述思想在人的性命论问题上得到了充分的发挥。在论及何谓性时,苏轼说:"君子日修其善,以消其不善,不善者日消,有不可得而消者焉;小人日修其不善,善者日消,亦有不可得而消者焉。夫不可得而消者,尧舜不能加焉,桀纣不能亡焉,是岂非性也哉!君子之至于是,用是为道,则去圣不远矣!"苏轼认为人性是不可移易的,"尧舜不能加焉,桀纣不能亡",恒定不变,不以人的主观意志为转移,是人性的基本特征。朱熹作《杂学辩》攻伐诸家"异端邪说",首选苏轼,他对此话的态度可谓意味深长:"苏氏此言,最近于理。夫谓'不善日消,而又不可得者',则疑若谓夫本然之至善矣。谓'善日消,而有不可得而消者',则疑若谓夫良心之萌蘖矣。以是为性之所在,则似矣。"朱熹知道苏轼所说的那个不变的东西并不是天理,恐怕是"与犬羊之性无以异"的动物的"自然性",所以,朱熹对待苏轼人性论的态度是十分微妙的,他一方面对苏轼人性论的深刻之处不无觊觎,另一方面,他又对苏轼人性论的内容保持着高度的警惕,所以他连用两个"疑"字。朱熹的眼光是独到的,参之苏轼的其他论述,可知苏轼所说的人的这个恒定不变的东西就是人的本真情感。例如,苏轼在《扬雄论》说:"人生而莫不有饥寒之患,牝牡之欲,今告乎人曰:'饥而食,渴而饮,男女之欲,不出于人之性也。'可乎?是天下知其不可也。"在《韩愈论》中,苏轼说:"喜怒哀乐,苟不出乎性而出乎情,则是相率而为老子之'婴儿'也。"这些都说明苏轼将人的本真情感看作人性的。

关于性命之论,最具有代表性的是《孟子·尽心下》中的一

一、从《东坡易传》看苏轼的情本论思想

段论述:"口之于味也,目之于色也,耳之于声也,鼻之于臭也,四肢之于安佚也,性也。有命焉,君子不谓性也。仁之于父子也,义之于君臣也,礼之于宾主也,智之于贤者也,圣人之于天道也,命也。有性焉,君子不谓命也。"孟子通过人的感官享受的不能实现和仁义天道的应该实现而将社会性的仁义天道规定为人的天性,于是,感官享受的能否实现就成了外在于人的命运,而社会性的仁义道德就成了内在于人的本性。这是性与命的置换,也是人的自然本性和社会角色的置换。应该说,这一置换有着巨大的历史的必然性与合理性,也为人设定了存在的价值依据。这一置换对中国哲学的人性论产生了极大的影响,对政治意识形态也有着直接而深远的意义。

　　然而,任何理论在使用过程中都必然会同时将自身的负面因素发挥出来,孟子的性善论在现实中往往还发挥着压制人的个性与合理的欲望的作用,起码是被当作借口。《庄子》在论述性命问题时,主要是以人的自然本性为体,以外在的事功命运为用,将人的自然本性规定为自然而然。如《庄子》说:"吾生于陵而安于陵,故也;长于水而安于水,性也;不知吾所以然而然,命也。"(《达生》)"吾所谓无情者,言人之不以好恶内伤其身,常因自然而不益生也。"(《德充符》)"故君子不得已而临莅天下,莫若无为。无为也而后安其性命之情。""自三代以下者,匈匈焉终以赏罚为事,彼何暇安其性命之情哉!"(《在宥》)"吾所谓臧者,非所谓仁义之谓也,任其性命之情而已矣。"(《骈拇》)人之性、命不是仁义,也不是自然的情欲,而是常然的本性。只有合于这种本性,才算得其正,顺其善,方为仁人。这并不是简单的自然人性论,不是将人的动物性的感官欲求当作人性的本质,而是将这种欲求的自然而然的特点提到了本体的高度,进而将其规定为人性的本质。苏轼的人性论与庄子的人性论相近,他明确地反对

一、从《东坡易传》看苏轼的情本论思想

孟子的人性论,反复论证人性本于人的自然性,礼仪道德与人的自然本性是一而不二的,是人不知其所以然却能自然而然地施行的东西,反对把某些僵硬的政治意识形态规定为人的本性,他在注释"一阴一阳谓之道,继之者善也,成之者性也"时说:

> 昔者孟子以善为性,以为至矣,读《易》而后知其非也。孟子之于性,盖见其继者而已。夫善,性之效也。孟子不及见性,而肩负见夫性之效,因以所见者为性。性之于善,犹火之能熟物也。吾未尝见火,而指天下之熟物以为火,可乎?夫熟物则火之效也。敢问性与道之辩,曰:难言也,可言其似。道之似则声也,性之似则闻也。有声而后有闻耶?有闻而后有声耶?是二者,果一乎?果二乎?孔子曰:"人能弘道,非道能弘人。"又曰:神而明之存乎其人。性者,其所以为人者也,非是无以成道矣。(卷7)

善是一种道德观念,极易僵化,如果把它规定为人性,人就容易变成某种政治意识形态的附庸,其实,中国历史上的性善论的存在状态就充分证明了这一点,张载和朱熹的哲学的某些弊端就发源于此。在苏轼看来,善仅仅是性的一种显现,并不是性本身,在这里,《东坡易传》实际上给出了这样一种可能,即切断性与伦理取向间的联系,也就切断了性善与情恶之间的联系,而善作为"性之效",也就有可能成为情的伦理属性。往往就是这些微妙的差别,导致了两种理论的本质的不同。

至于性与命的关系,苏轼在解释《说卦》中"穷理尽性,以至于命"等话时中说:"夫苟役于其名而不安其实,则小大相害,前后相陵,而道德不和顺矣。譬如以机发木偶,手举而足发,口动而鼻随也。此岂若人之自用其身,动者自动,止者自止,曷尝调之而后和,理之而后顺哉!是以君子贵性与命也。欲至于性命,必自其所以然者溯而上之。夫所以食者,为饥也,所以饮者,为渴也,岂自外人哉！人之于饮食,不待学而能者,其所以然者明也。盍徐而察之？饥渴之所从出,岂不有未尝饥渴者存乎？于是性可得而见也。有性者,有见者,孰能一是二者,则至于命矣。"(卷9)"不待学而能者"是人性,而"饥要食,渴要饮"是这种人性的具体表现,把握了这种内在的自然本性,并将两者统一起来,就把握了外在的人力可为的命运,达到了应然的状态,这样才能不用"调之而后和",否则必然"道德不和顺"。苏轼在注释乾卦象辞时说了一段较长的话,比较深刻集中地表达了上述的思想：

> 虽然,有至是者,有用是者。则其为道常二,犹器之用于手,不如手之自用,莫知其所以然而然也。性至于是,则谓之命。命,令也。君之令曰命,天之令曰命,性之至者亦曰命。性之至者非命也,无以名之,而寄之命也。死生祸福,莫非命者,虽有圣智,莫知其所以然而然。君子之于道,至于一而不二,如手之自用,则亦莫知其所以然而然矣。此所以寄之命也。情者,性之动也。溯而上,至于命,沿而下,至于情,无非性者。性之与情,非有善恶之别也,方其散而有为,则谓之情耳。命之与性,非有天人之辨也,至其一而无我,则谓之命耳。(卷1)

苏轼在这一段话中用了三次"莫知其所以然而然",但每次所指的对象都不相同。第一次是指人的自然本性,第二次是指性与命合,即内在的本性与外在的命运相统一。重要的是要理解"性至于是,则谓之命",意即如果将本性运用到"莫知其所以然而然"的程度,就进入了命的境界,也就是性命合一了。"死生祸福",是命,但又说不明白,属于本然的东西,圣哲亦"莫知其所"

以然而然",因此又是自然的东西,是性。第三个"莫知其所以然
而然"是指"君子"对性命合一,"一而不二"的理解和感受,也是
从性到情的过渡。那么,这就必然导出一个结论:"情者,性之动
也。溯而上,至于命,沿而下,至于情,无非性者。"不要把性(或
命)割裂开来,而要把性(或命)看成是一个"一而不二"的整体。
这样,苏轼从人的自然而然的本性中抽绎出情,再让情进入到本
体的层次,使情、性、命处于同一个层面。在现实中,人的各种活
动往往首先是从感情出发的,因此,按照情、性、命合一的理论,
人的情感实际上变成了人事活动的本源和根据。这就是我们要
说的情本论。

从《东坡易传》看,性是无善无恶的,并不具有伦理取向和价
值,它只不过是显现为各种情态,而又不是情态本身,它并不受
善恶界定而带来的社会限制和干涉,其本质是自由自足。这也
同以社会本性作为人性本质的理学思想形成了鲜明的对立。尤
其要看到的是,苏轼在这里特别拈出孔子的"人能弘道,非道能
弘人"这句话,是意味深长的。道不能决定人,而人可以决定道,
人不是道的附庸和奴隶,而是实践道、发挥道、创造道以及保障
道的正确性、合理性的主体力量,充分肯定了人的自由、自足的
本体地位。

与上述的思想相适应,苏轼必然重视人的个性。例如,他有
一段十分著名的批评王安石的话:"文字之衰,未有如今日也。
其源实出于王氏。王氏之文,未必不善也,而患在于好使人同
己。自孔子不能使人同,颜渊之仁,子路之勇,不能以相移。而
王氏欲以其学同天下!地之美者,同于生物,不同于所生。惟荒
瘠斥卤之地,弥望皆黄茅白苇,此则王氏之同也。"(《答张文潜
书》)一般的论者,以为王安石排斥文学作品审美形式和审美风
貌的多样性,其实并非如此,焦循在论及苏轼此语时曾说,"王氏

之文独成一家,其善正在不与人同。"(焦循《易余籥录》第16),可见并非指文艺创作。根据当时的情况可知,苏轼发此议论主要是出于他对王安石推行以经义策论取士的科举制度的不满,即不满王安石以一己之政见来要求别人。从这个意义上讲,苏轼也重视别人的不同政见,当然也必然关涉到尊重不同的个性。而朱熹专门针对苏轼的这一段话所发的评论就更加意味深长了:"东坡云:'荆公之学,未尝不善,只是不合要人同己。'此皆说得未是。若荆公之学是,使人人同己,俱入于是,何不可之有?今却说'未尝不善,而不合要人同',成何说话!若使弥望者黍稷,都无稂莠,亦何不可?只为荆公之学自有未是处耳。"(《朱子语类》卷130)朱熹的话无非是一种好听的空话而已,若使人同己,即使是现实中再好的"学",其结果都肯定是不好的,甚至可能出现都是"稂莠"而无"黍稷"的局面。只有尊重人的个性,才有可能"黍稷"多而"稂莠"少。

　　实际上,在个性与共性的关系问题上,苏轼和包括朱熹在内的理学家的态度正好相反。总的看来,理学大体上主张"理一分殊",重"理一"而轻"分殊",重共性而轻个性,在把握共性的基础上来把握个性。但苏轼相反,他认为抽象的共性是不可见的,也并不重要,而具体的个性是鲜活的,也是事物共性的直观显现,是应该着重把握的。对于个性与共性的把握取径,苏轼也与理学相反,主张据其末而返其本,由分殊而理一。例如,苏轼认为,"六十四卦,三百八十四爻,皆据其末而反求其本者也"(卷9),"贞,正也。方其变化,各之于情,无所不至。反而循之,各直其性,以至于命。此所以为贞也"(卷1)。由对末、对情的把握而进入到对本、对性的把握。这种所谓自上而下的方式实际上是将"下"的属性规定为"上"的本质。例如,他认为抽象的东西是不可见的:"世之论性命者,多矣,因是请试言其粗。曰:古之言性者,如告瞽者以其所不识也。瞽者未尝有见也,欲告之以是物,患其不识也,则又以一物状之。夫以一物状之,则又一物也,非是物矣。彼惟无见,故告之以一物而不识,又可以多物眩之乎？古之君子,患性之难见也,故以可见者言性。夫以可见者言性,皆性之似也。"(卷1)性就是"可见者"本身,是与"可见者""一而不二"的东西,而不是"可见者"以外的其他的现实或观念的存在。而任何现实中具体存在的事物都不可能是一样的,都必然具有自己独特的个性。这种理论不仅直接导致了对个性的尊重,也导致了以具体事物的特性为具体事物之道的理论倾向,一般所谓苏轼的一物有一物之道,其根源就在于此。

《东坡易传》在许多地方都表现出把事物的差异性看作事物的本质属性的观点。"'物之不齐,物之情也',故吉凶者,势之所不免也。"(卷8)之所以有吉凶产生,是因为事物之间是有区别的,如果真是"万物齐一",便无吉凶变化,世界便是死寂一团了。不仅如此,苏轼甚至还把"睽"看成是事物存在的根本方式:"有同而后有睽,同而非其情,睽之所由生也。说之丽明,柔之应刚,可谓同矣,然而不可大事者,以二女之志不同也。人苟惟同之和,若是必睽。人苟知睽之足以有为,若是必同。是以自其同者言之,则天地睽而其事同,故其用也大。"(卷4)这的确是有"反者道之动"的思想。天地因不同而"睽",但也正是因为"睽"才创造了天地,覆载了万物,从这一意义讲,又是最大的同。当然,苏轼并不否定事物的共同性,他追求的是和中之同,他在很多地方表达了"君子和而不同"(卷6)观点,对"同而异,晏平仲所谓和也"(卷4)大加赞赏。但他有着更详细的分析,他说:"君子出处语默不同而为同人,是以知其同之可必也。苟可必也,则虽有坚强之物,莫能间之矣,故曰其利断金。"(卷2)"出处语默不同"只是外在的表现,只要是"君子",其本质便是相通的。但这里要特

一、从《东坡易传》看苏轼的情本论思想

别注意的是,苏轼的"君子"与传统儒家的君子有着很大的不同,往往是指那些有着独立见解和高洁品格的人,即具有个性色彩的人。因此,在一定意义上讲,这个"可必"之"同",也是指人的个性。

苏轼反对追求无个性的共性,反对只求表面一致而不求根本相同的"乌合",但又不仅仅是从社会政治意义上去讲的,而是上升到了本体的高度。在解释"方以类聚,物以群分,吉凶生矣"时说:"方本异也,而以类故聚,此同之生于异也。物群则其势不得不分,此异之生于同也。"(卷7)事物因有共同的地方而"聚",但物群聚合又必然导致"分",因此,就产生了事物的不断的变化。"同之生于异","异之生于同",二者不仅是相互转化的,也是事物的存在方式。但无论是"同"还是"异",都不是静止的,关键在于一个"生"字,因此,呈现在我们面前的是不断变化着的世界和富有个性的万事万物,而这一切,因为是自然运行的显现,有着本体论的依据,因此是合理的,也是应该受到尊重的。

通过分析象数,苏轼也阐述了"睽"产生的必然性,并强调了苟同的不良后果和重视"异"的必要性:"睽之不相应者,惟九与四也。初欲适四,而四拒之,悔也。四之拒我,逸马也,恶人也。四往无所适,无归之马也。马逸而无归,其势自复,马复则悔无矣。人惟好同而恶异,是以为睽,故美者未必婉,恶者未必狠,从我而来者未必忠,拒我而逸者未必二。以其难致而舍之,则从我者皆吾寄也,是相率而入于咎尔,故见恶人所以'辟咎'也。"(卷4)应该说,"人惟好同而恶异"是现实社会对人的异化,而不是人的应然状态,但实现中却往往如此,所以其结果必然是"睽"。从社会功利的角度来讲,"以其难致而舍之,则从我者皆吾寄也,是相率而入于咎尔",不同者"难致"而苟同者易合,苟同必然是"相率而入于咎"。苏轼对于睽卦初九爻"恶人"一词的解释是意味深长的。本来,"恶人"是指对立面九四,接见"恶人"是为了避免树敌而招致祸患。从初九这个爻位来说,乖离刚刚开始,没有致同的可能性,而《易传》以和为上,因此,要与"恶人"搞好关系,这样才能处守中正之道。但根据《东坡易传》的上下文可知,苏轼是把"恶人"看成了"异","见恶人"看成了接受不同的意见和容纳与自己具有不同性格的人,即苟同而"入于咎",纳"异"而"辟咎"。实际上,苏轼在此对《易传》直接尚和的思想作了一种转换,将纳"异"当作反对苟同而实现尚和的手段。他认为真正理想的时代是允许有个性存在的时代,他用诗一样的语言宣称:"大时不齐,故随之世容有不随者也,责天下以人人随己,而咎其贞者,此天下所以不说(悦)也。"(卷2)在这里,苏轼并不是针对"荆公之学,未尝不善,只是不合要人同己"的现象而发,而是将其上升到普遍的高度,真正的"大时"不会要求按同一个模式来塑造人的性格,而是要容许具有不同性格的"不随"者存在。如果以专制的方式来责成"人人随己,而咎其正者",将会导致天下的"不悦",其后果是可想而知的。从这一意义上说,"大时"的时代便是尊重个性的时代。具体到人材的使用上,苏轼主张不要求全责备,认为只有具体有着个性的人,没有抽象的"完人",因此,苏轼说:"圣人之于人也,责其身不问其所以,论其今不考其素,苟骐且角,犁牛之子可也。鼎虽以出否为利,而择之太详,求之太备,天下无完人。"(卷5)

　　苏轼主张这样治理天下:"善为天下者,不求其必然,求其必然,乃至于尽丧。无妄者,驱人而内(纳)之正也,君子之于正,亦全其大而已矣。全其大有道,不必乎其小,而其大斯全矣。……无妄之世而有疾焉,是大正之世而未免乎小不正也,天下之有小不正是养其大正也,乌可药哉?以'无妄'为'药',是以至正而毒天下,天下其谁安之,故曰:'无妄之药不可试也'。"(卷3)如果一定要达到某个标准,可能会一无所获,只有顺乎自然,才能天下治平。在苏轼看来,"天下之有小不正",其作用正是"养其大正"的,而"至正"看似冠冕堂皇,实则是"毒天下"的毒药,如果以"至正""毒天下",必然造成一种"天下其谁安之"而混乱不堪的社会局面。"天非求同于物,非求不同于物也。立乎上,而天下之能同者自至焉,其不能者不至也。至者非我援之,不至者非我拒之,不拒不援,是以得其诚同。"(卷2)这里显然是"独化"思想在处理人际关系和社会关系上的应用,其实"独化"思想正是尊重个性、尊重人的个体情感的理论基础和依据。只有在这一理论基础上,人的个性和情感才能得以充分的发挥。苏轼对拘谨局促的人生方式提出了强烈的批评:"尧舜之所不能加,桀纣之所不能亡,是谓诚。凡可以闲而去者,无非邪也。邪者尽去,则其不可去者自存矣,是谓'闲邪存其诚'。不然,则'言'、'行'之'信'、'谨',盖未足以化也。"(卷1)这里的"诚",是指人的自由自足的本性,"邪"则是政治意识形态在人们的思想和情感中的反映。此处的"闲",可训为"防",整句话的意思是说理学家主张的拘谨局促的人生方式,是不足以化成天下的。只有祛蒙解蔽,恢复人之本性,做性情中人,才是符合人生和社会的应然要求的。

苏轼的人性论是从人的自然的感性需求抽绎出人情,这种人情秉承了人的感性需求的自然性,但又超越了物质层面上的自然需求,使之上升到了形而上的高度,并与性、理、道相融为用,具有了与政治意识形态的束缚相对抗的性质。因此,苏轼的情本论成为中国传统人论、人学中最为光彩的篇章之一。明代的董其昌说王阳明的心学"其说非出于苏(轼),而血脉则苏(轼)也"(沈德符《野获编》卷27),指的应该是苏轼情本论思想的影响。

二、宋学背景中"三苏"蜀学的基本特征

　　所谓"宋学",是宋代的学者们创立了一种以义理解经的新经学,真正为宋学奠基的是周敦颐、邵雍、张载、程颢、程颐"北宋五子",他们对《周易》、《论语》、《孟子》、《中庸》、《大学》等儒家经典进行了新的阐释,变汉代的推崇"五经"为推崇"四书",建立了一个由天道、地道、人道相互关联组成的学说系统。发展到南宋,朱熹穷毕生精力所著的《四书章句集注》,奠定了"四书"的地位,排定了"四书"在先,"五经"在后的顺序,标志着宋学的完成。

　　在宋学的建构过程中,"疑经"其主要手段。汉代经学在治学上要求严守"家法"、"师法",这必然导致经学研究日益趋向封闭、狭窄和衰落,无论是倾向于为现实政治服务的今文经学,还是重视考察经书历史,注重训诂的古文学派,到了唐朝,都已经远离经书原意。因此,在唐中叶以后,学术界就产生了以疑经为治学方式的大批学者。他们往往不再重视汉唐以来的注疏,而是舍弃注疏,直接面对原典。《四库全书总目提要》对此时的疑经潮流评价说:"舍传求经,实导宋人之先路。生臆断之弊,其过不可掩;破附会之失,其功亦不可没也。"至北宋中叶以后,疑经之风更盛,甚至成为学术界的主流。南宋王应麟在《困学纪闻》中说:"自汉儒至于庆历间,谈经者守训故而不凿,《七经小传》出

而稍尚新奇矣，至《三经义》行，视汉儒之学若土梗"，并援引陆游的话说："唐及国初，学者不敢议孔安国、郑康成，况圣人乎！自庆历后，诸儒发明经旨，非前人所及，然排《系辞》，毁《周礼》，疑《孟子》，讥《书》之《胤征》、《顾命》，黜《诗》之序，不难于议经，况传注乎。"（卷8《经说》）宋学的疑经思潮甚至发展为删改经文，如今《二程全书》卷5《程氏经说》有《改正大学》，可知二程就已改易《大学》。朱熹对《大学章句》旧文的节次作了改动，将其划分为经一章，传十章，还补写了第五章的传文一百三十多字（注：朱熹在《记〈大学〉后》中说，《大学》"简编散脱，传文颇失其次"，"子程子盖尝正之"。见《朱文公全集》卷81。朱熹撰《孝经刊误》，分为经一章，传十四章，删去旧文二百二十多字。见《朱文公全集》卷66），其他人也有改动经文的记录。

宋学的这种对待经文的基本态度，实质上是以"理"贯经，这是由宋学的特质所决定的。对于这种做法，皮锡瑞曾经评论说："专持一'理'字，臆断唐虞三代之事。凡古事与其理合者即以为是，与其理不合者，即以为非。"（《经学通论·书经·论尚书义凡之变》）疑经与重理，如从整体上看，确是宋学的基本特点。

还需要看到的是，宋学在方法论上的特点是三教融合。自汉至魏晋、隋唐以来，儒、道、佛三家学说呈鼎立之势，没有进行深度的整合，尤其是儒、佛两家，时有水火不相容之势，魏晋至唐以来政治上的历次尊佛灭佛以及韩愈文化上的辟佛都是耳熟能详的事实。佛、道两家为了调和与以儒学为主的政治意识形态的矛盾，也自觉地吸收儒学思想。例如，慧远著《沙门不敬王者论》，力辩僧人不应向王者跪拜，但他仍然认为"道法之与名教，如来之与尧孔，发致虽殊，潜相影响；出处诚异，终期则同"（《弘明集》卷5），至于道教吸收儒教的思想，更是明显的事实。如早期道教的重要经典《太平经》就要求道教徒遵循"父慈、母爱、子孝、孙顺、兄良、弟恭"等宗法道德,认同儒家的纲常伦理,典型地表现出融合儒学倾向。道教对于佛学的吸收,更表现在许多方面。由于道教的理论比较粗陋,便大量吸收了佛教的理论,朱熹甚至认为陶弘景作《真诰》是"窃佛家四十二章经为之"。至于在术语和神仙谱系上的融合,就更多了。许多封建士大夫往往以儒学为本,又出入佛老。如柳宗元在政治上与韩愈、李翱一样主张辟佛,但他个人又时有好佛之心,借此来消解其志不遂的烦闷。至于李翱,更是在自己的理论中融进了佛教思想,提出了"情者妄也、邪也","妄情灭息,本性清明"的观点,否定人的情感和性情,所以,李翱的"复性"实在不是复纯粹的儒家之性。降至宋代,大多数理学家都经历了一个"出入佛老"至"反归圣学"的治学历程和心灵历程,朱熹就是典型的例证。在经过了这样一番历练后,宋学的学者们便将佛学、道学中有宇宙论、本源论、心性本体论、价值论、修养论等思想和方法吸收进来,建构起在理论上足以同佛学媲美的宋学。

然而,在宋学这个大背景上,蜀学又自有特点,无论是在疑经、重理,还是在"三教合一"的方法论上,都与宋学的主流一理学一有着明显的不同,在疑经方面表现为重变,在重视对理的阐发时发展出了重情、重自然的一面,在"三教合一"的方法论上,不是单向的吸收,而是多维的整合。

在北宋五子奠定宋学的根基之际,实际上存在着包括二程洛学在内的四大学派,即二程洛学、苏氏蜀学、荆公新学和温公朔学。其中,温公朔学较类二程洛学,司马光本人也入祧《伊洛渊源录》,是所谓"六先生"之一。至于王安石的新学,《宋元学案》说他"欲明圣学而杂于禅"(《荆公新学略序录》),不过,他只是主张在学术上对佛教思想可以有所吸收,在政治上则应该辟佛。他曾上书神宗说,"臣观佛书,乃与经合……则虽相去远,其

二、宋学背景中"三苏"蜀学的基本特征

合犹符节也"(《续资治通鉴长编》卷233),以为佛书与儒经相合。关键的是,他的有关性命道德的理论已为后来理学的性命说在一定程度上开启了先声,在根本上还是与二程的洛学相近。在上述的四大学派中,唯有蜀学有着自己的较为独立的特色。蜀学虽然历来不如洛学受重视,但其潜在的影响是巨大的,尤其是蜀学的领袖人物"三苏"都是文学家,其以文学的方式所传达出的影响是仅靠理论的传播所难以达到的。其实,《宋元学案》专立蜀学一卷(卷99《苏氏蜀学略》),已经不得不承认蜀学的价值和影响。

这里所说的蜀学,是指狭义的蜀学,或称"三苏"蜀学,即由苏洵开创,由苏轼、苏辙兄弟发展成熟,由张耒、秦观、黄庭坚、晁补之等文人学士为羽翼的有较为一致的学术倾向的学派,而不是指广义的以两宋蜀地的众多学术家族和学者为主体的蜀学。

北宋初年,社会上流行着一股求新求变的思潮,苏洵在这股思潮的影响下,"务出一己之见",引"权变"思想入经,认为:"圣人之道,有经有权有机","使圣人而无权,则无以成天下之务;无机,则无以济万世之功","有机也,虽恶亦或济;无机也,虽善亦不克。"(《嘉祐集》卷4《衡论上·远虑》)并公开宣称:"仲尼之说,纯乎经者也;吾之说,参乎权而归乎经者也。"(卷9《谏论》)苏洵公开把"权"当作实现经的方法和途径,严格来讲,是不符合"圣贤之道"的,这也是历来学者讳言苏洵"务出一己之见"的根本原因。苏洵以权变解六经,他说:"《礼》之权,穷于易达而有《易》焉,穷于后世之不信而有《乐》焉,穷于强人而有《诗》焉。""吾观《春秋》之法,皆周公之法而又详内而略外,此其意欲法周公之所为,且先自治而后治人也。"(卷6《六经论》)总之,古圣先贤的六经全是为权变所作。对于当时为人鄙薄的纵横术,苏洵也并不忌讳:"龙逢、比干,吾取其心,不取其术;苏秦、张仪,吾取

二、宋学背景中「三苏」蜀学的基本特征

其术，不取其心。"(卷9《谏论》)所以《宋元学案·荆公新学略序录》说其"出于纵横之学而亦杂于禅"而加以否定，朱熹更是斥责说："看老苏《六经论》，则是圣人全是以术欺天下也。"(《朱子语类》卷130)当然，朱熹从正统儒家的观点看苏洵，当然会有这样的评价。其实，如果以历史的观点看问题，苏洵的话何尝没有道理。至晚年，苏洵解易，重视的也是《易》的变化。这一点，在《四库全书·东坡易传提要》和苏辙的《苏轼墓志铭》中都有明确的说明。

"三苏"蜀学的代表人物是苏轼，而苏轼的最为重要的哲学著作则是《东坡易传》。此本前人少有研究，我们可以通过分析《东坡易传》的思想理论来总结蜀学的基本特点。

第一，宇宙生成论。在宇宙生成论上，《东坡易传》继承了《老子》的思想，以《老子》解《易》，为儒家易学寻找更为深刻的理论根据。苏轼说："天地一物也，阴阳一气也，或为象，或为形，所在之不同，故在云者，明其一也。象者，形之精华发于上者也。形者，象之体质留于下者也。人见其上下，直以为两矣。岂知其未尝不一邪？由是观之，世之所谓变化者，未尝不出于一而两于所在也。自两以往，有不可胜计者矣。故'在天成象，在地成形'，变化之始也。"(《东坡易传》卷7，下仅注卷数)天地日月，圣人道德，均归于"一"，"以一为内，以变为外"，就是以"一"为体，以"变"为用。在有如何生于无、有与无的关系上，苏轼并不是简单地认为有生于无，而是十分明确地将运动看成是有与无之间联系的方式，将道的本质规定为运动，即易，用《东坡易传》的话讲，就是"莫之执"(卷7说："天下之理未尝不一，而一不可执，知其未尝不一而莫之执，则几矣。")。苏轼在解释"生生之谓易，成象之谓乾，效法之谓坤"时说："相因而有，谓之生生，夫苟不生，则无得无丧，无吉无凶。方是之时，易存乎其中而人莫见，故谓

二、宋学背景中「三苏」蜀学的基本特征

之道,而不谓之易。有生有物,物转相生,而吉凶得丧之变备矣。方是之时,道行乎其间而人不知,故谓之易,而不谓之道。圣人之作易也,不有所设,则无以交于事物之域,而尽得丧吉凶之变。是以因天下之至刚而设以为乾,因天下之至柔而设以为坤。乾坤交而得丧吉凶之变纷然始起矣。"(卷7)在苏轼那里,"道"不是神秘的存在,不是僵硬的意识形态,而是无时无处不与人共存着的"易",即运动变化着的万事万物,或是万事万物的运动方式。这就使"道"这种抽象僵硬的存在转换成一种亲切自然的东西,由于它与人们的感觉和情感联系在一起,所以不容易变得僵化。

苏轼将水看成是阴阳始交的宇宙生成状态,也是有着重要意义的。他说:"阴阳一交而生物,其始为水。水者,有无之际也。始离于无而入于有矣。老子识之,故其言曰'上善若水',又曰'水几于道'。圣人之德,虽可以名言,而不囿于一物,若水之无常形。此善之上者,几于道矣,而非道也。若夫水之未生,阴阳之未交,廓然无一物,而不可谓之无有,此真道之似也。阴阳交而生物,道与物接而生善,物生而阴阳隐,善立而道不见矣。"(卷7)《东坡易传》中的"水"是一个虚灵的概念,"有无之际"决定了"水"的玄妙性,它上通于道,但不是道,"几于道矣,而非道也",因为道是只能接近而无法完全具象化的;"水"又下达于物,但又不是具体的物,"不囿于一物,若水之无常形","水"的物化形态就是"无常形"。那么,"水"的形上本质就是不戕害万事万物的自然本性、顺应万事万物的自然规律的自然之道。所以,苏轼对于道的看法必然导致"一物有一物之道",与朱熹的僵化不变的"天理"必然会发生冲突。"水"无常形,随物赋形,因物之形为己形,这就是"水"的独立之"形"。苏轼将宇宙生成归结到"水",因此而与人生发生关联,这是苏轼哲学的重要特点。

第二,存在论。这里所谓的存在论,是指对世间万事万物的存在的状态的取向及其合理性的论述。《东坡易传》的存在论与其宇宙生成论密切相关,是一体的两面。在其存在论中,关于"独化"、"无心"、"体无"、贵静、主柔等问题的论述,与其宇宙生成论一起构成了宇宙的生成和存在状态的完整的思想系统,也更为鲜明地体现出了《东坡易传》的思想理论特色。他的存在论鲜明地体现了物各有性,物性即自然,自然即合理的主张,是对郭象以庄注易而提出的"独化"论的继承和发展。《东坡易传》在解释"日月运行,一寒一暑,乾道成男,坤道成女"时说了大段话,其中"贵贱自位"、"刚柔自断矣"、"吉凶自生"、"变化自见"、"未尝有择"、"未尝有意"、"我有是道,物各得之"(卷7)等等,强调的都是物性自然,即使是圣人,也不例外。圣人之有仁、义,完全是"所遇而为之,是心著于物"的结果。

苏轼强调"自"行其事、"物各得之",实际上就是认为任何事物都没有僵硬的规定性,都是在其运行的过程中自然形成的,在本质上更倾向于心理主义的原则和审美化的生活态度,这与郭象以庄注易的"独化"思想有密切的联系,但又扬弃了郭象思想中的某些糟粕性成分,极大地发挥了其合理性的一面,创造出自己的思想体系。关于"独化",郭象说过很多,但郭象以人心不足为"生民之所惑"(《秋水》注)的大病,在一定意义上是一种"名教内自有乐地"的"独化"。当然,郭象的《庄子注》在许多篇章和段落中表现出对名教的批判,认为礼仪是一种虚饰,并不一定符合人的本性,并不一定适合当时的情况。因此,不仅可以从郭象的理论中推出名教即自然的结论,也可以找到自然高于君命,自然高于一切的根据。应该说,苏轼正是在这一走向上继承和发展了郭象注庄的思想。《东坡易传》的存在论做到了彻底意义上的"独化":"万物皆有常形,惟水不然,因物以为形而已。……今

二、宋学背景中「三苏」蜀学的基本特征

夫水虽无常形,而因物以为形者,可以前定也。是故工取平焉,君子取法焉。惟无常形,是以遇物而无伤。惟莫之伤,故行险而不失其信。由此观之,天下之信,未有若水者也。"(卷3)这里的"信",是超越了一切"常形"之物的不囿于一切外在事物的自足的精神,这种精神绝不局限于一时一地,它充溢于宇宙之间,它"因物以为形",因此它是绝对自足而又绝对自由的。尤其重要的是,由于这种精神绝对的自足与自由而"无常形"、"以心通",因此"遇物无伤",最终可以"胜物",可以包容一切,他说:"所遇有难易,然而未尝不志于行者,是水之心也。物之窒我者有尽,而是心无已,则终必胜之,故水之所以至柔而能胜物者,惟不以力争而以心通也。不以力争,故柔外。以心通,故刚中。"(卷3)这就是心与物的关系。"道"、"水"、"心"是绝对独立自足和自由的存在,也是具有绝对正面价值的存在。

第三,情本论。苏轼基本上认同《庄子》的自然主义的性命观,苏轼在《说卦》注释中说:"……是以君子贵性与命也。欲至于性命,必自其所以然者溯而上之。夫所以食者,为饥也,所以饮者,为渴也,岂自外入哉!人之于饮食,不待学而能者,其所以然者明也。盍徐而察之?饥渴之所从出,岂不有未尝饥渴者存乎,于是性可得而见也。有性者,有见者,孰能一是二者,则至于命矣。"(卷9)饥渴之欲是人的自然本性,只有把握了这种内在的自然本性,才能把握外在的人力可为的命运。这种性命观与《庄子》将人的自然而然的自然本性规定为人的本性十分相近。当然,无论是庄子还是苏轼都不是将人的动物性的感官欲求当作人性的本质,而是将这种欲求的自然而然的特点提到了本体的高度,进而将其规定为人性的本质。苏轼说:"君子日修其善,以消其不善,不善者日消,有不可得而消者焉。小人日修其不善,以消其善,善者日消,亦有不可得而消者焉。夫不可得而消

者,尧舜不能加焉,桀纣不能亡焉,是岂非性也哉!……性至于
是,则谓之命。……情者,性之动也。溯而上,至于命,沿而下,
至于情,无非性者。性之与情,非有善恶之别也,方其散而有为,
则谓之情耳。命之与性,非有天人之辨也,至其一而无我,则谓
之命耳。"(卷1)朱熹作《杂学辩》,将《东坡易传》当作异端之首,
他说:"苏氏此言,最近于理。夫谓'不善日消,而又不可得者',
则疑若谓夫本然之至善矣。谓'善日消,而有不可得而消者',则
疑若谓夫良心之萌蘖矣。以是为性之所在,则似矣。"当然,朱熹
知道苏轼所说的那个人性中不变的东西不是他所说的"天理",
而是基于自然而又超越自然本性的东西:"性至于是,则谓之
命。"那么,这就必然导出这样一个结论:"情者,性之动也。溯而
上,至于命,沿而下,至于情,无非性者。"这样,苏轼从人的自然
而然的本性中抽绎出情,再让情进入到本体的层次,使情、性、命
处于同一个层面,在现实的施用过程中必然导致以情为本,这就
是我们要说的情本论。

在《东坡易传》中,苏轼反复论证人性本于人的自然性,礼仪
道德与人的自然本性是一而不二的,是人不知其所以然却能自
然而然地施行的东西。应该说,苏轼的人性论是从人的自然的
感性需求抽绎出人情,这种人情秉承了人的感性需求的自然性,
但又超越了物质层面上的自然需求,使之上升到了形而上的高
度,并与性、理、道相融为用,具有了与政治意识形态的束缚相对
抗的性质。因此,苏轼的情本论成为中国传统人论、人学中最为
光彩的篇章,对中国的文格、人格的解放都有着极其重要的影
响,尤其是对传统文艺思想的影响,更是巨大的。

《东坡易传》在许多地方都表现了把事物的差异性看作事物
的本质属性的观点。"物之不齐,物之情也,故吉凶者,势之所不
免也。"(卷8)之所以有吉凶产生,是因为事物之间是有区别的,

如果真是"万物齐一",便无吉凶变化,世界便是死寂一团了。不仅如此,苏轼甚至还把"睽"看成是事物存在的根本方式。这与他的情本论都是相契合的。

苏辙的学术受乃父乃兄的影响很大,但在许多方面又与苏轼有着众多不同处。在三苏中,苏辙最为擅长史学,影响也最大,苏辙作《古史》与当时的疑经思潮有关,他认为,司马迁"浅陋而不学,疏略而轻信",不能传达圣人之意,不能记述古圣先贤的真正面貌。书成后,南宋诸家对其评价甚高,即使是对蜀学微词甚多的朱熹也说:"近世之言史者,惟此书为近理","秦汉以来,史册之言近理而可观者,莫如此书。"(《朱文公文集》卷72《古史余论》),但又认为其是"无头学问"(《朱子语类》卷130、137),原因就在于与理学在根底处不合。

苏辙在"心"、"性"、"情"、"命"等宋学普遍关心的问题上与乃父乃兄有着诸多的相近之处,如他在《进论五首·诗论》中说:"自仲尼之亡,六经之道遂散而不可解,盖其患在于责其意太深而求其法之太切,夫六经之道,惟其近乎人情,是以久传而不废。"又说:"夫圣人之为经,惟其于《礼》、《春秋》,然后无一言之虚而莫不可考,然犹未尝不近于人情。"这与苏轼对这一问题的看法几乎如出一辙。如苏轼说:"君子之欲诚也,莫若以明。夫圣人之道,自本而观之,则皆出于人情。不循其本,而逆观之于其末,则以为圣人有所勉强力行,而非人情之所乐者。夫如是,则虽欲诚之,其道无由。"(《苏轼文集》卷2《中庸论》)"夫礼之初,缘诸人情,因其所安者,而为之节文,凡人情之所安而有节者,举皆礼也,则是礼未始有定论也。然而不可以出于人情之所不安,则亦未始无定论也。执其无定以为定论,则途之人皆可以为礼。"(《苏轼文集》)通过这些引述,我们可以十分清楚地了解苏轼兄弟认为礼出于情,礼本于情的观点。

　　苏辙在学术和人格上的建构和追求也有自己的特点。在学术上，苏辙认为儒、道、佛三家有相同之处，如他说："老、佛之道，非一家之私说也，自有天地，而有是道矣。……诚以形器治天下，导之以礼乐，齐之以政刑。道行于其间而民不知，万物并育而不相害，道并行而不悖，泯然不见其际而天下化，不亦周孔之遗意哉！"（《栾城后集》卷10）明确地论述了儒、道、佛三家的不同作用和其根底处的一致性。在实际的学术建构中，他更多地表现在儒道合一。在《老子解》中，他认为老子所说的道与孔子、孟子所说的道是相同的，它有双重性，既指万物的本原，同时又指人生立身处事的行为准则。在对《老子》的具体解释中，苏辙故意用儒家的思想对《老子》进行这样那样的"曲解"，力图将道家的思想纳入儒家的范畴，同时也为儒家的学说寻找形而上的理论根据。以致苏轼在《老子解》的跋中称，"使汉初有此书，则孔子老子为一；使晋宋间有此书，则佛老不为二。"（《道德经解后序》）朱熹也说："苏侍郎晚为是书，是合吾儒于老子，以为未足，而又并释氏而弥缝之。"（《朱文公文集》卷72）今天看来，苏辙的一些融合儒道的解释还是十分深刻的。

　　在数学并立的局面中，蜀学由于偏重文章，所以传播很快，尤其是在同洛学、"新学"的斗争中，影响日渐扩大。当时，"苏门四学士"俱在馆中，"一时文物之盛，自汉唐以来未有也"（释惠洪《石门文字禅》卷27《跋三学士贴》）。据张耒说苏轼遭贬出知定州时"士愿从者半朝廷"（《张耒集》卷48），都从一个侧面反映了蜀学在当时朝野的影响。在这些人中，张耒较为突出。朱熹认为张耒"平昔议论宗苏子由"（《朱子语类》卷130），其实他对苏轼也很推崇，他在文中多次称苏轼是"哲人"（《张耒集》卷1、卷3），也服膺苏洵的史学思想和经世思想，因此，应该说张耒的学术宗承了苏氏父子三人。张耒在学术上也主张"三教合一"，对于儒、佛的关系,他说:"儒佛故应同是道,读书本自不妨禅。"
(《张耒集》卷 22)对于儒、道的关系,他说:"方其在仁义礼乐者,
未始非道德性命也,方其在道德性命者,未始非仁义礼乐也。同
举而非一也,同立而非二也。圆融和会,而物与我两宜矣。"(《张
耒集》卷 56)对于儒家,张耒还是将其放到了基础性的地位上:
"夫子之道为全也。"(《张耒集》卷 56)在性善性恶论的问题上,
张耒也与苏轼苏辙一样,对孟子的形上论持批评和修正的态度。
在文与道的关系上,张耒认为文、道一体,认为"文章不知道,安
得擅今古?"(《张耒集》卷 11)总之,张耒的哲学思想和文艺思想
与苏轼基本一致,通过授徒作文等方式,在当时也产生了一定的
影响。

　　苏轼等人在当时虽然主要是以文辞博学著名,以文章冠天
下,但他们对自己的学术观点却极为重视,不仅苏轼晚年认为自
己"一生得意处,惟在'三传'",就是蜀学中的成员也持这种观
点,如秦观就专门写信向别人谈及苏氏的学术成就:"苏氏之道,
最深于性命自得之际。其次则器足以任重,识足以致远,至于议
论文章,乃其与世周旋,至粗者也。阁下论苏氏而其说止于文
章,意欲尊苏氏,适卑之尔!"(《淮海集》卷 3《答傅彬老简》)蜀学
确实在当时是一大派,且影响深远。至于蜀学的基本特征,历代
多有论述,基本认为是会通诸家,以儒为本,连苏轼自己也这样
说,如曰:"孔老异门,儒释分宫,又于其间,禅律交攻。我见大
海,有此南东,江河虽殊,其至则同。"(《苏轼文集》卷 63《祭龙井
辩才文》)这是使儒、释、道三教会一,甚至对于纵横之学也有吸
收,真是无所偏归。四库馆臣在综论前代的学术时,也这样评论
蜀学:"苏氏之学,本出入于二氏之间,故得力于二氏者特深。"
(《四库全书总目》卷 146)全祖望则特别重视其中的两家对蜀学
的影响,认为,"苏氏出于纵横之学而亦杂于禅"(《宋元学案》卷

二、宋学背景中「三苏」蜀学的基本特征

99）。在这些评论中，最权威的恐怕还是朱熹的评论，他说，苏氏"早拾苏（秦）、张（仪）之余绪，晚醉佛老之糟粕"（《宋元学案补遗》卷99，《苏氏蜀学略补遗》），认为蜀学是"学儒之失"，不得其正而流于异端的杂学。今天看来，这样的论述恐怕不符合蜀学的实际。简单的一句"三教合一"，对与研究蜀学乃至宋学，恐怕也不会有太大的益处。

总的说来，蜀学在方法论上的基本特征应该是在本体论方面以佛、道为本，并力图以佛、道的本体论来整合儒学，为儒学提供形而上的本体论依据。应该特别注意的是，在这里，发源于佛、道的本体论已不再是佛、道的本体论，而是儒学的本体论，即儒学充实了佛、道的本体论的内容。在处理社会政治问题时，又以儒学为本，但此时的儒学已非先秦汉唐的儒学，而是建立了本体论依据的新的儒学，同时，佛、道的方法论又起到了指导性的作用。当然，这不是所谓的"二元论"，而是儒、道、佛三家同为一"元"，在根底处相通一致。儒、道、佛三家既是"道"、"体"，同时又是"器"、"用"，只是在作为"器"、"用"时适用的层面和范围不一样罢了。我们不能因为适用的层面和范围不同就一定要分出儒、道、佛三家何家为"本"、何家为"末"来。蜀学的这一基本特点，在《东坡易传》中表现得尤为突出。

通过考察蜀、洛之争也许可以更清楚地看到蜀学的某些特点。蜀、洛之争从根本上讲是因学术观点而导致的政见的不同，且整个党争始终是围绕着学术展开的。首先，在对待佛、老的态度上，蜀学的态度是攻其"迹"而存其"道"，认为佛、老不近世情，"无礼法"，不能"以之治世"（《栾城后集》卷10），苏轼有时对待佛、老的态度甚至很激烈，但仍是指向佛、老的"迹"，尤其是对"今何其弃家毁服毛发者之多也"（《苏轼文集》卷12）感到愤慨，但对于佛、老之"道"，蜀学——尤其是苏轼——一直持尊重的态度。洛学则不同,不仅攻其"迹",对其"道"也多有微词。洛学不仅认为佛、老之学没有直接的社会政治功用,而且认为他们在根本上就是"自私"之学。"百家诸子个个谈仁谈义,只为他(佛)归宿处不是,只是个自私。"(《河南程氏遗书》卷 18)"释氏之学……卒归乎自私自利之规模。"(《河南程氏遗书》卷 15)洛学虽然有时也主张"不排释老",但由于从根本上否定了佛、老,因此很难真正做到。实际上,洛学也吸收了佛、老的一些思想来为建立自己的新儒学服务,但洛学始终不肯正面承认,将佛、老归入"异端"。从这一意义上讲,洛学在哲学建构上采取的态度是不够开放的。在对性的认识上,二程继承了张载的性二元论,将其区别为"性"(天地之性)与"气"(气质之性),气实为才,在张载和二程看来,性是善的,而才则有不善,所以才有现实中的不善之性。这样一来,《孟子》的性善论在现实中就更易解释得通,也将孔子的"性相近"说与孟子的性善论联系起来:"孟子言性之善,是言性之本;孔子言性相近,谓其秉受处不相远也。"(《河南程氏遗书》卷 22 上)要看到的是,这种性善论看起来温情脉脉,但在现实中却极易因其僵硬的规定性为政治意识形态所利用,从而成为政治意识形态化的封建道德的理论基础。当理学成为官学之后,这一点就清楚地显示出来。蜀学言性已如上述,苏轼在《扬雄论》中明确地将"才"排除在"性"之外,认为善是性之效,而非性所故有。先验的规定性被破除以后,实际上是为人的心灵的自由打开了一扇大门。事实上,在这种理论基础上,二程自然认定性善而情恶;而苏轼则认为情是性的自然表现,现实中的自然之情就是性的显现和生发(见《东坡易传》卷 7),这样,就对现实中的性作了本体论意义上的肯定。情之善恶,也就不言自明了。同样,在对待"道"这一根本问题上也表现出根本不同的取向。二程都接受了老子和《易传》的思想,认为"道"是哲学的

二、宋学背景中「三苏」蜀学的基本特征

最高范畴,但洛学认为"道"是善的,而蜀学认为"道"无善无恶,善不过是"道"的派生物。这同样为事物的自由发展提供了基础,留下了空间。

蜀学和洛学的争论在当时影响很大,"洛闽诸子,以程子之故,与苏氏势同水火"(《续资治通鉴长编》卷454),但由于蜀学不重授徒传承,同道多出于私淑,当然也是因为蜀学的理论思维较为薄弱的缘故,后来不及洛学的影响大。不过,由于后来洛学和蜀学同属元祐之学而遭罢免,洛学对蜀学的指责也显得无力。直至南宋的朱熹,才对蜀学从学理上多有指责。但朱熹毕竟是个大学者,他对蜀学并不是一味地抹煞,反而在许多方面肯定了蜀学。今天看来,朱熹对蜀学的指责往往是蜀学的合理之处,而对蜀学的许多肯定,反而多是对蜀学的误解。

在一定意义上讲,蜀学是以感性为基础,以理性为保障的一种哲学。作为一种学术,蜀学长于经史文章,短于理论思辨,依重感性,轻忽理性,在中国的哲学史和学术史上建构起了自己鲜明的品格。这种品格,从哲学思辨上讲,也许有许多不足,但却体现了中国哲学建构方式的真精神。这里并不是说蜀学比程、朱理学和陆、王心学更高明,而是说蜀学是中国传统哲学建构方式的典范。

三、"自由人格"

——苏轼黄州时期的人格论

　　苏轼的生命实践是其哲学观的生动而又深刻的显现。了解苏轼的生命实践对于理解苏轼的哲学观、文艺观具有根本性的意义,它将为我们进入苏轼的心灵世界提供正确的途径。

　　中国传统社会士大夫的人格中,苏轼的人格具有特殊的意义。首先,苏轼的人格具有丰富的文化意蕴,因此具有高度的典型性。在苏轼的人格中,体现了中国传统社会士大夫的人格追求,可以说,中国传统社会中士大夫所追求的人格,在苏轼这里达到了极致。苏轼的这种人格,不是一般的人格所能涵盖的,而是一种文化人格,是一种体现了我们民族的文化精神和时代特征的人格。通过分析苏轼的文化人格,我们可以看出中国传统士大夫人格的种种特征,因此,苏轼的人格也就具有了无可取代的典型性。其次,苏轼的人格结构具有高度的复杂性。苏轼的人格不是简单的政治人格、学者人格、官僚人格等较为单纯的现实人格,而是建立在现实人格的基础上并超越了种种现实人格的文化人格,因此具有文化上相互融通、相互影响的复杂性。这种文化人格的形成并非跳跃性的,而是长期的渐进性的,其形成过程也是十分复杂的。其三,苏轼的这种文化人格与他的思想有着极其深刻的联系。苏轼与很多传统士大夫不一样,他不是

三、「自由人格」

"文心"与"人心"的剥离，不是"言"、"行"不一，而是"心"、"口"一致，可以说，他是通过自己的生命实践来体现自己的思想和观点的。我们通过分析他的文化人格，也更容易真切而深入地理解和感受到他的思想观点。

苏轼早年的生活基本上是"锐于报国"，表现出比较典型的"修齐治平"的特征。苏轼少时即"奋厉有当世志"，仰慕东汉刚直的大名士范滂，当他二十六岁踏上仕途时，北宋王朝的太平景象背后潜伏着一系列内外危机，苏轼深刻地认识到"天下有治平之名，而无治平之实；有可忧之势，而无可忧之形"（《策略一》），因而他提出了课百官、安万民、厚货材、训兵革的改革措施。他从不"随人"，而是根据实际情况和自己的见解来决定自己的言语行动。出仕之初，正值王安石变法，苏轼从当时的实际情况考虑，不同意王安石的一些措施，因而被放外任，通判杭州，后又知徐州、密州。后来，朝廷御史台有人居心不良，罗织罪名，诬陷他以诗讪谤朝廷，被捕入狱，酿成了著名的"乌台诗案"。出狱后，被贬为黄州团练副使。后哲宗即位，高太后临政，尽废王安石新法，苏轼因"属于旧党"而被召回朝廷，官至中书舍人。但苏轼在多年的贬谪生涯中，了解到王安石的新法有许多好处，不同意司马光等人尽废新法的主张，于是又被放外任，历任定州、杭州、扬州等地的知州。高太后死后，哲宗亲政，"新党"再度执政，苏轼再次遭到迫害，先被贬惠州，继而被贬到琼州（今海南岛）。三年后，徽宗即位，苏轼病逝于被赦北归的途中。

可以说，在"乌台诗案"之前，苏轼的基本上是比较单纯的儒家人格和书生人格，但在"乌台诗案"之后，他的思想和生活态度都发生了很大的变化。"乌台诗案"是苏轼人生道路上的一块重要里程碑，被贬黄州以后，他在写给朋友的信中说："谪居无事，默自观省，回视三十年以来所为，多其病者"，并认为"足下所见皆故我,非今我也。"(《答李端叔书》)可见,黄州时期的思想对于前期来说发生了极大的变化。对于这一时期的思想,论者或以为佛老思想占主导地位,或以为儒家思想占主导地位,或认为以佛济儒,更有甚者,竟认为是"大杂烩"。其实,这一时期的苏轼,不论是对待佛老、心灵,还是对待社会、现实,都与前人不同,而是得时代风气之先,相对于他以前的封建士大夫来说,建立了"自由人格"。

1. 超越与执著——对待现实的态度

被贬黄州的苏轼,生计窘迫,微薄的官俸不足以养家糊口。与历代遭贬的封建士大夫相比,苏轼最大的特点就是亲身参加了艰苦的农业生产劳动。在《东坡八首》自序中:"余至黄州二年,日以困匮。故人马正卿哀余乞食,为于郡中请故营地数十亩,使得躬耕其中。地既久荒,为茨棘瓦砾之场,而岁又大旱,垦辟之劳,筋力殆尽,释耒而叹,乃作是诗,自愍其勤。庶几来岁之入,以忘其劳焉。"他这样描述自己的劳动情景:

废垒无人顾,颓垣满蓬蒿。谁能捐筋力,岁晚不偿劳?独有孤旅人,天穷无所逃。端来拾瓦砾,岁旱土不膏。崎岖草棘中,欲刮一寸毛。喟然释耒叹,我廪何时高!(其一)

荒田虽浪莽,高庳各有适。下隰种粳稌,东原莳枣栗。江南有蜀士,桑果已许乞。好竹不难栽,但恐鞭横逸。仍须卜佳处,规以安我室。家僮烧枯草,走报暗井出。一饱未敢期,瓢饮已可必。(其二)

种稻清明前,乐事我能数。毛空暗春泽,针水闻好语。分秧及初夏,渐喜风叶举。月明看露上,一一珠垂缕。秋来霜穗重,颠倒相撑拄。但闻畦垄间,蚱蜢如风雨。新春便入甑,玉粒照筐筥,我久食官仓,红腐等泥

土。行当知此味,口腹吾已许。(其三)

良农惜地力,幸此十年荒。桑柘未及成,一麦庶可望。投种未逾月,覆块已苍苍。农夫告我言,勿使苗叶昌。君欲富饼饵,要须纵牛羊。再拜谢苦言,得饱不敢忘。(其四)

此时,苏轼俨然是一位朴实勤苦的农民。能够这样参加劳动,对一个封建士大夫来说,确实是前无古人,后无来者。

然而,苏轼又决不是一般意义上的农民,纵观《东坡八首》,其基本情调是一种恬淡的愉悦,没有感伤,没有抱怨,更没有哀愁,倒是从劳动中获得了一些过去不懂的知识和前所未有的感受。所谓"农父告我言,勿使苗叶昌。君欲富饼饵,要须纵牛羊。再拜谢苦言,得饱不敢忘",不是矫情,而是发自内心的真实感受,所以才那样的纯朴与清新。在久旱逢雨或农忙来临时,他总是带着一种欣喜的心情来描述:"昨夜南山云,闹到一犁外。泫然寻故渎,知我理荒荟。泥芹有宿根,一寸嗟独在。雷芽何时动,春鸠行可脍。"(其三)细腻与爽朗和谐地融为一体。至于"毛空暗春泽,针水闻如语。分秧及初夏,渐喜风叶举。月明看露上,一一珠垂缕",其细腻与真切,则似乎是一个人在低声絮语,与初夏的自然情景在暗自交流。这些清新、充实的诗句,既没有陶(潜)诗"悠然望南山"的道家气,也没有王(维)诗"空山不见人"的入禅味,而是既执著现实又超越现实,从现实生活中去感悟生命本体的存在。

如果不能执著现实,苏轼是不会甘受"筋力殆尽"的滋味的。正是由于对现实的孜孜以求,对生命的深情热爱,他才能从艰苦的劳动中体会到快乐。如果不能超越现实,摆脱世俗的偏见,尽管为生计所迫,他也不会去亲身垦荒、建房。

需要特别指出的是,从上面引述的诗作看,此时的苏轼对待

三、「自由人格」

体力劳动已经具有了审美化的感受,他不只是将体力劳动看作是普通意义上的体力劳动,而是在一定意义上将体力劳动当作进道之阶,正是由于苏轼能从一个更高的视角看待体力劳动,将其赋予了形上的色彩,才使普通的劳动有了新的意义,才使这种劳动同陶渊明的"种豆南山"有了质的区别。在苏轼看来,这种劳动既不同于一般道家的归隐田园式,也不同于儒家落魄潦倒时不得已而为之的局促人生,而是一种安时处顺、任其自然的人生经历,脱离世俗功利和肉体痛苦的生命活动,因此初步具有了形上本体的意义,为他在岭海时期的审美的人生境界开辟了途径。

对于现实的执著,苏轼直言不讳,他在《与滕达道书》中说:"虽废弃,未忘为国家虑也。"他仍然像以往一样,时时关怀着民生疾苦,"但令人饱我愁无"的思想始终贯穿于黄州时期的生活实践中。他不仅写下了一些有关农事的诗,还发明了一种名叫秧马的拔秧机,减轻了农人的劳动强度,并创立了一个"救儿会"(事见《上鄂州太守朱康叔书》),力图改变当地农民因贫穷而溺婴的习俗。然而,正如前述,苏轼并未沉溺于现实,做一位庸常的"拘人",而是把这些实践活动建立在新的视角之上,将其作为发展自我的外在契机,在思想和实践上表现出鲜明的超越色彩。"黄州僻陋多雨,气象昏昏也"《与章子厚书》,他反觉得"五年严遣,已甘鱼鸟之乡",并"已将地狱等天宫"(《董州还回大守毕仲远启》)。在他这一时期的诗文中,"淡然无忧乐"、"宠辱皆忘"之类的话俯拾皆是。他平日"扁舟草履,放浪山水间,与樵渔杂处,往往为醉人推骂"(《次韵答元素》),并把自己看成是"民之一"。在这一时期,他为两位故人作了传,一位是石幼安(见《石氏画苑记》),一位是陈季常(见《方山子传》)。他说石幼安"举进士不第,即弃去,当以阴得官,亦不就,读书作诗以自娱而已。不求人知。"并说"幼安识虑甚远,独口不言耳"。在《方山子传》中,他说方山子(陈季常)之家"环堵萧然,而其妻子奴婢皆有自得之意",并认为方山子对勋阀世业、功名富贵"皆弃而不取,独来穷山中,此岂无得而然哉?"在这里,苏轼实际上是借替人作传而为自己树立人格理想。

最能表现他的超越的襟怀的,当数《记承天寺夜游》和《赤壁赋》。前者记叙了他寻张怀民夜游承天寺的经过和感受,仅一百零二字,却极为精警动人。其结句说:"何夜无月,何处无竹柏,但少闲人如吾两人者耳。"这一方面表现出他心灵的空明澄澈,另一方面是说人心即是标准,只要有"闲人",便有美景,但月夜常设而"闲人"惟少。这显然已摆脱了世俗的价值标准,使自己的心灵上升到了更高的层次。

《赤壁赋》不仅是苏轼重要的散文代表作,也是苏轼人格的重要的体现。通过分析该文的思想流程,我们可以看到苏轼的心理轨迹和其人格的新的特征。在该文开头,苏轼以"清风"、"水波"触动了人的思绪,而酒又使人暂时忘却了现实的束缚,使人进入了"明月之诗"、"窈窕之章"的审美境界,接着,明月升起,水天寥廓,游人就与自然冥然合一,无复有物我之别。这个开端引出了人的宇宙意识,是人由现实而至超越的生命流程的概括显现,在空明澄澈中,把人推向了哲理—审美的云端。接下来,由"如怨如慕,如泣如诉"的歌声、箫声引发了对历史以及人生的价值和意义的思辨,生发出浓厚的历史和人生的悲剧意识。然而,苏轼又以他深邃的哲学思想,从心灵的深处来化解这种无限的悲剧意识:苏子曰:"客亦知夫水与月乎?逝者如斯,而未尝往也;盈虚者如彼,而卒莫消长也。盖将自其变者而观之,则天地曾不能以一瞬;自其不变者而观之,则物与我皆无尽也,而又何羡乎!且夫天地之间,天地之间,物各有主,苟非吾之所有,虽一毫而莫取。惟江上之清风与山间之明月,耳得之而为声,目遇之

三、「自由人格」

而成色,取之无禁,用之不竭,是造物者之无尽藏也,而吾与子之所共适。"这是全文的关键。悲剧意识就得到了的化解,但这不是消极的化解,不是逃避现实的聪明的借口,更不是精神胜利法,而是以诗情为哲理,实现对人生的审美超越。这种超越把人从现实中局促的功利之心的束缚中解脱出来,使人不再拘泥于一时一事的得失成败,而是有更开阔的胸怀和更深邃的眼光。这样一来,人就会变得既努力做好现实中的每一件事,又不局限于这件事的具体意义,而是对现实生活中的每一件事进行审美体验,这就是执著而又超越的人格。这是相对于拘泥于现实的人格来讲是一种"自由人格",也是我们所说的"自由人格"的内涵。

这种人格的特点是注重自我求索,任真自适而又观照现实。这种人格具有理论和实践的双重价值和意义,对后世的影响尤大。王国维曾说:"三代以下诗人,无过于屈子、渊明、子美、子瞻者。此四子者,若无文学之天才,其人格亦自足千古。"(《文学小言》)他把苏轼列于"四子"之末,或许不仅仅是出于年代的先后,或许他还看到了他对前三者的超越。

2.**"吾非逃世之事,而逃世之机"**——对待佛老及心灵的态度

初到黄州的苏轼,的确贫病交加,穷困潦倒。在这一时期的诗中,他两次说自己"穷到骨",在给友人的信件中也多次说道自己右目病笃,卧病半年,并"杜门斋僧,百想灰灭。"(《与蔡景繁》)在这种情况下,他"归诚佛僧",专心研读佛经,对道家和道教也作了更深入的探讨。

在历史上,佛老思想往往成为困窘士子的精神支柱,但苏轼是否也像以往的封建士大夫那样,在"穷"时接受佛老思想,从而"超世入佛",或独善其身呢?

苏轼对待佛教的态度有自己鲜明的特点。首先，苏轼"归诚佛僧"不仅仅是为了排遣愁郁，消弭烦恼，更重要的是以此来作为分析既往人生的精神向度，求得更为旷达和洒脱的人生态度。《黄州安国寺记》概述了初到黄州时学佛的缘由及心理，他说初到黄州"舍馆粗定，衣食稍给"之后，就开始了"自我反省"：

> 闭门却扫，收拾魂魄，退伏思念，求所以自新之方，反观从来举意动作，皆不中道，非独今之所得罪者也。欲新其一，恐失其二。触类而求之，有不可胜悔者。于是喟然叹曰：'道不足以御气，性不足以胜习，不锄其本，而耘其末，今虽改之，后必复作。盍归诚佛僧，求一洗之？'得城南精舍曰安国寺，有茂林修竹，陂池亭榭。间一二日辄往。焚香默坐，深自省察，则物我相忘，身心皆空，求罪垢所从生而不可得。一念清静，染污自落，表里翛然，无所附丽，私窃乐之。旦往而暮还者，五年于此矣。

这段话，从表面上看是闭门思过，诚心归佛，但细细品味，又觉不然。首先，前面所谓"皆不中道"，绝非诚心悔过之语，而是用一种十分艺术的方式表达自己的愤激情绪；后面的话与其说是祈求福祐，倒不如说是求诸己心，从精神上抛弃尘垢世污，以期达到"物我相忘"的境地。苏轼在黄州时期以前"锐于报国，拙于谋身"，烦恼纷生，在现实中无由排解，只好求诸佛学，从中汲取精神营养，摆脱儒家的行为准则和价值观念、建立新的生活态度。必须看到的是，这一切都是以执着现实人生为出发点的，因而苏轼不会否弃现实，否弃社会，否弃人生，变成真正的佛教徒。纵观苏轼的一生，佛教以及其他某些宗教对感性世界的否弃与苏轼的整个人生态度是有着根本的抵触的，因此，苏轼决不会变成虔诚的佛教徒，至多是以佛教的理论和思维方式作为改作自

三、[自由人格]

己人生态度的工具而已。

　　其次，苏轼对待佛教充满了理性精神，决没有陷入宗教迷狂，这主要表现在三个方面。第一，他虽然崇尚佛教，但决不放弃对知识和理性的追求，仅是借佛教的思维方式，对人生和现实进行多角度多层次的思考。他说，"任性逍遥，随缘放旷，但凡尽心，别无胜解。……而世之昧者，便将颓然无知，认作佛地。若如此是佛，猫儿狗子，待饱熟睡，腹摇鼻息，与土木同，当怎么时，可谓无一丝思念，岂可谓猫儿狗子已入佛地?"(《与子由弟》)这无疑是对当时禅宗末流的斥骂。这不仅是对佛教的理解，也是对人生的理解，且把"任性逍遥，随缘放旷"这种任真适性的自由生活看作人生的最高境界。这种思想，也开启了他的岭海时期的"思我无所思"、"吾生本无待"的人生审美化的先河。第二，他拜佛读经，既非为了自度度人，也不是为了尊佛佞佛，而是为了追求"实用"，他在《答毕仲举书》中，说："若世之君子，所谓超然玄悟者，仆不识也。往时陈述古好论禅，自以为至矣，而鄙仆所言为浅陋。仆尝语述古，公之所谈，譬之饮食龙肉也，而仆之所学，猪肉也，猪之与龙，则有间矣，然公终日说龙肉，不如仆之食猪肉实美而真饱也。"在这里，苏轼对陈述古的大而无当的屠龙之技深为不屑，陈述古"终日说龙肉"，仅是玄谈而已，于人于己毫无补益，而苏轼虽"浅陋"，却能"食猪肉"，获得"实美而真饱"的效果。这说明苏轼把超世绝俗的佛教哲学赋予了世俗的色彩，将其改造成富有现实性和实用性的思想，并付诸实践。而"若世之君子，所谓超然玄悟者，仆不识也"，是说他不相信人能够真正到达彼岸世界，实际上等于宣布了他不相信佛教。不相信佛教却去拜佛读经，看似矛盾，实际上正是苏轼的高明之处。第三，他对待佛、道十分谨慎，对学佛习道时所容易出现的懒散和放逸，有着清醒的认识。在《答毕仲举书》中，他又说道："学佛

三、「自由人格」

老者,本期于静而达,静似懒,达似放,学者或末至其所期,而先得其所似,不为无害。仆常以此自疑,故亦以为献。"他常"自疑"以自我检索,并以自诚诚人,可谓用心良苦。

《雪堂记》通过"客"与"苏子"的辩论,充分展示了苏轼对待道家思想的态度。

"客"是一位真正的道家子弟,他认为"夫势利不足以为藩也,名誉不足以为藩也,阴阳不足以为藩也,人道不足以为藩也。所以藩予者,特智也尔。"又说"人之为患以有身,身之为患以有心",并具体指出苏轼建雪堂、绘雪壁"非徒无益,而又重子蔽蒙也",且要邀"苏子"作"藩外之游"。"客"所主张的是要人涤除心智,使人变得形如槁木,心如死灰,真正达到与天地万物泯为一体的境界。而苏轼并不愿做方外之士,他说自己建雪堂、绘雪壁的目的是为了"凄廪其肌肤,洗涤其烦郁,既无炙手之讥,又免饮冰之疾"。相形之下,"彼其趑趄利害之途、猖狂忧患之域者,何异探汤执热之俟濯乎?"这就是说,苏轼学佛习道的目的不是为了做"散人",而是为了借以祛除儒家思想中的庸俗猥琐的一面,以建立更为通脱旷达的人生观。苏轼承认"子(客)之所言者,上也;余之所言者,下也。"但他并不舍"下"取"上",而是论证"下"的合理性与现实性,这如同对待陈述古学佛的态度一样,注重实用。接着,苏轼进一步指出:"我将能为子之所为,而子不能为我之为矣。""子之所为",是一种所谓"至人"、"圣人"、"神人"的境界,实际上只是一种理论,现实中无人能够做到,就是庄子本人,也要做漆园吏,也要"偶寄一微官,婆娑数株树"。然而,"我之所为"却是一种不脱离现实,"不傲睨万物"而又不拘泥现实、不汲汲功利的自由境界,这却是不易达到的。这篇《雪堂记》,表面上是"客"与"苏子"的辩论,实际上是他心灵活动的过程,他借此来申明对道家所持的态度,也借以丰富自己的心灵,

三、「自由人格」

发展自我。

综上所述,苏轼参禅悟道,并非为了超凡入圣,而是为了撷取精华,构建新的人生准则,他在《雪堂记》中说的一句话,最能概括这一特点,这就是"吾非逃世之事,而逃世之机"。这里的"世之事",即指世事人生,包括参与现实社会实践和对生命本体的探讨;"世之机",除了指险恶的"机心"外,主要指"利害之途"和"忧患之域",即庸俗的功名利禄之心。他抛弃了"世之机",心灵世界就变得海阔天空。苏辙在《东坡先生墓志铭》中评论他这一时期的思想经历时说:"既而谪居于黄,杜门深居","后读释氏书,参之孔、老,博辩无碍,浩然不见其涯也。"他以思辨的方式,对人生进行了形上超越,这首先导向了他对生命本体的探索。

苏轼对生命本体的探索导向了他对现实的超越。这种超越,是在向现实回归时,苏轼以自己特有的机制,把儒家"用之则行,舍之则藏"、"穷则独善其身",道家的"任其性命之情"和"齐一万物",以及佛家的"四大皆空"、"万法平等"等易于导向消极的思想赋予了积极的内容,将其作为一种认识自我、发展自我、显扬自我的理论根据和精神支柱,培养了他的不懈不躁,不惧不馁,任真自适而又观照现实的自由的人生品格。

3. "散人耶? 拘人耶?"——对传统人格的超越

在《雪堂记》中,"客"曾向"苏子"问道,"子世之散人耶? 拘人耶?"通过辩论,苏轼表明自己既非专嗜佛道以致向往做方外之士的"散人",也非囿于儒家传统观念而"趑趄于利害之途"的"拘人",而是超越了这两种人格,建构起了"自由人格"。

在中国历代封建文人士人夫中,其思想组成和人格表现最为复杂和最具典型意义的莫过于陶渊明、李白、白居易三人,把苏轼同他们加以比较,就会清楚地看到他们之间的不同。

陶渊明是因"有志不获骋"而"归去来兮","兼济"不得,便去

"独善"。他集儒、道于一身,把田园当作心灵的避难所,借以逃避熙来攘往的污浊世界,进而体察山林田园的"真意",并最后消隐在其中。对陶渊明的诗格和人格的评价有一个历史的过程。在六朝时期,由于崇尚华丽的文风对陶诗的评价不高,钟嵘嫌其"质直",仅是因为诗中有"风华清靡"之句,才列入中品。进入唐朝,人们崇尚的是昂扬的激情和现实的思考,所以尽管很多诗人明显接受了陶诗的影响,却并不特别表示推崇。到了宋代,人们崇尚的是理性的思辨和沉静的意蕴,陶渊明便受到了一致的推崇,无论是苏轼还是朱熹,都对他评价甚高。尤其是苏轼,写了大量的"和陶诗",对陶渊明十分崇拜,一时间,拟陶、和陶简直成为一种风气,陶渊明也确立了一流大诗人的稳固地位。在一定程度上讲,今天的陶渊明可以说是苏轼塑造出来的。然而,苏轼没有步陶渊明的后尘,他没有在东坡、雪堂里"消弭自我",既不避世,也不避人,而是"澄怀观道",求得对生活更深的理解,使自我得到进一步发展。他的劳作十分艰辛,生活十分贫苦,但他不象陶渊明那样"心远地自偏",而是把这种"造物"的安排看成是感悟人生的天赐良机。他以海棠自喻,高唱道:"也知造物有深意,故遣佳人在空谷"(《寓居定惠院之东……》),以梅花自比,说"也知造物含深意,故与施朱发妙姿"(《红梅三首》)。这里表现了一种乐观旷达、恣放向上的情怀,与陶渊明的怡然自得式的隐士形象形成了鲜明的对照。当然,这种"深意"绝非"天将降大任于斯人也,必先苦其心志……"之类的为将来兼济天下而进行的修身安排,而是以此为契机,使苏轼这位酷爱自由的诗人超越传统人格,建立新的人格。

　　李白也以追求自由著称。龚自珍说:"庄、屈实二,不可以并,并之以为心,自白始。儒、仙、侠实三,不可以合,合之以为气,又自白始。"(龚自珍《最录李白集》)李白一生都在出世与入

三、「自由人格」

世之间徘徊,道家的自然人格和儒家的伦理人格交错互现,且又有很浓厚的仙、侠思想。因此,他一方面"将船买酒白云边",任真恣放,与天地万物游,一方面又"举杯消愁愁更愁",忧思茫茫,无可消解。他对生命的体验十分深刻,不论仕、隐还是游仙、行侠,均不能使自己满意。盛唐社会的开放性使李白能够充分体验了中国士大夫的各种传统人格,虽然他对任何一种人格都不满意,但他的人格的意义就在于将这些人格同时集于一身,他虽然没能超越传统的人格,建构新的人格模式,但李白毕竟体现了盛唐风范,也为后来者提供了珍贵的借鉴。苏轼发展了李白追求身心自由的一面,又赋予了这种自由以新的内涵,使之返照于现实,使这种自由有了现实的落脚处。黄州时期的苏轼,从主观上看,是欲做"忠臣"而不得,欲做隐士而不能,他没有在仕、隐之间苦恼徘徊,从而免于落入非儒即道或儒道相济的传统人格的窠臼,而是走向内心,发展自我。他在黄州以前写的《灵璧张氏园记》中曾说过:"古之君子,不必仕,不必不仕。必仕则忘其身,必不仕则忘其君。"这段话看似让人无所适从,实际上大有深意。苏轼借此教人不必屈己干仕,也不必矫情避仕;仕则仕,不仕则不仕,完全顺乎自然。不论仕与不仕,都必须保持个体的独立、自由。

对于白居易,苏轼是甚为尊崇的,但不论是对待佛教,还是对待世事人生,他俩的态度都大相径庭。白居易晚年自称皈依佛门,但其目的是为了"面上灭除忧喜色,胸中消尽是非心"。作为一个富贵闲人,他既不深究佛理,更不愿躬行践履,而是借佛教创造一种消闲的生活方式。苏轼对待佛教虽也是佛为我用,但其取向是积极的。在对待世事人生上,白居易入世行儒,出世行佛、道,在中国文人士大夫中表现得最为典型。入世时,讥刺时事,能使权豪"变色"、"扼腕"、"切齿",他个人则能"不惧权豪怒";出世时又"世间尽不关吾事","世事从今口不言",多养歌儿舞女以终天年。苏轼则不同，他不像白居易那样"常于荣显日，已约林泉期"，而是居朝市不念山林，居山林不念朝市，不论是"穷"是"达"，他都能既行"兼济"，又行"独善"，一切都置于自我发展的基础之上。

不论是陶渊明、李白，还是白居易，他们都没有处理好"兼济"与"独善"的关系，都只能在心怀缺憾的情况下，选择其中的一种。陶渊明虽归隐田园，却是一个"带性负气"之人(朱熹语)，而且把归隐当作抗议污浊现实的一种方式；李白一会儿狂呼"直挂云帆济沧海"，一会儿又"安能摧眉折腰事权贵"，深感矛盾痛苦，至死未得其所；白居易的做法似乎很完美，后代也有许多文人起而仿效，但他身在庙堂却存山林之志，退居山林后又积极享乐，消极生活，实在算不得尊佛行道，倒颇似儒家末流的庸俗行径。他们之所以不能处理好"兼济"与"独善"的关系，就是因为这两种传统的行为方式只是伦理人格在施诸社会现实时的两种不同的表现方式，前者是伦理人格的向外拓展，后者是向内收缩。但不论是前者还是后者，都是以对社会最高思想政治准则、道德伦理准则的认同和对个体的独立性、自主性的压抑为基础的，因此，"兼济"和"独善"实际上是一个事物的两极，无法同时得兼。而苏轼则置换了"兼济"和"独善"的人格基础，即不论行"兼济"还是行"独善"，都不从主观上要求对外在社会准则的认同，而是建立在心理主义的基础上，使之成为丰富自我、发展自我的两种手段。因此，他满肚皮不合时宜，左支右绌，以致"致使台谏，例为怨仇"。他自己深知"少加附会，进用可必"，但他决不肯昧己徇人，故而不论新党执政还是旧党掌权，他总是动辄得咎，迭遭贬谪构陷。也正是因为如此，"兼济"和"独善"才得以统一，这两种传统的行为方式才有了新的意义。

从苏轼对待现实的态度、对待佛、老的态度和对待传统人格

三、「自由人格」

的态度诸方面来考察,黄州时期的苏轼应该说是建立了一种自由人格,但必须看到,这种自由不是征服外在客观世界的自由,而只是内心世界的自由。这种自由不否弃感性生命,也不否弃现实生活,只是对这一切进行不作世俗的价值关怀的生命感受。在下焉者那里可以成为逃避的精神胜利法,甚至被当作活命哲学或放浪形骸的借口,但在苏轼那里,它不是对现实、社会、人际等等回避以后而获得的自由,实际上是一种有力的反抗世俗和政治意识形态的方式。从人生境界来讲,这种自由以个人的本真情感为出发点,最终又归摄于自己的内心,因此,这种自由人格的继续发展就会导向审美的人生境界,岭海时期的苏轼在一定意义上就达到了这一境界。

三、「自由人格」

四、"天地境界"

——苏轼岭海时期的审美化人生

苏轼于公元 1084 年离开黄州,在太后摄政的元祐年间,他历任翰林学士知制诰等职,职位达到了他一生中的顶点。但在太后去世、哲宗亲政后,他立遭贬谪,开始了他人生的最后一个时期——岭海时期。

公元 1101 年,在岭海和海南度过了七年贬谪生涯的苏轼终于得以生还,在路过金山寺时,他对自己的一生作了这样的总结:"问汝平生功业,黄州、惠州、儋州"。(《自题金山画像》)他身居庙堂多年,屡为朝廷的股肱之臣,在密州、杭州等地也做了大量利国利民的好事,他认为那都不足以称之为"功业",而独钟情于遭贬几死而又无权签署公事的黄州时期和岭海时期,足见他判断功业的标准已异于寻常。事实上,北归时期的苏轼对外在的功业已无所挂心,而是注重内在的功业,即把心灵感受和精神自由当作衡量人生价值的准绳。

苏轼虽将黄州时期和岭海时期并提,但这两个时期并不相同。相对而言,岭海时期的苏轼在人生实践的诸方面都有了新的发展,上升到了新的层次,进入了人生的天地境界。

1. "身世永相忘"——对既往生活的反思

苏轼遭贬岭南时已近六十岁,真可谓"垂老投荒"。他深深

四、「天地境界」

地知道，自己的政敌为人歹毒，决不会轻易放过自己，恐怕一入岭南，难有生还之理。在这种情况下，怎样对待未来的生活，如何把握残余的生命，就成了苏轼首先要思考的问题。

　　大庾岭是通往岭南的必经之路，也是一条险隘，它就像一道门槛，诗人翻过它，就仿佛接受了一次洗礼，从此埋葬旧的自我，确立新的人生。在大庾岭上，诗人高唱道："一念失垢污，身心洞清净。浩然天地间，惟我独也正。今日岭上行，身世永相忘，仙人拊我顶，结发授长生"（《过大庾岭》）。以往的生活有什么价值？有什么意义？全是"垢污"，如今耸身一摇，全然忘却，顿感身心清净，并树立起正大的形象，立于浩然天地之间。这看似顿悟，实是对既往生活反思的结果。时隔不久，诗人又写道："我本修行人，三世积精练，中间一念失，受此百年遣"（《南华寺》）。苏轼并非真的要学佛行道，而是借此对自己误入"利害之途"、"忧患之域"表示深深的懊悔，将其看作是因一念之失而遭受的天谴。在《书董京诗》中，他借董京的话来表达自己对过去生活的看法，他说："京之意盖以鱼鸟自观，虽万世而不悟其非也，我所以能知鱼鸟之非者，以我不与鱼鸟同所恶也。彼达人者有与我同欲恶，则其观我之所为，亦欲如我之观鱼鸟矣"。他认为董京是得道之人，之所以得道，就在于他知道怎样观察评判自己的生活。"不识庐山真面目，只缘身在此山中"，要想认识过去的生活，就必须跳出过去的生活。岭海时期的苏轼已不与过去"同欲恶"，所以才能对过去的生活进行重新认识。

　　虽然苏轼遭贬的原因是由于他满肚皮的不合时宜，惯于坚持己见而不肯屈己随人，并非是祸从口出，但表面上仍是因诗得祸，所以他屡次立下了辍笔之愿。然而，作为一个真正的诗人，创作就是他的生命，只要生命不息，他就无法缄口不言。"乌台诗案"几乎葬送了他的性命，亲朋好友劝他就此罢笔，他也曾想

四、「天地境界」

从此抛却旧业,但出狱的当天,就"却对酒杯浑似梦,试拈诗笔已如神"(《蒙恩责授检校水部员外郎黄州团练副使,复用前韵二首》)。遭贬岭南后,也曾发誓"誓将闲送老,不著一行书",但事实上是在创作上获得了极大的丰收。然而,必须看到的是,岭海时期的创作与黄州时期相比已发生了很大的变化。黄州时期的诗文虽不似以前"好骂",但总的说来还是执著现实、关心时事的。岭海时期的诗作在艺术风格和思想内容上都有了新的特点。岭海诗中几乎找不到一首风格"绚烂"的诗,在思想内容上也多是对人生的探询、感受和领悟,不像黄州时期的诗多是对生活的描述,尽管这种描述在苏轼那里已成为发展自我的手段。显然,岭海时期的诗文之所以会以这样的面貌出现,是苏轼对既往生活反思的结果。既然以前的生活无价值、无意义,是误入歧途,那么以前的诗风文风就应随着新生活的诞生而改变。岭海时期的苏轼已完全摆脱了对外在功业的追求,全身心地沉浸在对人生的感受和生命的领悟中,所以,岭海诗在审美追求上就超越了悦耳悦目和悦心悦意的层次,达到了悦神悦志的境界,这一境界的诗不要求华美的辞采,不要求新颖贴切的意象,不要求浓烈的情感,甚至不要求"超以象外,得其环中"的"味外之味",而是要求诗风平淡自然,诗意淡远尘寰,使人在宁静淡泊中体味到一种恬然澄明的心境。实际上,岭海诗已与苏轼完全统一起来,诗是人的外化形式,人是诗的生命体现,苏轼就是在这种平淡之中体味着生命本体的存在。

四、「天地境界」

　　在岭海时期以前,苏轼就对陶渊明心向往之,但直到过岭,才真正实现了他在做人上"学陶"、在诗作上和陶的心愿,这也是他对生活反思的结果。在苏轼看来,只有像陶渊明那样生活才能算是"得己",否则就是丧失自我。他在谈到学陶的原因时说:"吾于诗人,无所甚好,独好渊明之诗。……然吾于渊明,岂独好其诗也,如其为人,实有感焉。渊明临终《疏》告俨等:'吾少而穷苦,每以家弊,东西游走,性刚才拙,与物多迕。自量为己,必贻俗患,俯仰辞世,使汝等幼而饥寒。'渊明此语,盖实录也。吾真有此病,而不早自知,平生出仕以犯世患,此所以深愧渊明,欲以晚节师范其万一也。"(《与子由六首》)苏轼通过检索以往,深悔自己因"出仕"而"犯世患",深深地认识到,要想祛除此病,只有师范陶渊明,抛却熙来攘往的污浊世界,纵浪大化,不期生灭。然而,苏轼与陶渊明毕竟并不完全相同,处在不同历史时期,苏轼也不能亦步亦趋地模仿陶渊明。在陶渊明那里,"达则兼善天下,穷则独善其身"的思想占据着主导地位,他走的仍是由"兼济"到"独善"的传统路子,而要实现"独善",就必须弃官隐居,接受老庄的隐逸思想,把儒家的伦理人格和道家的自然人格统一起来,即所谓的"儒道互补"。这实质上是一条由儒入道的路子,儒家思想中独善的一面本来就同道家思想有相通之处,士大夫一旦失意,就极容易把道家思想当作精神的栖息地。

　　苏轼则不同,他一直没有割裂"兼济"与"独善"的关系,而是把二者统一起来,使之成为自我发展的手段。所以,他不须辞官、不须归隐也同样能自我完善,并且这种完善比陶渊明式的完善更有价值和意义。这种"隐身金门"的做法,为苏轼以后的许多文人士大夫提供了可以效法的门径。

　　除了钦慕陶渊明外,苏轼对葛洪也表示神往,他说:"东坡之师抱朴老,真契久已交前生。"(《游罗浮山一首示儿子过》)表明他对道教的养生之术也很推崇,他的生活实践也说明了这一点。对于自然生命,中国人历来就很重视,即使"齐生死"、"忘得失"的道家也不例外。苏轼虽然重视养生之道,但并不想得道成仙。他能在非人所居的蛮荒之地恬然安居,并自视为"海南民",正说明了他随处为家,无处不宜的旷达超脱的人生境界。

四、「天地境界」

2. "思无我所思"——人生的审美化

岭海时期的苏轼,的确已看破世尘,参透生死关。他不论遇到怎样的情形,都能在自己特有心理机制的作用下转换其走向,使每一件事都意趣盎然,总是使自己的生活充满诗意。

这个特有的心理机制,就是撇开心灵,直观生活。据记载,苏轼初到海南,有这样一段情感经历:

> 吾(苏轼)始至海南,环视天水无际,凄然伤之曰:"何时得出此岛耶?"已而思之,天地在积水中,九州在大瀛海中,中国在少海中,有生孰不在岛者?覆盆水于地,芥浮于水,蚁附于芥,茫然不知所济。少焉水涸,蚁即径去,见其类,出涕曰:"几不复与子相见。"岂知俯仰间有方轨八达之路乎?念此可为一笑。(《苏海余识》卷四引《苏长公外纪》)

这条走出困境的"方轨八达之路",就是直观生活,就是不以一种既定的具体价值标准去衡量眼前的处境,而是转换思考问题的逻辑前提,把它放在一个更为廓大乃至终极背景上去论辩。于是生活中一切具体的价值、意义都不复存在,生活便成了一种纯粹的生命活动,成了一种审美的情感观照。后来,苏轼把他的这段情感经历写成一首诗,更清楚地表明了由生活情感到审美情感嬗变的轨迹:

> 四周环一岛,百洞蟠其中,我行西北隅,如度月半弓。此生当安归,四顾真途穷。眇观大瀛海,坐泳谈天翁。茫茫太仓中,一米谁雌雄。幽怀忽破散,永啸来天风。千山动鳞甲,万谷酣笙钟。安知非群仙,钧天宴未终。喜我归有期,举酒属青童。(《行琼、儋间,……》)

该诗按心灵感悟的顺序可分为三个境界:从开始至"四顾真途穷",是执著生计,梗塞未通,这时的苏轼尚拘泥于现实,未能

四、「天地境界」

求得解脱;至"永啸来天风"为第二境界,这时的苏轼已翻然觉悟,泯灭了事物的具体差别,"幽怀""破散",心灵顿感恬然澄明。至尾为第三境界,此时的苏轼已神与天通,对自己的觉悟进行了审美体验。这里的"归有期",并非指北归或归隐,而是指精神有所"归",是用审美的方式搭起了通向永恒的桥梁。这三个境界,恰恰与苏轼人生的三个阶段相对应,是他人生历程的总结。

第一境界是苏轼黄州时期以前心灵的写照,这一时期他思治天下,探询人生,虽然萌动着新的因素,但并未有所突破。第二境界与黄州时期的思想实践恰好相符,黄州时期的苏轼已通脱旷达,"幽怀"破散,不再汲汲于世俗功利和恪守传统价值标准。第三境界则正是岭海时期的天地境界。苏轼就是这样一步步地从现实人生走向审美人生,把现实人生的苦难化解于无形,使人不去走向"矫情的寂灭"(李泽厚《中国古代思想史论》),而是对苦难人生甘之如饴。

这种审美的人生态度培养了他的不惧不馁的人格特点,不仅吾心安处是家乡,就是真正面临生死关头,他也恬然无所动。在《记游松风亭》中,他从生活小事悟出了人生哲理:

> 吾尝寓居惠州嘉祐寺,纵步松风亭下。足力疲乏,思欲就林止息。望亭宇尚在木末,意谓是如何得到?良久,忽曰:"此间有什么歇不得处?"由是如挂钩之鱼,忽得解脱。若人悟此,虽兵阵相接,鼓声如雷霆,进则死敌,退则死法,当什么时也不妨熟歇。

"如挂钩之鱼,忽得解脱",不是真的解脱,而是根本就不存在鱼钩。如果将此理解成所谓的"精神胜利法",运用到庸常生活中去,的确荒谬至极,但这里是一种根本的人生态度,于是,它就成了建立通脱、旷达人生的思想基础。对于这种思想,苏轼不只是说说而已,而是躬身践行。面临灭顶之灾,他毫无所动:"将至曲江,船上滩欹侧,撑者百指,篙声石声荦然,四顾皆涛濑,士无人色,而吾作字不少衰,何也? 吾更变亦多矣,置笔而起,终不能一事,孰与且作字乎?"(《书舟中作字》)这的确使人想起了庄子的"大浸稽天而不溺,大旱金石流、土山焦而不热"的"神人",但与庄子不同的是,庄子的"神人"只是一种理想,一种"寓言",而苏轼却把这种理想和"寓言"运用到现实生活中,把"神人"变成了现实中的人。

　　当然,这种人格修养只求诸人的内在心理本体,与外在的动因几乎没有关系,对这一点,苏轼是很清楚的。他说:"无事此静坐,一日似两日。若活七十年,便是百四十"(《司命宫杨道士息轩》)在这里,一切外在的标准不复存在,外在的时间化为内在的时间,流动不息的时间化为静止不动的时间,由此,心理本体把彼岸的超越和此岸的现实统一起来,获得了永恒,从而达到了"天地与我并生,万物与我齐一"的境界。

　　对于上述的审美的人生态度,苏轼本人有着深刻完备的论述。在《续养生论中》,苏轼说:"凡有思皆邪也,而无思则土木也。孰能使有思而非邪,无思而非土木乎? 盖必有无思之思焉。夫无思之思,端正庄栗,如临君师,未尝一念放逸。然卒无所思。"人既然活着,就必然要有所思虑,但只要产生思虑,就会陷入价值困惑之中;如果不去思虑,就会不成其为人。怎样解决这一矛盾? 苏轼提出了"无思之思"的命题。前一个"思"是指人对现实经验世界的理性思考,后一个"思"则是指人的感性知觉。"无思之思"就是要人不要执著于现象界的穷通贵贱、生死得失,抛却功利价值观念,敞开心灵,只对生活作感性观照。所谓"端正庄栗,如临君师,未尝一念放逸",是说仍要对生活采取严肃的态度,不要因为对生活采取了审美的态度就是放诞胡为。在《思无邪斋铭》中,苏轼说:"夫有息皆邪也,无思则土木也,吾何自得

四、「天地境界」

道,其惟有思而无所思乎？于是幅巾危坐,终日不言,明目直视,而无所见,摄心正念,而无所觉。于是得道,乃名其斋曰思无邪。"在这里,苏轼并非要真的正襟危坐,终日不言,而是要借此说明"得道"的途径在于"有思而无所思"。所谓"得道",也就是获得了人格的超越,也就是所谓的"与道冥一"。这种人格是不脱离感性的,但必须看到,这种感性已具有了本体的意义。

"无思之思"本是一种审美的思维方式,它要求在排除功利和理性的前提下求得情感的愉悦,苏轼却把这种思维方式运用到现实生活中来,实现了审美的人生。在初到惠州时,苏轼曾记述自己的生活说:"某到惠已半年,凡百粗遣,既习其水土风气,绝欲息念之外,浩然无疑,殊觉安健也。"(《与徐得之十四首》)苏轼"安健"的缘由就在于"绝欲息念"、"浩然无疑",他泊无蒂芥,透脱澄澈,"若有思而无所思,以受万物之备"(《书临皋亭》),敞开心灵,尽情地感受万事万物,穷通靡虑,憔悴化迁,这就是苏轼的审美的人生态度。

3."吾生本无待"——生命的意义在于过程

如果说"思我无所思"是苏轼的生活态度,那么,"吾生本无待"便是他的生活准则,前者决定了他对待生活的思维方式,后者决定了他对待生活的实践方式。二者统一起来,构成了苏轼岭海时期的生活方式。

在岭海时期的诗文中,苏轼屡次说自己生而"无待",准备"俯仰"了世。如"嬉游趁时节,俯仰了此世"(《正月二十四日……》),"吾生本无待,俯仰了此世"(《迁居》),"俯仰可卒岁,何必谋二顷"(《新居》)等。这里的"无待",是苏轼饱经了人世沧桑,深刻反思后而树立起来的一种人格理想,这种人格理想不仅否弃了现实中具体的功利目的,甚至对生活的终极目的也无所驻心,只是以一种不喜亦不惧的心态去纵浪大化,求得个体的生

命实现。庄子曾经倡言过"无待",他说:"若夫乘天地之正,而御
六气之辩,以游无穷者,彼且恶乎待哉"。(《庄子·齐物论》)又
说:"造物者为人,而游乎天地之一气……忘其肝胆,遗其耳目,
反复始终,不知端倪;茫然彷徨乎尘垢之外,逍遥乎无为之业。"
(《庄子·大宗师》)庄子的"恶乎待"是指心灵的自由高蹈,精神
的彷徨逍遥。它遗弃了"尘垢",专意于"无为",把人与自然统一
起来,实际上是人向自然的同化。苏轼的生而"无待"和"俯仰"
了世,在精神上与庄子一脉相承,但却比庄子的理论更加精密、
深刻和富有实用性。庄子的理论似乎大而无当,苏轼把它放在
现实生活中加以重铸,因而精密。苏轼不仅仅把"恶乎待"和"逍
遥"当做人格理想,而且付诸现实,把生活当作情感体验,进而否
弃了生活的终极目的,所以深刻而实用。

　　由于苏轼否定了生活的终极目的,肯定了生命的意义就在
于过程,于是,在他的现实生活中就出现了两种效应:一是齐生
死、忘得失,一是对日常生活进行充分的情感体验。

　　对于现实中的事物,他不执著于功利成败,他在看人下棋的
时候说:"胜固欣然,败亦可喜。优哉游哉,聊复尔耳"。(《观
棋》)在他看来,不论胜还是败,都是人生之旅的表象,意义只在
"游",而不在"游"之外的成败,只是姑且如此,不必作更多的思
考。于是他说:"平生学道真实意,岂与穷达具存亡。"(《吾谪海
南……》)"穷达不到处,我在阿堵中。"(《和陶拟古九首》)对于自
己谪居岭海的遭遇,他做了一个十分幽默的解释,他说:"贬窜皆
愚暗自取,罪大罚轻,感思念咎之外,略不置于胸中也。得丧常
理,正如子师及第落解尔。"(《与杜子师二首》)在另一个地方,他
也说自己遭贬海南的生活并不颓丧艰辛,正如惠州秀才不第也
能吃粗粝菜羹安度一生,所以,对苏轼来说,"祸福苦乐,念念迁
逝,无足留胸中者"(《与孙志康二首》)。在《桄榔庵铭》中,苏轼

对他的思想作了进一步的阐发,他写道:

> 东坡居士,强安四隅。以动寓止,以实托虚。放此四大,还于一如。东坡非名,岷峨非庐。须臾不改,示现毗卢。无作无止,无欠无余。生谓之宅,死谓之墟。三十六年,吾其舍此,跨汗漫而游鸿蒙之都乎?

"无作无止,无欠无余",生命完全变成了一个自足体,不需要任何外在的动因,一切发自心理本体,什么修齐治平,什么归隐独善,全都是心灵的桎梏,必须彻底舍弃。既然生命没有终极目的,生命的意义就在于过程。那么,过程的长短就只有外在的标记而失去了内在的差别,生与死之间也就失去了绝对界限,也就是所谓的生死齐一。故此诗人才高吟"生谓之宅,死谓之墟"。所谓"以动寓止,以实托虚",是说他不为变动的现象世界所迷惑,始终守真抱一,以不变应万变。不变在我心中,万变为我所用,而实实在在的现实生活又正为我心灵的自由提供了观照对象。这一切,都强调了从心理本体出发,只对生活作情感体验,不去进行理性思考。

因此,对于现实日常生活,苏轼绝不掉以轻心。他首先把岭海认作自己的故乡,他说:"他年谁作地舆志,海南万里真吾乡。"(《吾谪海南……》)。又说,"我本海南民,寄生西蜀州,忽然跨海去,譬如事远游。"他并非真的认为海南是他的故乡,而是说故乡在自己的心中,只要心有所安,无处不可作故乡。然后,他就准备归老"故乡",认认真真地生活起来。

首先,他在海南努力传播文化,认为"天其以我为箕子,要使此意留要荒"(《吾谪海南……》)。在他的教授下,海南的文化果然繁荣起来,有好多人因此中了进士、举人。其次,对待不足为外人道的日常生活小事,他也感到津津有味,《谪居三适三首》是典型的代表。记理发梳头的感觉是"一洗耳目明,习习万窍

四、〔天地境界〕

通"，"谁能书此乐，献于腰金翁"；记午睡是"身心两不见，息息安且久"；记濯足是"瓦盎深及膝，时复冷暖投"。其实，他不仅仅拘于庸常的描写，细揣此诗，即可看到诗人从中感到了生命的领悟和快慰。第三，在《苏轼文集》中，有大量篇幅短小的笔记，内容多是服药养生、衣食住行等，大多写得意趣盎然，其中的一些则直接表现出作者的情感心态，如《苍耳录》：

> 药至贱而为世要用，未有若苍耳者。他药虽贱，或地有不产，惟此药不同，南北、夷夏、山泽、斥卤、泥土、沙石，但有地则产。

这正是以物自比，在对物的观照中放射出生命的光辉。

对生活只做情感体验，使每一件具体的事，不论是大是小，是否重要，都具有同等的意义，也都上升到了本体的高度。在每一件具体的事中，苏轼领悟到了有限中的无限，感受到了现象后面的本体。因此，苏轼的现实生活也就更加趋向审美化。

在儒、道、佛三家思想中，均找不到重视感性生命、只对生活作情感体验的理论依据。儒家把人归于社会，抹杀人的主体性、自然性，强调人的社会性，从而把活生生的人变成了类的存在物，仅是作为社会的附庸而存在。道家要求物我齐一，人归于物，从而进行自我排除，不仅否定名利功业，对感性生命也一同摒弃。佛教则干脆否定人生，此岸世界的一切都是虚幻痛苦的，只有渡到彼岸才能超越。但苏轼却融汇三家，创造出新的生活方式。他吸收了儒家的执著现实的一面，扬弃了其追求功利的一面；吸收了道家的通脱旷达、追求心灵自由的一面，扬弃了懒散无为的一面；吸收了佛教的感悟人生、追求心灵超脱的一面，扬弃了否定人生的一面。从而，苏轼做到了对儒家的功利实现、道家的化入自然、佛教的彼岸解脱均无所待，否弃了生活的终极目的，使生活中的事件不是有序的排列和积累，而是直指心理本

四、「天地境界」

体的现象。这样,人生的意义就在于人生的过程。

4. "也无风雨也无晴"——构建精神家园

据说,中国人没有精神家园,只有西方相信宗教的人才有精神家园,其实,这是皮相之论。精神家园是什么? 简单说来,精神家园是人的最后的精神归宿,无论是基督教的上帝,还是后基督教神学的"神圣实在",只要能为人们提供最终的精神归依,就是精神家园。从这一意义上说,中国的道德本体,心灵本位,本来就已经为我们提供了坚实的精神家园。尽管这种精神家园经常处于被质询的状态,但又有谁能够动摇它的根本呢? 尽管与西方的宗教比较起来,它没有明确的外在的形式,但它已经以教化代宗教,以日常的行为规范代替特别的宗教形式,不仅"政教合一",而且与人的日常生活融为一体。从这一意义上说,我们无时无刻不生活在"宗教"之中。

当然,文化不是宗教,文化也不能取代宗教,但是,我们的文化自从诞生之日就将宗教的因素融入了自身,以保持自己的强固的韧性,"体用不二"的文化特性是其最有力的证明。所谓"天命之谓性,率性之谓道,修道之谓教"(《中庸》),说透了自然、社会、人事、宗教之间的关系。只要"尽心",就可以"知命"。中国人正是因为有了坚实的精神家园,其悲剧意识才会在撕开了此岸与彼岸的天堑之后,又搭起了一座通向彼岸的桥梁,在现实的绝望中找到了超越的永恒,而不是像西方人的悲剧那样易于走向绝望的寂灭。

不过,中国文化的基本因素仅是为我们提供了寻找和建构精神家园的可能性,在不同的历史阶段,对于不同的人,其家园感往往是不一样的,甚至是大相径庭的,这也是由中国文化的道德本体、心灵本位的基本特征决定的。因此,建构精神家园往往是我们每一个人需要终生为之努力的事情。

四、「天地境界」

岭海时期的苏轼以其特有的生命实践做到了"无思"与"无待"相统一，构成了他在这一时期的生活方式，实际上也就构建起了他的精神家园。在岭海时期以前，苏轼似乎总是在寻寻觅觅，希图寻求精神的栖息地，想在有限的生命中获得无限，飞鸿的形象，似乎成为他的象征。"人生到处知何似，恰似飞鸿踏雪泥"，"人似秋鸿来有信，事如春梦了无痕"，"谁见幽人独往来，缥缈孤鸿影"，"两两归鸿欲破群，依依还似北归人"，诗人创造出这一飞动不居、缥缈寂寞的飞鸿形象，正表明了诗人思无所依，神无所归的心理状态。但到了岭海时期，他就沉浸于心理本体之中，不再向外寻找精神依托了。

这里所说的心理本体，就是指一切均诉诸内心，一切生活过程均成为生命过程，是自觉的，也是自发的，不需要任何外在的驱动力，只是自自然然地"遇事则发"。它既不追问存在是什么，也不追问存在的目的和意义，由此而发的活动既不指向社会、人际，也不指向超验的神性，只指向自我。

人从哪里来，到哪里去，自己是什么，要干什么，均无所挂心。"此间道路熟，径到无何有"（《谪适三首》），"从来性坦率，醉语漏天机。相逢莫相间，我不记吾谁"（《次韵定慧钦长老见寄八首》）。这里既没有社会角色的自我确认和追索，也没有向自然的回归和同化，只是走向内心，以一颗赤裸裸的心灵来贴近生活。《书上元夜游》是一个绝好的例证：

己卯上元，余在儋州。有老书生数人来过，曰："良月嘉夜，先生能一出乎？"予欣然从之。步西城，入僧舍，历小巷，民夷杂糅，屠沽纷然，归舍已三鼓矣。舍中掩关熟睡，已再鼾矣。放杖而笑，孰为得失？过问先生何笑，盖自笑也；然亦笑韩退之钓鱼无得，更欲远去。不知走海者未必得大鱼也。

苏轼见到日常生活情景而顿然感悟，"鱼"自在我心中，欲求大"鱼",何必走海远去？汲汲寻觅者未必能得"大鱼"。于是似拈花微笑，心境一片恬然澄明。但这不是禅宗的顿悟，只是对生活的感受和态度。庄子讲"吾丧我"，是要使人形如槁木，心如死灰，在现实生活中"呆若木鸡"，与物同化，而苏轼的"我不记吾谁"则是要解除一切束缚心灵的桎梏，真正做到心灵的自由高蹈。

心理本体的指归就是这种心灵的自由，但必须看到，这种自由不是征服外在客观世界的自由，而只是回缩内心的自由，是对现实、社会、人际等一切外在事物回避以后而获得的自由。正如上述，这种自由不否弃感性生命，也不否弃现实生活，只是对这一切进行不作价值关怀的生命感受。你可以说这是逃避、是精神胜利法，甚至是活命哲学，但这里是在根本层次上论述问题，不作社会实用层次上的关怀。

这种心理自由扩展便成了精神家园，因为它不仅"可观"、"可游"，而且"可居"，作为一种精神终极归依，它可以使人安居于"寸田尺宅"而不向外求索，一切苦难、不幸都在内心化解，一切欢乐、幸福也都在内心过滤、升华。"也无风雨也无晴"，生活就是生活，在其背后没有更多的东西。这也就是所谓的天地境界、宇宙情怀。现实中的人上与天通、下与地合，从中体味生命的律动、宇宙的幽韵。但这不是"以天地胸怀来处理人间事物"，"以道家精神来从事儒家的业绩"（冯友兰《新原人》），而是根本就不去"处理""事物"和"从事""业绩"，也不讲究儒家、道家，只以心为本体，对生活进行情感体验。

以心理本体为特征的精神家园实质上是一种生活方式，是一种人生境界。它不仅是中国封建士大夫人生境界的极至，也是中国传统文化的必然产物。总的看来，在中国的传统文化中，儒、道两家都是内向型的文化，即不要求外向型的开拓，不注重

四、「天地境界」

征服外在客观世界。儒家把着眼点投向人际、社会,要求人加强道德修养;道家要求人虚静无为、顺应自然,自觉地抱朴守一,不与世俗相处。这些都是要把人向内回缩,把人的全部价值和意义局限在人的内心,由此而产生的审美要求也是建立在心理主义基础之上的,而审美要求则直接影响到人的生活。李泽厚在论及华夏美学的心理主义原则时说:"这心理主义已不是某种经验科学的对象,而是以情感为本体的哲学命题,从伦理根源到人生境界,都在将这种感性心理作为本体来历史地建立。从而,这本体不是神灵,不是上帝,不是道德,不是理智,而是情理相融的人性心理。所以,它既超越,又内在;既是感性的,又超感性。"(李泽厚《华夏美学》)这种超越后的内在感性,正是传统文化中最深层的东西,它不仅潜在地支配着人生的各个层面,一旦时机成熟,它会以一种更为直接的方式呈现出来。

应该说,苏轼的文化人格几乎达到了传统士大夫人格的最高峰,但这并不只是因为苏轼是一个"天才"的缘故,更重要的是历史的发展使然。

苏轼对于自己遭贬的原因和意义,似乎有着相当清醒的认识,但这种认识已不局限于具体的现实,而是上升到了社会历史的高度。他在给友人的信中说:"自揣省事以来,亦粗为知道者。但道心数起,数为世乐所移夺,恐是诸佛知其难化,故以万里之行相调伏耳。"(《答参寥书》)他不仅把遭贬看成是悟"道"的良机,还认为其中大有深意。在《次韵王巩》中又说:"若问我贫天所赋,不因迁谪始囊空。"认为他的人生遭际不是出于偶然,而是有其必然性。

中国封建社会发展到中唐时朝又开始了文化重建。为了维护封建统治,那位"文起八代之衰"的韩愈企图把六朝以来遭到严重破坏的纲常名教重新建构起来,他继承了汉代董仲舒以来的"性三品"说,写出了《原性》等一系列的文章,认为人性是与生俱来的先天本性,而仁、义、礼、智、信这五道德正是人性的组成部分。他肯定了性的合理存在,进而埋下了否定情的种子。其后的李翱提出了复性论。然而,就在这"复性灭情"的呼声甚嚣尘上之时,一个深刻的矛盾正在酝酿着。在封建社会的黄金时代盛唐过后,人们越来越重视感性生命,越来越注意"情"的满足。同是那一位韩愈,做文是道貌岸然,做人却耽于声色享乐。苏轼曾评论道:"韩愈之于圣人之道,盖亦知好其名矣,而未能乐其实。"(《韩愈论》)这是"文心"与"人心"的剥离,是人格的严重分裂。正是这种剥离和分裂,才使重"性"和尚"情"成为一明一暗的两股潮流,不断地激荡冲撞。就文学创作的实践来看,中唐也是一个转折点。自中唐至北宋,文学创作的主要表现对象已经是经过人们的心灵过滤后的情感。至于审美思潮的变化,更是如此。司空图的《诗品》开其端,严羽的《沧浪诗话》扬其波,人们追求的是一种"韵外之致"、"味外之旨"和"水中之月"、"镜中之像"。显然,这已不注重对外界的征服,不注重建功立业,而是注重内心的超然玄悟,把人引向细腻、丰富、虚灵而又深邃的心灵世界。总之,在封建社会由前期向后期转变的过程中,一股张扬感性生命、热衷求索内心的潮流正在逐渐形成。

　　北宋初期的苏轼,正是继承了这股潮流,并对其进行了发展和超越。当时,"关学"(张载)、"洛学"(二程)、"新学"(王安石)、"蜀"(二苏)等多派并立,以"洛学"为盛。"洛学"显然继承了韩愈、李翱的思想,后来才得以成为官方哲学,而"蜀学"却表现出"三教合一"的特点。南宋汪应辰曾评论悦:"(苏轼)凡释氏之说,尽欲以智虑亿度,以文字解说,如论成佛难易而引孟子'仁义不可胜用'。子又有《传灯录解》,而子由晚作《老子解》,乃欲和会三家为一。"(汪应辰《文定集》)后来全祖望干脆将"蜀学"

四、「天地境界」

摈出理学正书之外。实际上,正是这种"三教合一"的特点才使
上述重视感情生命的潮流得以剥去庸俗的一面,成为人自我发
展的方式。

对于"性"和"情"这一对哲学基本问题的看法,苏轼同韩愈
等人也截然不同。韩愈认为人的喜怒哀乐出于情而非出于性,
而苏轼则认为人的喜怒哀乐恰恰是出于人性(参见《"苏轼的儒
学"中的哲学观》一章)。这种区分不仅在理论上有独到之处,在
实践上也极富指导意义,因为它解除了性对人的种种束缚,为性
的发展——实质上是人的自由发展——提供了广阔的天地。在
《韩愈论》里,苏轼史是直申情欲出于性,而非出于情,这在理学
兴起的北宋时期,实不啻石破天惊之论。苏轼论证了情欲的合
理性,为情欲正名,实际上也是论证了个性存在的合理性。他在
给朋友的一封信中说:"昔之君子,惟荆是师,今之君子,惟温是
随,所随不同,其随一也。……然进退得丧,齐之久矣,皆不足
道。"(《与杨元素》)因此,他不畏罗织构陷,直言敢谏,就不同于
传统的"文死谏"的为臣之道,而是更多地带有发展自我的色彩。
苏轼的这种思想,在朋党之争激烈,弹劾之风盛行的北宋,实在
是一道炫目的亮光。

中国文化的发展往往是以走向内心为求得解放之道,这已
为数千年来的文化发展史所证明。当某个王朝强调人的"社会
性"、"政治性"的时候,这个时代往往走向禁锢,只有走向内心,
才是解除外在束缚的正途。中国传统文化发展到宋代已经烂
熟,由唐至宋的文化衰变十分清楚地显露出中国文化的特点:走
向内心。至北宋时期,传统文化的早期所呈现出来的汉、唐开拓
精神已消失殆尽,只剩下了此时的社会疲软和文化的精细纤弱。
士子文人感到社会振兴无望,便纷纷退避内心,这其实也是北宋
文化繁荣的原因之一。在这一时期,儒、道、佛(禅)比以往任何

四、「天地境界」

时期都更容易交汇融通,更容易在文化上出现前所未有的新东西。由于人们无法在社会功业中去自我实现,对人生的思考就凸现出来,确立什么样的人生态度,似乎显得比什么都重要。苏轼作为一个天才诗人、睿智的哲人当然会最为敏锐地觉察到这些,而他的坎坷遭遇,又为他提供了他人无法得到的感悟人生的外在契机。于是,他把传统文化中最为深层的东西运用到生活中来,构建了精神家园,实现了审美人生。

在现实生活中,毕竟不是每个人都能实现审美人生,但作为一种文化现象,岭海时期的苏轼实际上是一种现实榜样,对后代的影响是十分深远的。当然,这种影响也是十分复杂的。它一方面可以促使人发展个性、保持独立、不与世俗同流合污。另一方面也可以成为逃避现实、游戏人生的借口。当然,后一方面的影响不是天地境界本身所固有的。尽管天地境界不能直接破坏封建正统秩序,但在当时的情况下,注重自我发展,不去掘泥扬波是具有积极意义的。这比陶渊明以来的"隐士"人格更为丰富和深刻。

通过分析苏轼的生命实践,我们可以具体看到苏轼是怎样融汇儒、道、佛(禅)三家的,我们恐怕再也不能说苏轼的思想是个"大杂烩",甚至不能简单地说他吸收了儒、道、佛三家的精华,也不能抽象地说他"以道为体,以儒为用"。我们看到,儒、道、佛(禅)三家在其极处有着相通的地方,这个相通的地方就是"自由的心理主义原则",苏轼正是利用这个"自由的心理主义原则",建构起了精神家园,达到了传统士大夫人格的最高境界,也是中国传统的文化人格的最高境界。

四、「天地境界」

五、苏轼的山水诗与自然诗化的走向

在中国文学中,尤其是在诗歌中,对自然的表现一直是一个极其重要的内容,对待自然的不同的方式和态度,在一定程度上标志着文学——尤其是诗歌——的不同的发展阶段。通过对自然诗化的流程和走向的分析,我们可以看到苏轼诗歌创作的独特意义以及苏轼的哲学思想和文学思想的某些特征。

王国维说:"诗歌者,描写人生者也(用德国诗人希尔列尔之定义)。此定义未免太狭,今广之曰'描写自然及人生',可乎?然人类之兴味,实先人生而后自然。故纯粹模山范水,流离光景之作,自建安以前,殆末之见。"(王国维《屈子文学之精神》)此论甚是。"纯粹"的"模山范水,流离光景之作"的确是在建安以后出现的,但在中国文学作品中,"模山范水,流离光景"的因素早已有之,在《诗经》中就已经出现了对自然的描写与感叹。"经过了西周中期的精神转向,到了西周晚期,随着王朝的衰败,人们意识到了周人的"天命"并不是永恒的。在王朝短暂的中兴时光里,他们发现现实生活似乎比所谓的天命更美好,也更有价值,因而也更值得歌唱。此后的诗歌,往往更多地显示出浓厚的生活气息,显示出对社会政治的世俗化的关注。人们从内心的观念中走了出来,睁开了世俗的眼睛,突然发现,这自然山川是那

样的雄伟与壮美,是那样的富有光辉而又青春长在:

> '天保定尔,以莫不兴。如山如阜,如冈如陵。如
> 川之方至,以莫不增。
>
> 如月之恒,如日之升。如南山之寿,不骞不崩。如
> 松柏之茂,无不尔或承。(《小雅·天保》)

这是比德的思维方式,但其中蕴含着对自然之美的发现,恐怕也是不争的事实。实际上,描写自然也正是为了更好地描写人生。魏晋南北朝正是人的觉醒时期,这时候,再像《诗经》、《楚辞》那样为描写人生而描写人生,在某些情况下,就不足以传情达意了。因此,有些诗人就走入了自然,所谓"庄老告退,而山水方滋"(《文心雕龙·明诗》),山水诗终于在各种因素的共同作用下诞生了。

纵观建安以后的山水诗,其对自然的把握可分为三个层次:一是客体层次,把山水自然看成独立于创作主体之外的审美对象,以描写自然为主,以抒情为辅,在自然诗化走向上仅属客体自然——描写自然之美——的层次,以谢灵运、谢朓为代表。二是主体层次,把山水自然当作心灵的象征,情感的符号,创作主体往往以自己的情感去改造审美对象的固有形态,使情、景相互生发。在自然诗化的走向上,属于情意自然——情景相生——的层次,以柳宗元为突出代表,另有王维、白居易等人。三是哲理层次,对自然与自我进行双重超越,使其诗境超越现实,又在更高的层次上回归到现实。它属于智慧自然——以哲学的眼光审视自然的层次,以苏轼为代表。

时至六朝,玄风大炽,士大夫以欣赏山水自然之美为解脱,并视之为领悟玄理的契机,胸怀不关山水的人甚至成为被嘲笑的对象。《世说新语》记载:"明帝问谢鲲:'君自谓何如庾亮?'答曰:'端委庙堂,使百僚准则,臣不如亮。一丘一壑,自谓过之。'"

五、苏轼的山水诗与自然诗化的走向

（《品藻》）这里把胸怀自然"丘壑"看得比"政治才能"要高得多。对山水诗文也持激赏的态度："郭景纯诗云：'林无静树，川无停流。'阮孚云：'泓峥萧瑟，实不可言。每读此文，辄觉神超形越。'"（《文学》）是否能以山水为题材，也已经成为当时评价文人的一个标准："孙兴公为庾公参军，共游白石山，卫君长在坐。"孙曰："此子神情都不关山水，而能作文。"（《赏誉》）山水，在人们的生活和生命中竟然占有如此重要的地位。玄学孕育了山水，山水又摆脱了玄学，逐渐走向审美的独立。在这里，山水已不只是"引子"、"陪衬"或显现玄理的工具，而是"道"的显现，"以玄对山水"、"山水以形媚道"，山水已经由工具上升到了主题的地位。

谢灵运的山水诗是这一时期的代表。在谢灵运那里，自然山水成为他的心灵的外围屏障，在自然山水的保护下，他才能放任自我，感受到本真生命的律动。"野旷沙岸净，天高秋月明。息石挹飞泉，攀林搴落英。战胜臞者肥，鉴止流归停。即是羲唐化，获我击壤情！"（《初去郡》）这是在自然山水中感受到了古朴本真的生活情景；"川后时安流，天吴静不发。扬帆采石华，挂席拾海月。溟涨无端倪，虚舟有超越。仲连轻齐组，子牟眷魏阙。矜名道不足，适己物可忽。请附任公言，终然谢无伐。"（《游赤石进帆海》）这是从自然中感悟到对功名与现实的超越。"昏旦变气候，山水含清晖。清晖能娱人，游子憺忘归。出谷日尚早，入谷阳已微。林壑敛暝色，云霞收夕霏，芰荷迭映蔚，蒲稗相因依。披拂趋南径，愉悦偃东扉。虑淡物自轻，意惬理无违。寄言摄生客，试用此道推。"（《石壁精舍还湖中作》）自然山水所具有的审美魅力能使主体流连沉醉，但同时也能启悟他人生的哲理。最后的说理确实缺乏形象性，疏离了文学的特点，但这恰恰从反面突出了自然山水的独立性。谢朓的山水诗也很有代表性："余霞散成绮，澄江静如练。喧鸟覆春洲，杂英满芳甸。"（《晚登三山还

五、苏轼的山水诗与自然诗化的走向

望京邑》)正所谓"目既往返,心亦吐纳";"情往似赠,兴来如答"(《文心雕龙·物色》),确实赋予了自然以浓厚的审美色彩。但是,我们也可以从中清楚地看到,上述诗中的自然景色确实又是"突出了自然山水的独立性"、客体性,而不是"物我合一"。应该说,这是人在初步觉醒之后必然产生的现象。所谓人的觉醒,无非就是人相对于自然、社会具有了独立意识,因此,此时的山水诗,也必然是把山水当作外在于人的自然的客观存在来描写,把山水看成是寄托或生发个体情感的对象。所以,在自然诗化走向上,我们将其看作是客体自然——描写自然之美——的层次。

唐朝以后,魏晋六朝时期以来的山水诗发生了很大的分化,如王维的"禅诗"就以山水田园来表现禅思佛境,但总的看来,王维是为禅写诗,并不能代表自然诗化的走向。能够代表这一走向的,是人们往往不再从山水自然中体味玄理,也不明确地把山水自然看成是外在于人们的东西,倒是特别注重自然山水的"泄导人情"的作用。白居易贬江州时作的《读谢灵运诗》十分具有典型意义:

> 吾闻达士道,穷通顺冥数。通乃朝廷来,穷即江湖去。谢公才廓落,与世不相遇。壮志郁不用,须有所泄处。泄为山水诗,逸韵谐奇趣。大必笼天海,细不遗草树。岂唯玩景物,亦欲摅心素。往往即事中,未能忘兴谕。因知康乐作,不独在章句。

白居易将谢灵运山水之作归结为"壮志"、"心素"的"泄"、"摅",实是以己度人,但这恰好说明了唐人对山水诗的理解和对山水自然的看法。的确,无论是山水田园诗派还是边塞诗派,他们都是把山水田园和边塞风光当作抒发自己情感的载体的。在这一方面,柳宗元的山水诗达到了顶峰。如《南涧中题》:

> 秋气集南涧,独游亭午时。回风一萧瑟,林影久参

差。始至若有得,稍深遂忘疲。羁禽响幽谷,寒藻舞沦
漪。去国魂已游,怀人泪空垂。孤生易为感,失路少所
宜。索寞竟何事?徘徊只自知。谁为后来者?当与此
心期。

这是他的名作,诗人本来想借山水抒解忧思愁绪,但反而像
"寒藻舞沦漪"那样,在徘徊则愈隐愈深,形成了一个感情的旋
涡。此诗与他的散文《永州八记》一样,使山水都染上了他的孤
峭愤懑的情绪,同时更借助山水来表现这种情绪,至于从中体悟
了什么玄理,或是将山水看成是外在的景物而着意刻画,那是没
有的。他的借山水来抒发情感的最典型的代表作还是《登柳州
城楼寄漳汀封连四州》:

城上高楼接大荒,海天愁思正茫茫。惊风乱飐芙
蓉水,密雨斜侵薜荔墙。岭树重遮千里目,江流曲似九
回肠。共来百越文身地,犹自音书滞一乡。

这首七律是诗人初抵柳州任刺史,登城楼远眺,因怀念同遭
贬谪的刘禹锡等人而作。中国的山水诗,似乎从来还没有人将
其写得这样情浓意切,惊心动魄。诗中的自然山水已经不再像
魏晋六朝的山水诗那样是人的客观欣赏的对象,而是染上了浓
烈的情感色彩,成为人的情感的化身,因此,柳宗元将中国的山
水诗发展到了一个情意自然的阶段。

然而,无论是第一层次还是第二层次的山水诗,其创作主体
都没有超脱于自然之外,而是将自然看作是体道之物,媚道之
形,或是看作是情感的载体,只要贴近自然,深入自然,就可以从
中体味本体,就可借自然之酒浇胸中之块垒,或是以审美的方式
把自然当作悲剧意识的消解因素。这就是我们所说的走入自
然,也是走入自然的本质含义。

真正走出自然的,是苏轼,因为他的山水诗在自然诗化的走

五、苏轼的山水诗与自然诗化的走向

向上表现出与前人迥然不同的总体倾向。这里所说的走出自然,是指苏轼的山水诗不再把山水当作体道之物,媚道之形,或看作是情感的载体,而是将自然化作了自己求诸内心的媒介,他既不像魏晋六朝的人那样站在自然之外,也不像唐人那样站在自然之中,而是站在了自然之上,艺术地把握了自然,使于成为自己求诸内心的工具。

青年时代的苏轼虽也写过一些与前人相近的模山范水之作,但在王安石变法后,其诗风就发生了变化,这里说的山水诗,主要指他1071年"补外"出任杭州通判以后,特别是迭遭贬谪时的山水诗。这些诗或是富有禅意,或是把儒、释、道三家融于一炉,并借禅宗的思维方式来表达他对人生的体味和感受。作为诗人的苏轼,不仅达到了"万象入我摩泥珠"的境界,还把自己的整个身心投射到山水自然之中,臻于"嗒然遗其身"的心物合一的化境。他用"智渡"的方式"返照"于自身,使自己的心灵上升到一个新的层次。这些诗大致可分为四类:

其一,借自然说禅,即从静态和动态的自然山水中感悟禅理,在具体的表现形式上,描写自然景物的诗句和感悟禅理的诗句往往分开。如《百步洪》:

> 长洪斗落生跳波,轻舟南下如投梭。水师绝叫凫雁起,乱石一线争磋磨。……我生乘化日夜逝,坐觉一念逾新罗。纷纷争夺醉梦里,岂信荆棘埋铜驼。觉来俯仰失千劫,回视此水殊委蛇。君看岸边苍石上,古来篙眼如蜂窠。但应此心无所住,造物虽驶如吾何!回船上马各归去,多言谇谇师所呵。

该诗先用博喻的手法极力渲染了水流的湍急迅疾,以象征人生的短暂。后十四句则是说禅,尤其"君看岸边苍苔上,古来篙眼如蜂窝"一联,形象而又精警地道出了多少舟人已逝,而流水依旧的禅理,并指出只要心无所在,上述的造物规律就无法成为生命的桎梏。这类诗在自然智慧化的走向上层次较浅,但已基本脱离了寄情于景的传统模式。

其二,从自然中悟禅,即除眼观耳闻以外,尤其注重心灵的感受,表现在诗句中较少以议论的形式出现,往往以形象的方式表现出来,以《行琼、儋间……》为突出代表:"四周坏一岛,百洞蟠其中,我行西北隅,如度月半弓。此生当安归,四顾真途穷。眇观大瀛海,坐泳谈天翁。茫茫太仓中,一米谁雌雄。幽怀忽破散,永啸来天风。千山动鳞甲,万谷酣笙钟。安知非群仙,钧天宴未终。喜我归有期,举酒属青童。"全诗按心灵感悟顺序分为三个境界:先是执着生计,梗塞未通,然后是神与天谐,幡然悔悟,最后是对自己的彻悟进行审美体验。他对自己的合天音、诗语为一体的"妙声"深为赞美,因为它以审美的方式搭起了通向永恒的桥梁。《西湖绝句》也很典型:"毕竟西湖六月中,风光不与四时同。接天莲叶无穷碧,映日荷花别样红。"既是以禅意的眼光去审视自然,也是从自然中悟禅,双向交汇。该诗若只有后两句,美则美矣,但为死景,而前两句看似闲笔,实为诗的结穴之处,它激活了整个画面,顿悟之下,人的审美感受上升到一个鲜灵灵的层次。这类诗已比第一类深入了一步。

其三,禅意与自然合一,心物合一。在这个层次中,往往很难分清哪是山水自然,哪是诗情禅意,二者冥然合一。山水自然,禅理诗情,互相融通,相互生发。山水自然完全成为心灵的外化,而心情意绪又以山水自然为形式,最终指向人的心灵。如《望湖楼醉书五绝》(选二):

> 黑云翻墨未遮山,白雨跳珠乱入船。卷地风来忽
> 吹散,望湖楼下水如天。

> 放生鱼鳖逐人来,无主荷花到处开。水枕能令山

俯仰,风船解与月徘徊。

第一首由"黑云翻墨"而"忽吹散",最终进入了"水如天"的澄明的心境,实是借自然的变化过程来喻说心灵的变化过程,禅意的显现过程与自然的变化过程相互生发,合二为一。第二首写"鱼鳖逐人","荷花""无主",实是无视外在客观事物的存在,归于心灵本位,至于"水枕能令山俯仰,风船解与月徘徊",非儒家随遇而安式的消解,而是"吾心淡无累,遇境即安畅"(苏轼《出峡》)的任天而动的心灵的自由高蹈。它既是第一联的必然结果,也是第一联的形象的深化,使其不仅与"风动还是幡动"禅宗公案联系起来,更使人感受到了人的心灵对山水自然的"决定作用"。再如《饮湖上初晴后雨》:

> 水光潋滟晴方好,山色空濛雨亦奇。欲把西湖比西子,淡妆浓抹总相宜。

这决不是一般的山水诗,而是以一颗无往而不在的禅心去体味自然,触处皆宜,无所不可,达到了"身与物化"的心物合一的境界。在这首诗中,分不清哪是山水自然,哪是心情意绪,其实根本就无需分辨,因为山水自然、诗意禅理、心情意绪三者都在审美的深处统一起来,山水自然早已不是外在的客观存在,也不是情感的载体,而是超度人的梯航。

可以说,苏轼的诗是借禅理来实现对自然的超越性的把握的。对诗中的禅意,诗人有着清醒的认识,他说:"暂借好诗消永夜,每逢佳处辄参禅。"(《夜直玉堂,携李之仪端叔诗百余首》)但他决没有潜身佛门,决没有进入"千江有水千江月,万里无云万里天"的禅境,他深悟道家的"齐一万物"并由道入禅,但从未摆脱儒家的烙印,倒是更多地表现出"三教合一"的倾向。在一首短诗中,可看到三者的有趣的结合:"新浴觉身轻,新沐感发稀。风乎悬瀑下,却行咏而归。仰观江摇山,俯视月在衣。步从父老

五、苏轼的山水诗与自然诗化的走向

语,有约吾敢违?"(《和陶归园田居六首》)纵观全诗,老庄的隐逸思想溢于字里行间,而五、六两句又有禅宗体味自然时"瞬刻永恒"的意味。前四句却是师承《论语·先进》"风乎舞雩,咏而归。"但这决非三者机械的拼凑,而是撷取了其精湛,进行了多重超越。佛家走向内心否定人生,儒家走向社会忽视人生,道家走向自然简化人生。苏轼则是把佛教的走向内心当作探索人生的手段,把道家的走向自然化为丰富人生的契机,而对儒家的走向社会,他采取了"外涉世而中遗物"的做法,摒弃了其"用之则行,舍之则藏"的一面,使个体人格独立于社会,充分重视人的个体生命。对上述三者的超越,都仅仅围绕着心灵本位这一中心,指向了执着而又超越的审美人生。

从上面的分析可以看出,不论哪一类山水诗,都未将山水自然当作伦理道德的象征物,也没有把它作为主观情感的依托物,而是诗人求诸内心的媒介。苏轼没有象前代任何一位诗人那样,或是写景,或是抒情,甚至并不追求情景交融的意境,只是以禅意的眼光去审视自然,从自然中脱身而出,获取了把握自然的自由。他在《超然台记》中说:"彼游于物之内,而不游于物之外",则"物有以盖之矣","物非有大小,自其内而观之,未有不高且大者也。"他对待外物的态度是"游于物之外也"。这里的"物",既指满足人的生理需要的外物,也指满足人的审美需要的外物。他既取得了居高临下的视角,也就能毫不费力地对外物进行整体把握,而不至沉溺其中不能自拔。他"游于物外",不为物滞,但又决非离物而去,他在《宝绘堂记》中说的一段话,正好与此相互参补。他说:"君子可以寓意于物,而不可留意于物。寓意于物,虽微物足以为乐,虽尤物不足以为病;留意于物,虽微物足以为病,虽尤物不足以为乐。""寓意于物",是物为我用,我占主导,"留意于物",是我为物役,物占主导。两种选择会引发两种不同的导向，苏轼选择了前一种。不论是"微物"还是"尤物"，他一概驱之以如椽的诗笔，使之"足以为乐"，使自己在追索外物的过程中得以发展。他的"游于物外"和"寓意于物"，正是走出自然的两翼，他借此实现对自然的升华和超越，并在更高的层次上复返和回归。

在这些诗中，诗人走入了自然，同时又走出了自然，而走入自然的目的正是为了走出自然，因为他把自然当作一种工具，一种契机，借以开掘自己的内心世界。这些诗中的自然，是情感、心灵与自然相互生发的结晶，它已不再是生命的依托物，而是生命的外化形式。他的许多山水诗，与其说是写自然，毋宁说是写心境，而实是心与天通，一笔勾出，天、心相与澄澈，无半点尘埃。他在审美愉悦中寻找自我，在人生实践中发展自我。

在自然诗化的走向上，陶诗浑朴，谢诗工丽，王诗散淡，柳诗孤峭，而苏诗所追求的则是圆融无碍、泊无蒂芥、洞烛宇宙的智慧。这种智慧决非沉溺在自然中就能得到，需要走出自然，去探究"天人之际"，而追求这种智慧的得力工具便是禅。李泽厚曾说："具有禅意的中国文艺，一方面由于多借助外在景物特别是自然景色来展现心灵境界，另一方面，这境界的展现又把人引向更高一层的本体求索，从而进一步扩展和丰富了中国人的心理，使他们的情感、理想、想象、感知及意向、观念得到一种新的组合变化。"（李泽厚《禅意盎然》）"'禅而无禅便是诗，诗而无诗禅俨然'。参禅而不露禅机，赋诗而意在诗外，这大概臻于诗境与禅境的极致。好些禅诗偈颂由于着意要用某些类比来表达意蕴，常常陷入概念化，实际上就变成了论理诗、说教诗，……具有禅味的诗实际上比许多禅诗更真正接近于禅。……由于它们通过审美形式把某种宁静淡远的情感、意绪、心境引向去融合、触及或领悟宇宙目的、时间意义、永恒之谜……"，（李泽厚《中国古代思想史论》)它们反而最终成为真正的"禅诗"。而实际上,诗与禅本来就有不解之缘,因为从审美的意义上讲,诗虽然并不一定都是禅,但禅却一定是诗。"万古长空,一朝风月",是禅的极境,但如何在瞬间的"一朝"中体会到永恒的"万古",如何将耳目所及的有限的"风月"与无限的"长空"统一起来,泯灭时空界限,达到瞬间永恒,如果剥除了禅的神秘外衣,其实现的途径,恐怕只有诗性的审美。

　　禅在此不过是一种把握世界的思维方式,苏轼只是借此求诸心灵,并在更高的层次上求索本体。他改造了"四大皆空"的禅意,使它通向人生哲理的领悟。对道家的"物我同一"的齐物观进行了超越,从而走向了雍容旷达的人生。因此,他的审美意向不仅不投向世俗的功名利禄,就是"怪奇伟丽"的自然,他也并不"留意"。不论对何种题材,在进行审美创造时他总是注重"本心",注重心灵对外物的渗透和精神的愉悦。作为诗人的苏轼,他的目光可以点化任何外物,使之上升到本体的高度,可谓圆融无碍。对待世事人生,又"寸田无荆棘",把自己置于"穷达不到处",可谓泊无蒂芥。最重要的是,他的山水诗上与天通,下与地合,真可谓洞烛宇宙。谢灵运在工丽的山水中消磨了个体,王维在散淡的"入禅之作"中日益萎缩,同是将自然诗化,只有苏轼才在这种追求中获得了日渐高大的个体。这从他的《水调歌头·明月几时有》词和 1100 年遇赦北归时作《澄迈驿通潮阁》诗的比较中可窥见一斑。"吾生欲老海南村,帝遣巫阳招我魂。杳杳天低鹘没处,青山一发是中原。"这诗写作时间与《水调歌头》相距二十四年,其抒情主体的形象已很不相同。词作虽有超然之意,但终是从天上回到地下,且色调凄冷,词中起舞者的形象(实是抒情主体的象征),给人以压抑、渺小之感。诗则不同,它不仅表现了归途的遥远和重返中原时的复杂心情,同时也通过开阔的诗境及青山和天地的渺小衬托出抒情主体的高大形象。

　　苏轼山水诗中的自然，是对儒、释、道三家自然的超越。从自然人化（从广义上说）的角度看，儒家的自然是比德的自然，道家的自然是天然的自然，释家的自然是禅意的自然。儒家借自然比德，以一种与天合德的手法赋予自然以神圣的含义，借以压抑人的情感，束缚人的心灵。苏轼从中挣脱出来，不是把人看作自然的附庸，而是凸现了个体人格的主导作用，从而摆脱了儒家诗教的范式。道家把自然看成是天然的存在，但又把它当成以形媚道的畅神之物、心灵的避难所乃至人生的归宿。苏轼并未消弭在自然之中，反倒借以寻求自我，发展个性，使个体更加独立于自然。佛教崇尚自然，但它是从山水林泉中去体察生命、宇宙的真谛和幽韵，认为物我互融，无彼无此，完全沉浸在直指本心的自我观照之中，与世相忘。苏轼对它加以扬弃，仅借其敞开内心、专意观照的感知方式，从而赋予了他的山水诗以崭新的风貌。苏轼对这三家的自然观进行了改造和超越，融于他的山水诗的创作之中，使丰富深刻的社会内容和独特新颖的审美感知方式统一起来，形成了盎然的禅趣。这种禅趣与禅宗的禅意在审美感知及表达方式上是近似的，如两者都注重直觉观照、直指本心的冥想以及活参、顿悟等，在表达方式上都崇尚自然、凝练和含蓄，追求"不著一字，尽得风流"的境界。但二者在感知内容和目的上又是不同的，前者感知的是由社会存在决定的情绪，是人的生命，其目的是追求超越（包括对宗教的超越），追求一种最高的智慧。后者感知的内容是"本心"、（心中之佛），追求的是"瞬刻永恒"。禅宗只是借自然悟禅，它从未执着于自然，苏轼在进行山水诗的审美创造时，也破去了自然之执，导向心灵的空明澄澈。但因儒家思想的牵制，他没有走向宗教，而是回归到现实人生。他就这样把禅趣当成了引渡人的梯航，使自己走出了自然,获得心灵的自由和个性的解放。

从主观追求的角度讲,谢、王、白、柳等山水诗人皆汲汲于社会本位,其愿不遂时便放歌自然,消解愁绪。但这并不意味着他们放弃了这种追求,倒是恰好证明了他们的执着。苏轼追求的是心灵本位,要进行这样的追求,就必须博采众家之长,融其精华于一炉。他对佛家的懒散和道家的放逸有所警惕,指出:"学佛老者本期于静而达,静似懒,达似放;学者或未至其所期,而先得所似,不为无害"。(《答毕仲举书》)他一生尊儒而出入佛老,却从未为佛老所羁绊,对儒家的诸多弊端,更不姑息。他人格上的理想,既不是孔、颜,也不在佛老,而是那种超越自我的深广高远的境界。他在《留侯论》中说:"天下有大勇者,卒然临之而不惊,无故加之而不怒,此其所挟者甚大,而其志甚远也。"他之所以能"平生傲忧患","久矣恬百怪",就是由于他对这种人格理想的追求。在审美创造上,他追求的是一种"高风绝尘"的远韵。这与他升华了的人生态度是相吻合的。因此,苏轼不是没有悲剧意识,而是由于他对心灵本位的追求,转换了它的走向,使它变成获得更高人生理想的进阶,从而把它升华到更高的层次。他的悲剧意识不用借自然消解,在他特有心理机制的调节下,它化作了一种使人向上的内在的力量。

如果说陶渊明是一位真正的隐士,苏轼就是一位真正的智者。陶渊明主要是用儒家的"不义而富且贵,富贵于我如浮云"的思想去批判现实的,他有着鲜明的政治理想,他的田园诗,实在是长歌当哭。他既明道之不行,便决然隐去,以求独善其身,决不象后世的一些无聊文人,把隐居当作终南捷径,以求待价而沽。而苏轼则不同,虽常言"归去"、"退居",但终老未践。他说:"我不如陶生,世事缠绵之。"(《和陶饮酒其一》)他是否陷身世事而不自拔呢? 从下面两诗的比较中可看出两人不同的处世态

五、苏轼的山水诗与自然诗化的走向

度。陶渊明的原诗："结庐在人境，而无车马喧。问君何能尔，心远地自偏。采菊东篱下，悠然见南山。山气日夕佳，飞鸟相与还。此中有真意，欲辩已意言。"苏的和诗："小舟真一叶，下有暗浪喧。夜棹醉中发，不知枕几偏。天明问前路，已度千重山。嗟我亦何为，此道常往还。未来宁早计。既往复何言。"（《和陶饮酒》其五）陶渊明的原作以心远为旨，写其闲居自得之乐，山鸟人花，一齐俱化，真意陡现，欲辩忘言，可谓全心地隐入了田园之中。苏轼的和诗则以舟行为喻，以委时任运为旨。"小舟"二句以"小舟"喻己，"暗浪"喻险恶之世情。后四句言醉中发舟，则可不知江湖之险恶，实是说只有不执着于物象，才能履险如夷。醉中醒来，江山已改，险恶已逝，足见无着之妙用。最后四句言既身在世途，拔之不及，索性"纵一苇之所如"，任其浮沉，不复哓哓于言。但这决非一般的率性而为，而是一种"无思之思"的"无待"。"无思之思"是指舍弃了对祸福得失等经验世界的执着，以审美的态度观照世界。"无待"是指对世事人生的无所依赖和希冀，一切求之于内心。这不是虚无和逃避，也不是认知世界的哲学观念，而是一种宇宙意识，是一种体味生命的律动和幽韵的智慧，是一种价值观。因此，苏轼不象陶渊明"倚南窗以寄傲，审容膝之易安"（陶渊明《归去来辞》），不去寄情山水，随缘自足，而是走出自然、社会乃至人生，并重新加以把握。当然，这是一种审美的人生，是对龌龊的现实人生的审美超越，也正是因为有了这样的超越，才可能对现实社会的人生进行改造。

自山水诗产生以来，其中的主体意识在不断增强，至柳宗元达到了顶点，但柳诗中的主体意识实质上只表现了一种附庸人格，仍把人看作社会的附庸，尚未脱离儒家的樊笼。到苏轼就发展为以自我寻找为基点的人格，他的山水诗又把情、景统一起来，但却不是向陶诗的简单回归，而是使之统一到"理"这一层次上。这里的"理",不仅是一种哲理,一种生存道理,更重要的是一种智慧,它要求对整个人生及宇宙重新进行整体把握。在这里,自然——这一长期作为中国人消解悲剧意识的主要因素——已完成了自己的历史使命,失去了消解功能。外围堤防既已溃败,于是,只剩下一颗赤裸裸的心来贴近整个社会人生的悲剧性。这就必然会产生两种效应:一是超然物外,一是对整个社会人生的空漠感。后一种正是前一种向现实社会回归的结果。对现实悲剧性的思考已不囿于个人、国家和社会,而是上升到本体的高度。他说:"溪山胜画徒能说,来往如梭为底忙",(《景纯见和复次韵赠之》)"仰人生底事,来往如梭"(《满庭芳·归去来兮》),并多次提到"人生如寄耳"(如在《答吕梁仲屯田》中说:"念君官舍冰雪冷,新诗美酒聊相温。人生如寄何不乐,任使绛蜡烧黄昏。"在《西江月·送钱待制穆父》中说:"须信人生如寄,白发千茎相送,深杯百罚休辞。")使他产生了对整个社会和人生的空漠感,他唱道:"缺月挂疏桐,漏断人初静。谁见幽人独往来,缥缈孤鸿影。惊起却回头,有恨无人省。拣尽寒枝不肯栖,寂寞沙洲冷。"(《卜算子·缺月挂疏桐》)作为天才的诗人、艺术家和富有造诣的哲学家,他以非凡的敏感和睿智,首先体察到了这种新的人生况味。他破除了旧的人生桎梏,想寻找新的人生理想和价值观念,但由于时代的局限,摆在他面前的是一片茫然。对于当时社会的命运,他的感觉也同样的敏锐与超前,他的《海棠》诗融化了白居易《惜牡丹花》和李商隐《花下醉》的诗意,但与它们已大异其趣。白诗说:"明朝风起应吹尽,夜惜衰红把火看",李诗说:"客散酒醒深夜后,更持红烛赏残花。"而苏诗说:"只恐夜深花睡去,故烧高烛照红妆"。白、李的诗多是怜香惜玉的伤感,尽管也有美人迟暮、无可奈何的喟叹,却并不沉重警拔,而苏诗则表现出一种"汲汲顾景唯恐不及"的心态,这种尚及行乐而恣意行乐的强颜欢笑，正透露出了行将灭亡的消息。"文章关气运，非人力"（胡应麟《诗薮》），苏轼的这些诗已隐含着一种末代意识，成了有宋一代乃至后期封建社会的谶语。

那么，苏轼何以能够"走出自然"？这与宋学的时代背景和以苏轼为代表的蜀学的哲学思想紧密相关。随着宋学的"正宗"——理学的不断演进，宋代文人的心理结构也随之发生了很大的变化，人们常说的唐诗以情韵胜，宋诗以理趣胜，正是这种心理结构在诗歌创作中的反映。其实，唐诗与宋诗的区别，"情韵"和"理趣"仅仅是外在的描述，其内在的不同是宋诗将唐诗的抒情性和情感冲突淡化了，将理性的色彩和冲突的时空极大地加强和扩展了，说穿了，宋诗再不像唐诗那样注重描述经验世界的情感冲突，而重在体味超验世界中的"理"。当然，正统的理学家认为"文从道中流出"，而以苏轼为代表的蜀学却以此作为思想解放的契机。

应该说，苏轼是一位伟大的哲学家，因为他的思想与封建政治意识形态有着内在的冲突，因此一直遭受着压抑，直到今天，他的哲学思想也未受到充分的重视。实际上，苏轼的哲学思想在历史上曾发挥了重大的影响，也是他的文艺理论和文艺创作的指导思想。下面，我们通过简要分析苏轼——也是蜀学——的最重要的哲学著作《东坡易传》来回答苏轼的山水诗何以能够"走出自然"。

《东坡易传》中有三方面的思想同他的诗歌创作有关。第一，宇宙生成的方式。《东坡易传》基本上秉承了郭象以庄注《易》的传统，但又有自己的创造性的发挥，在有如何生于无、有与无的关系上，苏轼并不是简单地认为有生于无，而是将运动看成是有与无之间联系的方式。他在解释"一阴一阳谓之道"时说了一段十分重要的话："阴阳果何物哉？虽有娄、旷之聪明，未有

五、苏轼的山水诗与自然诗化的走向

得其仿佛者也。阴阳交然后生物,物生然后有象,象立而阴阳隐矣。凡可见者皆物也,非阴阳也,然谓阴阳为无有,可乎?虽至愚知其不然也,物何自生哉?是故指生物而谓之阴阳,与不见阴阳之仿佛而谓之无有者,皆惑也。圣人知道之难言也,故皆阴阳以言之,曰'一阴一阳谓之道'。一阴一阳者,阴阳未交而物未生之论也。喻道之似,莫密于此者矣。"(卷 8)能够看到的都是物象,不是阴阳,但阴阳又不是无,也不是有,而是普遍地存在于物象之中形成并决定物象的运动方式,这就是道,就是易,正所谓"夫道之大全也,未始有名,而易实开之,赋之以名,以名为不足,而取诸物以寓其意。"(卷 8)因此,"无"与"有"在这个层次上已无根本的意义,宇宙的本质就是运动。这,应该是苏轼哲学的核心观点。苏轼紧接上文论述了阴阳始交的宇宙生成状态:"阴阳一交而生物,其始为水。水者,有无之际也。始离于无而入于有矣。老子识之,故其言曰'上善若水',又曰'水几于道'。圣人之德,虽可以名言,而不囿于一物,若水之无常形。此善之上者,几于道矣,而非道也。若夫水之未生,阴阳之未交,廓然无一物,而不可谓之无有,此真道之似也。阴阳交而生物,道与物接而生善,物生而阴阳隐,善立而道不见矣。"(卷七)水的自然秉性是"无常形"、"随物赋形",那么,在苏轼这里,这一秉性就上升为虚灵的形上概念,是与道和善密切关联的。或者说,水的这种自然秉性正是道的物象化的显现,同时也就是善的具体内涵。

　　苏轼实际上建立了一个宇宙生成的逻辑结构,有生于无,有是阴阳运动的结果,而这个结果的特性又是"无常形"、"随物赋形",这种特性是道的自然显现,是具有明确的正面价值向度的善的内涵。至此可以看出,苏轼哲学的核心是运动,而"其始为水"、"水无常形"则是这种运动的本质显现和价值指向,苏轼所说的善,是对这种价值指向的终极性的肯定。因此,苏轼的哲学

五、苏轼的山水诗与自然诗化的走向

必然导向尊重万事万物的自然规律和本性,尊重个性,崇尚心灵的自由,因而具有了高度的开放性和极大的合理性。苏轼哲学对后世的积极的影响主要来源于此。

第二,事物存在的方式。与宇宙生成论密切相关的是他对世间物象的存在的状态及其合理性的论述,姑名之为存在论。他的存在论鲜明地体现了物各有性,物性即自然,自然即合理的主张。他说:"天地之间,或贵或贱,未有位之者也,卑高陈而贵贱自位矣。或刚或柔,未有断之者也,动静常而刚柔自断矣。或吉或凶,未有生之者也,类聚群分而吉凶自生矣。或变或化,未有生见之者也,形象成而变化自见矣。是故……杂然施之而未尝有择也,忽然成之而未尝有意也。……我有是道,物各得之,如是而已矣。圣人者亦然,有恻隐之心,而未尝以为仁也;有分别之心,而未尝以为义也。所遇而为之,是心著于物也。人则从后而观之,其恻隐之心成仁,分别之心成义。"(卷7)所谓"贵贱自位"、"刚柔自断矣"、"吉凶自生"、"变化自见"、"未尝有择"、"未尝有意"、"我有是道,物各得之"等等,强调的都是物性自然,即使是圣人,也不例外,圣人之有仁、义,完全是"所遇而为之,是心著于物"的结果,并不是恻隐之心必然会成仁,分别之心必然会成义,而是各自自然运行显现的结果。至于"人则从后而观之,其恻隐之心成仁,分别之心成义",则是其间关系的僵硬的理解,是人的僵硬的观念的产物,并不符合事物的本然状态。孟子的"四端"说固然有其合理的地方,但因缺乏"所遇而为之,是心著于物"的自由的基本因素,容易成为僵固的政治意识形态的寄生之所,所以容易从中引出僵化的弊端。苏轼的这一思想因其强调了心灵的自然与自由,就具有了极大的开放性和新鲜的活力,不要说对后来的儒家思想是一种突破,即使是对孔孟原始儒家的思想也是一种解放。

五、苏轼的山水诗与自然诗化的走向

苏轼认为任何事物都没有僵硬的规定性,如果说有规定性,也仅仅是对"道"的自然而然的显现,而"道"也不是一种僵硬的存在,而是支持事物运行的自然而然的本体性存在,因此,苏轼更倾向于心理主义的原则和审美化的生活态度,这在一定程度上与郭象以庄注易的"独化"思想有密切的联系,但又破除了郭象的"名教内自有乐地"的"独化"思想,苏轼强调"自"行其事、"物各得之",他说:"万物皆有常形,惟水不然,因物以为形而已。……今夫水虽无常形,而因物以为形者,可以前定也。是故工取平焉,君子取法焉。惟无常形,是以遇物而无伤。惟莫之伤,故行险而不失其信。由此观之,天下之信,未有若水者也。"(卷三)水与道是最接近的,水是天下最"信"之物。这里的"信",是超越了一切"常形"之物的不囿于一切外在事物的自足的精神,它无所依待,充溢于宇宙之间,"因物以为形",因此它是自足而又自由的。尤其重要的是,由于这种精神自足与自由而"无常形","以心通",因此"遇物无伤",最终可以"胜物",可以包容一切,他说:"所遇有难易,然而未尝不志于行者,是水之心也。物之窒我者有尽,而是心无已,则终必胜之,故水之所以至柔而能胜物者,惟不以力争而以心通也。不以力争,故柔外。以心通,故刚中。"(卷三)苏轼因此建构了心与物的关系,也建构了自由的正面价值。

这种独立自由的存在方式决定了他的生活方式,他说:"夫刚柔相推而变化生,变化生而吉凶之理无定,不知变化而一之,以为无定而两之,此二者皆过也。天下之理未尝不一,而一不可执,知其未尝不一而莫之执,则几矣。"(卷七)这是说,既不能看不到物象的变化,又不能只看到变化而看不到物象之间的同一性,应该在形而下的变化不足的物象中寻求其形而上的不变同一性,即所谓的执着而又超越。

如果说苏轼的宇宙生成论还较少直接影响人的存在状态的话，那么，他的存在论则在人的心灵、开放和自由方面给予了时人、后人以及后世的哲学——尤其是阳明心学——以极大的影响。

第三，以情为本。《孟子·尽心下》中的"口之于味也，目之于色也"的那一段性命论是中国正统性善论的基础，但那段话存在着很大的逻辑漏洞，他通过人的感官享受的不能实现和仁义天道的应该实现而将社会性的仁义规定为人的天性、社会性与自然性的合一，自然性的感官享受就成了外在于人的命运。苏轼明确地反对这种观点，他基本上认同《庄子》的自然主义的性命观，他说："欲至于性命，必自其所以然者溯而上之。夫所以食者，为饥也，所以饮者，为渴也，岂自外入哉！人之于饮食，不待学而能者，其所以然者明也。盍徐而察之？饥渴之所从出，岂不有未尝饥渴者存乎，于是性可得而见也。有性者，有见者，孰能一是二者，则至于命矣。"（卷9）饥渴之欲是人的自然本性，只有把握了这种内在的自然本性，才能把握外在的命运。这种性命观与《庄子》将人的自然而然的自然本性规定为人的本性十分相近。要看到的是，无论是庄子还是苏轼都不是将人的动物性的感官欲求当作人性的本质，而是将这种欲求的自然而然的特点提到了本体的高度，进而将其规定为人性的本质。苏轼说："情者，性之动也。溯而上，至于命，沿而下，至于情，无非性者。性之与情，非有善恶之别也，方其散而有为，则谓之情耳。命之与性，非有天人之辨也，至其一而无我，则谓之命耳。"（卷1）朱熹作《杂学辩》，将《东坡易传》当作异端之首，他说："苏氏此言，最近于理。夫谓'不善日消，而又不可得者'，则疑若谓夫本然之至善矣。谓'善日消，而有不可得而消者'，则疑若谓夫良心之萌蘖矣。以是为性之所在，则似矣。"以朱熹敏锐的眼光，他自然知道苏轼所说的那个人性中不变的东西不是他所说的"天理",而是基于自然而又超越自然本性的东西:"性至于是,则谓之命。"那么,这就必然导出这样一个结论:"情者,性之动也。溯而上,至于命,沿而下,至于情,无非性者。"这样,苏轼从人的自然而然的本性中抽绎出情,再让情进入到本体的层次,使情、性、命处于同一个层面,最终是以性为本,以情为出发点。

苏轼从人的自然的感性需求抽绎出人情,这种人情秉承了人的感性需求的自然性,但又超越了物质层面上的自然需求,使之上升到了形而上的高度,并与性、理、道相融为用,具有了与政治意识形态的束缚相对抗的性质。因此,苏轼的情本论成为中国传统人论、人学中最为光彩的篇章,对中国的文格、人格的解放都有着极其重要的影响。

通过上述的分析,我们可以看到,苏轼不会再将人作为自然的附属物,也不会仅仅是借自然来抒发某种感情,他要使自然附属于人,使自然成为发展人的媒介,将其当作心灵自由的舞台。所以,前人走入了自然,苏轼走出了自然,在自然诗化的走向上进行了一次超越性的回归,完成了一次历史性的巨大转变,其根本的意义在于在更高的层次上回归到人自身,在文学领域为人的解放昭示着一种新的契机。

在审美领域中,是苏轼首先把人从与自然对立、与自然合一的状态中独立出来,使人重新思考一切现实存在,不再沉溺于传统的价值观念中,而是重新寻找人自身、发现人自身、确立人自身。尽管苏轼并没有完成甚至没有深入地做到这些,他的发难之功却是不容抹杀的,他的诸多努力,对开启了中国封建社会后期人的主体意识变化的先声,具有莫大的意义。

五、苏轼的山水诗与自然诗化的走向

六、苏轼的情本人性论

苏轼的人性论是苏轼儒学观的重要组成部分。在《东坡易传》中，苏轼从解《易》的角度论述了情出于性，情性合一，人的自然欲望即人性，人性即合理的人性论。同样，在他的许多论文中，苏轼也多次集中地谈到人性论的问题，而且对孟子、荀子、韩愈、扬雄的人性论多有批判，更为具体地表达了自己的人性论的内涵。由于这些论文比《东坡易传》流传更广，因此其发生的影响也就更大。

人性论一直是中国哲学的一个基本主题，由于中国哲学主要是关于人的学问，因此，对于人性的基本看法往往关涉到这种哲学的性质和特点。在苏轼以前，中国哲学中的人性论已经较为发达和成熟，但总的看来，中国哲学人性论的主流还是发源于孔子和孟子。尤其是孔子，虽然"罕言命与仁"，但一般认为他提出了"性相近也，习相远也"（《论语·阳货》）的思想，并认为"人之生也直，罔之生也幸而免"（《论语·雍也》），"中人以上，可以语上也；中人以下，不可以语上也。"（同上），实际上为《孟子》的人性论奠定了基础和方向。其实，孔子已经对人的本质作出了相应的规定。

孔子将人的本质规定为仁义道德，人性的内涵也就应该是仁义道德,仁义道德是善的,因此,经过思孟学派的心性化发展,必然导向孟子的性善论。经过孟子心性哲学的论述,性善论成为中国哲学中人性论的主流,其后虽有荀子的性恶论,告不害的性无善恶论,庄子的自然人性论,并引导出了各自的流派,其间也有佛性论的掺入,但都始终未能动摇孔孟性善论的主流地位,直到明中叶以后,这种情形才有所改变。

苏轼人性论的意义就在于与上述的人性理论均不相同。苏轼在秉承庄子自然人性论的基础上超迈前人,创立了情本人性论,不仅在北宋,就是在整个中国历史上也有着突出的意义。

苏轼的人性论思想主要散见在他的有关论文和《东坡易传》中,通过分别分析,可以归纳出他的人性论思想。

在《扬雄论》中,苏轼分析了人的本真性与人的社会性的区别,他认为以扬雄、韩愈等为代表的正统儒家所说的性实际上是人在社会发展过程中所产生的社会性,他说:"夫太古之初,本非有善恶之论,唯天下之所同安者,圣人指以为善,而一人之所独乐者,则名以为恶。"也就是说,符合社会集体公利的是善,而只符合一己之私利的就是恶。圣人与天下之人的不同就在于,"天下之人,固将即其所乐而行之",而圣人则知道这样天下就不能安定,社会就不能建立,所以由此区别出善恶。这种善恶的区分本来是天下的公义,是由人类社会的发展决定的,"而诸子之意,将以善恶为圣人之私说",苏轼批评了"诸子"将圣人的具有社会普遍性的观点看成了出自私意的一家之言,抹煞了圣人之成为圣人的高尚之处。但是,在苏轼看来,善恶等社会性是在具体的历史阶段和历史环境中形成的,对人来讲并不具有普遍性和长久性,因此不是人性。人性不同于受政治意识形态左右的社会性,只有人本真的生命情感才具有普遍性和长久性,那些无时无处不在,随遇而发而又来自生命深处的喜怒哀乐等情感才是人

六、苏轼的情本人性论

性。苏轼认为,"圣人之论性也,将以尽万物之天理,与众人之所共知者,以折天下之疑",那么,何为"万物之天理",何为"众人之所共知者"? 其实就是人人都能冥证,事事物物都具有的自然本真之理,而对于人,这种理就是人人都可体验到的本真的情感。

苏轼实际上是要通过证明情出于性而证明情即性,情外无性,性外无情,情和性实际上是一个东西。

在《韩愈论》中,苏轼认为"韩愈之于圣人之道,盖亦知好其名矣,而未能乐其实",即认为韩愈没有从自身的情感中亲身体验到"圣人之道"的真谛,对于圣人之说"往往自叛其说而不知"。苏轼特别提出了韩愈对性和情的看法,认为韩愈的问题带有相当的普遍性:"儒者之患,患在论性,以为喜怒哀乐皆出于情,而非性之所有。"苏轼运思犀利,给予了这种易于僵化的理论以沉重的打击。他用以子之矛,攻子之盾的方法,首先指出正统的儒学认为仁义礼乐出于性,而不是出于情,接着从人们的自然感受出发指出"有喜有怒,而后有仁义,有哀有乐,而后有礼乐",使喜怒哀乐之情变成了联系性与仁义礼乐的中间环节,最终迫使正统儒学承认喜怒哀乐源于性,并且进一步"上纲上线":"以为仁义礼乐皆出于情而非性,则是相率而叛圣人之教也。"使所谓的圣人之徒不敢轻易否定情出于性。

苏轼还进一步将儒道两家的人性论作了比较:"老子曰:'能婴儿乎?'喜怒哀乐,苟不出乎性而出乎情,则是相率而为老子之'婴儿'也。"老子主张的人性是"见素抱朴"的,老子所说的"婴儿"正是这样的回复到素朴状态的人。王弼在"专气致柔,能婴儿乎?"(《老子》十章)下注曰:"专,任也;致,极也。言任自然之气,致至柔之和,能若婴儿之无所欲乎? 则物全而性得矣!"

只有无知无欲,祛除一切喜怒哀乐,顺其自然,才能"性得",如果儒家的喜怒哀乐与人性无关,那么儒家的人性也就变成了一片纯白，与老子的婴儿状态并无区别了。这样一来，苏轼就更证明了情出于性。

在《扬雄论》中，苏轼尖锐地批评韩愈以才为性论。苏轼的人性论实际上是在对传统的人性论——尤其是孟子、韩愈、扬雄的人性论——的批判中建立起来的，我们对这些人的人性理论作简要回顾有助于我们更为深入地理解苏轼的人性论。

韩愈在由唐朝前期的章句之学转为唐朝后期的义理之学上有着举足轻重的作用，他在佛学盛行于天下，人心无所皈依，政权需要统一的历史条件下的形势下，担起了恢复儒学，收拾人心的历史重任。因此，韩愈首先恢复并发扬了儒学内在的社会现实性和道德实践性，从空洞琐碎的章句之学中解放出来，不仅对佛教思想的渗透持反对和批判的态度，并创造性地挖掘和发展儒家的心性理论以抵抗佛教的心性学说。在《原道》中，韩愈特别推崇孟子，认为孟子是孔子道统的继承者，而董仲舒则不是儒学的正统。韩愈在解释《礼记·大学》篇中关于修齐治平及正心诚意的思想时说："古之所谓正心而诚意者，将以有为也，今也欲治其心而外天下国家，灭其天常"，说明儒、佛都有"治心"之道，但一为入世，一为出世，目的不同，结果自然也不同。韩愈之所以如此，是由于孟子的学说中蕴含着丰富的心性论的内容，其中有许多思想与佛家的心性论有诸多的相通之处，韩愈不仅可以借此证明儒学的高明并发展儒学，还可以借此将尊崇佛家的人争取过来。

韩愈为了重建儒家仁义之道而标举以心性论为其特色的"道统"，就必然会遇到人性的问题，所以，人性论就成了韩愈儒学的重要的组成部分，《原性》篇中认为："性也者，与生俱生也。情也者，接于物而生也。"性之品有三，"上焉者善焉而已矣；中焉者可导而上下也；下焉者恶焉而已矣。其所以为性者五：曰仁、曰礼、曰信、曰义、曰智"。"情之品有上、中、下三,其所以为情者七:曰喜、曰怒、曰哀、曰惧、曰爱、曰恶、曰欲。……情者于性,视其品。"韩愈将仁义礼智信"五常"规定为人的"与生俱生"的本性,但在对待本性上不同的人是不同的,"上焉者之于五也,主一而行于四",其性是善的,越往下则越是情多而性少,中品是善恶混,下品则是恶。情也是一样,情的上中下三品与性的上中下三品相应和,至于下品之情,简直就不受性的约束,是"直情而行者也"。

　　韩愈以孔子的"唯上智与下愚不移"来论证人性的上下,认为仁义礼智信的多少对于每个人来讲是生来就不同的,因此人性分为三个等级。但这样的理论对于思虑精密的佛家的人性论来讲,显然是过于粗疏了,他的学生李翱对此作了进一步的发挥,他论述了性与情,以及人与圣人的关系,认为:"人之所以为圣人者,性也。人之所以惑其性者,情也。喜怒哀惧爱欲恶七者,皆情之所为也。情既昏,性斯溺矣。非性之过也,七者循环而交来,故性不能充也。……情不作,性斯充矣。……情之动弗息,则弗能复其性。"(《复性书》)这里,"情不作"是关键,只要能做到"情不作",就能达到"性斯充矣"的"复性"目的,进而达至圣人的境界。但"情不作"并非无情,而是圣人的"寂然不动,照乎天地"的心态,即"诚"。所以,"复性"的关键是归结于"诚"。他说:"圣人知人之性皆善,可以循之不息,而至于圣也。故制礼以节之,作乐以和之。……所以教人忘嗜欲而归性命之道也。"至于如何达到"诚",那就只有靠儒家讲求的修养方法了。

　　我们不难看出,无论是韩愈还是李翱的人性论,都表现出了一定的佛学色彩,尤其是李翱的复性说,实际上是以性为真,以情为妄,灭情以复性,这正是佛家的基本思想。然而,韩愈和李翱的人性论的价值,恐怕也正在于它的援佛入儒,以儒统佛。他

六、苏轼的情本人性论

们因此建立了中唐的人性论,对后世影响颇大。

　　韩愈在宋初的影响就非常大,欧阳修、宋祁所编《新唐书·韩愈传》对韩愈评价说:"自晋讫隋,老佛显行。圣道不断如带。诸儒倚天下正义,助为怪神。愈独喟然引圣,争四海之惑,⋯⋯。始若未之信,卒大显于时。昔孟轲距杨墨,去孔子才二百年,愈排二家,乃去千余岁。拨乱反正,功与齐而力倍之,所以过况雄为不少矣。自愈没,其言大行,学者仰之如泰山北斗云。"然而,在文学创作和理论上与欧阳修有诸多共同之处的苏轼却对韩愈不以为然,在许多文章里加以批评,尤其是对其人性论,更是指出韩愈是以才为性,并从根本上否定了韩愈的人性论。

　　在《扬雄论》)中,苏轼严肃地指出了性与才的区别,批评了韩愈的以才为性论。苏轼首先对韩愈以前的人性学说的状况加以介绍,他说:"昔之为性论者多矣,而不能定于一。始孟子以为善,而荀子以为恶,扬子以为善恶混。而韩愈者又取夫三子之说,而折之以孔子之论,离性以为三品,曰:'中人可以上下,而上智与下愚不移。'以为三子者,皆出乎其中,而遗其上下。而天下之所是者,于愈之说为多焉。"但韩愈的人性论恰恰是以才为性,歪曲了孔子的人性论学说。苏轼认为,"孔子所谓中人可以上下,而上智与下愚不移者,是论其才也。而至于言性,则未尝断其善恶,曰'性相近也,习相远也'而已"。韩愈将前人的性善论和性恶论加以折中,尤其是吸收了扬雄的性善恶相混论,将人性分为上、中、下三品,"是未知乎所谓性者,而以夫才者言之"。苏轼认为,性与才虽然相近,但本质上不同,"其别不啻若白黑之异也"。才对于每个人来讲都是不同的,但性却是"圣人之所与小人共之,而皆不能逃焉"的东西。苏轼用下面这个生动贴切的例子来说明性与才的区别:

　　今夫木,得土而后生,雨露风气之所养,畅然而遂茂者,是木之所同也,性也。而至于坚者为毂,柔者为轮,大者为楹,小者为桷。桷之不可以为楹,轮之不可以为毂,是岂其性之罪耶?天下之言性者,皆杂乎才而言之,是以纷纷而不能一也。

苏轼所借重的孔子的"性相近也,习相远也"的人性论在这里也得到了重要的论证。人的相近相同的地方是人性,至于后来善恶的多少,材质的高下,则是属于"习相远"的范畴。苏轼认为韩愈先将性与情分离开来,再用才来代替性,("离性以为情,而合才以为性。")"是故其论终莫能通"。

苏轼还进一步从韩愈的人性论理论的内部来否定韩愈的人性论,"彼以为性者,果泊然而无为耶,则不当复有善恶之说",意思是说,如果性真的像韩愈所说的那样是仁义礼智信,是与生俱来而静止不动、无所作为的,那么,又何来善恶之分呢?这可以说击中了韩愈人性论的内在的逻辑上的矛盾之处。苏轼进而指出,"苟性而有善恶也,则夫所谓情者,乃吾所谓性也",意思是说,如果性有善恶,那么韩愈所说的情(喜怒哀惧爱恶欲)就是苏轼所说的性。问题是,在苏轼看来,韩愈人性论中的善恶本身实际上就是变化着的情,因此,韩愈的性还是情。苏轼这样说,表面上好像是将自己与韩愈区别开来,实际上再次从根本上否定了韩愈的"性三品"说。

对于韩愈的人性论是否与佛老有关系,苏轼作出了独到的解释,他说:"韩愈欲以一人之才,定天下之性,且其言曰'今之言性者,皆杂乎佛、老'。愈之说,以为性之无与乎情,而喜怒哀乐皆非性者,是愈流入于佛、老而不自知也。"韩愈所批评的,是由于当时佛教的盛行而使得谈论人性的理论多与佛教有关,但在苏轼看来,韩愈的人性论恰恰是"流入于佛、老而不自知"的,因为佛、老或是主张性情无关,或是主张抑情张性,正与韩愈的人性论相通。应该说,苏轼是言中肯綮的。

那么,什么是人性呢?其实苏轼回答得极其清楚:

> 人生而莫不有饥寒之患,牝牡之欲,今告乎人曰:
> "饥而食,渴而饮,男女之欲,不出于人之性也。"可乎?
> 是天下知其不可也。圣人无是,无由以为圣;而小人无
> 是,无由以为恶。圣人以其喜怒哀惧爱恶欲七者御之
> 而之乎善;小人以是七者御之,而之乎恶。由此观之,
> 则夫善恶者,性之所能之,而非性之所能有也。且夫言
> 性者,安以其善恶为哉!虽然,扬雄之论,则固已近之。
> 曰:"人之性善恶混。修其善则为善人,修其恶则为恶
> 人。"此其所以为异者,唯其不知性之不能以有夫善恶,
> 而以为善恶之皆出乎性也而已。(《扬雄论》)

在苏轼看来,人性就是人的本真的自然欲求,就是饥寒之需
和男女之欲,这是一切人的基础,也是圣人和小人所共有的。但
是,必须看到的是,苏轼的"性之所能有"并不是"性之所能至",
前者是男女之欲和饥寒之需,后者则是因不同的人对饥寒之需
和男女之欲采取不同的态度而导致的不同的人的道德品质的高
下和性格的差异。所以,在苏轼看来,性是没有善恶的,至于具
体的人表现出的善恶,那是在社会实践的过程中形成并变化着
的,不是性本身。

苏轼不仅反对性善论、性恶论,也反对人性善恶相混论。在
《子思论》中,苏轼强调了人性的论争实是起于人的各执一端的
设定。他说:

> 昔三子之争,起于孟子。孟子曰:"人之性善。"是
> 以荀子曰:"人之性恶。"而扬子又曰:"人之性,善恶
> 混。"孟子既已据其善,是故荀子不得不出于恶。人之
> 性有善恶而已,二子既已据之,是以扬子亦不得不出于
> 善恶混也。为论不求其精,而务以为异于人,则纷纷之

说，未可以知其所止。

当然，历史上关于人性的论争并不一定起于标新立异，主要
还是起于各自不同的学术观点，而苏轼说这些人"为论不求其
精"，恐怕也不符合事实。事实上，无论是《孟子》的性善论，还是
荀子的性恶论，都是十分深刻并对后世影响深远的人性理论。
苏轼所以这样说，无非是想否定上述的儒道互补人性论，但其方
法毕竟还是简单化了。

苏轼认为，孟子的性善论与子思的人性论比较起来，显得僵
化了。他说："夫子未尝言性也，盖亦尝言之矣，而未有必然之论
也。"意思是说孔子虽然没有专门谈论性，也还是涉及过的，因为
孔子提出了"性相近，习相远"的指导思想，但孔子没有说人性就
一定是什么，或是人性就一定不是什么，因而没有因偏执一端而
僵化。但孟子就不同了，孟子的思想出于子思，但又比子思的
思想僵化了，所以苏轼说："孟子之所谓性善者，皆出于其师子思
之书。子思之书，皆圣人之微言笃论，孟子得之而不善用之，能
言其道而不知其所以为言之名，举天下之大，而必之以性善之
论，昭昭乎自以为的于天下，使天下之过者，莫不欲援弓而射之。
故夫二子之为异论者，皆孟子之过也。"孟子一定要将孔子、子思
的精微笃深的人性理论僵化在某一点上，所以就引起了荀子和
扬雄以及一切要讨论人性论的人的争论。

那么，子思的理论和孟子的理论有什么不同呢？苏轼作了
一段详细的论述：

若夫子思之论则不然。《中庸》曰："夫妇之愚，
可以与知焉。及其至也，虽圣人亦有所不知焉。夫妇
之不肖，可以能行焉。及其至也，虽圣人亦有所不能
焉。"圣人之道，造端乎夫妇之所能行，而极乎圣人之所
不能知。造端乎夫妇之所能行，是以天下无不可学。

六、苏轼的情本人性论

而极乎圣人之所不能知，是以学者不知其所穷。夫如
是，则恻隐足以为仁，而仁不止于恻隐。羞恶足以为
义，而义不止于羞恶。此不亦孟子之所以为性善之论
欤！子思论圣人之道出于天下之所能行，而孟子论天
下之人皆可以行圣人之道。此无以异者。而子思取必
于圣人之道，孟子取必于天下之人。故夫后世之异议
皆出于孟子。而子思之论，天下同是而莫或非焉。然
后知子思之善为论也。（《苏轼文集》卷3《子思论》）

　　子思在《中庸》中说，夫妇中即使愚笨的人，一般也可以知道
中庸的一些浅近的道理，但推究中庸之道到达精微深奥处，即使
圣人也有不知道的地方。夫妇中即使不贤的人，一般也可以实
行中庸的一些浅近的道理，但推究中庸之道到达精微深奥处，即
使圣人也有做不到的地方。孔子的人性论，是从最基本的夫妇
之道出发的，从夫妇之道出发，所以天下之人没有不可学习实行
的。而孔子的人性论如果推究到极处，即使是圣人也有不能知
道、不能践行的地方，这就决定了人可以无止境地学习、修养下
去。"夫如是，则恻隐足以为仁，而仁不止于恻隐。羞恶足以为
义，而义不止于羞恶。"这是孔子的理论，也是苏轼所主张的理
论，孟子性善论立论的基础也在这里。但是，孟子与子思有着重
大的区别，这种区别就在于二者的立论的指向是不同的，子思是
讲圣人之道的来源和如何善养圣人之道，是从人的活生生的现
实生活出发的，因此没有僵化，"君子之道，造端乎夫妇，及其至
也，察乎天地"（《中庸·费隐章》），这是一种不加强力约束的自
由的理论；而孟子是讲天下之人应该如何遵循圣人之道，并将圣
人之道的起点规定为善，即人性的善，否弃了人的活生生的情感
和现实生活，因此，孟子人性论的不是从鲜活的现实情感和现
实生活出发，而是从僵硬的观念出发，是僵化的，是容易为封建

政治意识形态所利用的。

苏轼在他的专门的哲学著作《东坡易传》中也明确地反对孟子把善作为人性。他说：

> 昔者孟子以善为性，以为至矣，读《易》而后知其非也。孟子之于性，盖见其继者而已。夫善，性之效也。孟子不及见性，而肩负见夫性之效，因以所见者为性。性之于善，犹火之能熟物也。吾未尝见火，而指天下之熟物以为火，可乎？夫熟物则火之效也。敢问性与道之辩，曰：难言也，可言其似。道之似则声也，性之似则闻也。有声而后有闻耶？有闻而后有声耶？是二者，果一乎？果二乎？孔子曰："人能弘道，非道能弘人。"又曰：神而明之存乎其人。性者，其所以为人者也，非是无以成道矣。（卷7）

"夫善，性之效也"，而非性本身，那么，恶也可能是"性之效"也，不善不恶也可能是"性之效"。在苏轼看来，将善、恶等"性之效"等同于性本身，就像将被火烤熟的食物等同于火一样。苏轼将性与道作了比较，认为道似声，而性似闻，声与闻都是无形无色的，二者实际上无先无后，彼此依存，是二而一的东西。性是使人成为人的东西，离开了性就无法体认道。

当然，苏轼并没有由此转向性恶论，相反，他对荀子之言感到深恶痛绝，就是对荀子的为人也深有微词。他说：

> 荀卿者，喜为异说而不让，敢为高论而不顾者也。其言愚人之所惊，小人之所喜也。子思、孟轲，世之所谓贤人君子也。荀卿独曰："乱天下者，子思、孟轲也。"天下之人，如此其众也；仁人义士，如此其多也。荀卿独曰："人性恶。桀、纣，性也。尧、舜，伪也。"由是观之，意其为人必也刚愎不逊，而自许太过。（《苏轼文

六、苏轼的情本人性论

集》卷 4《荀卿论》）

荀子在自然观方面强调"天人之分"，在人性论上也强调"天人之分"。他认为人的天性是一种原始材料，是"天"，但一进入社会就必然受人影响，这就是"人"，一旦被人为加工，便是"伪"。他以"人之性恶，其善者伪也"（《性恶》）的理论来反对孟子，苏轼认为是为小人倡乱提供了便利的法门，他还特别举出了李斯焚书的例子说："彼李斯者，独能奋而不顾，焚烧夫子之六经，烹灭三代之诸侯，破坏周公之井田，此亦必有所恃者矣。彼见其师历诋天下之贤人，以自是其愚，以为古先圣王皆无足法者。不知荀卿特以快一时之论，而荀卿亦不知其祸之至于此也。"（《荀卿论》）我们足见苏轼对性恶论乃至"法家"的惧怕与憎恶。

那么，苏轼所说的性到底是什么呢？从苏轼对道与性的比较看，苏轼深受《老子》和郭象《庄子注》的影响，认为性与道一样，是一种存在，但又不是普通的存在，而是永远不委落于具体事物的虚灵的存在，性在显现于人、作成于人的过程中，永远处于"独化"、"自化"的状态，不拘泥于任何形式和状态。苏轼在此处特别拈出孔子的"人能弘道，非道能弘人"，正是为了强调人自身的能动性，对于孟子的性善论来说，就是人能弘善，非善能弘人，从而否定了性善论的合法性。

这样一来，性便成了只有通过对具体事物的考察才能体认到的东西，也就是说，一物有一物之性，一事有一事之性，事物的自然本性便成了与孟子的性善论相对应的性。于是苏轼在《扬雄论》里宣称："饥而食，渴而饮，男女之欲，不出于人之性也。可乎？是天下知其不可也。"在《东坡易传》中也说："夫所以食者，为饥也，所以饮者，为渴也，岂自外人哉！人之于饮食，不待学而能者，其所以然者明也。"（卷 9）人的自然欲求便是人的本性，也就是人性。至于圣人，也无非是在真诚地遵循这种人性的基础

六、苏轼的情本人性论

上将其推延到社会问题上而已,苏轼明确地说:"人之好恶,莫如好色而恶臭,是人之性也。好善如好色,恶恶如恶臭,是圣人之诚也。"(《中庸论》上,《苏轼文集》卷2)

现实中的形形色色的人又是怎样形成的呢?苏轼说:"圣人无是,无由以为圣;而小人无是,无由以为恶。圣人以其喜怒哀惧爱恶欲七者御之而之乎善;小人以是七者御之,而之乎恶。"(《扬雄论》)原来,善恶以及人的各种各样的表现都来自对人的自然欲求本性的不同的认识和态度,这也正是人的主观能动性所在,所谓"人能弘道",就是这个意思。

那么,这样的人性是不是可以改变的呢?苏轼明确地说:"君子日修其善,以消其不善,不善者日消,有不可得而消者焉;小人日修其不善,善者日消,亦有不可得而消者焉。夫不可得而消者,尧舜不能加焉,桀纣不能亡焉,是岂非性也哉!"(《东坡易传》卷1)人性是桀纣和尧舜所无法改变的,只有这种从人的经验性的现实出发得出的不可改变的人的自然欲求才是人性。"君子之至于是,用是为道,则去圣不远矣!"(《东坡易传》卷1)君子如果明白了这一点,并且从这里出发来修身养性,建立自己的人格,那么就离圣人不远了。苏轼实际上是建立了一种与性善、性恶、性无善恶都不同的人性论,这种人性论的出发点,就是人的很久不变的自然感情。

对于性、情、命的关系,苏轼也有专门的论述,他说:"情者,性之动也,溯而上,至于命,沿而下,至于情,无非性者。性之与情,非有善恶之别也,方其散而有为,则谓之情耳;命之与性,非有天人之辨也,至其一而无我,则谓之命耳。"(《东坡易传》卷1)这里应该是受了《孟子·尽心下》中"口之于味也……君子不谓命也"那一段中论述性命关系的影响,但很多地方又正与之相反。孟子是通过逻辑置换来将人的本质规定为仁义道德,将人

六、苏轼的情本人性论

的本性规定为善的,而苏轼则是将情看作是性、命的核心。在苏轼看来,性和命都是抽象的存在,性一动,便是具体可感的情,如果从性(实际上也就是情)出发向上推延,就到了能否实现情这个属于天命(命、命运)的问题,而人性和天命,并无天、人之间不可逾越的鸿沟,只要消除了私心、成见,只要顺其自然(无我),也就是由人的命运归于天命了。这天命的核心,就是自然之情的自然生发,而天命,则是具有天然的合理性的,所以情也就具有了天然的合理性。

通过上面的论述,我们可以看到,过去我们一般认为苏轼的人性论是性无善恶论,恐怕仅仅看到了表面的东西,其实,苏轼的人性论超越了一般的所谓性善论、性恶论和性无善恶论,而是以人的自然欲求为本,所以,苏轼的人性论又可称为情本人性论。

但必须看到的是,苏轼的情本人性论不是明代的"人欲即天理"的人性论,更不是西方近代的自然人性论,而是将人的自然欲求内化为人的本真情感,并将其提升到了生命本体的高度,使之成为指导人的行动思想和评价人的行为的价值尺度。如果看不到这一点,就很难真正理解苏轼的人性论。

六、苏轼的情本人性论

七、苏轼以情为本的《中庸》论

《中庸》原是《小戴礼记》中的一篇,相传是孔子的孙子、曾子的学生孔伋(子思)所作,至今尚无定论。《中庸》在梁武帝(502—548)时就出了单行本,至宋儒则对之特加提倡,程颐对《中庸》十分重视,认为是孔门传授心法经典,以为其始言一理,中散为万事,至末又复合为一理,如善于玩索,则终身有不能尽者。因此,《中庸》在北宋就受到了高度重视。在宋代,《中庸》与《大学》、《论语》、《孟子》并列,合成为四书,朱熹为之作注,成《四书章句集注》,四书在宋以后被用作开科取士、选拔政府官吏的教科书。看来,苏轼当时专门作《中庸论》上、中、下三篇,不仅是重视《中庸》的心性、心法,也是时代使然。

《中庸论》集中表现了苏轼的儒学思想,在当时就很有影响,苏辙在《栾城遗言》中说:"东坡遗文,流传海内,中庸上、中、下篇,……今后集不载此三论,诚为阙典。"苏轼在《中庸论》中所表达的思想,既是对《中庸》原意的阐发,同时也融进了自己的独特的思想,甚至在一定程度上表现了蜀学的某些特点。

在《中庸论》上篇中,苏轼明确地说他写《中庸论》是因为自古以来"道之难明也,论其著者,鄙滞而不通;论其微者,汗漫而不可考。"所谓"著者",是指政治层面所宣扬的"道","微者"则是指深微的心性,而造成"道之不明"的根本原因是过去的儒者根本就没有得到圣人之道的精义,但又不肯承认,"于是务为不可知之文,庶几乎后世之以我为深知之也。"其实,苏轼在此是以杂文化的文风来写哲学论文,因为汉唐以来对于孔孟的解释主要是由当时的客观历史条件决定的,并非是当时的儒者故意自欺欺人。不仅如此,苏轼还认为后来的儒者还不如先前的儒者,连欺人的本领都没有,只好自欺:"后之儒者,见其难知而不知其空虚无有,以为将有所深造乎道者,而自耻其不能,则从而和之曰'然'。相欺以为高,相习以为深,而圣人之道,日以远矣。"这样说起来固然痛快淋漓,但显然是不客观的。如果用来描述腐儒固然可以,但如果这样描述汉唐至北宋的所有儒者,恐怕不可。汉唐儒学的确不突出原始儒学中心性的一面,突出的是"政治之道"的一面,但自有其历史的合理性,不能说完全违背了圣人之道的精义。至北宋,心性之学逐渐开始占据统治地位,包括以苏轼为代表的蜀学在内,都以人的心性修养为出发点,其实是中国文化由前期转向后期的必然的发展,并不一定就是圣人之道的全部精义。

　　通读苏轼的著作,就会发现,在孔孟庄荀等先秦诸子中,苏轼喜爱庄子,但不便称其为圣人,对于孟子,虽然在《孟子论》中多有褒扬,但对他的批评是随处可见的,至于荀子,苏轼几乎是以骂詈待之了。唯一推崇备至并称之为圣人的,只有孔子。在《中庸论》中,苏轼认为"《中庸》者,孔氏之遗书而不完者也",并非是子思自己的思想,况且子思也是孔子的学生,因此《中庸》的精义还是出自孔子。

　　对于《中庸》,苏轼的主张是去除后世儒者所添加的"蔓延"的"虚词",撷取"周公、孔子之所从以为圣人"的最主要的三条东西:一,"其始论诚明之所入"。二,"其次论圣人之道所从始,推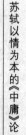

而至于其所终极"。三,"其卒乃始内之于中庸"。《中庸论》的上、中、下三篇,就分别论述了这三个问题。

　　苏轼首先引用《中庸》的话:"自诚明谓之性,自明诚谓之教。诚则明矣,明则诚矣。"这段话出自《中庸·诚明章》,是《中庸》心性哲学的基本思想,也是实现中庸之道的根本条件,因此是《中庸》里面最为重要的基本的思想。这段话的意思是说,由至诚而后有明德,是圣人的自然天性,所以叫作性。由明德而后有至诚,是贤人经过学习而达到至诚,所以叫作教。有了诚就无不明,有了明就可以算作诚了。那么,什么是"诚"呢?《中庸·问政章》说:"诚者,天之道也;诚之者,人之道也。诚者不勉而中,不思而得,从容中道,圣人也。诚之者,择善而固执之者也。"意思是说,诚,是上天本然的道理;诚之,是用功择善,明善人的道理,诚的人是不用勉力下功夫而符合中的,不用思虑而有所得,从容达到中道,这样的人就是圣人。求诚的人,择众理而名善,固守坚执,用力追求,以达到诚的目的。由此看来,"诚"既是自然的本然道理,又是人的真诚本然的情感,它应是指人顺应自然的本然又将自然的本然内化情感的把握世界的方式。但苏轼这样解释"诚":

　　　　夫诚者,何也?乐之之谓也。乐之则自信,故曰诚。

　　"诚"就是人的审美性的情感感受,有了这种感受,就建立了"自信",也就自信达到了"诚"。因此,苏轼强调了人的主观情感的因素,将人的情感的审美指向看作是达至"诚"的基本条件。这样,"诚"就不再是《中庸》中的那种需要克服人的自然情感而静心体味的玄妙的东西,而是人的自然的活生生的情感。在《中庸论》中篇的开始,苏轼再次强调了以情为本的观点:"夫圣人之道,自本而观之,则皆出于人情。不循其本,而逆观之于其末,则以为圣人有所勉强力行,而非人情之所乐者,夫如是,则虽欲诚之,其道无由。"如果不是出于人的自然之情,即使勉力而行,也无法达到。至于什么是人情,苏轼作了十分通俗的解释:"人之好恶,莫如好色而恶臭,是人之性也。"

那么,圣人之"诚"是什么呢?苏轼紧接着说:"好善如好色,恶恶如恶臭,是圣人之诚也。"从基本的人情出发,达到一种社会道德的本然情态,便是圣人之"诚"。总之,圣人之道出于人情,是苏轼的一贯观点和基本观点,只有抓住了这一点,才能很好地理解苏轼的哲学思想和文艺思想。

接着,苏轼论述了乐与知、乐之者与知之者、圣人与贤人的区别:"夫惟圣人,知之者未至,而乐之者先入,先入者为主,而待其余,则是乐之者为主也。若夫贤人,乐之者未至,而知之者先入,先入者为主,而待其余,则是知之者为主也。乐之者为主,是故有所不知,知之未尝不行。知之者为主,是故虽无所不知,而有所不能行。"如果能以"乐"的情感为基础,为底蕴,为指向来对待后来的知识、智慧,那么,就不仅会为现实生活中的一言一行提供价值指向,更重要的是会从具体的生活情节中体味到"乐"的情感(由"诚"而"明"),即达到执着与超越相统一的审美境界,这就是圣人。贤人则不同,贤人以知识和智慧为基础来审视后来的东西,尽管通过努力达到了"乐"的境界(由"明"而"诚"),但因不是以"乐"为本,因而还是只能算作贤人。在苏轼看来,如果以"乐之者"为主,那么,凡是知道的,没有不实行的。其实这中间隐含着这样的一个假设,只有体认到乐感的东西,才算是知道的,这实际上是把知识和智慧纳入了人的情感和人格境界,而不能拘泥于形而下的解释。贤人则"无所不知",但由于不能对所知的所有东西都产生乐感,所以有些东西是不愿意实行的,也就是说会产生俗常所谓的说一套,做一套的现象。那么,到底该怎样区别贤人与圣人呢?苏轼说:

七、苏轼以情为本的《中庸》论

> 子曰:"知之者,不如好之者,好之者,不如乐之者。"知之者与乐之者,是贤人、圣人之辨也。好之者,是贤人之所由以求诚者也。

对于孔子所说的"知"、"好"和"乐",黄克剑先生有一段十分精妙的论述,兹摘引如下:

> "知"不要求对所知的拥抱,也不表示对所知的厌弃。"知"的这种不染涉意欲与性情的品格,使所知在知者的真实生命中无所贞立。"立"是从"好"开始的,"好"相对于"恶"(厌恶)是意志中的肯定性选择,这选择把所好带给好者的生命意志。在"好"这里,正像在"礼"这里有认同的判断。但认同所不能没有的决绝必致践履中的好者更多地留下好恶的圭角,只有"乐"才能化所"好"为一种中和之情,荡去"好"的意致,使"乐"达到一种"从心所欲"而又"不逾矩"的境界。"乐"是不"立"之立,不"好"之"好",它融通了生命中的坦真、不苟和从容之情,以全副真性情的涌流,模糊了一切因刻意而留下的对待性的畛域。(《黄克剑自选集·孔子之生命情调与儒家立教之原始》,广西师范大学出版社,1998 年 11 月,第 133—134 页)

通过对上下文及苏轼整个思想的把握,这正好可以当作苏轼对"知"、"好"和"乐"的理解。苏轼认为,贤人以"知"为基础,以"好"为通向"诚"的方式和取向,那么,以此类推,"乐之者",就应该是圣人"之所由以求诚者也"。这就从形而上的层面上将贤人与圣人区别开来了。

在《中庸论》上篇的结尾部分,苏轼举例论述了"乐"("诚")与"知"的区别。他说"五十而后读《易》",应该算是"晚而后知"的了,但并没有因为晚知而影响他的"乐",所以,孔子(圣人)与

七、苏轼以情为本的《中庸》论

他的弟子(贤人)在对待困难的态度上是不同的:"孔子厄于陈、蔡之间,问于子路、子贡,二子不悦,而子贡又欲少贬焉。是二子者,非不知也,其所以乐之者未至也。"也就是说,子路、子贡并不是不懂得传道艰难的道理,而是没有达到"乐"的境界。苏轼特别拈出子路的事迹作为典型,认为"子路能死于卫,而不能不愠于陈、蔡,是岂其知之罪耶?"当然不是"知"的过失。那么,孔子能够"不愠于陈、蔡",却不能"死于卫",是不是"乐"的过失呢? 当然也不是。孔子说:"笃信好学,守死善道。危邦不入,乱邦不居。天下有道则见,无道则隐。邦有道,贫且贱焉,耻也。邦无道,富且贵焉,耻也。"(《论语·泰伯》)意思是说,无论是"见"还是"隐",无论是富贵还是贫贱,都必须以"善道"为中心,为原则,都必须将其看作是推行道("善道")的方式,那么,"天下有道则见,无道则隐""便成了在任何情况下都可以完善自己人格的手段,因为有了'善道'这一原则,孔子的隐逸思想便和逃避哲学、滑头哲学、活命哲学等有了本质的区别。"(见拙作《隐士与解脱》,作家出版社,1997年1月,第21页)由此看来,"乐"是一种超越了苦乐和生死的人格境界。所以苏轼说:"弟子之所为从孔子游者,非专以求闻其所未闻,盖将以求乐其所有也。"原来,师的职责并不仅仅是传授知识,更重要的是对学生进行人格修养的熏陶。

最后,苏轼总结了"明"("知")与"诚"("乐")在现实中的表现及"诚"("乐")的重要性:

明而不诚,虽挟其所有,伥伥乎不知所以安,苟不知所以安之,则是可与居安,而未可与居忧患也。夫惟忧患之至,而后诚明之辨,乃可以见。由此观之,君子安可以不诚哉!

正如上面黄克剑先生所说的一样,"明"("知")是不能提供价值与人的心灵的安居之所的,只有"诚"("乐")才能"模糊了一切因刻意而留下的对待性的畛域",做到超越苦乐与生死。所以，在人生之中，"诚"（"乐"）是最重要的，君子应当以"诚"（"乐"）为本。

在《中庸论》中篇里，苏轼论述了"圣人之道所从始，推而至于其所终极"，即"圣人之道"的起点和终点，这在儒家的理论中也是一个基本性的问题。对于这个问题，苏轼一开始就强调以情为本，认为圣人之道，出于人情，对于任何问题，都要从这个角度出发来理解，来确立，这就叫作"明"。

苏轼以礼的产生与确立来论述这个问题。苏轼首先认为"今夫五常之教，惟礼为若强人者"，其实并不完全如此，"君臣也，父子也，夫妇也，昆弟也，朋友之交也，五者天下之达道也。知，仁，勇，三者天下之达德也。"（《中庸·问政章》）无论是五达道、三达德还是三纲五常，都不是人情的本然的东西，都是"强人者"。当然，苏轼在这里提出"惟礼为若强人者"，是为了举出这个最具有强制性的"礼"来说明所有的道德观念都是本于人情而生的。

苏轼认为，"人情莫不好逸豫而恶劳苦，今吾必也使之不敢箕踞，而磬折百拜以为礼；人情莫不乐富贵而羞贫贱，今吾必也使之不敢自尊，而揖让退抑以为礼"，"哀欲其速已，而伸之三年；乐欲其不已，而不得终日"，这都是"礼之所以为强人而观之于其末者之过也"。意思是说，这都是仅仅看到了礼的强制性的一面，仅仅看到了礼的末端的表现，而没有考察礼的由来。如果对于礼的产生反其本而思之，一步步地推延下去，就会发现："今吾以为磬折不如立之安也，而将惟安之求，则立不如坐，坐不如箕踞，箕踞不如偃仆，偃仆而不已，则将裸袒而不顾，苟为裸袒而不顾，则吾无乃亦将病之矣！夫岂独吾病之，天下之匹夫匹妇，莫不病之也。"原来，如果仅仅循人情随意而为，最终就会达到人所不堪的境地，而人所不堪，便是人之为人的起点。孟子对这个问题有这样著名的论述："今人乍见孺子将入于井，皆有怵惕、恻隐之心,非所以内交于孺子之父母也,非所以要誉于乡党朋友也,非恶其声而然也。由是观之,无恻隐之心,非人也;无羞恶之心,非人也;无辞让之心,非人也;无是非之心,非人也。"但是,苏轼与孟子不同,孟子的"恻隐之心"、"羞恶之心"、"辞让之心"、"是非之心"虽是出于人情,但在人情之后又加上了一层意识形态的僵硬的规定,如"恻隐之心"被规定为"仁","羞恶之心"被规定为"义","辞让之心"被规定为"礼","是非之心"被规定为"智",这样一来,在施诸现实时就极易蜕变为僵硬的政治意识形态,这已为数千年的封建史所证明。苏轼则不同,他考察问题的思路是循理而返又循情而发,将"人情"看清是一切伦理规范和社会制度的出发点,因而是开放、鲜活而不僵硬的。所以苏轼接着说:"苟为病之,则是其势将必至于磬折而百拜。由此言也,则是磬折而百拜者,生于不欲裸袒之间而已也。夫岂惟磬折百拜,将天子之所谓强人者,其皆必有所从生也。辨其所从生,而推之至于其所终极,是之谓明。"也就是说,即使是天子的礼仪,也是"生于不欲裸袒之间"的,其言外之意,天子之制必须与"人情"相合。对于这个观点,苏轼专门著《礼论》一篇加以论述,其中说:

> 昔者商、周之际,何共为礼之易也。其在宗庙朝廷之中,笾豆、簠簋、牛羊、酒醴之荐,交于堂上,而天子、诸侯、大夫、卿、士周旋揖让献酬百拜,乐作于下,礼行于上,雍容和穆,终日而不乱。夫古之人何其知礼而行之不劳也?当此之时,天下之人,惟其习惯而无疑,衣服、器皿、冠冕、佩玉,皆其所常用也,是以其人入于其间,耳目聪明,而手足无所忤。其身安于礼之曲折,而其心不乱,以能深恩礼乐之意,故其廉耻退让之节,睟然见于面而盎然发于其躬。夫是以能使天下观其行事,而忘其暴戾鄙野之气。(《苏轼文集》卷2《礼论》)

七、苏轼以情为本的《中庸》论

　　这确实是一幅理想的德化淳美的图景,在现实中是无法完全实现,但正因为有了这样的理想,现实才不至于因过于僵硬而断裂,理想的作用,自然之情的作用,就在这里。

　　苏轼对《中庸》的基本思想作了发挥,他引述《中庸》中的话:"故《纪》曰:'君子之道,费而隐。夫妇之愚,可以与知焉。及其至也,虽圣人有所不知焉。夫妇之不肖,可以能行焉。及其至也,虽圣人有所不能焉。'"这段话是苏轼《中庸论》中篇中所要论述的核心思想。这段话的大意是说,中庸之道,其效用广大无涯,无穷无尽,其本体却极其微小,无处不有。夫妇中即使愚笨的人,也可以知道和实行中庸之道中的一些道理,但推究到中庸之道的精微深奥之处,即使圣人也未必能完全懂得和实行。其实,《中庸》里紧接着就是下面的话:"君子之道,造端乎夫妇;及其至也,察乎天地。"在这样的理论铺垫下,苏轼开始阐述自己的观点:"君子之道,推其所从生而言之,则其言约,约则明。推其逆而观之,故其言费,费则隐。"意思是说,君子之道在其产生的地方是简易而明白的,但如果从相反的方向推延,就复杂难明了。那么,要想使一切都显得简易而明晰,应该怎样呢?苏轼说:"君子欲其不隐,是故起于夫妇之有余,而推之至于圣人之所不及,举天下之至易,而通之于至难,使天下之安其至难者,与其至易,无以异也。"意思就是说,使天下施行最难的道理,建立最繁复的规章制度,就像行夫妇之道一样容易。如果这样,夫妇之道与圣人之道就没有不同了。总之,因此,苏轼这样论述礼以及一切社会制度的产生和建立,是有着相当的合理性的。苏轼的成圣之道就是以"人情"为本,如果真的能这样,就会出现上述的雍雍穆穆的情景,社会就不会那样僵化,思想理论也就不会出现戴震所说的"以理杀人"的情形了。

　　与此相映成趣的是,荀子对于历史和现实的解释就具有了

七、苏轼以情为本的《中庸》论

更多的所谓理性精神,他对历史和现实的解释往往是"血淋淋"的。通过比较,更可以清楚地看出苏轼以"以情释礼"的合理性。《荀子》这样解释礼的产生:

> 礼起于何也?曰人生而有欲,欲而不得,则不能无求,求而无度量分界,则不能不争。争则乱,乱则穷。先王恶其乱也,故制礼义以分之,以养人之欲,给人之求。使欲必不穷于物,物必不屈于欲,两者相陈而长,是礼之所起也。(《荀子·礼论》)

> 故先王案为之制礼义以分之,使有贵贱之等,长幼之差,智愚、能不能之分,皆使人载其事而各得其宜,然后使悫禄多少厚薄之称,是夫群居合一之道也。(《荀子·荣禄》)

孔子以仁释礼,苏轼以情释礼,荀子则由外及内,以礼释仁。礼成了维护仁的强硬的外在社会秩序乃至强权。其实,这种貌似合乎"历史唯物主义"的解释并不符合礼仪产生和发展的实际情况,但这的确给战国时期的各种社会现象以"合理"的解释,为各种适应现实需要的措施(尤其是强权措施)提供了理论依据。荀子的这种理论对中国历史的更为深刻的影响还在于其潜藏的理论内涵。孔子、苏轼的礼是建立在内在需求之上的,其哲学的思路是由内而外;而荀子强调了外在社会规范的原初性,认为礼是外在的通过约束人而建立社会秩序的东西,其哲学思路是由外而内的。这种哲学的直接的社会效果就是为封建等级秩序和政治意识形态张目。苏轼也强调"莫如以明",但苏轼的"明"是明人情作为礼仪的根本,天子施政的根本和社会制度的根本。苏轼与荀子都认为礼出于人情,但苏轼的人情与荀子的人情取向不同。从上面的论述看,苏轼的人情最后归结为"生于不欲裸袒之间而已",是一种人之为人的超越性的自觉之情,而

七、苏轼以情为本的《中庸》论

荀子所讲的情是"人生而有欲,欲而不得,则不能无求,求而无度量分界,则不能不争"的自私的贪欲。在荀子那里,情感性的仁已经被冷落在人的内心,只有礼才是具有巨大的现实力量和现实价值的东西,因而,仁与礼开始分途,现实中的强权政治(礼)便抛开了文化理想(仁)的内在约束而显得肆无忌惮。因此,传统的封建政治意识形态对荀子的理论情有独钟,但往往只是用而不说而已。对此,清人谭嗣同曾有一段十分激烈而又精彩的批判:"两千年来之政,秦政也,皆大盗也;两千年来之学,荀学也,皆乡愿也。惟大盗利用乡愿,惟乡愿工媚大盗,二者相交相资,而罔不托于孔。执托者之大盗乡愿而责所托之孔,又乌能知孔哉!"(《仁学·界说》)其沉痛之情今日犹能想见。

在《中庸论》的下篇,苏轼论述了什么是中庸和如何实行中庸之道的问题。通过《中庸论》三篇的结构我们可以看出,苏轼认为,上篇里讲的"诚"是人之为人的条件和基础,中篇里讲的圣人之道的起始与推延应该是"诚"的社会化,或是人在现实社会中对"诚"的践履,而下篇里讲的中庸则是"诚"在社会践履中的极致状态,是"诚"于圣人之道的归宿,所以苏轼讲"其卒乃始内之于中庸"。

对于什么是中庸,古往今来可以说是聚讼纷纭,莫衷一是,苏轼也慎重地采取了迂回说明的态度。苏轼说:"君子虽能乐之,而不知中庸,则其道必穷。""乐"("诚")固然是人格修养的很高的境界了,但如果不懂得中庸,还是不能将道推进到底,不能将自己的人格推向极致。苏轼引用了《中庸》的话:"《记》曰(孔子曰):'君子遵道而行,半途而废,吾弗能已矣。'"(紧接着的话是:"君子依乎中庸,遁世不见知而不悔,唯圣者能之。")孔子的意思是,一般的君子遵守中庸之道而行,有的半途而废了,我是决不会半途停止的。依照中庸之道去做事,即使终身不被别人理解,也不后悔,能够这样做的,只有圣人。那么,如果遵守中庸之道应该如何行事呢?苏轼没有从正面说,而是从反面论述道:"君子非其信道之不笃也,非其力行之不至也,得其偏而忘其中,不得终日安行乎通途,夫虽欲不废,其可得耶?"如果不得其法,即使主观上坚定地相信道,也"不得终日安行乎通途",必然会半途而废。由此看来,中庸之道好像是一种处世方法,只要避免"贤者过之,不肖者不及"的偏失,就不会出现"道之不行"(《中庸·鲜能》)的情形。

　　然而,中庸的精义并非如此,苏轼引用了《中庸·天下章》中那段著名的话并加以阐释:

　　　　《记》曰:"天下国家可均也,爵禄可辞也,白刃可蹈也,中庸不可能也。"既不可过,又不可不及,如斯而已乎?曰:未也。孟子曰:"执中为近之。执中无权,犹执一也。"

　　不过不及是不是中庸呢?不是。苏轼引用孟子的话来说明这个问题,孟子这段话是这样的:"子莫执中,执中为近之。执中无权,犹执一也。所恶执一者,为其贼道也,举一而废百也。"(《孟子·尽心上》)意思是说,子莫这个人就主张中道,主张中道就差不多了,但如果主张中道而没有灵活性,不懂得变通,便是执着于一点。为什么反对执着于一点呢?就是因为它有损于仁义之道,只重视一点而废弃了其余。可见,"执中"并不是中庸之道。那么,如果一个人能够做到平定治理国家天下,爵位和俸禄可以推辞,利刃可以踩踏,是不是就能做到中庸了呢?还是不能,这就像子路能够"死于卫",而不能算是能够做到中庸一样。既然这样,中庸就不是靠外在的标准(如天下国家可均,爵禄可辞,白忍可蹈,子路死卫等)能够确定的,只有靠内在的标准才能衡量,这个标准推到极致,便是"从心所欲而不逾矩"的人格境界。

接下来苏轼论述了现实中的中庸与伪中庸的区别。苏轼在解释"时中"时说,因时制宜,因地制宜,虽然表面上"有所不中",但实际上最后是"归于中"的。这种情况没有外在的评判标准,言人人殊,极易为小人所混淆利用,所以苏轼说:"吾见中庸之至于此而尤难也,是故有小人之中庸焉。有所不中,而归于中,是道也,君子之所以为时中,而小人之所以为无忌惮。《记》曰:'小人之中庸也,小人而无忌惮也。'"小人也讲"时中",但因没有内在的人格修养为主导,小人的"时中"就变成了没有道德、没有原则的为所欲为。君子与小人的"时中"表面上相似,实则有天壤之别。"君子见危则能死,勉而不死,以求合于中庸。见利则能辞,勉而不辞,以求合于中庸。小人贪利而苟免,而亦欲以中庸之名私自便也。此孔子、孟子之所为恶乡原也。"对于生死、利害的取舍,就像上面所说的一样,要以"善道"为标准,取舍之间,必然显示出一种"从心所欲不逾矩"的气象;而小人则以贪生怕死、趋利避害为标准,但他们却将其冠之以"时中"的美名,孔子将其成为"乡原"。苏轼对于中庸的精深微妙是有着十分清醒的认识的,所以他在结语中说:"信矣,中庸之难言也。君子之欲从事乎此,无循其迹而求其味,则几矣。《记》曰:'人莫不饮食也,鲜能知味也。'"外在的标准是难以建立的,只有靠自己的体味,而这种体味,是建立在长期的道德践行和人格修养的基础的。

苏轼的三篇《中庸论》构成了一个循环,从人之为人的基础性的"诚",进而论及践行"诚"的原则,最终归结再归结到"诚",而此时的"诚"已不仅仅是"乐",而是人的"从心所欲不逾矩"的极致的中庸状态。起于人,归于人,中间是人走向超越的磨炼性的环节,因而人的生命历程完成了一个完整的循环。当然,这三个环节不是割裂的,而是相互融合和相互为用的。苏轼的这一思想,是对《中庸》以及儒家的人学思想的一种阐发,也是一种发展。

更应该看到的是,苏轼的这三个环节都是以"人情"为本,比孔子,尤其是比孟子的思想突出了"人情"的根本性的作用,使一切社会规范都建立在永远新鲜活泼的"人情"之上,而不是像孟子人性理论、政治理论、社会理论那样容易僵化。抓住了苏轼思想的这一基本特点,也就更容易深入理解苏轼的哲学观和文艺观。

八、情本文艺观与理学文艺观

——苏轼、朱熹文艺观之比较

宋代是中国封建社会的转型期,这一时期在思想、文化上具备两个显著的特征:一是人的感性进一步解放,表现在文艺创作上就是既自由高蹈又思无所依;一是人的理性进一步强化,表现在意识形态上就是程朱理学把伦理道德本体化。宋代的文艺创作体现出了对秦汉以来的政治意识形态的解构,而宋代的理学却挽"狂澜"于既倒,把秦汉以来的政治哲学调适到文化哲学的位置上,重建文化本体。其结果是,程朱理学成为后代的政治意识形态,为维护乃至再造封建等级秩序发挥了巨大作用。而以苏轼等为滥觞的自由思想和自由人格,为明、清乃至近代的浪漫主义文艺思潮提供了源头活水,并由此逐渐发展汇聚成一股强劲的洪流,对僵化禁锢的封建政治意识形态起着冲击性的破坏作用。

两种文艺观均导源于宋初的诗文革新运动,苏轼发展了欧阳修等人注重文艺本质特征的一面,朱熹则发展了其政治教化的一面。对于道的看法历来关系到世界观的根本问题,苏轼并不以孔孟之道为道,而认为道是存在于具体事物中的自然之理,《日喻》一文说:"南方多没人,日与水居也。七岁而能涉,十岁而能浮,十五而能没矣。夫没者岂苟然哉?必将有得于水之道也。""水之道"就是指水的具体自然规律。在《大悲阁记》中他又论述了世事之道，认为只能通过研究"礼之所可、刑之所禁、历代之所以兴废、与其人之贤与不肖"才能获得。苏轼认为，人性本无善恶，所谓善恶是性之所能而非性之所有。（苏轼《扬雄论》）他还石破天惊地提出情欲出于性而非出于情:(儒者)"以为喜怒哀乐皆出于情，而非性之所有。夫有喜有怒，而后有仁义，有哀有乐，而后有礼乐。以为仁义礼乐皆出于情而非性，则是相率而叛圣人之教也。"(苏轼《韩愈论》)这样就为人的情欲争得了相当合理合法的地位。苏辙在《东坡先生墓志铭》中对苏轼哲学的思想渊源作了概括说明:苏轼"初读贾谊、陆贽书，论古今治乱，不为空言。既而读《庄子》，喟然叹曰'吾昔有见于中，口未能言，今见《庄子》，得吾心矣!'后读释氏，涤悟实相，参之孔墨，博辩无碍，浩然不见其涯矣。"可见，苏轼的哲学思想以不拘一格、追求心灵自由为其基本特征。朱熹正相反，他早年也曾迷恋佛学，说"某也理会得个昭昭灵灵底禅。"(《朱子语类》卷一〇四)但他很快发觉释道两家之说的空无，无法安置他的道德济世之实理，便逃禅归儒，并叹息道:"某尝叹息，天下有些英雄人，都被释氏引将去，甚害事。"(《朱子语类》卷 132)因此，朱熹继承二程哲学，进一步把秦汉以来的外在权威的宇宙法规内化为道德自觉的心性理论，把客观的宇宙图式变为主体的伦理本体，终于使理学在理论上战胜了佛学，在实用上取代了佛学，成为封建社会后期人们安顿心灵的所在。但朱熹的理或道又把封建伦理道德绝对化，看作是精神世界和客观世界的绝对主宰，他的人性论也把人的最高本质规定为僵化的封建伦理道德。世界观和人性论的根本差异决定了二人的文艺观的根本差异。

　　关于文艺的本源，苏轼认为出自人的自由的心灵，即人的真实感情的自由表达。他说:"夫昔之为文者，非能为之为工，乃不

能不为之为工。"(苏轼《居士集叙》)苏轼的这个著名观点与其父
苏洵的"古之圣人有所不能自己而作者"(苏轼《南行前集叙》)的
文艺本源观有关,而苏洵的这一观点又是本于《论语》、《孟子》
的有关论述的,如《孟子》中孟子就曾自道:"予其好辩也哉!予
不得已也。"孔子也申称"辞达而已矣。"(《论语·卫灵公》)后人
则从两个方面发展了这种观点,其一是布道教化说,如王充说:
"故夫圣贤之兴文也,起事不空为,因因不妄作,作有益于化,化
有补于正";(《论衡·对作》)曾巩说:"夫道之大归非他,欲其得
诸心,充诸身,扩而被之天下国家而已,非汲汲乎辞也,其所以不
已乎辞者非得已也";(曾巩《答李沨书》)王禹偁更说:"夫文,传
道而明心也,古圣人不得已而为之也"。(《答张扶书》)其二是缘
情感事说,《毛诗序》"志"、"情"并举,还是以"缘情"为主:"情动
于中而形于言,言之不足故嗟叹之,嗟叹之不足故咏歌之,咏歌
之不足,不知手之舞之,足之蹈之也。"《淮南子·诠言训》继承了
这一理论:"不得已而歌者,不事为悲,不得已而舞者,不矜为
丽";唐代的徐铉发展了这一理论:"人之所以灵者,情也;情之所
以通者,言也。其或情之深,思之远,郁积乎中,不可以言尽者,
则发为诗。"(《肖庶子诗叙》)至于唐代的古文运动理论,则包含
了上述的两个方面而又倾向于后者。苏轼的文艺本源观显然是
继承了后者,但又是对朴素的情本说、物感说的改造和超越,参
之于苏轼的时代、哲学思想及其有关文艺的论述,可知苏轼的
"不能不为之"的根据是自由的心灵。在《书李伯时〈山庄图〉》中
苏轼说:"居士之在山也,不留一物,故其神与万物交,其知与
百工通。虽然,有道有艺,有道而不艺,则物虽形于心,不形于
手。"根据通篇的文章和苏轼的哲学思想,我们认定这里的"道"
就是"神与万物交","艺"就是"知与百工通"。不受任何具体事
物的遮蔽而自由地"神与物游",这就是文艺产生的本源,是

"道";熟练地掌握"百工"的各种艺术手段,由此而使心灵得到一种外化形式,这就是文艺产生的方式,是"艺"。苏轼在这里论述的不是内容和形式的关系,而是本源和手段的关系,或曰道和器的关系。在《送参寥师》中,苏轼提出了"空"和"静"的概念,他说:"欲令诗语妙,无厌空且静,静故了群动,空故纳万境。"这决非仅指创作心理而言,实则关涉到文艺的性质和本源。"静"的观念主要来自老庄,老子首先提出致虚守静以观其复的理论,后经宋钘、尹文、荀子等人发挥,佛教传入后也尽力宣传"心水既澄,则凝照无隐"的观点。"空"的观念则主要来源于佛家,苏轼多处用"虚"、"空"概念,足见其受佛学影响之深。但释道两家所强调的是内省时的宁静,而苏轼强调的则是摒除了功利干扰的纯粹的审美状态。具体到苏轼所处的时代,他的"空"、"静"决不是一物不染,一念不动,而是尽量排除封建伦理道德和世俗观念,保持心灵的自由高蹈,至于这种自由的具体内容是什么,由于时代的局限,苏轼是无法建构起来的,所以才表现出"拣尽寒枝不肯栖,寂寞沙洲冷"(《卜算子·黄州定惠院寓居作》)式的空漠感。但他的"空"、"静"又确实具有强烈的离经叛道的色彩,所以他的心灵的自由在本质上是一种解脱。"惟江上之清风,与山间之明月,耳得之而为声,目遇之而成色",(《前赤壁赋》)便是解脱后的自由状态,也是文艺产生的根源,而这种根源,其实就是人在摆脱了种种僵固的政治意识形态的束缚以后的本真的生命情感,因此,苏轼的文艺本源观是一种具有强烈解脱、自由色彩的文艺观,苏轼的文艺观也可以成为情本文艺观。这种文艺观为明后叶一批思想解放的勇士如徐渭、李贽、袁宏道等人所发扬,产生了巨大的影响。

　　朱熹的文艺本源观是建立在他成熟的客观唯心主义的哲学体系之上的,他对前代古文家的"文以载道"、"文以贯道"、"文与

八、情本文艺观与理学文艺观

道俱"的理论进行了批判,提出了著名的"文从道中流出"的观点。在《朱子语类》(卷一三九)中有这样两段话:"才卿问:'韩文李汉序头一句甚好?'曰:'公道好,某看来有病。'陈曰:'文者,贯道之器,且如六经,是文其中所道皆是这道理,如何有病?'曰:'不然。这文皆是从道中流出,岂有文反能贯道之理?文是文,道是道。文只如吃饭时下饭耳。若以文贯道,却是把本为末、以末为本,可乎?而后作文者皆如此。""道者,文之根本;文者,道之末叶。唯其根本乎道,所以发之于文皆道也。三代圣贤之文皆从此心写出,文便是道。今东坡之言曰'吾所谓文,必与道俱',则是文自文而道自道,待作文时旋去讨个道来入放里面……所以大本都差。"在朱熹看来,文就是"这文"、"三代圣贤之文",就是"文便是道"。"这文皆从道中流出"是文道一体,而不是文道二元。朱熹反对的正是秦汉以来的布道教化说和缘情感物说的二元割裂,所以他明确地批判韩愈、欧阳修的"文以贯道"、"文与道俱"的观点,认为那等于说道靠文而存在、道的命运由文来决定,完全颠倒了本末关系。程颐早就指出韩愈是"倒学",朱熹更是不客气地说他"费工夫去作文,所以读书者,只为作文用。自朝至暮,自少至老,只是火急去弄文章",认为韩愈说"'我这个便是圣贤事业了'自不知其非。"(《朱子语类》卷 137)在《读唐志》中说欧阳修"亦未免于韩氏之病"。"文与道俱"是苏轼引欧阳修的话,朱熹在《语类》中讲得很清楚,他拿来扣到苏轼的头上,是因为他觉得更符合苏轼创作的实际,至于他说苏轼"待作文时旋去讨个道来入放里面",就更有见地了。苏轼不以孔孟之道为道,故一文有一文之道,无僵固恒一之道,"作文"时讨来的"道"也决非是孔孟程朱的道,而是事物自然之理。因此,从这一意义上说,苏轼的"文与道俱"与韩愈的"文以载道"、"文以贯道"乃至欧阳修的"文与道俱"都不相同,不是文道二元论,而是文道一元论,是以文为本体的,即文的自由审美形式是彰显发明具体自然之道的根本。朱熹通过对前代文论的批判,否定了道外之文的存在,为文道合一找到了深刻的哲学基础,建立了"文从道中流出"的文艺本源观,把传统的布道教化文论提高到了一个崭新的水平。

从创作论的角度看,苏轼把文艺看作是抒写自由心灵的唯一形式,这一点也是前无古人的。何遽《春渚记闻》引苏轼语说:"某平生无快意事,惟作文章。意之所到则笔力曲折,无不尽意,自谓世间乐事无逾此者。"他在《密州倅厅题名记》中又说:"余性不谨言语,与人无亲疏,辄输写肺腑。有所不尽如茹物不下,必吐出而已。"中国封建社会转型期的强大挤压力把他推向了文人士大夫人格的最高境界,而达到这一境界的重要方式就是以自由的文艺创作来实现其超越而又执著的自由生命状态和生命情调,在苏轼那里,自由的文艺创作实在已成为他最高的生命本质。基于这一发自生命深处的根本要求,即使在经历了几欲丧命的"乌台诗案"之后也不改初衷,甚至在出狱的第二天就"试拈诗笔已如神"。因此,苏轼文艺创作的基本特征就是"辞达"。他在《答谢民师书》中说:"孔子曰'言而不文,行而不远',又曰'辞达而已矣'。夫言止于达意,即疑若不文,是大不然。求物之妙,如系风捕影。能使是物了然于心者盖千万人而不一遇也,而况能使了然于口与手乎,是之谓辞达。辞至于能达,则文不可胜用矣。"苏轼的"辞达"是指用自由抒情的方式塑造美感形象,从而划清了文艺同孔子所谓的"言"及一般文章的内在界限。苏轼从批评"止于达意"的重质轻文的观点入手,指出文艺的特征是"求物之妙,如系风捕影",使"物""了然于心"、"了然于口与手",通过抒发内在的主观情感来外化事物的美感形象,因此,"辞达"决不仅仅指在描摹事物的外观上"达物之妙","辞达"之难也不是

八、情本文艺观与理学文艺观

指认识、反映客观事物之难。关于这一点,清人潘德舆曾评论说:"辞达而已矣,千古文章之大法也。东坡尝拈此示人。然以东坡诗文观之,其所谓达,第取气之滔滔流行,能畅其意而已。孔子之所谓达,不止如是也。盖达者,理义心术,人事物状,深微难见,而辞能阐之,斯谓之达。达则天地万物之性情可见矣。……《三百篇》以后之诗,到此境者,陶乎? 杜乎? 坡未尽逮也。"(《养一斋诗话》卷2《清诗话续编》)潘德舆虽是批评苏轼,但却分清了"畅意"之辞达与"理义"之辞达的根本区别,苏轼所要反对的正是后者,倡导的正是极富自由抒情("畅意")色彩的"辞达"。在具体创作中,除主张"神与万物交"外,还主张"身与竹化",他在赞扬文与可画竹时说:"与可画竹时,见竹不见人。岂独不见人,嗒然遗其身。其身与竹化,无穷出清新。庄周世所无,谁知此凝神?"(《书晁补之所藏文与可画竹》)这种显然来自于道家哲学的见解十分符合艺术创作的本质规律,在当时则具有摆脱"理义"束缚的作用。在具体构思上,苏轼在《评草书》中提出了"无意于嘉乃嘉"的理论,揭示出创作中自由的审美规律。关于这一点,前人亦有论述,如《淮南子·说山训》称"求美则不得美,不求美则美矣",《历代名画记》卷二也说:"夫运思挥毫,自以为画,则愈失于画矣;运思挥毫,意不在于画,故得于画矣。"苏轼不仅总结得更为精粹,更重要的是,这体现了苏轼超越而又执著、观照现实而又不着痕迹的生命情调。具体到诗文上,刘熙载评得甚好:"东坡、放翁两家诗,皆有豪有旷,但放翁是有意要做诗人,东坡虽为诗,而仍有夷然不屑之意,所以尤高"(《艺概·诗概》)。在具体表达方面,除主张"了然于口与手"外,还主张"冲口而出"和"随物赋形"。在《重寄》等诗中多次讲到"好诗冲口谁能择","冲口出常言"等,这已不单是重视艺术灵感的问题,而是上升到了生命形式的高度。苏轼的《自评文》可以看作是他对自

八、情本文艺观与理学文艺观

己艺术创作的总结:"吾文如万斛泉源,⋯⋯随物赋形,而不可知也。所可知者,常行于所当行,常止于不可不止,如是而已矣。其他虽吾亦不能知也。""随物赋形"的"形"是苏文不受拘碍而包融一切的外在形式,其内在的本质仍是苏轼心灵的自由。但又不是自由无度的,在《书吴道子画后》中他提出了著名的"出新意于法度之中,寄妙理于豪放之外"的观点,正确地阐述了创作自由与艺术规律的互动关系。朱熹是反对一般意义上的文艺创作的,他说:"今人不去讲义理,只去学诗文,已落第二义。"(《朱子语类》卷 140)但他提倡符合理学文艺观的文艺创作,他在《清邃阁论诗》中有一段著名的论述:"作诗间以数句适怀亦不妨。但不用多作,盖便是陷溺尔。当其不应事时,平淡自摄,岂不胜如思量诗句? 至其真味发溢,又却与寻常好吟者不同。"与苏轼把自由的文艺创作当作生命的本质相反,朱熹能作文而不屑作文,他早年以诗文知名,胡铨曾把他作为诗人向朝廷推荐,但他服膺二程理学,认为作文害道,遂放弃诗文而专攻"义理",因此,他在生命的文化底蕴上是与苏轼根本不同的,他所提倡的"真味发溢"也就与苏轼的"冲口而出"有着本质的区别。他所反对的是"适怀"之作和"不应事时"单单"思量诗句",这表面上是尊重文艺创作的规律,其实正相反。关键是理解"平淡自摄"四字在这段论述中的中心地位。朱熹等道学家认为,人之一心万理具备,方寸之间万善具足,若能敬持此心,便是圣贤。常人要读书穷理,格物致知才能识得此心,其进德之阶在于庄敬涵养、收其放心,革尽人欲以复归天理,因此,"平淡自摄"正是这进德之阶的表现形式。经"平淡自摄"的修养而体会到天理真味,再由天理中自然发溢而出,这便是朱熹的创作理论。在朱熹看来,并不是借文艺创作规律来表现尊君敬长、温厚和平的道学精神,而是道学文艺从绝对的道心中自然"发溢"出来而已。如果非说朱熹还

八、情本文艺观与理学文艺观

看到"文艺规律"的话,这"文艺规律"最多就是蕴含于"真味发溢"中的"自然"之意。事实上,作为哲学家的朱熹十分清楚,道与艺是无法割裂的,文艺创作自由的审美特质是无法与理学的道心融为一体的,因此他不会造出那种用自由之艺来贯注理学之道的文艺创作理论来授人以柄,他所反对的也正是这一观点。基于这一根本观点,在德与才的关系上,理学家都是极端重德轻才、信奉"有德者必有言"的。朱熹在《答杨宋卿》中说:"古之君子德足以求其志,必出于高明纯一之地,其于诗固不学而能之。"在学道与学文的关系上,朱熹说:"义情既明,又能力行不倦,则其存诸其中,必也光明四达,何施不为?发而为言以宣其心志,当自发越不凡,可爱可传矣。今执笔以习,研钻华采之文,务悦人者,外而已,可耻矣!"(《朱子语类》139)综上所述,朱熹在文艺创作上完整深刻地贯彻了"文从道中流出"的文艺本源观,与苏轼"无定质"的自由创作观念形成了鲜明的对照。

在艺术风格上,苏轼所追求的是一种淡远深邃的美的境界。在《书黄子思诗集后》中苏轼赞美了唐代颜、柳的书法和李、杜的诗歌,但对魏晋"萧散简远"、"高风绝尘"的书风和诗风的衰微表示惋惜,认为"独韦应物、柳宗元发纤秾于简古,寄至味于淡泊","非余子所及也"。在"简古"的形式中蕴含着高超的技艺,在"淡泊"的神态中涵藏着无穷的意味,二者的双重统一便构成了独特的淡远深邃的艺术境界。苏轼早年曾对宏放豪迈的艺术风格表示推崇,但在艺术风格成熟的晚年却表现出对魏晋艺术风格的无限向往,在《和陶诗序》中说:"吾于诗人无所甚好,独好渊明之诗。渊明作诗不多,然其诗质而实绮,癯而实腴。自曹、刘、鲍、谢、李、杜诸人,皆莫及也。"在《评韩柳诗中》说:"柳子厚诗在陶渊明下、韦苏州上,退之豪放奇险过之,而温丽靖深不及也。所贵乎枯淡者,谓其外枯而中膏,似淡而实美。渊明、子厚之流是也。若中边皆枯淡,亦何足道?"由此看出,苏轼推崇和追求的艺术风格和艺术境界的共同特点是淡远而深邃,其代表是陶渊明的诗。苏轼所以推崇这种风格,其原因是多重的,一是源自艺术发展的变化,苏轼在总结唐前艺术史时说:"君子之于学,百工之于技,自三代历汉至唐而备矣。故诗至于杜子美,文至于韩退之、书至于颜鲁公、画至于吴道子,而古今之变、天下之能事毕矣。"(《书吴道子画后》)辉煌壮丽的唐代艺术已集前代之大成,至宋代便须另寻他途。随着时代的变化,文化的内倾性陡然强化,唐代文艺所表现的外向的事功理想至此已变为内倾的心情意绪,深邃淡远的风格就变得更为适宜。苏轼对这种风格的推重,更重要的则是源自他自己的生命情调,他"非逃世之事,而逃世之机",既非"散人",又非"拘人",他以"有思而无所思"(《思无邪斋铭》)和"吾生本无待"(《迁居》)的态度将生命审美化,因此,淡远的艺术追求使他远离浮泛的尘嚣,深邃的意境又能使他获得形上的超越。苏轼借陶诗张目,其淡远深邃的审美追求实是源自他思无所依的自由生命的深处。朱熹所推崇的似乎也是一种平淡、自然而有韵味的艺术风格,他反复强调文章应有"天生成腔子",如"文字自有一个天生成腔子,古人文字自贴这天生成腔子。"(《朱子语类》139)他虽未言明这"天生成腔子"是什么,但稍一研究即可看出。他说:"大抵圣贤立言,本自平易,而平易之中其旨无穷。"(《朱子语类》139)又说:"古人文章,大率只是平说而意自长。后人文章,务意多而酸涩。如《离骚》,初无奇字,只恁地说将去,自是好。后来如鲁直,恁地着力做,却自是不好。"(《朱子语类》139)在《清邃阁论诗》中也说:"诗须是平易,不费力,句法混成。"但必须看到,这决非通常意义上的平淡自然,意味隽永的审美追求,而是从"平淡自摄"的道心中自然"发溢"出来的艺术风格,因为朱熹所谓的"文"、"言",皆是"三代圣贤"之

八、情本文艺观与理学文艺观

"文"和"圣贤"之"言",绝非艺术家的文艺作品。因此,这是一种道学艺术,从道心中自然流出,又有助于修成道心。这当然是从根本上违反艺术规律的,不过,富有艺术修养的理学家在创作时又会不自觉地越过上述理论的限制,例如朱熹就创作出一些自然隽永的诗来,至于硬要把这样的诗解释为道心的自然显现,那就是另一回事了。为了学会先贤"天生成腔子",朱熹主张要"识"得古人的诗,并要"仿"要"守",行之既久,自然纯熟,在《跋病翁先生诗》中明确宣称学诗"不若守古本旧法以终其身之为稳也",这是理学文艺观合乎逻辑的必然结果。总之,"天生成腔子"即道生成腔子,是与"文从道中流出"的文艺本源观契合一致的。

在文艺鉴赏批评方面,苏轼同样从文艺的本质特征入手。形似与神似本是前人长期讨论的问题,苏轼进一步提出:"论画以形似,见与儿童邻。赋诗必此诗,定非知诗人。"(《书鄢陵王主簿……》)他并未否定形似,而是融通前人论诗主张寓意而不限于摹状、论画主张传神而不囿于形似的观点提出传神与寓意统一的审美理想,这与他的"诗中有画"、"画中有诗"(《书摩诘蓝田烟雨图》)和"诗画本一律,天工与清新"的有关论述是一致的。苏轼力图打破诗与画的界限,并非要取消艺术形式的外在差别,而是寻求艺术的普遍规律,对艺术的审美境界提出更高的要求。这是一种符合中国哲学精神、具有鲜明民族特色的艺术理论,这种理论极大地促进了诗、书、画、舞蹈等艺术门类的融通和发展,与西方人致力于划清各种艺术门类的界限不同。苏轼极其重视文艺的陶冶作用,他说:"凡物之可喜,足以悦人而不足以移人者,莫若书与画。"(《宝绘堂记》)因此就提出了相应的文艺鉴赏理论:"君子可以寓意于物,而不可以留意于物。寓意于物,虽微物足以为乐,虽尤物不足以为病。留意于物,虽微物足以为病,虽尤物不足以为乐。"(《宝绘堂记》)"寓意"是审美状态,"留意"是功利状态,把审美与功利的对立讲得如此清楚,似是前无古人的。上面提到的传神与寓意统一的审美理想与此有关,"传神"是对审美客体(艺术品)的要求,"寓意"是对审美主体(鉴赏者)的要求,二者的互动才完成了一个完整的艺术活动过程。在苏轼的鉴赏批评论中,"气"与"意"应是重要的标准,他在《又跋汉杰画山》中说:"观士人画,如阅天下马,取其意气所到。"通过"辞达"而表其"意",借"意"显"气",如天马行空之超迈豪骏,正是苏轼为人为文的显著特征,也是传统文论的精义所在。

朱熹的批评论则主要从"政治标准"出发,在《读唐志》一文中纵谈天下文章说:"孟轲氏没,圣学失传。天下之士背本趋末,不求知道养德以充其内,而汲汲乎徒以文章为事业。然在战国之时,⋯⋯犹皆先有其实,而后托之于言。唯其无本,而不能一出于道,是以君子犹或羞之。及至宋玉、相如、王褒、扬雄之徒,则一以浮华为尚,而无实之可言矣。"朱熹在此提出"本"、"实"两个概念,据此把文分成三类。"本"是道,"实"是内容,按理学的观点,有"本"必有"实",有"实"却未必有"本"。圣贤之文有本有实,是第一类,战国及秦汉间的屈原、庄子、司马迁、班固等人之文有实无本,是第二类,至于宋玉等人之文,无实无本,是应该彻底摒弃的第三类。朱熹对第一类是无保留地赞扬的,对第二类则是有分析地否定,而中国最优秀的文艺作品大多被放入此类。同样,朱熹对文学史的评论也是厚古薄今,他在《答巩仲至》中认为诗有"三变",上者是魏以前之古诗,其次是晋宋及初唐以前的诗,初唐以后因"律诗出"而"无复古人之风",为最下等。因此,朱熹也就必然否定格律,在《答杨宋卿》中说:"至于格律之精粗,用韵、属对、比事、遣辞之善否,今以魏晋以前诸贤之作考之,盖未有用意于其间者,而况于古诗之流乎?近世之作,乃始留情于此,故诗有工拙之论,而葩藻之辞胜,言志之功隐矣。"在诗与音乐的关系上,他也坚决否定音乐的艺术美,在《答陈体仁》中说:"愚意窃以为诗出乎志者也,乐出乎诗者也,然则志者诗之本,而乐者其末也,末虽存不害本之存,患学者不能平心和气,从容讽咏,以求之情性之中耳。"意象是一重要的文论范畴,前人已有丰富成熟的论述,刘勰、殷璠、王昌龄、司空图等人已说得明白,但朱熹仍置定论于不顾,硬将这一概念塞入理学体系,认为"理为体,象为用"。(《朱子语类》卷40)对书法这类细事也不放过,在评宋代书法四大家时说:"字被苏、黄胡乱写坏了,近见蔡君谟(蔡襄)一帖,字字有法度,如端人正士,方是字。"(《朱子语类》卷140)四家之中,苏、黄、米三家均极有特色,唯蔡字虽端正严直,无一处败笔,却实无个性。朱熹贬三家独褒蔡字,实是道学的面孔。朱熹对苏轼诗文有时也避重就轻地褒扬数语。但他是从根本上反对苏轼的,他在《答汪尚书》中说苏轼"语道学则迷大本,论事实则尚权谋、衔浮华、忘本实、贵通达、贱名检。此其害天理、乱人心、妨道术、败风俗,亦岂尽出于王氏之下也哉?"又说"从其游者皆一时轻薄,无少行俭,……当时若使尽聚朝廷之上,则天下何由得平?"(《朱子语类》卷130)朱熹这一通不分是非的谩骂,足见苏轼的为人为文对当时及其后的封建正统秩序的破坏性之大。然而,朱熹的思想又确实有其"合理性",《宋史》就曾预言:"后之时君世主,欲复天德王道之始,必来此取法矣。"此言着实不谬。朱熹与苏轼结下的这段历史公案,后人还将继续评说。

八、情本文艺观与理学文艺观

九、宋词繁荣的历史—文化背景
与苏轼在词史上的贡献

唐诗与宋词是中国文学史上的两座高峰,也是唐宋两代具有代表性的文学形式。但从唐诗到宋词的转变决不仅仅是两种文学形式之间的转变,在以往的分析中,一般认为诗到唐代已经达到了难以超越的顶峰状态,宋人要想超越唐人,只有在艺术上另辟蹊径,其实这只是皮相之论,并未洞悉唐诗、宋词繁荣的内在的历史动因,而作为"言志"的诗和"主情"的词的繁荣,实是由中国历史上两次最大的意识形态的变更而促成和决定的。

自汉建立延至中唐的是一种以政治哲学为基础、以君权神授为核心、以群体为本位的政治本体化的意识形态,这种意识形态造就了汉唐诗歌的辉煌;自中唐孕育开始至北宋产生巨大影响的是一种以文化哲学为基础、相当注重个体和感性的具有浓郁文化色彩的意识形态,这种意识形态以苏轼的思想和实践为代表,将世俗情感上升到了本体化的高度,并由此带来了宋词的繁荣。

在孔子那里,道统并非政治意识形态,而是一种文化理想,因此具有诸多的合理因素。到汉武帝"罢黜百家,独尊儒术",道统便确立为政治意识形态,使道统变得禁锢僵化。然而,道统的政治意识形态化又有其深刻复杂的现实基础。简单地说,这一变化的过程是通过董仲舒实现了"两个转变"来完成的：一是在政治上由春秋战国时期的"修齐治平"的政教转变为政治—教育（"士—官僚"）的行政系统，二是在思想上将王道理想改造为"天人合一"的政治—哲学思想；前者是人的政治化，后者是王道理想的社会心理化。这里需要特别看到的是，董仲舒"天人合一"哲学的建立，是深深扎根在阴阳五行的普遍的社会心理之中的，可以说，这一方面是雅的王道理想的民俗化（社会心理化），另一方面又是社会心理的雅化、政治化。这样一来，整个社会便无声无息地进入了政治化的时代，不仅士大夫，连普通百姓也不自觉地变成了政治的人。这种政治的本体化必然寻找文学艺术的乐感形式，而《诗经》正历史地具有了这一特质。《诗经》是集宗教、道德、艺术、政治乃至科学于一体的一种文化形式，是将个体的感性存在和感性形式用理性联结在一起以创造社会秩序的一种有力的尝试，审美肯定是包容在其中的，但又肯定没有独立出来。通过考察《诗经》——尤其是《颂》和《大雅》——中的某些篇章，我们可以很明确地看到感性形式中所包容的理性成分，即由巫术思维中的感性向理性觉醒时代（春秋战国时期）的理性积淀的过程。《诗经》中的那些"美盛德之形容，以其成功告于神明者"的篇章，正是初民使混沌的经验、感受秩序化、形式化、意义化的鲜明的体现。因此，在一定意义上说，《诗经》之美是人的理性觉醒之美，因而具有天生的"言志"品格，汉人再用比德的思维方式解释《诗经》，使其进一步意识形态化，"诗言志"的历史品格便得以正式确立。在一定意义上说，诗是政治化时代确立起来的艺术形式，是对政治本体的乐感的体现。当然，诗作为一种感性形式，并不是只靠政治意识形态的促进就可以发展的，还必须有美的形式的推进，这就与人的感性的觉醒有关。

　　魏晋六朝时期，人们普遍感到人的理性的觉醒走向了人的对立面,对人的感性生活产生极大的束缚,于是,在忧生念乱的历史契机中促生了人的类的感性觉醒的时期。所谓类的感性,是指以社会积淀的审美感性为基础建立起来的情感本体,社会积淀具有理性的类的特征,所以其审美情感也就相应地具有了类的特征。魏晋六朝时期的人物品藻已经十分明确地重视并突出了人的感性形式,一大批品藻用语实际上为人的感性自觉找到了美的形式,山水诗以及咏物、抒情骈文的勃兴更丰富了这些美的形式,因此,魏晋的诗歌、骈文在充分开掘历史积淀、为这些历史积淀寻找美的形式的同时又极大地创造、丰富了这种历史积淀,可以说,魏晋六朝的诗歌、骈文是一次情感形式的造山运动。只有具备了"人的觉醒"和丰富的情感形式这柄历史的双刃剑,才会有唐诗大辉煌。还必须看到的是,类的感性的觉醒始终没有得到政治意识形态的全面承认,只是以文学艺术的形式表现出来,唐代宽松的政策不仅使汉代以来的政治哲学充分发挥了自己合理性的一面,也给予类的感性以足够的空间,这才为诗造就了黄金时代。

如果说汉代是一个"雅化"的、政治化的时代,宋代则是一个世俗化的时代。所谓世俗化主要有两个因素促生的,一是"文人政治",一是商业的发展。由于董仲舒的政治哲学自身的僵硬和肤浅、唐代的开放和晚唐五代的动乱的冲击,汉代以来的政治意识形态很难继续维系人心,在政治上便直接导向了宋代的"文人政治"。

在中国士大夫的政治演生的历史进程中,宋代是一个十分重要的时代。自从汉武帝从政治意识形态上把圣、王集于一身、政教合为一体之后,中国的士大夫便开始了明确的抗争。汉代发生过两次"党锢之祸",从文化的角度来考察,可以看出,实际上是对"王圣"观念的抗争和冲击,是在争取学统尤其是道统的

九、宋词繁荣的历史——文化背景与苏轼在词史上的贡献

合法地位。在这方面,唐代在一定程度上沿袭了汉代,唐代的多次朝政改革主要是出身庶族的下层士大夫为了争取政治出路——同时也是为了实现自己的政治理想——而要求削弱皇帝、士族、宦官、外戚等官僚集团的权力,由于唐代的封建制度比较成熟,政策调适得比较好,因此没有发生汉代的"党锢之祸"之类的事。然而,这种斗争的模式仍然是庶族士大夫要求削弱皇权的斗争,与汉代的"党锢之祸"相比并没有本质的区别,因此,我们姑且把汉唐政治叫做"皇权政治"。到了宋代,其情形大有改观,宋初的帝王乃至两宋的帝王鉴于前代的灭亡的教训,都非常重视庶族文人,事实上,经过唐代的消化,宋代完全扫除了牵制皇权的地方地主势力,消除了六朝以来的门阀士族观念,所以,宋朝的士大夫基本上没有士、庶之别的观念。应该说,中国历史发展到宋代,封建政治、经济、文化都进入了十分成熟的阶段,是中国封建社会的"民主时期"。与唐代相比,宋代朝廷中的官僚集团的特点也有了很大的不同。晚唐的牛、李党争相争近四十年,两派相互倾轧陷害,完全靠皇帝的信任来压倒对方,并不是为了什么共同的政治主张而结成政治集团,所以其性质是争权夺利,即使是王叔文等人的团结同道、争取权利、改革朝政,也并不是官僚集团之间的"公平"竞争。而北宋的庆历新政、熙宁变法、元祐更化等时期的情形则不同,这时虽也形成了一些官僚集团,但他们基本上是以各自的观点为依据来选择自己的归属的,其间的争论也基本上是平等的,其间的朋党之争就很证明其平等的性质。纵观北宋初年、庆历新政、熙宁变法以及元祐更化等政治改革、变动时期,可以看出,此时的士大夫所考虑的已经不是如何削弱皇权,如何取得皇帝的宠信,而是考虑如何征服持不同政见者,在皇权的统治下,除了元祐更化时期小人当政、迫害异己外,一般说来此时的士大夫是相对自由、平等的,因此,这就形成了与唐代不同的政治模式,在一定程度上具有了政党的性质,姑且称之为"文人政治"。

"文人政治"的直接结果是思想统治的宽松和感性的复苏,商业文化的刺激则从人们世俗生活的层面上刺激了人的感性需求的进一步觉醒。与唐代相比,宋代的工商业有了很大的发展,城市的功能也有了很大的改变,这种新的社会存在就必然冲击传统观念。唐代的长安固然繁华,但坊市制度十分严格,昼夜开闭都有规定,还是比较典型的封建城堡式的城市,而不是商业性的都市。宋代的城市则一改唐制,据孟元老《东京梦华录》记载,汴梁"坊巷院落纵横万数,莫知纪极。处处拥门,各有茶坊酒店、勾肆饮食。……夜市直至三更才尽,五更又复开张。如要闹去处,通晓不绝。"市民的生活则是"垂髫之童,但习歌舞,斑白之老,不识干戈。……新声巧笑于柳陌花衢,按管调弦于茶坊酒肆。……伎巧则惊人耳目,侈奢则长人精神。"在这种情况下,确实是容易使得"人心不古"的。有人在谈及两宋的瓦舍时说:"今贵家子弟郎君因此荡游破坏,尤甚于汴都也。其杭之瓦舍,城内外合计有十七处"。面对这种局面,北宋的程颐惊呼:"今礼制未修,奢靡相尚,卿大夫之家莫能中礼,而商贩之类或逾王公。礼制不足以检饬人情,名数不足以旌别贵贱。诈虞攘夺,人人求厌其欲而后已。"(《陈治法十事》)这实是新兴的市民生活与传统的意识形态发生了矛盾,这些矛盾虽然还不足以使传统的意识形态发生革命性的变化,但却已经给传统文化的发展提供了新的元素。另外,禅宗、道教的入世转向对士大夫的生活态度也产生了十分深刻的影响,使得士大夫更注重从感性的角度出发建立人生的本体。在这方面,苏轼的人生方式有着十分典型的意义。

岭海时期的苏轼在人格上达到了天地境界。他对自己的既往生活作了反思,参透了生死关,不论遇到怎样的情形,都能在自己特有的心理机制的作用下转换其走向,使任何事情都直至心理本体,在情感的观照下显得意趣盎然,使自己的生活充满了诗意,从而建立了审美化的人生。这种审美的人生方式由两翼组成,一是"吾生本无待",生命的意义在于过程,二是"思我无所思",生活的方式在于情感观照。而这些都是建立在他的特殊的心理本体之上的。这里所说的心理本体,就是指一切均诉诸内心,一切生活过程均成为生命过程,是自觉的,也是自发的,不需要任何外在的驱动力,只是自自然然地"遇事则发"。它不指向社会、人际,也不指向超验的神性,只指向自我。他沉浸于心理本体之中,不再向外寻找精神依托。苏轼与陶渊明最大的不同就在于他超越了陶渊明乘化委运的思想意识,通过发展孟子的"养气说",吸收禅宗的即心即佛的思想、支遁的"适足"新理以及道家的自然观,从根本上解决了人生不能永恒的烦恼,确立了"气"与"神"可以永存于天地之间坚定信念。因此,苏轼做到了有史以来真正的旷达和执著,苏轼的精神超越不离对现实的执著,他从细微的现实生活中体味生命的本体,建立了以感性的心理自由为指归审美的人格。但必须看到,这种自由不是征服外在客观世界的自由,而只是内心世界的自由。这种自由不否弃感性生命,也不否弃现实生活,只是对这一切不作世俗的价值关怀的生命感受。在下焉者那里可以成为逃避的精神胜利法,甚至被当作活命哲学或放浪形骸的借口,但在苏轼那里,它不是对现实、社会、人际等等回避以后而获得的自由,实际上是一种有力的反抗世俗和政治意识形态的方式。苏轼的这种心理本体实际上是情感本体化的表现,苏轼的这种具有代表性的人格为宋词的繁荣提供了人格基础。

　　宋词繁荣既源于上述的文化背景,又为在这种文化背景上所形成的宋世风流所激扬。所谓宋世风流,主要由两方面的因

九、宋词繁荣的历史——文化背景与苏轼在词史上的贡献

素组成:一是商业发达的都市生活,即浅斟低唱、歌舞宴酒的风尚,这是其表层现象;一是指宋学与禅学入世转向相融合,士林孤高自许之风渐泯而随俗婵娟之气渐浓,这是其深层的原因。这样,政治—文化政策和经济—商业政策的宽松,传统规范与现实风情的融会,士林风流与市井风俗的合拍,使得宋词在吟咏自足中显得更加异彩纷呈,既有婉约、豪放的不同风格,也有合乐歌词与格律诗、娱乐要求与诗教规范的矛盾,这使得宋词在三百年的历程中创造了几可与汉唐诗千年辉煌媲美的成就。

从较浅的层面讲,以士大夫为代表的人心向世俗的感性生活滑落导致了宋词的繁荣,这确实是时代精神的表现。从晚唐词到柳永词以及传统美学由前期向后期过渡的嬗变过程都显示了这一点。庶族地主在中唐走向退缩与萧瑟,在晚唐则显示出"汲汲顾景惟恐不及的"精神状态,晚唐五代词也只能沉溺于感性刺激而缺乏价值感;时代精神在词中找到了归宿,但感官享乐并不能弥补价值的虚无感,宋初欧阳修、晏殊的词虽在词境上有所扩大,但仍未为词找到合法地位,尤其是柳永,一生专力写词,在题材与形式上与晚唐词大有不同,但在没有找到价值归宿这一点上却并无不同。在从政治化的儒学到心性论的审美嬗变的过程中,以中唐为界,审美趣味和文学艺术精神发生了明显的转变。从"神与物游"到"思与境谐",是从对理想人格的祈盼转向了对人生态度的追求;从"以形写神"到"离形得似",是从外在世界向内在心性的转移;从"文以气为主"到"文以韵为主",是从对外在世界的征服转向对心情意绪的体验;从"立象以尽意"到"境生于象外",则是从对客观事物的追索转向了宁静悠远的玄思。《诗品》与《沧浪诗话》体现出了传统社会后期文学艺术的美学特征。苏轼对世俗感性进行超越,融时代的价值感与审美要求于一体而为词"立法",是宋词真正繁荣的深层原因。

前人对苏轼在词史上的地位已做出了较为客观的评价,《四库全书总目·词曲类·东坡词提要》中说:"词自晚唐五代以来,以清切婉丽为宗。至柳永而一变,如诗家之有白居易,至轼而又一变,如诗家之有韩愈,遂开南宋辛弃疾一派。"

具体说来,苏轼对宋词发展的贡献就在使词雅化。胡寅说:"眉山苏氏,一洗香罗绮泽之态,摆脱绸缪婉转之度,使人登高望远,举首高歌,而逸怀浩气,超乎尘垢之外。于是花间为皂隶,而柳氏为舆台矣。"(胡寅《题酒边词》)这实际上说的就是宋词的雅化。那么,词的雅化的实质是什么? 其实质决不在于使词的体式变得高雅,而在于借高雅的体式使宋代的世俗精神雅化了,更应该看到的是,世俗精神雅化的本质是使执著现实走出了感性享乐的泥淖,把现实生活提升到了生命本体的高度。生命本体是现实生活情节的本质,而现实生活情节是生命本体的外在显现,但这些又都是以人的感性为根本依据的。苏轼为宋代的世俗精神张目,使其在一定程度上成为正统,雅化的词才真正成为表现宋代世俗精神的艺术形式。

从另一个角度讲,宋词又是文化转型期"情"、"理"激荡融合的产物。中国文化虽然有其强固的独立性和内在的发展规律,但它仍然以开放的姿态接受生产方式的影响。初、盛唐时期以租佃制经济取代汉魏六朝以来的部曲经济,庶族地主阶级取代士族地主阶级,是中国传统社会中经济、政治一次最大的改革,是决定传统文化转型的根本原因。盛唐以降,经中唐、晚唐的嬗变,民族文化本体的重塑这一历史重任终于落在了宋代。宋代是一个魏晋和明中叶两次人的觉醒的中间时代,是由汉唐的政治本体论向明中叶的自然人性论过渡的时代,因此,这一时代具有融会前人而又总结创新、启示未来的特征,出现了苏轼与朱熹的代表人物,两人虽均为后世法,但其文化指向却大异其趣。苏

轼使世俗之情上升到情感本体的高度,把现实生活提升到了生
命本体的高度,实是对魏晋六朝人的类的感性觉醒的深入和对
明中叶人的主体性觉醒的启示,这也正是宋词的文化价值之
所在。

　　与上述的思想相适应,苏轼在文艺的本源及创作方法等方
面也体现出了情感本体的特征。苏轼认为文艺出自人的自由的
心灵,是人的真实感情的自由表达。他说:"昔之为文者,非能为
之为工,乃不能不为之为工。"(《居士集叙》)在《书李伯时山庄
图》中,苏轼说:"居士之在山也,不留于一物,故其神与万物交,
其知与百工通。虽然,有道有艺,有道而不艺,则物虽形于心,不
形于手。"根据通篇的文意和苏轼的哲学思想,完全有理由认为
这里的"道"就是"神与万物交","艺"就是"知与百工通"。不受
任何具体事物的遮蔽而自由地"神与物游",这就是文艺产生的
根源,是"道";熟练地掌握"百工"的各种艺术手段,由此而使心
灵得到一种外化形式,这就是文艺产生的方式,是"艺"。必须看
到的是,苏轼在这里论述的不是内容和形式的关系,而是本源和
手段的关系,或曰道和器的关系。苏轼还多次提出"空"、"静"的
概念,"惟江上之清风,与山间之明月,耳得之而为声,目遇之而
成色",(《赤壁赋》)便十分概括而又形象地表现了心灵解脱后的
自由状态,也正是文艺产生的根源。从创作论的角度看,苏轼把
文艺看作是抒写自由心灵的唯一形式,这一点也是前无古人的。
何遂《春渚记闻》引苏轼语说:"某平生无快意事,惟作文章,意之
所到,则笔力曲折,无不尽意,自谓世间乐事无逾此者。"在苏轼
那里,自由的文艺创作已成为他最高的生命本质。并指出文学
创作的基本特征就是"辞达"。关于这一点,清人潘德舆曾评论
说:"辞达而已矣,千古文章之大法也。东坡尝拈此示人。然以
东坡诗文观之,其所谓达,第取气之滔滔流行,能畅其意而已。

孔子之所谓达,不止如是也。盖达者,理义心术,人事物状,深微难见,而辞能阐之,斯谓之。达则天地万物之性情可见矣。……《三百篇》以后之诗,到此境者,陶乎? 杜乎? 坡未尽逮也。"(潘德舆《养一斋诗话》卷2《清诗话续编》)潘德舆的本意是批评苏轼,但在无意之中却分清了"畅意"之辞达与"理义"之辞达的根本区别,苏轼所要反对的正是后者,倡导的正是极富自由抒情("畅意")色彩的"辞达"。

就在这样的文化背景、个人的生命情调和文艺思想的基础上,苏轼通过使词雅化来为宋词"立法"。苏轼使词雅化的方式主要表现在三个方面:一,开拓词境。苏轼一生作词可考者三百五十余首,其中约有百首左右可以看到晚唐五代词留下的影响,这其中又有二三十首可以说深得晚唐五代词的真传,大有温庭筠、韦庄、冯延巳、李煜之风,但这不是苏词的主要方面。苏轼在词境方面的重要贡献是他在保留传统词的畛域的同时而充分拓展的词的新境界。在苏词中,占大部分篇幅的是有关壮志、哲理、送别、旅怀、风光、农村、怀古、悼亡等题材的。正是这种质和量的变化,使苏词与前代的任何词作都有了某种实质的不同。可以说,晚唐五代词代表了中国词的一半,而苏轼在词境开拓上的首事之功使中国的词发展完成了另一半。与此相关,苏轼还开创了词的豪放风格,关于这一风格的争论由来已久,似乎无法取得一致,如果能从中国文学雅俗对峙、转化的发展规律中去把握这一风格,也许会更清楚一些。纵观中国的文学史,总的来看,主要是经历一个由俗到雅,再由雅而衰亡的过程。任何一个时代都要寻求表现自己时代精神的艺术形式,但又决不愿意把这种艺术形式看作是庸俗的形式,而是要从理论和实践上将其雅化。词作为"诗之余",最初是被看作不登大雅之堂的俗艺的,随着历史的发展,宋词作为这个世俗化时代的代表性的艺术形

式,其雅化也就是历史的必然。况周颐在《蕙风词话》中说:"有
宋熙、丰间,词学称极盛,苏长公提倡风雅,为一代山斗。"而豪放
风格正是词雅化的表现,也是其必由之路。二,"以诗为词"。苏
轼使词雅化的最为直接有效的方式是"以诗为词"。中国的文学
艺术发展史证明,各种艺术形式本来就是相互渗透转化的,苏轼
的"以诗为词",更是以清醒自觉的方式推进了这种转化。陈师
道说:"退之以文为诗,子瞻以诗为词。"(《后山诗话》)李清照也
认为东坡词"皆句读不葺之诗耳"(李清照《苕溪渔隐丛话》后集
卷 33 引李清照语)那么,到底何谓"以诗为词"呢? 从宋代文学
发展的历程看,苏轼完成了由欧阳修开启的诗文革新运动,并把
这一运动扩展到了词的领域,像韩愈打破了诗文的界限一样,苏
轼打破了诗词的界限,开拓了词的题材,提高了词的境界,并把
诗的表现方法运用到了词的领域,终于使词摆脱了乐曲的附庸
地位,成为独立、自由的新的诗体。以《水调歌头》(明月几时有)
和《江城子·密州出猎》为例,前者宋词是化用唐诗的代表作,此
词点化的唐诗有:"青天有月来几时,我今停杯一问之。"(李白
《把酒问月》)、"我歌月徘徊,我舞影零乱。"(《月下独酌》)、"已悟
化成非乐界,不知今夕是何年。"(戴叔伦《二灵寺守岁》)、"惟应
洞庭月,万里共婵娟。"(许浑《怀江南同志》)等。这决不仅仅是
一种外在的形式上的化用,而是将诗的内在品格和其中的文化
信息向词移植,以词的艺术形式来表现诗的内质。后者则用了
《三国志·吴主传》、《史记·张释之冯唐列传》、《梁书·张充传》
和《诗经》中的有关典故。用典是诗的表现方法,词大量用典就
必然要加深词的历史感和现实感,与晚唐五代词风越来越远,而
与诗则越来越近。总结起来,苏轼词化用唐诗、大量用典、以议
论入词、语言刚健、不依声律、独标篇题,种种特点,使苏词打破
了"诗庄词媚"的界限,将词提高到了雅文学的档次上来,使得词

的乐谱失传以后，词却能成为千古流传的艺术瑰宝。三，富有理趣。与宋诗富有理趣一样，苏轼的词也富有理趣。这样的词除了《水调歌头》（明月几时有）为代表的通篇以议论表达哲理的典型之作外，更多的是情景交融，从情景中自然地生发出哲理。如《水调歌头》（落日绣帘卷）、《鹧鸪天》（林断山明竹隐墙）等。苏词的这种理趣既不像魏晋玄言诗、山水诗一样诗末大发玄言议论，也不是像汉赋那样"曲终奏雅"，而是由景至情，再自然促生出理是词作情绪流程的自然终结，这也正是苏轼的理趣与宋代的"以文字为诗、以才学为诗、以议论为诗"的主要不同之处。

　　苏轼是时代之情的歌唱者，升华者，在魏晋六朝人的类的感性觉醒和明中叶人的主体性觉醒之间起到了承前启后的重要作用。明中叶那些"眼空千古"的启蒙思想家虽然大骂孔子，却几乎都推崇苏轼，李贽就十分喜爱苏轼的著作，说："心实爱此公，是以开卷便如与之面叙也。"（李贽《与焦弱侯》）他认为别人都没有领会苏轼诗文的好处，所选尽其糟粕，自己编《坡仙集》四卷，"俱世人所未取"，并说："世之所取者，世人所知耳，亦长公俯就世人而作也。至其真洪钟大吕，大扣大鸣，小扣小应，俱系精神髓骨所在，弟今尽数录出。时一披阅，心事宛然，如对长公披襟而语。"（《复焦弱侯》）明代的董其昌说王阳明的心学"其说非出于苏（轼），而血脉则苏（轼）也"（沈德符《野获编》卷27）。苏轼的词作是苏轼生命实践的重要组成部分，以苏词为代表的宋词在走向近代的历史进程中也应该有着重要的意义。

中编　文学之维与文化之维

十、汉赋之美的文化解读

近年来,汉赋虽然逐渐摆脱了纯粹形式主义的恶谥,在其美的形态上也多有研究和肯定,但对其美的本质似乎未见应有的揭示。美作为一个历史范畴,必然有其历史的形态,本文拟从汉赋的渊源和历史形态两方面来探索汉赋之美的本质。

作为赋诗意义上的"赋",最早当见于《左传》、《国语》,尤以《左传》中为多,如《左传·隐公元年》:"公入而赋:'大隧之中,其乐也融融!'姜出而赋:'大隧之外,其乐也泄泄!'"隐公三年:"(庄姜)美而无子,卫人所为赋《硕人》也。"有时也作诵诗之意,如《左传·文公十三年》:"郑伯与公宴于棐,子家赋《鸿雁》。"《左传·僖公二十三年》:"公子赋《河水》,公赋《六月》。"《鸿雁》、《六月》见于《诗经》,"河水"应系"沔水"之误,《沔水》也是《诗经》中的一篇,可见,"赋"有诵诗之意,即《汉书·艺文志》所说的"不歌而颂(诵)谓之赋"。

"赋"由动词演变为文体形式和创作方法,主要从所谓的"诗有六义"开始。《周礼·春官》曰:"诗六教,曰风、曰赋、曰比、曰兴、曰雅、曰颂。"郑玄注云:"赋之言铺,直铺陈今之政教善恶。"汉代以政治为本体的宇宙论哲学继承并总结了三代政教合一的道德—政治模式,道德在实质上就是政治,因此,汉人以比德的思维方式解经,既有其必然性,又有其符合历史真实的一面。但"赋"作为一种创作方法,并不仅仅执行"直铺陈今之政教善恶"的功能,它的基本特征应是"铺陈"。对于这一点,古人已经看到了。《广雅》、《尔雅》等书将"赋"训为"铺"、"敷"、"布"、"陈",已有脱离政教思维的倾向,刘勰在《文心雕龙·诠赋》中更明确地说:"赋者,铺也,铺采摛文,体物写志也。"将其解释为一种文体。唐宋两代对"六义"("六教")的解释又有进展。《诗小序》说:"诗有六义焉:一曰风,二曰赋,三曰比,四曰兴,五曰雅,六曰颂",唐孔颖达在《毛诗正义》中对其作了解释:"风、雅、颂者,诗篇之异体;赋、比、兴者,诗文之异辞耳。""赋、比、兴是诗之所用,风、雅、颂是诗之成形。"这是从文体和创作方法的角度来论述,对汉代的解释是一种突破。朱熹虽然在文艺观上主张"文从道中流出",但在对待具体问题上却是很有眼光的,他在《诗集传》中对赋、比、兴作了更为贴近实际的解释:"赋者,敷陈其事而直言之者也。"意思是说"赋"是一种文体形式或创作方法,其特点是"直陈其事",与比、兴等其他艺术手法不同。

如果仅仅把"赋"看成是一种抽象的创作方法,就很难审视汉赋之美的本质,而实际上,"赋"这种创作方法是与赋的文体形式密不可分的,甚至是一而二,二而一的关系。关于赋这一文体的来源,学术界多认为源自《楚辞》,但对于具体的起源与发展又有不同的看法。在本世纪三十年代以前,汉代的班固为我们描绘的《诗经》——楚辞赋——汉赋的发展脉络一直占着主导地位,1931年,陶秋英在燕京大学研究生院完成了硕士论文《汉赋研究》,明确地提出了楚民歌——辞赋(骚赋)——汉赋的渊源关系,对班固的观点提出了挑战,产生了很大的影响。几乎与陶氏同时,朱光潜先生在其《诗论》中充分论述了隐语对于中国诗歌发展的重要性,并十分肯定地论及到隐语与赋的关系,他说:

十、汉赋之美的文化解读

"……隐语对于中国诗的重要还不仅此。它是一种雏形的描写诗。民间许多隐语都可以作描写诗看。中国大规模的描写诗是赋,赋就是隐语的化身。战国秦汉间嗜好隐语的风气最盛,赋也最发达,荀卿是赋的始祖,他的《赋篇》本包含《礼》、《知》、《云》、《蚕》、《箴》、《乱》六篇独立的赋,前五篇都极力铺张所赋事物的状态、本质和功用,到最后才用一句话点明题旨。"(朱光潜《诗论》北京三联书店 1984 年 7 月第 35 页)作为实证性的研究,这无疑是有道理的。随着近年对楚地民歌研究的深入,我们更加清楚地看到了辞赋与楚地民歌的形式上的关系。但陶秋英似乎忽略了一点,那就是任何文体都有一个由俗到雅的发展过程,汉赋在形式上源自楚民歌,尤其是其隐语形式,但朱光潜先生所说的荀赋仍是民间赋,尚未雅化,使赋雅化的是宋玉,宋赋带有浓厚的文人创作的色彩,是民间赋的宫廷化、雅化,而汉赋的渊源之一在于宋赋。

　　然而,班固的观点并不是没有道理。近人吴小如先生提出:"不过我以为,这样的说法是从文学体裁和艺术表现形式来看的;若论其内容实质,则'赋'之更早的渊源实为《三百篇》中的《雅》、《颂》。《大雅》中若干篇一向被称之为周代史诗的作品已俨然赋体。不仅有其'体物'的职能而已,而且是从正面来写的歌功颂德的文字,谈后世的赋而不上溯于诗之《雅》、《颂》,即谓之数典忘祖,亦不为过。"(《中国历代赋选·序言》山西教育出版社 1989 年第 6 页)这种说法虽然很难找到像荀子的《赋篇》(此为赋源自《楚辞》的重要根据)那样的实证依据,但考证也不能"第论形骸,不及神髓",吴小如先生从赋的神髓立论,是很有道理的。其实,如果从"兴"的缘起来考察艺术方式的发生与发展,就可以看到,"六义"中的所谓"赋"、"比"、"兴"并不是同一类表现方法,"兴"是特定的审美意象在文艺创作和欣赏中的一种功能,这种审美意象是经过漫长的审美积淀而形成的特定的审美形式,几乎每一种含有"兴"的功能的审美意象都可以找到其历史渊源,这些审美意象最初都是源自人们的生产、生活的功利需求,后来逐渐淡化了功利而走向了纯粹的审美形式;"比"则是在与"兴"相适应的基础上较后兴起的一种艺术表现方式,具有更多的理性的、人为的色彩,它拓展了"兴"的领域,提高了"兴"的表现能力,也使"兴"的意向性更加具体;而"赋"则是最为晚起的一种表现形式,它是应追述史实、记叙事件、描绘场景、表达意愿的需要而产生的,是人类理性觉醒时代的特有的产物。如果说"兴"是"自在"的形式美的话,"赋"就应是"自觉"的形式美,而"比"似乎是处于二者之间的一种过渡状态。

　　吴小如先生对《诗经》"六义"的看法对我们理解汉赋之美的本质也有帮助。《周礼》和《诗大序》为什么把"风"、"雅"、"颂"和"赋"、"比"、"兴"这两组性质不同的概念组合在一起,又把"赋"、"比"、"兴"插在"风"之后和"雅"、"颂"之前?古今历来对此没有满意的解释。吴小如先生认为,其中的"风"、"雅"、"颂"也同"赋"、"比"、"兴"一样,是创作方法而非三类诗体。这一提法很有道理。《诗大序》说:"风,风也,教也;风以动之,教以化之。"又说:"上以风化下,下以风刺上,主文而谲谏,言之者无罪,闻之者足以戒,故曰风。"再佐之以宋玉的《风赋》,更足以证明《诗大序》以自然之风来释"主文谲谏"之"风"是有道理的。可见,在《诗经》"六义"中,"风"婉而"赋"直,二者对举,是两种同等重要而风格相反的创作方法。吴小如先生还认为,虽"六义"并列,实际上"雅"、"颂"属于"赋",而"比"、"兴"则属于"风",这也是十分有道理的。既想采取委婉的方式来"谲谏",则"比"、"兴"最有效。先秦时期,帝王、官吏的文化水平普遍低下,先秦诗文"深于取象"的重要原因就是为了便于理解接受,而"比"、"兴"正是以

十、汉赋之美的文化解读

自然引导、生动形象的方式来说动对象的,以"比"、"兴"手法来达到"风"之效果,是自然而然的事。

"赋"本来是"直陈其事"的,如《诗经·大雅·民》:"天子是若,明命使赋。""赋政于外,四方爰发。"朱熹注云:"赋,布也。"汉人将其提升到"六义"之次,"赋"便上升到了创作方法的高度,后人在释"赋"时一直延续了这一观点,除上面引用的刘勰的有关论述外,钟嵘在《诗品·总论》中说:"直书其事,寓言写物,赋也。"宋代的高承在《事物纪原·经籍译文·赋》中也说:"《诗经》六义,次曰赋,盖谓直陈其事尔。"这就是"赋"由单纯的动词向创作方法演进的历程。在汉人看来,《诗经》中的"赋"就是用正面的语言直接歌功颂德,这在当时似乎主要依靠两种方式,一是"雅",一是"颂"。《诗大序》说:"雅者,正也。"大概有宣扬正统之意,从《诗经·大雅》所表现的内容也可以看出这一特点;又说:"颂者,美盛德之形容,以其成功告于神明者也。"其意已十分明确。至于《诗经》的《风》、《雅》中有美刺,则为变风、变雅。这样一来,不仅《诗经》的"六义"得到了合理的解释,"赋"的内涵也更加系统和明确。

那么,"赋"的实质究竟是什么? 万光治说:"故就实质而言,铺、敷、布、陈具有在时空两个方面把事物加以展开的意义。这些概念之被引入文学,所指的即是不假比兴、直接表现事物的时空状态的艺术手法。"(万光治《汉赋通论》巴蜀书社 1989 年 第 7页)其实,这只是"赋"的表现形式,"赋"的实质乃是从正面用铺陈的方式进行"美盛德之形容"的歌功颂德的创作方法。事实上,这种创作方法并不是汉人无中生有的捏造,而是本来就存在于《诗经》之中,汉人在解经中体现出来的经学思维方式也是对三代及其前代的巫术思维方式的继承、发展和总结。《诗经》固然不像汉人所说的那样每一首都"微言大义",都具有十分浓厚的道德、政治色彩,但也不像现代某些观点所认为的那样都是民歌或情歌(主要指《国风》中的篇章),《诗经》是集宗教、道德、艺术、政治乃至科学于一体的一种文化形式,是将个体的感性存在和感性形式用理性联结在一起以创造社会秩序的一种有力的尝试,审美肯定是包容在其中的,但又肯定没有独立出来。通过考察《诗经》——尤其是《颂》和《大雅》中的某些篇章,我们可以很明确地看到感性形式中所包容的理性成分,即由巫术思维中的感性向理性觉醒时代(春秋战国时期)的理性积淀的过程。《诗经》中的那些"美盛德之形容,以其成功告于神明者"的篇章,正是初民使混沌的经验、感受秩序化、形式化、意义化的鲜明的体现。通过"赋"的方式来"慎终追远",在当时的历史条件下,应该说是划清物与人的界限,提高人的自我意识的最有效的方式之一。所以说,汉人解经并非全是牵强附会,汉人把"赋"提高到创作方法的高度,是有着不可抹煞的历史价值和意义的。"赋"的审美特质正体现在其中。

如果从这一意义上讲,汉赋的兴盛——尤其是汉大赋的兴盛——在一定意义上表现了人的理性的觉醒和意志的强大,由《诗经》之"赋"发展到汉大赋,实是形骸大异而神理未变。

那么,汉赋是否存在着两个源头?即汉赋在形式上源自楚赋,而在精神上源自《诗经》之"赋"。实际上,一种文体的发展并不像我们在观念中想象的那样整齐划一,汉赋无论是在形式上还是在精神上都经历了一个历史的发展过程。其可能的情形是,《诗经》之"赋"的内在精神在楚地隐语的铺陈形式中找到了合适的寄主,而隐语作为一种神秘性的预言在性质上与《诗经》之"赋"的"符号化"功能有天然的亲合之处,二者在相互转化促进中得以明晰化、规约化、社会化,其间已无法分清哪是《诗经》之"赋",哪是楚赋之"赋"。这种融合性的转化不仅表现在内在

十、汉赋之美的文化解读

精神上,也表现在外在形式上,汉赋的复杂形态充分说明它是历史上的多种文学形式的有机的集合体,并非仅与哪一种文学形式直接相关。这是我们这个民族的文学发展的普遍现象,并非仅表现在汉赋上。至于辞赋发展到汉代而强化了其《诗经》之"赋"的一面,那完全是时代精神使然。

由以上论述可以看出,汉赋之美的本质是由《诗经》之"赋"的理性精神和楚赋之"赋"的非理性精神融合而成的。(当然,此并不是说二者无共同之处)因此,从文体的渊源上讲,汉赋之美的本质是一种"理性之美"。《诗经》之"赋"的理性精神在其渊源上当然也是以非理性的方式表达出来的,但到了《诗经》中其非理性的成分已经大为减弱,可以说充满了人作为类的理性觉醒的意识。然而,同时也必须看到的是,人在理性觉醒之初,同时又充满了对这种理性的审美关怀。展读《诗经》"雅"、"颂"中的篇章,就可十分清楚地感到当时"人"初为人时的那种虔诚与激动。这些篇章中较少展现个体情感的欢歌、狂呼、踊跃、咒语等,《诗经》之"赋"的重要功能也正是对上述情感进行规约化、理性化。由巫术文化时代的感性的原初之美到《诗经》之"赋"的理性之美,不仅展现了中华民族审美发展的历程,恐怕也是人类审美发展历程的应有的理路。从现代审美的角度讲,理性的规约化过程是一种反审美的过程,但人之成为人的理性觉醒又使人感受到了一种空前伟大的审美愉悦感,这恐怕是人类从往古到未来的唯一的一次不可复制的理性化的审美感受。具有深刻的浪漫品格的南中国的楚赋之"赋"又为《诗经》之"赋"注入了非理性的强劲活力,使汉赋的"理性之美"更显现出了奇异的色彩。

汉赋的历史形态奇妙地证明了"历史与逻辑的统一"。逻辑的发展应该是人类的理性的进一步觉醒必然导致的统一与强

十、汉赋之美的文化解读

化,人从"理性的人"发展为"政治的人",汉代正是这样的一个过渡时代,其间又以汉武帝的政治重建为主要标志。战国时期儒家的王道理想到汉武帝"罢黜百家,独尊儒术"时得以确立为政治意识形态,董仲舒通过实现"两个转变"而使这种政治意识形态现实化:一是在政治上由春秋战国时期的"修齐治平"的人格理想转变为政治—教育("士—官僚")的现实行政系统,二是在思想上将儒家的王道理想改造为"天人合一"的政治—哲学思想。前者是人格理想的现实化,理想向现实蜕变的同时必然走向人的政治化;后者则是王道理想的社会心理化,理想蜕变为社会心理的同时也正是人的政治意识形态化。这里需要特别看到的是,董仲舒的"天上合一"哲学的建立,是深深地扎根在阴阳五行的普遍的社会心理之中的,可以说,这一方面是雅的王道理想的民俗化(社会心理化),另一方面又是社会心理的雅化、政治化。这样一来,整个社会便无声无息地进入了政治化的时代,不仅士大夫,连普通百姓也不自觉地变成了"政治的人",从而建立了一个政治本体化的时代。这一时期的人正是通过对政治本体的认同来实现自己的价值的。在这样一个时代,抒写人们对政治本体强烈认同感的最好方式就是文学艺术,而《诗经》之"赋"的艺术精神正与这一时代精神有着深刻的内在的契合,因此,汉赋的兴盛是历史发展和逻辑发展在相互统一的基础上双重选择的结果。汉赋是政治本体化时代的产物,在这一历史形态上,汉赋之美的本质正是对政治本体的乐感的表现。

汉赋在其美态上也突出地表现出了类的理性思维的特征和对政治本体的乐感。汉赋在其美态上有三个突出的特点:一是文体上的类型化,二是时空上的完整化,三是描绘上的整体化。

在整个中国文学史上,除了人为规定的奏疏、八股文等实用文体外,似乎没有哪种文体有汉赋这样的明显的类型化倾向。

主客问答的固定模式已自不待言，对各种事物的描绘上的类型化也十分严重。如在人物的类型化上，汉赋的美女形象多是《诗经·卫风·硕人》中的庄姜形象的铺陈演绎，如傅毅的《舞赋》、班婕妤的《捣素赋》等，甚至包括曹植的《洛神赋》，这种描绘大同小异，已失去了《诗经》中庄姜的个性色彩，成为汉代士大夫所欣赏的类型人物。在咏物方面，枚乘的《七发》、司马相如的《子虚》、《上林》、王褒的《洞箫赋》、马融的《长笛赋》等以铺陈的形式堆砌物象，不要说所赋之物已失去了其应有的个性特征，就是连其形象也一片模糊。最典型的似乎还是对建筑的描绘，如张衡的《西京赋》、扬雄的《甘泉赋》、王褒的《甘泉宫赋》等，几乎都是用同样的物象来描绘建筑，根本无法从其具体的描绘中想象出各种建筑的特点。其实，汉赋的这一特点恰好说明了这样一个事实，即汉赋仅是把"人类"和"物类"区别开来，尚未进入到对"人类"和"物类"的个性的探讨，同时也表明，这种类的理性的觉醒已被高度理想化了，赋家以"人类"的理想化的类型思维模式来概括"物类"，并企图赋予"物类"以完美的形式，这正是汉赋类型化的成因。

汉赋在铺陈方面对《诗经》的重大发展是对时空的完整性的追求。司马相如在《答盛览作赋书》中说："合綦组以成文，列锦绣而为质，一经一纬，一宫一商，此赋之迹也。"这明确地指出了汉赋的"经"、"纬"编织的空间性特征和"宫"、"商"组合的时间性特征。以《子虚赋》为例，写云梦泽中的小山，从"其东"、"其南"、"其中"、"其西"、"其北"诸方位入手，呈现出了明显的空间的完整性；记楚王游猎的程序是出猎、射猎、观猎、观乐、夜猎、养息，呈现出明显的时间的完整性。这种完整性从社会层面讲，是政治的一统性在赋家意识中的反映，从思维方式的层面讲，是原始思维的一种表现，从人的觉醒的层面上讲，是人的类的理性觉醒

十、汉赋之美的文化解读

在艺术上的反映,在人的个体意识尤其是主体意识中,空间和时间是没有完整性可言的。汉赋的时空的完整性还表现在其超时空的意识上,但这种超时空仍然是理性的,刘勰在《文心雕龙·夸饰》中说:"自宋玉、景差,夸饰始盛。相如凭风,诡滥愈盛,故上林之馆,奔星与宛虹入轩;从禽之盛,飞廉与鹪鹩同获。及扬雄《甘泉》,酌其余波。语瑰奇,则假珍于玉树;言峻极,则颠坠于鬼神。至东京之比目,西京之海若,验理则无不验,穷饰则饰犹未穷矣!"研究汉赋和文学理论史的人好引用《西京杂记》中的一段话来证明汉赋的想象特征:"司马相如为《上林》、《子虚》赋,意思萧散,不复与外事相关。控引天地,错综古今,忽然如睡,焕然而兴。"这种超时空的想象与后来的文学创作中的想象有着本质的区别,它在实质上应属于理性的包容,而非纯粹的艺术创作中的感性化的审美的移情。

关于汉赋在描绘性上力求完备的整体性特征,似乎已无须举例。汉赋继承了先秦散文的描绘性传统,并予以极大的发展,使之具有了新的特质。汉赋无论写自然还是人事,都不惮其烦,将其堆砌罗列,甚至不惜创造新字,以求完备。这种堆砌罗列在今人看来不仅毫无美感,甚至会大惑不解,但在当时却是一种历史的需要,是汉代理性强大、包容一切的气魄的显现。《西京杂记》记载司马相如答友人作赋的秘诀时说:"赋家之心,包揽宇宙,总揽人物,斯乃得之于内,不可得而传也。"这说明这种"包揽宇宙,总揽人物"的理性精神已经内化为赋家的审美需求,与《诗经》之"赋"的理性之美一脉相承。

汉赋在文体上的类型化其实质是对"人类"与"物类"的理想化,时空上的完整化其实质是人的规范化,描绘上的整体化其实质是人的理性的强硬化。诸种汉赋的美态均是以人的类的理性为基础的,在其各自的本质上都是对政治本体的体认和乐感。

十、汉赋之美的文化解读

汉赋之美的本质与汉赋的社会功能是互为表里的。前人多批评汉赋"歌功颂德"、"劝百讽一",并举出赋家自己也认为作赋是"壮夫不为"的"雕虫小技"、"自悔类倡"等等,但这都不能抓住汉赋社会功能的本质,往往是以现代人的眼光来要求古人。实际上,汉赋基本的社会功能仍然延续《诗经》开创的传统,是集宗教、道德、艺术、政治乃至科学于一体的一种文化形式,例如汉宣帝就认为,"辞赋大者与古诗同义,小者辩丽可喜",既有"仁义讽谕"之大功用,又可增加"鸟兽草木"等小知识(《汉书·王褒传》)。如果说《诗经》使初民混沌的经验、感受秩序化、形式化、意义化的话,那么,汉赋则是对《诗经》的社会功能的强化和极端化。例如,《上林赋》写天子归来观赏歌舞的场面,不正是《诗经》中"大雅"、"颂"中的某些篇章的极端演绎吗?所谓"极端",是指《诗经》中以众人为主体,而在汉赋中则变为帝王一人独乐,这正是政治本体化时代的表现。

汉赋的历史形态也是很复杂的,这里仅以散体大赋为代表。由上所述可以确定,汉赋由其渊源上的"理性之美"到其历史形态上的对政治本体的乐感,正是其自身内在审美特质的必然发展理路,"理性之美"的内部已经孕育着对政治本体的乐感的胚胎,而对政治本体的乐感又是"理性之美"的禁锢与僵化。这与人的理性觉醒的进程和人类社会的符号化的进程是相吻合的。汉代以降,人们已经意识到人的理性的觉醒开始走向了自己的对立面,于是,人的类的感性的觉醒就在孕育之中,终于在魏晋六朝时期爆发出来,为类的感性之美找到了丰富的形式,由此带来了另一种艺术形式——诗歌——的繁荣。然而,魏晋六朝人的觉醒仅仅是人的个体意识的觉醒,而不是以自然人性论为基础的具有近代意识的人的主体意识的觉醒,这种觉醒直到明中叶才出现。在这两次人的觉醒之间,作为对魏晋六朝个体意识

十、汉赋之美的文化解读

的觉醒的深化,对明中叶主体意识觉醒的启示,出现了以苏轼为代表的情感本体化的时代潮流,在文学艺术上的主要表现则是宋词的繁荣与雅化。这又是一个听起来十分遥远,实际上却十分切近现实的漫长的故事。

十、汉赋之美的文化解读

十一、情感与形式：人的觉醒与骈文之美

骈文是中国文学中的一朵奇葩，但近代以来，朴质之问大受奖掖，至于骈文，多有形式主义之恶谥，近年来才逐渐从正面加以研究，但这些研究多限于骈文的外在形态的研究，即对骈文的界定、骈文的传承以及骈文的形式的研究居多，对于骈文之美的本质，似乎缺乏应有的揭示。

1. 骈文的概念

关于骈文的概念，学界多不统一。民国时期的陈柱著《中国散文史》基本上是以骈、散关系来构架散文史的，采用的是"大骈文"的概念，刘麟生著《中国骈文史》使用的也是广义的骈文概念，包括汉赋、赋体奏疏、六朝文、宋四六文、律赋、八股文、联语等。然而，从中国的散文实际来看，这样分类未免过于笼统，不利于揭示各种文体的特点。近来对这种骈文概念有所突破，笔者综合各家观点，认为应当把广义的骈文分为三块：辞赋、骈文（包括以六朝文为代表的骈文、四六文、联语）、律赋与八股文，理由如下：

一是从声律要求上看，辞赋和骈文都有一定的平仄要求，但辞赋要求压尾韵，骈文则无此要求。二是从修辞方法上看，骈文以对仗为主，辞赋以铺陈为主，骈文以对偶为主，辞赋以排比为

主。三是从题目特征看,辞赋一般以"赋"字命题,骈文的题目则无明显的文体标志。四是从功能方面来看,辞赋主要用于状物、议论,不能用作奏疏等应用文体;而骈文不仅兼有辞赋的功能,更重要的是偏重于抒情,还可以用来发议论、写奏疏,是六朝时较为流行的应用文体。二者虽有明显的区别,但也有交叉的地方,如六朝的骈赋就可两属。从以上三方面看,辞赋与骈文当不可混而为一。五是至于律赋与八股文,其与辞赋、骈文的区别就更加明显。律赋是唐宋以来科举考试的文体,在音律、押韵、对偶等方面都有严格的限制。宋陈鹄说:"四声分韵,始于沈约。至唐以来,乃以声律取士,则今之律赋是也。"(《耆旧续闻》卷四)姚华说:"今赋试于所司,亦曰律赋,时必定限,作有程式,句常隔对,篇率八股,音分于官,以韵为次,使肆者不得逞,而谨者亦可及。自唐及清,几一千年。"(《论文后编·目录中》)律赋在形式上与辞赋、骈文的区别在于有严格的韵律、对偶和篇幅格式的限制;在内容上则在于颂圣,更重要的是,律赋在本质上是一种应付考试的应用文体,其特征是"使肆者不得逞",不是可以自由抒写情感和见解的文艺性的文体,故不得划入辞赋和骈文之列。八股文也是一种典型的应用文体,其特点是要严格遵守官定的"八比"程式,内容上取法先秦,旨在代圣贤立言。刘麟生在《中国骈文史》中认为八股文渊源于宋代王安石当政时罢诗赋、以经义论策取士的做法,是很有道理的,但又认为八股文隶属于骈文,可能是受清代阮元以骈文、八股文为正统的影响。今天看来,律赋与八股文实是流行于自唐及清的考试应用文,虽然有一定的形式美的因素,并在形式上受到了辞赋、骈文的影响,但终究与辞赋、骈文等文艺性文体有根本的区别。

　　由此看来,骈文在形式上以对偶句为主,在文体的实质上不是应用文,而是美文,骈文的其他修辞手法和艺术特点都是由此生发出来的。然而,仅从骈文的外在形态上去区别其与辞赋以及其他散文形式的不同,往往欲理还乱,应该透过骈文的美态解释其内在的美质,才能使骈文真正与其他文体区别开来。这应该从骈文的发展历史尤其是其成熟、鼎盛时期的文化背景来考察。

2. 骈文的发展阶段

一般说来,六朝骈文的形成经历了三个阶段。第一个阶段是先秦两汉时期,这是骈文文体的孕育阶段。中国散文与骈文实是一对孪生兄弟,散文产生之初就蕴含着骈文的因素,古人对此早就有明确的认识,刘勰认为中国最早的书面散文《尚书》中就有"骈俪"句式,他说:"唐虞之世,辞未极文,而皋陶赞云:罪疑惟轻,功疑惟重。益陈谟云:满招损,谦受益。岂营丽(同俪)辞?率然对尔。"(《文心雕龙·丽辞篇》)实际上,《易经》、《诗经》、《老子》、《左传》、《国语》、《战国策》、《庄子》、《荀子》等书都多有骈词偶句。

先秦散文中含有大量的骈句,但它只是作为骈文因素而存在于散文当中,尚未形成独立的文体。到了汉代,散文基本延续了先秦的情形,在历史散文中,骈句还是比较少的,如《史记》中就很少有骈句,但政论家们却继承先秦诸子的干政传统,他们以对策、奏章、书信等形式写出了许多对当时和后世都很有影响的文章,因此,这些文章的形式也就继承了先秦诸子散文的风格,在格式上更加整饬,如秦代李斯的《谏逐客书》、汉代晁错的《论贵粟疏》、《守边劝农疏》、《对贤良文学策》、司马迁的《报任安书》等,都是这方面比较典型的代表作。李兆洛为了"欲人知骈体本出于古"而选《骈体文抄》,所选600多篇文章中就有100多篇是秦汉文,足见秦汉文中的骈化倾向比先秦大有发展。当然,更应该看到汉代诗、赋对骈文的影响。如果说以诗为文的倾向直到魏晋乃至六朝因诗文理论和声律的发现才显示出来的话,那么,以赋为文则在西汉就开始了。赋本是从文中发展出来的一种文学形式,对文进行反向渗透是自然而然的事。以赋为文主要表现在两方面:一是汉文多用汉赋中的排偶句式,使某些种类的散文在句式上更加整齐、流畅、富有气势。汉代本来就有一种较为恢弘的气度,要求文章气势充沛是十分自然的事,而借鉴汉赋的句式最容易做到这一点,因此,从一定意义上讲,"以赋为文"也是时代的要求。二是在文中运用汉赋的典型创作手法。铺陈手法是汉赋的主要艺术特征,许多骈文也采用了这一手法,如鲍照《登大雷岸与妹书》等,主客问答是汉大赋的典型创作手法,孔稚珪的《北山移文》、沈约的《修竹弹甘蕉文》、陆机的《吊魏武帝文》等都采用了这种手法。应该说,秦汉时期的散文(尤其是赋)的发展为六朝骈文的形成提供了必要的因素。

第二个阶段是魏晋宋齐时期,这是骈文形成和确立阶段。据统计,《文选》卷 42 的 11 篇文章中,对句、用典句数大约占总句数的一半。从这样的骈散比例关系看,骈文的比重已经很大了。骈句在数量上的绝对优势已经改变了散文的性质,应该说,一种新的文体——骈文——已经初步形成了。其实,魏代以后,文章就发生了迅速的变化,刘师培在《论文杂说》里论及文章变迁时说:"东京以降,论辩诸作,往往以单行之语,运排偶之词,而奇偶相生,致文体迥殊于西汉。建安之世,七子继兴,偶有撰著,悉以排偶易单行;即非有韵之文,亦用偶文之体,而华靡之作,遂开四六之先,而文体复殊于东汉。东汉之文,句法较长,即研炼之词,亦以四字成一语。魏代之文,则合二语成一意,由简趋繁,昭然不爽。东汉之文,渐尚对偶。若魏代之体,则又以声色相矜,以藻绘相饰,靡曼相冶,致失本真。"可见,西晋的骈体文是承魏代的变化之风发展而来的。至宋齐时期,陆机的骈文影响日大,蔚成风气,终于确立了骈文文体。其主要的标志是,在语言方面,骈文的对句、用事、注重辞采、铺陈的风格和四六句式基本形成,在声律方面,由于声调的发现,骈文开始注重平仄的和谐,这些都使其与一般意义上的散文区别开来。还有一个方面,那就是骈文理论的出现,如《文心雕龙》中的《比兴》、《夸饰》、《章句》、《声律》、《事类》、《丽辞》等篇都与骈文的形式美有关,这充分说明了骈文的自觉。

　　第三个阶段是骈文的成熟期,其代表是徐庾体。徐庾体一词最早见于《周书》卷四十一《庾信本传》:"时肩吾为梁太子中庶子,掌书记。东海徐摛为左卫率。摛子陵及信,并为抄撰学士。父子在东宫,出入禁闼,恩礼莫与比隆。既有盛才,文并绮艳,故世好为徐庾体焉。"其中尤以庾信的骈文富有代表性,清人认为庾信是"集六朝之大成,而导四杰之先路,自古迄今,屹然为四六宗匠。"(永瑢:《四库全书总目提要》集部别集类《庾开府集笺注提要》),庾信、徐陵的骈文对陆机以来的骈文作了全面的发展,不仅更多地使用四六句式、联句,更多地用典,更加追求辞藻的华丽,在描写方面更倾向铺陈,还创造了清新自然、深沉婉转的抒情风格。可以说,徐陵的《玉台新咏序》在四个方面综合了骈文的特点,创造了骈文的典范:一、善用对偶、铺陈手法。二、用典集中。三、清新深婉的抒情风格。四、声律和谐。最后一点尤其应该强调,《玉台新咏序》的绝大多数对句平仄和谐,被誉为"五色相宜,八音迭奏"。(李兆洛《骈体文钞》卷十九,徐陵《与王僧儒书》谭献评语)由于徐庾体的骈文形式上基本完善,又有大量的创作问世,并成为一时之主流,所以说徐庾体是骈文成熟期的代表。

3. 骈文的美态

　　骈文是中国散文的重要组成部分,具有特殊的审美价值。骈文是中国方块字的形、声、义等形式因素和内容因素所决定的一种特殊的文体,在一定意义上讲,骈文比诗词等艺术形式更能充分表现由汉字本身所蕴涵的文化意蕴,骈文有"格律"而又能充分突破"格律"的限制,因此比诗词更加自由,也就可以更加充分地发挥这一优势,通过单个汉字的形、声等结构形式以及若干汉字在文本中的组合形式充分显现文化—审美意识,这正是中国骈文的审美价值所在。

对于骈文的审美价值,古人早就有所认识,古人的许多论述,对于我们研究骈文很有启示。《易经》中的《文言》、《系辞》中尤多骈行佳句,刘勰对之有集中论述。他说:"《易》之《文、系》,圣人之妙思也。序乾四德,则句句相衔,龙虎类感,则字字相俪,乾坤易简,则宛转相承,日月往来,则隔行悬合,虽句字或殊,而偶意一也。"(《文心雕龙·丽辞篇》)对于这一段话,清代的阮元曾经大加发挥,对我们理解中国散文史上的骈散关系大有裨益,他说:

> 凡偶,皆文也。于物两色相偶尔交错之,乃得名曰文。文,象其形也。古人无笔砚纸墨之便,往往铸金刻石以期传之久远,其著之简策,亦有漆书刀刻之劳,匪如今人下笔千言,言事甚易也。《说文》:"直言曰文,论难曰语。"《左传》曰:"言之无文,行之不远。"此何也,故人以简策传事者少,以口舌传事者多;以目治事者少,以口耳治事者多。故同为一言也,转相告语,必有愆误,是必寡其词,协其音,使人易诵易记,无能增改,且无方言俗语杂于其间,始能达意而行远。此孔子于《易》,所以著《文言》,此千古文章之祖也!《文言》一篇,不但多用韵,抑且多用偶。孔子于此,发明乾坤之蕴,诠释四德之名,几费修词之急,冀达意外之言,要使远近易诵,古今易传,而世之为文章者,不务协音以成韵,修词以达远,使人易诵易记,而唯以单行之语,纵横

恣肆,动辄千言万字,不以为烦,不知此乃古人所谓直言之言,论难之语,非言之所有文者也,非孔子之所谓文也。自齐梁之后,溺于声律,彦和《文心雕龙》,渐开四六之体,至唐而四六更卑,然文体不可谓之不卑,而文统不可谓之不正。昭明所选,名曰《文选》,盖必文而后选,非文则不选。

凡以言语著之简策,不必以文为本者,皆经也,子也,史也,皆不可专名之为文。而专名之曰文者,自孔子《易》、《文言》始。此篇奇偶相生,音韵相和,如青白之成文,如咸韶之合节,非振笔纵书者比也。故昭明以为经也,子也,史也,非可名之为文也;名之为文,必义归藻翰而后可也。自唐宋韩苏诸大家,以奇偶相生之文为八代之衰而矫之,于是昭明之所不选者,反为诸家所取,故其所著者,非经即子,非子即史,其合于昭明所谓文者鲜矣。其不合之处,盖在奇偶之间。经史子多奇而不偶,故唐宋八家,不尚偶;《文选》多偶尔少奇,故昭明不尚奇。如必以比偶为非古而卑之,则孔 4 子之名其言曰文者,一篇之中,偶句凡四十八,韵语凡三十五,岂可以为非文之正体,而卑之乎!(《揅经室集·文言说》)

阮元以"奇偶相生"者为"文"(带有一定的骈文性质),是文的正宗,其代表是《文选》;而"唐宋韩苏诸大家"之文是"文"的新变,并非正统。阮元为骈文争正统的做法是否可取姑且不论,倒是启示我们思考这样一些问题:一是最初的散文形式上的精练、概括、形象起源于实用,而六朝骈文淡化了其实用的一面,发展了其形式美的一面。从审美角度考虑,这是不是更应该接近文的真正内涵。二是从形式上讲,唐宋古文家矫正骈文之弊,其方法实是用"经"、"史"、"子"的笔法来取代骈文,虽然建立了一种新的审美体式,是不是以牺牲骈文这种"旧"的更加纯粹的审美体式为代价的。三是阮元力求从形式上划分文与非文的界限,是不是有其积极意义;四是中国杂文学的观念根深蒂固,从社会政治的角度来讲,是由政教合一的封建社会形态所致,反映出感性独立意识的匮乏。时至今日,我们仍将韩、柳古文尊为散文正统,仍然与政治本位的传统思想有关,这对深层的感性解放是否有不利的影响。

如果说美是一种形式的话,在中国的所有艺术门类中,除书法、音乐等纯粹的"形式艺术"之外,其次就当数骈文了。骈文的美的形式的首要构成因素就是偶句,而偶句则是由汉语的形、声方面的特点和传统观念所决定的。如果说书法的美的形式是在长期的历史过程中积淀而成的,那么,骈文的美的形式则主要是汉语的文化意蕴以及某些传统观念的艺术显现,文化的历史与艺术的逻辑在骈文形式上达到了某种统一,并因骈文形式而进一步把某些传统观念审美化。

汉语在形、声、义等方面为骈文形式的形成提供了必要的因素,这主要表现在以下几点上:一是一字多义。一字多义使得汉字在有限的数量内可以创造出更多的义项来,而汉语的词组中绝大部分是双音节词,字的不同义项间的灵活的组合就产生了极多的双音节词的义项,这就为对偶提供了良好的条件。二是象形、指事、形声等造字方式为加强对偶的工整性提供了极大的便利。三是一字多义与独特的造字方式为汉语提供了极其丰富的辞藻,尤其是一些差别细微的同义词和反义词,使得美妙的对偶句层出不穷。四是汉语的方块形的特点和独特的造字方式使得对偶句有十分规整的视觉形象,这就使对偶句不仅在意义、字数、声音上产生广泛的对偶效果,还在视觉上创造出美的形式,使对偶更加形式化,由意义、声音层面上的"抽象"对偶变成了像书法、绘画一样的直观的形式。五是单字单音的特点使骈文的整齐对偶成为可能。六是在声律上,汉语语音结构简单,音阶界限分明,每个字都有调性,具有音符的某些特征。六朝时发现了四声,为了对偶的需要,再将四声按照其发声的内在规律分为平仄两大类,使对偶的形式更加完备。七是汉语在语法结构上高度灵活,例如,汉语的词性可以根据不同情况进行变化,词汇的位置也相当自由,可以根据上下文的关系省略包括主语在内的各种句子成分,也可以在不同的位置添加各种虚词,这就为骈文在营造对偶句时提供了极大的方便。

关于对偶的形式及其原因,前人在许多方面都做过论述,如刘勰在《文心雕龙·丽辞》中说:"造物赋形,肢体必双;神理为用,事不孤立。夫心生文辞,运裁百虑。高下相须,自然成对。……体植必两,辞动有配。……"《文镜秘府论·论对属》"凡为文章,皆须对属;诚以事不孤立,必有配匹而成。"李兆洛在《骈体文钞序》中说:"天地之道,阴阳而已。奇偶也,方圆也,皆是也。阴阳相并俱生,故奇偶不能相离,方圆必相为用。道奇而物偶,气奇而形偶,神奇而识偶。孔子曰:道有变动,故曰爻;爻有等,故曰物。物相杂,故曰文。又曰:分阴分阳,迭用柔刚,故《易》六位而成章,相杂而迭用。文章之用,其尽于此乎?"其实,刘勰所说的"神理为用,事不孤立",《文镜秘府论》中所说的"诚以事不孤立",都在一定意义上抓住了对偶句产生的文化根源,李兆洛在《骈体文钞序》中则十分明确地指出了对偶句的产生与中国传统的阴阳观念有密切的关系。

这里不再论及阴阳观念产生的社会历史根源,除了对儒家、道家的阴阳观念给予足够的重视外,更要注意的倒是阴阳家学派及其社会心理化的过程。关于阴阳家学派,《汉书·艺文志》

里面讲得十分清楚:"阴阳家者流,盖出于羲和之官,敬顺昊天,历数日月星辰,敬授人时,此其所长也。及拘者为之,则牵于禁忌,泥于小数,舍人事而任鬼神。"从这里可以看出来,《汉书》的作者把阴阳家分为两大类,一类根据所谓的四光之度、四时之运、五行之性、八风之气来为国家制定各种律历、指导各种祭祀活动甚至参与制定国家政令的人,这样的阴阳家在漫长的中国历史上一直是被官方看作主流的。但这些人虽然受到了正统观念上的尊重,但丰富的历史事实告诉我们,真正在宫廷庙堂和下层社会——亦即社会心理——中发生影响的并不是这一派,而是"牵于禁忌,泥于小数,舍人事而任鬼神"的那一类人。他们虽然遭受鄙夷和排斥,但由于他们用其神秘的理论和实践来混淆视听、蛊惑人心,有着广泛深刻的社会基础,所以他们才是阴阳家的主流。阴阳观念之深入人心并成为文化观念的核心,还不完全在于其自身的自在形态和阴阳家末流的推行,而在于它在汉代与儒家思想的结合。儒家思想在先秦时期属于雅文化的范畴,如果要想使它成为百姓所接受的社会心理,仅靠官方政治意识形态的外在的强力是不会成功的,必须找到它与社会心理的契合点。董仲舒的哲学充分接受了阴阳家的学说,创立了天人合一的新的儒家哲学形态,再通过官方的推广,新的儒家终于成功地社会心理化了。儒家思想俗文化的结果之一是使阴阳观念获得了合法的形态,为其充分审美化奠定了坚实的基础。可以说,骈文中的对偶句正是这种观念在艺术中审美化的典型显现。而阴阳观念并不是一种具体的、僵固的观念,而是一种富有指导性的可以贯穿到许多事物中的基本观念,因此,对偶句作为骈文形式的基本要素,也就生发出许多摇曳多姿的美的形态来。

　　刘勰在《文心雕龙·情采》篇中说:"故立文之道,其理有三:一曰形文,五色是也;二曰声文,五音是也;三曰情文,五性是也。

十一、情感与形式:人的觉醒与骈文之美

五色杂而成黼黻,五音比而成韶夏,五情发而为辞章,神理之数
也。"刘勰实际上把文学的审美要素分为形、声、情三个方面,对
于分析骈文,很有指导意义。骈文之美主要在于形式,在"形
文"、"声文"、"情文"三个方面,前两者属于形式的范畴,后者属
于情感内容的范畴,而情感的抒发也要通过形式,所以我们重点
分析一下骈文的音律、辞藻、句式等形式美的一面。

　　骈文之为美文,整齐的句式和华美的辞藻是其形式上的突
出特征。对偶句的形成原因及其审美根源已如上述,这里要指
出的是骈文的典型形式——四六句——在外观形式上十分接近
"绝对观念"的黄金分割率,与其他各组数字的比值相较,四与六
的比值最接近 0.618。其实,刘勰早就看到了这一点,他说:"四
字密而不促,六字格而非缓"(《文心雕龙·章句》)。这不仅是对
四、六句的优点的说明,还是对二者交互使用所产生的审美效果
的感悟。骈文主要是一种用来朗诵的文体,在漫长的朗诵实践
中,逐渐发现四六句搭配在朗诵上最富有美感,刘勰所说的
"促"、"缓"等特征也主要是指朗诵的感觉而言的。当然,在实际
应用中,会有许多变化,如在句中加虚字、虚词等,但这只能看作
是基本句式的变化,并没有改变四六句式的实质。古人笔记中
记载了一则有趣的故事:"王勃死后,常于湖滨风月之下自吟《滕
王阁序》中'落霞与孤鹜齐飞,秋水共长天一色'。后有士人泊舟
于此,闻之辄曰:曷不去'与'、'共'乃更佳。自尔绝响,不复吟
矣。"(清张藻功《思绮堂文集》卷六《陈叔毅遗集序》)。其实,编
造这个故事的人并不懂得音律,如去二字,则在音律上黯然失
色。所以刘勰说:"四字密而不促,六字格而非缓。或变之以三
五,盖应急之权节也。"(《文心雕龙·章句》),孙得谦也在《六朝
丽指》中说:"作骈文而全用排偶,文气易致窒塞,即对句之中,亦
当少加虚字,使之动宕。"这也说明了骈文的声与形上存在着辩

证统一的关系。

　　骈文的另一个突出的特点是隶事。隶事是骈文的重要修辞手法和表现方法,我们对于用典一般持否定的态度,认为多用典故增加了阅读理解的难度,减少了现实内容,是空洞的形式主义等。但如果把隶事当作一种文化现象来考察,就会发现它的产生不仅有其历史的必然性,还有其历史的合理性:一是中国是一个极重历史传承的国家,"六经皆史"思想的重要来源之一就是对历史的解释,中国人借助历史来表达思想和情感,也就成为必然的事。二是汉代是一个十分尊崇古典的时代,汉承秦制,托古自立,构成了两汉文化对经典的特殊依赖性。晋代以后,以儒家原典和对这些经典的阐发性注疏为特征的文化衰微了,但汉代以董仲舒将先秦儒家著作经典化为标志开启的嗜古心理却植根于一般文人士大夫中,由少数经典扩展到普遍的古典,由经书波及子、史、集、百家以及佛教经典,使得六朝时期的"古典"极大地丰富起来。三是不仅在思想上稽古崇经,在文学上也是一样,刘勰在《文心雕龙·宗经》篇中说得非常清楚,不同的文体各要以《易》、《书》、《诗》、《礼》、《春秋》"为本",直接导致了作文时"据事以类,主以证今"(《文心雕龙·事类》)的倾向。刘勰这就为文学作品的隶事建立了理论依据,文人中间也就普遍形成了尊重典故的价值观念。四是由于六朝时期贵族阶层的形成,清谈诘难、衿博炫能成为一种风气,《南史》中就多见这样的记载,如陆澄与王俭,沈约与刘显都曾比赛,皇帝因比不过大臣遂对之深恶痛绝的事也屡见不鲜,如梁武帝比不过沈约,竟要杀他。这说明从上到下形成了一种注重古籍知识、注重用典的风尚。其实,在上述的隶事兴起的历史必然性中就已经蕴涵着典故的某种审美品格:一是典故是源自传统文化内部的一种观念形态,由于中国人"以史为经"的对待历史的情感化态度,典故本身就富有审美的

十一、情感与形式：人的觉醒与骈文之美

因素。二是典故并不仅仅是历史故事的浓缩形式,还是经过长期的历史积淀而形成的特定的审美形式。在漫长的历史过程中,典故沉积了人们对特定历史事件的理解、价值判断、情感倾向等丰富、复杂的因素,因此,典故实际上已经成为人们表达思想和情感的一种极其凝炼的形式。典故作为一种历史文化信息的载体,不仅在表达思想上有着不可取代的作用,尤其在表达情感方面,更是普通成语和语词所无法望其项背的。三是在文章的表达上可以创造独特的审美效果,塑造出独特的审美形象。孙德谦《六朝丽指》:"文章运典,于骈体为尤要。梁简文叙南康简工薨上东宫启:'伏惟殿下爱睦恩深,棠棣天笃。北海云亡,骑传余蒿,东平告尽,驿问留书。呜呼此恨,复有兹日。'此陈说古今,并以足其文气也。倘无北海两人故事,文至'爱睦'二语,不将穷于辞乎?故古典不可不谙习也。有此古典,藉以收束,而文气亦充满矣。"著名的《玉台新咏序》,其实内容十分简单,但因在表现女子的才能和高贵时,使用了大量的典故,如珠玉汩汩而出,遂达到了绚烂的艺术效果。刘永济先生对用典之艺术效果,有过很恰当的概括:"故用典所贵,在于切意,切意之典,约有三美:一则意婉而尽,二则藻丽而富,三则气畅而凝。"(《文心雕龙校释·丽辞校释》)"意婉而尽",是说用典具有的象征和简洁的特点,可以委婉、详尽并恰如其分地表达作者的意图,形成和谐的韵律美。"藻丽而富"是说用典富有装饰性,典故经过灵活改造以后,构成了新颖别致的佳词丽句,使文章形成典雅华美的语言风格。"气畅而凝",则是说情感畅达而又能自然收束,形成一种随心所欲而又合于绳规的结构美。典故自身的审美机制使它可以营造以上的"三美"。隶事可以使文章给人以层峦叠嶂之感,可以引起读者的审美欲求和审美联想,一旦接受了文中的典故,审美视野就会豁然开阔,但要使用得当。典故要既不一览无余,又不晦涩难解,其意蕴也要既确切又有想象的空间,其语词形式也要精练上口,富有概括力。这样,典故就可以对文章的音律、结构、语言形成良好的影响。四是强调接受者的参与,充分发挥文章的审美特性。读懂典故需要一定的文化素养,而这一点,对于六朝贵族来说,一般是没有问题的。六朝贵族一般都具有深厚的文化素养,文化士族和深受文化士族影响的皇族,以数典为荣,自矜富博已成为六朝贵族的一种生活风尚,因此,隶事不仅不是与读者为难,反而成为投其所好,尊重人的审美要求的一种做法。因此,在作者和读者的共同努力下,更为充分地拓展了文章的审美内涵。

在炼字炼句和选字造句方面,骈文注重精工刻镂,趋新趋奇,力避平熟,《文心雕龙·定势》篇曾十分全面地概括当时的"率好诡巧"、"穿凿取新"文风,指的就是当时流行的骈文。

以上的各个方面构成了骈文的基本形态:丽辞。王力在《中国古代文论中谈到的语言形式美》一文中说:"所谓丽词,就是对偶。"但此处的对偶并不指对偶的修辞方式,而是指文章的整体形式。对称、均衡、和谐就是这种形式的美的形态。这些美的形态将节奏美、造型美融为一体,共同指向了和谐这一传统的审美理想。

这里的和谐之美并不是"温柔敦厚"的政教伦理之美,而是一种纯粹的形式美,这在骈文的音律美方面也表现出来。文学作品的审美形式其实首先是从声音方面开始的,骈文作为一种以朗诵为主的文体,其音律美就显得更为重要。相对于拼音文字来讲,汉语的规整、一字一音和声调十分有利于营造音律美。汉语的声调是骈文音律美的主要构成因素。语言的节奏和旋律是以具有音符性质的音高决定的,汉语以声调为音高,四声的抑扬顿挫本身就是音高的变化形式,富有旋律的特性。经过长期的朗诵实践总结出来的平仄对偶的规律，最初是本于人声的，它不仅最适合唇舌的运动，也最富有音乐美，这是一种诉诸各种感官的纯粹的形式美。刘勰早就看到了骈文追求声律和谐之美的特点，他在《文心雕龙·声律》篇认为主要声、韵的配合方面，他说："凡声有飞沉，响有双叠。双声隔字而每舛，叠韵杂句而必睽。沉则响发而断，飞则声扬不还。并辘轳交往，逆鳞相比。"这比单纯地对偶句中的平仄关系又更进了一步。与之相比，一般的散文缺少规律性的变化，而律诗则又限制过严，都不能像骈文那样充分体现了声律的和谐之美。

由于一字一音，所以文字形式上的对偶与音律形式上的对偶是一致的，又由于造字上的规律和声调上的规律又使这两方面的对偶进一步规整化。其实，这两种对偶在时间和空间上都呈现了等时与循环的特点。等时与循环在本质上是一样的，等时不过是循环中的循环节的特点，这也就充分体现出了中国人的时间和空间观念。在明中叶以前，中国人没有明确的无限的空间观念和变化的时间观念，"上下四方曰宇，古往今来曰宙"，这种时空合一的宇宙观在骈文中得到了充分的体现。骈文中的时间因素(音律上的对偶)和空间因素(文字上的对偶)合为一体，营造出一个八卦图式的文本，暗与和谐的宇宙图式相合，从而将其审美的文化之根引向深入。

当然，骈文还有实用性的一面，李兆洛分骈文为三类："庙堂之制，奏进之篇"；"指事述意之作"；"缘情托兴之作"(《骈体文抄·目录》)。清人许梿评选的《六朝文絜》是一部影响较大的六朝文读本，其中所选多为风格优美的抒情小品，卷一为赋，卷二为诏令教策问表等，卷三为书，卷四为移文序论铭诔祭文等，其中多为应用文。但必须看到的是，即使在作为实用性文体出现时，骈文也基本上保持了其抒情的本色，以情运理是其突出的特

点,如众所周知的孔稚珪的《北山移文》、沈约的《修竹弹甘蕉文》等就是代表。同时,尤其应该看到的是,应用性的骈文并不是骈文的主体,应该说仅是表现了骈文兴盛时期对其他问题的渗透和影响。

骈文作为六朝时期的一种生机勃勃的文体,它的形式之美也得益于其气韵生动之美,孙德谦在《六朝丽指》中说:"六朝文之可贵,盖以气韵胜,不必主才气立说也。《南齐书·文学传论》曰:'放言落纸,气韵天成。'此虽不专才骈文言,而文章之有气韵,则亦出于天成可知矣。余尝以六朝骈文譬诸山林之士,超逸出群,别有一种神峰标映,贞静幽闲之致。其品格孤高,尘氛不染,古今亦何易得之?"可见,这里所谓的"气韵"实来自骈文所表现的高洁的内容。这应该属于刘勰所说的"情文"的范畴。"情文"之对"形文"、"声文"的决定意义,由此也可见一斑。

4. 骈文的美质

骈文之美的本质是什么呢?这恐怕不仅要从文学自身的内部规律中去寻找,也要从文学与时代的关系中去界定。

汉赋之美的本质已如上述。人的类的理性的觉醒在汉代走到了极端,人们终于觉察到了这种觉醒已经走到了人的对立面,于是,自汉末开始至魏晋南北朝时期,历史在忧生念乱的契机中促生了人的类的感性的觉醒。所谓类的感性,是指以社会积淀的审美感性为基础建立起来的情感本体,社会积淀具有理性的类的特征,所以其审美情感也就相应地具有了类的特征。这种觉醒的限度在于,在认同政治本体的前提下要求有适度合理的个体感性,这种个体感性可以是反抗僵固、虚伪、腐朽的现实政治意识形态的,但却不是反抗作为文化理想而存在的社会理性的。例如,阮籍和嵇康是反对"乱"与"篡"的司马氏政权的,但却坚持"圣王"文化理想。中国的具有近代意义的个体感性的觉醒是在明中叶,所谓个体感性,是指以人的内在的自然需求为基础建立起来的情感本体,它是排斥共同的社会理性而重视个性的,具有本体论意义上的主体意识。尽管魏晋六朝时期的人的感性的觉醒还仅仅具有外在于社会的个体的意义,而不是把人自身当作主体和目的,但这也足以导致人的审美意识的真正觉醒。

魏晋六朝时期的人物品藻已经十分明确地重视并突出了人的感性形式,人们对人的行为方式、精神气质、形貌风度进行了一次美的发现和界定,一大批品藻用语实际为人的感性自觉找到了美的形式。这种对人的自身的美的自觉必然向山水及其他事物移情,以此来彰显人的感性,"老庄告退,山水方兹",正描述了时人从理性走向感性的划时代的转变。人们向山水及其他事物的移情的过程中必然要寻找和创造新的艺术形式,因此,只有到了这一历史时期,文学的初步自觉才成为可能,山水诗以及咏物、抒情骈文的勃兴正是这一时代的产物。同时,此时的诗歌、骈文在充分开掘美的历史积淀、为这些历史积淀寻找美的形式的同时又极大地创造、丰富了这种历史积淀,可以说,魏晋六朝的诗歌、骈文是一次情感形式的造山运动。只有具备了"人的觉醒"和丰富的情感形式这柄历史的双刃剑,才会创造真正的文学艺术的繁荣。更应该看到的是,魏晋南北朝的诗歌和骈文所创造的美的形式(词汇、意象)为唐诗的繁荣奠定了基础。类的感性的自觉始终没有得到政治意识形态的全面承认,只是以文学艺术的形式表现出来,唐代宽松的政策不仅使汉代以来的政治哲学充分发挥了自己合理性的一面,也给予类的感性以足够的空间,这才为诗造就了黄金时代。

魏晋六朝人的觉醒的限度决定了当时的诗歌仍然是政治本体的乐感的表现,尽管由玄言诗转变为山水诗,但其"言志"的品格并没有改变。齐梁宫体诗虽然也表现了人的所谓"感性",然而,由于这种"感性"没有上升到本体的层面,因而始终缺乏价值感,所以,这种诗歌始终处于价值的虚空状态中,不过是诗的长河中的一朵旁逸斜出的浪花,一闪而逝。

与诗歌这种传统的艺术形式相比,骈文的社会功能有着明显的特征。从骈文的发展历程来看,它是形成于魏晋宋齐时期,成熟并鼎盛于梁代,是一种新兴的文体,没有诗歌那样的历史重负,其内在的品质不是由历史所决定,而是由新兴的现实需要所决定。当然,骈文的发展并不是无中生有,但它与先秦散文乃至诗歌的关系仅仅是吸收了其"骈俪"的形式上的美文因素,并没有承继其言志、"载道"的品格。相反,骈文在形成和发展的过程中有意识地剔除了这一因素,着重发展了其美的形式的一面。因此,骈文最终发展成为表现魏晋六朝时期人的类的感性的一种表现形式,相对于汉赋之美的本质是对政治本体的乐感的表现,那么,骈文之美的本质就是对人的类的感性的乐感的表现,骈文的形式美也正是对人的形式美觉醒的一种对应。只有认清了这一点,才能将骈文这种文体同汉赋真正区别开来。

其实,这种观念在当时就已经为人们所认同。《文心雕龙》虽然"擘肌析理,唯务折衷",尽管还是以"征圣"、"宗经"的方法来构建自己的思想,但它毕竟反映了那个时代的观念,其重要的贡献之一是为文学的形式立法。刘勰在《俪辞》篇中说:"造化赋形,支体必双。神理为用,事不孤立。夫心生文辞,运裁百虑,高下相须,自然成对。"这是在哲学领域把骈文的形式提到了本体的高度,肯定了它的不可动摇的合法性。又说:"夫情致异区,文变殊术,莫不因情立体,即体成势也。"(《定势》)这是从文学自身为骈文这种新兴的形式鸣锣开道。

与此相适应的是,类的感性觉醒带来的是阴柔之美的觉醒。骈文与散文的修辞和声律上的不同实是源于对不同文章风格的追求,而不同风格的背后隐含的是人的不同的生存状态。阳刚之美必与人的理性的强大相联系,阴柔之美则往往是人的感性丰富的一种表现。如果说此前的散文和诗歌更多地表现了以人的理性觉醒为底蕴的阳刚之美的话,那么,骈文所表现的主要是以人的感性觉醒为底蕴的阴柔之美。王志坚《四六法海·总论》中说:"古文如写意山水,俪体如工画楼台"。钱基博说:骈文"主气韵勿尚才气,则安雅而不流于驰骋,与散文殊科,崇散朗勿衿才藻,则疏逸而无伤于板滞,与四六分疆。"(《骈文通议》)台湾学者张仁青说:"散文气势旺盛,则言无不达,辞无不举。骈文主气韵曼妙,则情致婉约,摇曳生姿。""散文得于阳刚之美,即今世所谓壮美者也;而骈文得之于阴柔之美,即今世所谓优美者也。""散文家认为文章所以明道,故其态度是认真的,严肃的,盖以文章为经世致用之工具也。……骈文家之见解则以文章本身之美即为文章之价值,故其态度是淡泊的,超然的,盖以文章为抒写性灵之工具也。"(《中国骈文发展史》台湾中华书局1970年版第24—25页)这些论述都十分深刻地道出了骈文的阴柔之美的特质。

随着社会的变更尤其是门阀士族的衰落,骈文也逐渐显示出自己的局限来,当时就有对骈文的反思。裴子野作于齐末的《雕虫论》就批评六朝文学,六朝末期由南入北的颜之推,在《颜氏家·文章》中也说:"文章当以理致为心肾,气调为筋骨,事义为皮肤,华丽为冠冕。今世相承,趋末弃本,率多浮艳。辞与理竞,辞胜而理伏;事与才争,事繁而才损。放逸者流宕而忘归,穿凿者补缀而不足。时俗如此,安能独违?但务去泰去甚耳。必有盛才重誉,改革体裁者,实吾所希。"至隋代,李谔在《上隋高帝革文华书》中说:"遂复遗理存异,寻虚逐微,竞一韵之奇,争一字之巧。连篇累牍,不出月露之形;积案盈箱,唯是风云之状。"尽管李谔所用亦是典型的骈文,但文体的改革已经在所难免了。

十二、中唐至北宋文学的
文化—审美嬗变论纲

在中国文学史和文化史上,中唐"乃古今百代之中,而非有唐一代之所独得而称中者也。……时值古今诗运之中,与文运时相表里,为古今一大关键,灼然不易。"(叶燮《百家唐诗序》)事实上,中唐不仅是诗文变化的关键时期,也是整个中国文学乃至中国文化由前期向后期转变的关键时期。"唐中叶后新开之文化,固与宋当划一期者也"(吕思勉《隋唐五代史》),由中唐发端至北宋而大成的宋明文化相对于传统的汉唐文化已有了很大的发展变化,作为文化的重要组成部分,此时的文学也发生了巨大的变化,并对整个传统文学起到了承前启后的作用。兹从文化—审美嬗变的视角出发选取五个方面来简要论述中唐至北宋文学的嬗变。

第一,"天人之际":中唐前后的人学与文学。这个问题可以分成五点。一是汉唐精神与汉唐文学。董仲舒在政治上将"修齐治平"的人格理想转变为政治—教育("士—官僚")的行政系统;在思想上使道统与阴阳五行的社会心理相结合,将其改造为"天人合一"的政治哲学。前者是人的政治化,后者是道统的社会心理化(同时也是社会心理的雅化、政治化),从而建立了一个政治本体化的时代,这一时期的人通过对政治本体的认同来实现自己的价值,这是汉唐精神的核心。二是汉唐文学是对政治本体的乐感的表现。两汉至中唐以前的文学多以时代来划分,如"建安风骨"、"正始之音"、"玄言诗"、"山水诗"、"边塞诗"、"田园诗",间或以作家划分,如"建安七子"、"三张二陆两潘一左"等,个性也不鲜明。这种划分并不仅仅是后人人为的归类,而主要是由于其自身内在的趋同性所致。因此,这种划分虽有时代之别,但主要是从不同的方面表现了对政治本体化时代价值观念的体认,没有突出作家的个性化色彩。三是中唐文学发展的经济—政治基础。初唐以来,租佃经济取代部曲经济,均田制广泛实行,科举制度取代察举制度,最终导致庶族地主取代士族地主,使政治本体化的能量在盛唐得以充分释放,但同时庶族地主也由冲破规范而走向定规立法,这是导致中唐向北宋文学嬗变的主要动因。四是杜甫的意义。杜甫应是开中唐风气的第一人,杜诗为后世立法,除形式外,主要在于它对政治本体的不自觉的怀疑,对其爱之愈深,感受就愈加沉痛,对"人之道"的思考也就愈加深沉。宋人"以道眼观杜甫",极有见地,这并不是因为宋人多讲"道学",主要是因为杜甫已经不自觉地开始了从"天之道"向"人之道"的转向。五是中唐以降,意识形态大变,在"天人"关系上开始由政治本体的"天"向世俗的"人"过渡,诗文的个性才真正趋向成熟。

　　第二,由"载道"到审美:唐宋古文的历史嬗变。这个问题可以分成四点。一是以文风改革来实现政治改革。"永贞革新"的失败,显示出以门阀士族为基础的汉唐政治已失去了活力,韩、柳倡导古文运动的本意在政治改革,但因政治的滞后性,实际上却导致了一场文学—文化的改革。古文运动中的"文章之道与政通","文"、"教"合一等,已与汉唐的政教合一不同,它将开放的文统(思统)引入政统、道统,在重建政治意识形态的同时必然孕育着改造和破坏这种意识形态的因素。从这一意义上讲,古文运动在一定程度上具备了宋代"文人政治"的因素。二是韩、柳文格与人格的两面性。韩、柳一方面强烈要求"文以载道",另一方面却并不否弃世俗生活,韩、柳诗文之美处并不在"载道",而在其愤激与超脱处。宋人对其两面都进行了继承和发展,影响了两种不同的思想和文风。三是宋型文化特质与"文人政治"。相对于汉唐以政治为本的文化形态,宋型文化的特质是"以人为本",即从人的理性或感性入手来解决人的问题,以此作为解决一切社会问题的根本和基础。宋代政治不再以门阀士族为支柱,而是以布衣卿相为基础,文人对高层政治产生了很大的影响,形成了具有一定自由色彩的"文人政治"。"以人为本"和"文人政治"是宋代文学多样化的政治—文化动因。四是宋代新古文运动的文化特质。其主要继承了中唐、宋初诸人的坚持文化理想的一面,以哲学、文艺理论尤其是文艺创作张扬了人的感性的一面,突出了文学的审美特征,尤其是苏轼,建立了以情为本的文艺观;但后来的朱熹等人则选择了其注重教化的一面,建立了理学文艺观。两种文艺观都是"以人为本",但指向相反。

第三,天理本体化:中唐至北宋诗歌的发展与蜕变。这个问题可以分成三点。一是意识形态的解体、重建与宋型文艺的建立。盛唐无所顾忌的自由创造了盛唐之音,至中唐则发展为庶族地主在各个领域的全面开拓。中、晚唐的政治危机引发了文化危机,汉唐的政治哲学已不足以维系人心,韩愈、张载、朱熹乃至苏轼的文化哲学便应运而生。中、晚唐文学奏响了传统的"政治人"的挽歌,但又找不到价值感,易于颓唐。北宋文学在新型文化哲学的基础上总结前代文学,创立了具有宋型文化特质的文学。二是中唐至北宋诗的形骸与神理。汉唐精神为文学尤其是诗规定了政治本体化时代的"言志"品格,魏晋时期人的类的感性开始觉醒,通过人物品藻、骈文、诗、赋等形式寻找到了丰富的美的感性形式,为唐诗的繁荣准备了条件。因此,汉至盛唐文学往往形骸迥异,神理却基本一致。中唐文学自杜诗始,中经韩愈、柳宗元、刘禹锡、李贺、李商隐,至北宋的苏轼、黄庭坚,通过不同的方式对汉唐以来政治本体的消解,逐渐趋向于对个体价值的探讨,突出风格。因此,初、盛唐文学虽与中唐、北宋文学形骸相似,但神理迥异。三是宋诗的审美特征与宋人的生命情调。宋代理学从人出发而归于天理本体,最终导致对人的束缚,但同时也激发了人对人生价值与意义的探索,宋诗总体上表现了这一文化特征。如果说中、晚唐诗是对"政治的人"的消解,宋诗则总体上趋向于对"文化的人"的建构。汉唐诗以形象"言志"源于对政治本体的崇拜与乐感,宋诗的议论则导源于对人生的深思冥想。宋诗是一个复杂的集合体,既有具有代表性的苏、黄诗,也有理学家的诗。苏轼崇尚"平淡",重塑了陶渊明,朱熹也崇尚"平淡",推崇陶渊明和韦应物。但苏轼之推崇"平淡"是要情感本体化,朱熹之"平淡自摄"是要天理本体化。虽取向相反,但其本体化的走向却造就了宋诗注重理趣的审美特征。

第四,情感本体化:唐宋词繁荣的历史动因。一是晚唐词向柳永词的嬗变。庶族地主在中唐走向退缩与萧瑟,在晚唐则显示出"汲汲顾景惟恐不及的"精神状态,时代精神在词中找到了归宿,但感官享乐并不能弥补价值的虚无感。宋初欧阳修、晏殊的词虽在词境上有所扩大,但仍未为词找到合法地位。尤其是柳永,一生专力写词,在题材与形式上与晚唐词大有不同,但在没有找到价值归宿这一点上却并无不同。二是宋型文化的两面性与宋世风流。宋型文化的两面性——禁锢与开放——分别以复杂的形式在宋诗和宋词中得到充分的体现。所谓宋世风流,一是指商业都市的浅酌低唱、歌舞宥酒的风尚,一是指宋学与禅学的入世转向相融合。政治、经济、文化政策的宽松,使得传统规范与现实风情相融汇,士林风流与市井风俗合拍,为主情的宋词走向繁荣提供了历史动因。三是情感本体化与宋词的雅化。苏轼人格的意义在于他达到了士大夫人格的最高峰——天地境界,基本特征是以感性为本而又超越感性,试图使情感本体化,把现实感性提高到生命本体的高度,因此,苏轼才是真正的时代之"情"的代表。苏轼"以诗为词",使词雅化,在柳永之外"别立一宗",为词立法。词的雅化的本质是世俗精神的雅化,词由俚俗之曲而终成文学之正宗,应是传统文化的一种进步。

第五,形上追求:中唐至北宋文学精神的转变。一是从政治化的儒学到心性论的审美。中、晚唐时期从皇帝到一般士大夫还是尊崇先秦两汉以来的儒学,在文学上受重视的也还是元、白,至北宋则情形大变。禅宗在广泛流行,理学入室操戈,吸收和改造了佛学和禅宗,重建文化本体,从心性论的道德追求上,把宗教变为审美,使人生境界上升到准宗教的审美层次,而中国人的道德和艺术本来就是一而二、二而一的,所以,文学艺术开始走向形上追求。二是从司空图到严羽。以中唐为界,审美趣味和文学艺术精神发生了明显的转变。从"神与物游"到"思与境谐",是从对理想人格的祈盼转向了对人生态度的追求;从"以形写神"到"离形得似",是从外在世界向内在心性的转移;从"文以气为主"到"文以韵为主",是从对外在世界的征服转向对心情意绪的体验;从"立象以尽意"到"境生于象外",则是从对客观事物的追索转向了宁静悠远的玄思。《诗品》与《沧浪诗话》体现出了传统社会后期文学艺术的内在精神。三是深化与开新。中唐到北宋的诗、词、文从审美风格到文化特制都体现出了上述的历史性转变,这一转变在本质上是一种深化。苏轼说:"大凡为文,当使气象峥嵘,五色绚烂,渐老渐熟,乃造平淡。"(周紫芝《东坡诗话》)这正可描述中唐前后两种文学精神的不同,但"老"、"熟"、"平淡"并非失去生命力的衰老,而是对政治本体化时代乐感文学的反思、反拨乃至反叛,在深化的过程中孕育着新生。明中叶那些"眼空千古"的思想家多推崇取法苏轼,董其昌谓王阳明心学"其说非出于苏(轼),而血脉实苏也"(沈德符《野获编》卷27),足见这一转变的意义。

　　中唐至北宋文学是中国文学史上最复杂的一段,这不仅是因为诗、词、文乃至小说都发生着这样那样的变化,更重要的是整个中国文化和审美观念在由前期向后期转型,因此,考察这一段文学的变化,如果仅仅从所谓的"文学内部"着眼,恐怕是不够的。从文化—审美的视角出发,其实也就是从文学的外部和内部出发,或者说是由文学的外部而进入文学的内部,以这样的方式来考察文学的发展,尤其是考察中唐至北宋文学的发展变化,应该是有价值的。

十三、诗词"文化欣赏"举隅

　　唐诗宋词之美臻于中国文学之美的极致,但唐诗宋词何以为美,我们似乎一直不甚了然。当然,对某种事物的美感本来是可以知其然而不知其所以然的事,但当我们专门"欣赏"它们的时候,似乎就不应该停留在这样的水平上。多年来,我一直怀疑所谓的"艺术特点"、"写作技巧"之类的分析、总结对于提高我们审美能力到底有多大的帮助,甚至对所谓的"艺术特点"与文学的审美本质之间的内在联系也不敢深信不疑,反而越来越深刻地体味到文学之美——尤其是传统文学之美——与传统文化之间血浓于水的联系,越来越觉得传统文学之美是从传统文化的底蕴之中生长出来的,离开了对传统文化的了解和感受,对传统文学之美的体味恐怕只会流于表面。因此,笔者愿意从文化的视角来"欣赏"几首唐宋诗词,至于是否有举一隅而三隅反的功效,本不是笔者所敢预知的。

　　1. 悲剧意识的觉醒与价值的思考——陈子昂《登幽州台歌》"文化赏析"

　　陈子昂最为人们熟悉的是他那首《登幽州台歌》。当时,陈子昂以右拾遗随武攸宜征契丹,由于武攸宜不谙军事,他曾屡次进谏,不被采纳,致使屡屡失利,他心情颇为抑郁,想起当年燕昭

王高筑黄金台招贤纳士的往事,感慨自己怀才不遇,壮志难酬,于是吊古伤怀,故有此诗:

> 前不见古人,后不见来者。念天地之悠悠,独怆然

而涕下。

今天的读者,如果不是专门研究了所谓的"时代背景",有谁会猜得到陈子昂写此诗的前因后果?但很多读者还是被深深地感动,《登幽州台歌》正是因此而成为名诗。

一读之下,便被感动,那说明其中肯定有超越时空的东西,而不受时空的拘囿正是真正的艺术品的根本特征。有时候,我真的怀疑"欣赏"诗词是否需要介绍"时代背景",因为在很多情况下,当我弄清了某某作品的"时代背景"时,对它的感受反而减淡了许多,因为我们通行的"时代背景"解读法限制了人超时空的审美想像。

从超越时空的意义上看,《登幽州台歌》已经超出了原有的怀古意义,而是表达了深沉的悲剧意识,从中透显出了人的"觉醒":当一个人独立于天地之间、直视生存真相的时候,你会突然发现,你正处于空虚与恐慌之中,你会询问你的价值与意义何在?"古人"和"来者"似乎皆不足为凭,过去和未来似乎也难以为据。那么,人难道就在这种困境中绝望了吗?不,个人也许已经没有希望了,但"悠悠"的天道却是永恒的。不要过于悲观,你可以"独怆然而涕下",因为你因此而觉醒,但"涕下"之后,你就应该将自己融入"悠悠"的天道,并会在"悠悠"的天道中找到永恒。

这是中国文化—包括儒家文化与道家文化—的共同特征,儒家文化强调个人要在向社会集体、道德本体、永恒天道的融入中获得意义,道家文化强调个人要在向自然本体的融入中获得意义,虽然其中都不乏对建立高大人格的祈向,但始终没有要将

个人从集体、社会、自然中独立出来的取向。所以，陈子昂的《登幽州台歌》，正与传统文化的底蕴相吻合，与民族文化的深层心理结构相吻合。

《登幽州台歌》同时也表现了中国人的"觉醒"方式。中国人的"觉醒"是从对自己的价值依据的追询开始的，如果一个人一生只是心甘情愿地听从某种教导，循规蹈矩地执行着某种行为方式，从来没有对自己的所作所为反省过，那么，就不能说他是"觉醒"的。只有走过了上述的情绪流程，才能算是经过了价值的追询和确立。"念天地之悠悠，独怆然而涕下"，其中的"涕下"不是哀伤，而是在觉悟了"天地之悠悠"—即价值依据—之后的感动。只有抓住了这一点，才能真正感受到《登幽州台歌》的精蕴。这种感受，相对于六朝人来讲，昭示着初唐时期的一种新的人格的降临；相对于中国人来讲，都应该会引起内心的感动，而每一次阅读，都会使人产生一次思考价值、追询价值、确立价值的冲动和渴望。

《登幽州台歌》同时也表现了中国悲剧意识的基本特征。与西方悲剧意识相比，中国的悲剧意识并不仅仅注重暴露人的困境，更不是为人描绘出一幅绝望的前景，而是在暴露困境中又弥合困境，在彰显出绝望时又指引了出路。中国悲剧意识的这一基本特征是与中国文化的天人合一的思维方式相吻合的，也是与执着与超越统一，此岸与彼岸统一，形上与形下统一的体用不二的传统哲学相吻合的。

《登幽州台歌》先是以"前不见古人，后不见来者"的呐喊暴露了人的价值困境，然后是指出了融入"悠悠""天道"的出路，而融入"天道"的方式就是在现实的生活情节中感受"天道"，或者说是在"天道"的观照下来感受现实生活的情节。这就是上面所说的"天人合一"和几个"统一"。

2. 体味仁德——杜甫《望岳》"文化赏析"

有一次在课堂上讲到杜甫的《望岳》,忽然觉得泰山缺少与之相配的游记,继而恍然,原来《望岳》就是最好的"泰山游记"。也许,正是因为《望岳》的出现,后人再也写不出更好的泰山游记了。

泰山是五岳之首,其性主仁德,孔子当年"登泰山而小天下",历代封建帝王对泰山的"封禅",都为泰山规定了这样的品格,似乎是毋庸置疑的,但如何表现泰山的"仁德之性"在中国文学史上是个难题,不要说今人李健吾的《雨中登泰山》,就是清人姚鼐的《登泰山记》,似乎也难胜此任。何以见得?概因读这样的文章,总有隔靴搔痒之感,诗文中的泰山与文化中的泰山距离太远,总觉得写的不是泰山,而是别的一般的山。

杜甫的《望岳》则不同。杜甫之所以被称为"诗圣"就是因为他使诗歌与传统文化的主流发生了内在的关联。忽视了这一点,就很难读懂杜甫的一些富有文化意味的诗歌。《望岳》这样写道:

> 岱宗夫如何,齐鲁青未了。造化钟神秀,阴阳割昏晓。荡胸生层云,决眦入归鸟。会当凌绝顶,一览众山小。

如果深入品味,我们确实会在杜甫的诗中体会出那股潜隐其中的深厚的"仁德"味道:五岳之首的泰山是怎样的呢?啊,原来她在青翠无垠的齐鲁大地上拔地而起。为什么齐鲁大地是"青未了"呢?因为它象征着自然而然、无边无际而又生生不息的"恻隐之心"啊!只有在这样的基础上,才能含蕴出泰山般的仁德之心。这分割阴阳昏晓、是非曲直、仁与不仁的泰山是怎样形成的呢?原来是造化的钟爱。造化为什么钟爱泰山呢?原来,"皇天无亲,惟德是辅",造化只钟爱哪些仁德之物,只有自己提高内在的道德修养,才能获得上天的眷顾。登上泰山,是怎样

十三、诗词「文化欣赏」举隅

的感觉呢？那在胸前荡漾的层云啊，仿佛要让人凌空而起，但脚又踏在坚实的泰山上，这也许就是那种执着而又超越的感觉吧！再加上归巢的鸟儿，仿佛都归入了我的眼睛和心灵，天地万物就都摄入我的胸怀了。在现实中体味超越性的意义，"万物皆备于我"，正是仁者的胸襟和情怀。最后一句说，当人登上绝顶的时候，真正体会到了当年孔子"登泰山而小天下"感觉，可以自由地俯瞰万物了，就获得了自由而超越的人格，也许这就是孔子所说的"从心所欲而不逾矩"吧！

当然，这样感受杜甫，有所谓的"比德"的意味，甚至有以朱熹之法解诗的嫌疑，但不这样理解，读《望岳》时的那种深挚的感动就无法解释，《望岳》何以成为名诗，也很难理解。其实，如果我们不是带着近百年来对传统文化形成的某些偏见来看待传统诗文的话，我们还是会承认《望岳》的确显示了儒家成仁思想的基本理路和对仁德的体认与感受。也许，杜甫当年写《望岳》时并没有想到这样多，也许，我们读《望岳》时更没有想到这样多，但这些又是确实存在的。如果这些是不存在的，那么，《望岳》真是就像后现代主义所说的那样，是一个语言的空壳！

3. 在天道与人道的疏离与亲合之间——杜甫《登高》、《秋兴八首》(玉露凋伤枫树林)"文化赏析"

杜诗的艺术特征是由其文化内涵决定的，也只有从这一角度入手才能进行深入的把握。关于杜诗的艺术特征，一般都认为是继承了《诗经》以来的现实主义传统，这固然没有错，但还应该看到的是杜甫既"亲风雅"又"攀屈宋"，正如他在《戏为六绝句》中所说："不薄今人爱古人，清词丽句必为邻。窃攀屈宋宜方驾，恐与齐梁作后尘。"因此，他的诗歌还充满着《楚辞》的浪漫主义的色彩。祖述《诗经》，追攀屈宋，自创伟词，构成了杜甫的艺术追求。例如，《自京赴奉先县咏怀》是公认的现实主义的杰作，但其开头一大段反复表述自己那种进退失据的无可奈何的情感,与《离骚》开头屈原的剖白就十分类似,即使在整篇诗歌中,那种曲折的叙述与深沉的感喟相融合的手法,那种对现实的强烈的忧患和对理想的执着追求,与《楚辞》显然有着不可分割的内在关联。

杜诗的艺术风格是多样的,但从整体来看,沉郁顿挫是杜诗的基本审美特征。自宋代严羽以后,人们多用"沉郁顿挫"来概括杜甫的审美特征,但沉郁顿挫一词的具体含义却有分歧。此词最初来自杜甫的《进〈雕赋〉表》:"则臣之述作虽不能鼓吹六经,先鸣数子,至于沉郁顿挫,随时敏捷,而扬雄、枚皋之徒,庶企可及也。"此处的"沉郁",是指学养深厚,"顿挫"是指节奏的抑扬缓急,后来的含义有所不同,应该包含以下几方面的内容:深沉博大的思想情感,忧国忧民的价值关怀,浑融含蓄的气象,抑扬顿挫、回旋张弛的节奏。例如《登高》:

> 风急天高猿啸哀,渚清沙白鸟飞回。
>
> 无边落木萧萧下,不尽长江滚滚来。
>
> 万里悲秋常作客,百年多病独登台。
>
> 艰难苦恨繁霜鬓,潦倒新停浊酒怀。

首联起句突兀,如狂飙来自天外,将全诗笼罩在沉郁悲壮的气氛中,但又透显出廓大而又深邃的情感追求。颔联之所以具有打动人心的力量,原因在于它表现了典型的中国式的悲剧意识:个体的生命也许没有希望了,但天道是永恒的,只要将个体的生命与价值融入永恒的天道,个人也就可以获得某种永恒。中国悲剧意识的基本特征是在暴露人的困境的同时又在弥合这种困境,使人不至于彻底绝望,而是在超越中得到归宿,但这种超越又不是廉价的,往往要在"艰难苦恨"中完成,所以,在颈联和尾联中,杜甫尽情地抒发了个人的悲剧感。然而,因为有了首联、颔联的铺垫,杜甫的悲剧感便获得了审美性的超越,他的"悲秋"、"多病"、"苦恨"、"潦倒"也就成了超度他的梯航。

从"沉郁"来讲,全诗表现出一种儒者的悲剧情怀和超越意识;从"顿挫"来讲,不仅音韵上抑扬顿挫,其结构上也有着内在的回旋张弛,这与儒家对含蓄和温柔敦厚的美学品格的追求是不无关系的。其实,"沉郁顿挫"更深层的文化意蕴是对现实中天道与人道的疏离的表现以及对理想中天道与人道的亲合的追求,只有在这种表现与追求的张力中去理解"沉郁顿挫",才能把握其真正的韵致。

再如《秋兴八首》(之一):

　　玉露凋伤枫树林,巫山巫峡气萧森。

　　江间波浪兼天涌,塞上风云接地阴。

　　丛菊两开他日泪,孤舟一系故园心。

　　寒衣处处催刀尺,白帝城高急暮砧。

如果说上一首更多地表现了天道与人道的疏离的话,那么,这一首就更多地表现了二者的亲合。首联从自然运转、山川气象着眼,而秋霜化为"玉露",枯树变作"枫林",在德配天地的仁者的眼中,秋天只能徒增凝重与爽厉之美。颔联虽有"波涛"和"风云",但并没有不祥的凶险和黑暗,而是透显出大化流行的气势与厚重。颈联并不是一般的对故乡的思念,在前两联的映衬下,这种思念演绎成了被放逐的孤舟对精神家园的渴求。尾联的确是对普通人事的描写,但在"暮砧"的敲打声中,你不更加容易趋向心灵的家园吗?全诗以天道始,以人道终,天道与人道首尾相接,合二为一。当然,疏离是现实状态,而亲合是一种冥证的心理状态,也就是一种境界。在由现实的疏离走向心理冥证的亲合中,其"沉郁顿挫"之美才能得以很好地显现。

沉郁顿挫之美是一种浑融的美,也是典型的盛唐气象。刘熙载评论杜诗时曾说:"杜诗只'有'、'无'二字足以评之:'有'者,但见性情气骨也;'无'者,不见语言文字也。"〔《刘熙载论艺六种》〕这已说尽了这种美学品格的特点。杜诗是伟大的,因为它与儒家文化的底蕴相连。如果没有杜诗,中国的古代诗歌也许就会顺着文苑传统,愈益滑向一种形式主义,也许会被科举考试异化成一种世俗的工具,当然,也有可能,会沿着感性生命的张扬这条路,逐渐沦为轻灵浮滑的美文学。

李白与杜甫是盛唐的两座山峰,也是整个中国文学中不可复现和逾越的顶峰。实际上,李白和杜甫都是那个自由——哪怕是虚幻的自由——时代的产物,在李白那里,自由成了他纵情想象、无羁地表达感性生命的翅膀;在杜甫那里,自由是他摆脱思想的栅栏、自由地进行理性思考的有力工具,但杜甫思考越深入,感受也许就越沉重,也越富有理性精神。宋人重新发现杜甫,解读杜甫,是自然而然的事。千百年来,人们一直说,子美以人力胜,"有规矩,故可学",李白以天才胜,"无绳墨可循",不可学。然而,杜甫可学,宋以后即学杜,学得像的又有几人?李白不可学,但李白式的狂放却时有显露。究其原因,诗歌与主流文化发生内在关联的时代已经过去,而李白式的狂放的个性表达却可以不时地彰显。

4. 彰显民族文化心理流程——苏轼[念奴娇]《赤壁怀古》、[水调歌头](明月几时有)"文化赏析"

苏轼处在宋词发展的关键时期。宋词繁荣的文化动因就是所谓的宋世风流。狭义的宋世风流是指浅斟低唱、歌舞宥酒的都市生活风尚,广义的宋世风流是指汉唐政治本体意识的消解,宋学与禅学的入世转向相融合,政治—文化政策和经济—商业政策的宽松,传统规范与现实风情的融汇,士林风流与市井风俗的合拍。这样,"主情"的宋词便必然要在"言志"的唐诗之后大行其道。

然而,词是"诗之余",在当时看来,是难以与诗争衡的俗文学,如何使词上升到雅文学的殿堂,是当时亟待解决的问题。其实,古人早就论及了这个问题,胡寅说:"眉山苏氏,一洗香罗绮泽之态,摆脱绸缪婉转之度,使人登高望远,举首高歌,而逸怀浩气,超乎尘垢之外。于是花间为皂隶,而柳氏为舆台矣。"(《题酒边词》),况周颐说:"有宋熙、丰间,词学称极盛,苏长公提倡风雅,为一代山斗。"(《蕙风词话》),其实这说的就是苏轼对词的雅化。雅化的实质是将词变成了时代精神的表现形式,更重要的是使宋代的世俗精神雅化了,即使执著现实走出了感性享乐的泥淖,把现实生活提升到了生命本体的高度。词雅化的方式则主要表现在三个方面:一是词中蕴含着深厚的文化意蕴和深重的时代意识,二是"以诗为词",三是词中富有理趣。后面的两方面姑且不谈,仅举出两首苏词来分析其中的文化内涵。

苏词在很多情况下将在过去只有诗才可负载的文化意蕴纳入词中,从这一意义上讲,这才是真正的"以诗为词"。如人们熟知的[念奴娇]《赤壁怀古》:

> 大江东去,浪淘尽,千古风流人物。故垒西边,人道是三国周郎赤壁。乱石穿空,惊涛拍岸,卷起千堆雪,江山如画,一时多少豪杰。
>
> 遥想公瑾当年,小乔初嫁了,雄姿英发,羽扇纶巾,谈笑间,樯橹灰飞烟灭。故国神游,多情应笑我,早生华发。人生如梦,一樽还酹江月。

"词至东坡,倾荡磊落,如诗如文,如天地奇观"(刘辰翁《辛稼轩词序》),此词所以具有巨大的艺术魅力,关键在于它与民族文化心理的深层结构相吻合。中国人没有绝对超越的价值观念,英雄梦是生而有之的现实理想,所以此词开端即以"大江东去,浪淘尽,千古风流人物"唤起了人的英雄梦想。然而,又不是单纯地、廉价地为人描绘一幅英雄的图景,而是在充满深沉的历史悲剧意识的同时面对长江这一历史的见证发出了苍凉的感喟。可以说,苏轼在唤起人的英雄梦的同时又打破了人的英雄梦。只此一句,就高度概括了中华民族文化心理中的从起点到终点的整个流程。接下来对赤壁之战和周瑜的具体描绘,无非是为了说明和论证开端的一句而已。而自"故国神游"以下,则转入了对上述悲剧意识的消解。中国人传统的悲剧意识的消解因素有仙、酒、自然、梦、女人等,而"故国神游,多情应笑我,早生华发,人生如梦,一樽还酹江月"数句中,除"仙"之外,其余诸种悲剧意识的消解因素居然都包含其中。从慷慨壮志到悲剧意识的消解,苏轼此词正概括了一个人也是一个民族的精神历程。少壮做英雄梦,垂老归温柔乡,中国人的这一基本人生模式就这样浓缩在一首词中。

再看〔水调歌头〕:

> 明月几时有?把酒问青天。不知天上宫阙,今夕是何年。我欲乘风归去,惟恐琼楼玉宇,高处不胜寒。起舞弄清影,何似在人间?

> 转朱阁,低绮户,照无眠,不应有恨,何事长向别时圆?人有悲欢离合,月有阴晴圆缺,此事古难全。但愿人长久,千里共婵娟!

前人说:"此词一出,其余中秋词尽废。"那仍然是因为它描绘出了民族文化心理的流程。以"明月几时有,把酒问青天"起句,代表了自屈原《天问》以来的中国人对人生价值、意义的追寻,苏轼超越了现实功利的局限,以一颗自由的心灵来贴近自然和宇宙,但在苏轼的时代又不可能构建起新的价值观念,所以必然还要在一定意义上回返现实,"高处不胜寒",正是在询问得不到答案之后的一种无可奈何的结局,也是一种必不可少的心理过渡。"起舞弄清影,何似在人间",是苏轼追寻之后得到的现实答案。然而,这种形上追问—心理过渡—现实答案的民族文化心理的历程决不仅仅是一种无谓、简单的重复,苏轼最后虽然仍然落脚在现实的伦理道德上("但愿人长久,千里共婵娟"),但这已经不是政治意识形态化的伦理道德,而是心理本体化的伦理道德,即以一种审美观照的态度来对待现实生活和人的生命,已经具有了对僵固的政治意识形态进行突破的意义。此词以富有历史文化积淀的典型的意象和高度概括的艺术手法表现了民族文化心理,使之深合于民族文化的深层结构,并在结尾处激发了人的超越性的美好情感,充满了传统的生生不息的乐观主义精神,因而具有了打动人心的艺术力量。

如果能够"欣赏"到此处,方知前人何以说苏轼"以诗为词",才可知道苏轼在词史上的地位和意义,也才能真正感受到"诗"、"词"的区别。

实际上,文学的发展史就是人的情感的发展史,当然,人的情感的发展史也就是文化的发展史。我们既不能忽视了文学自身的规律和特点,同样也不能忽视了文学与文化的联系。人的情感的确是"与时俱进",是"苟日新,日日新,又日新"的,但人的情感又是具有历史的延续性的,按照解释学的观点,我们是被抛到历史之中,是在以"前见"为前提的情况下感知、运思和生活的。因此,如果能在文学和文化的张力中感受文学,考察文学,那又将是一番不同的情景。

十三、诗词「文化欣赏」举隅

十四、在政治、哲学、文学之间

——唐宋古文运动的文化品格

在中国文学的诸种文体之中,散文与政治、哲学的关系最为密切,它的发展不仅与哲学的变革联系在一起,也往往与政治变革脱不开干系。

在中国历史上有两次声势浩大的文学改革运动,一是唐代的古文运动,一是宋代的诗文革新运动,这两次古文运动不仅承继了先秦两汉的古文传统,更造就了此后的新的古文,而这两次文学改革运动无不与当时的政治改革相联系,甚至可以说,这两次文学改革运动的发生和发展主要不是源自文学自身内部的发展动力和规律,主要是源于社会政治的需要。在这样承前启后的历史背景中,唐宋古文运动最能体现中国散文的基本品格。我们可以从中国散文的基本品格、中晚唐和宋初的社会政治特点以及散文自身的发展诸方面来考察唐、宋古文运动的成因和特质。

1. 中国散文的基本品格

与诗词、小说、戏曲相比,中国散文有自己的特点和规律。首先,中国散文有着鲜明的政治品格。与诗歌的起源不同,它最初不是像诗歌那样是一种审美文体,而是一种实用文体,是记录、发布政令、文告的一种方式,因此,中国的散文一开始就与政治结下了不解之缘。在后来的岁月里,政治观念、思想、意见基本上都是用散文的形式来表达的,中国历史上的一些著名的散文,就是大臣或是文人士子的奏疏。从另一个方面讲,在漫长的中国传统社会里,即使是再宽松或是混乱的时代,也从来没有放松过思想的统治,正统观念从来也没有允许文学有独立的地位,"文以载道"、"助流政教"的文艺观一直占据着主导地位。其他文体有时还可能稍稍突破这种限制,但散文却总是在这个观念里面徘徊,因为它离政治最近,它所受到的限制就要比其他文体更严格。也正是由于这个原因,中国历史上的多次政治改革都是以散文文风的改革为先驱和载体的,如汉武帝"罢黜百家,独尊儒术",公开实行政教一体,就不得不否定司马迁的《史记》,《汉书》的风格才是这种思想意识的真正的反映。在这以后,许多人都想学秦汉,学太史公,但总是得其貌而遗其神,始终无法追步《史记》,原因何在? 就是因为司马迁的道德批判、政治批判、社会批判的精神在汉武帝以后就很难展开了。而唐宋的两次古文运动,与其说是散文改革运动,倒不如说是意识形态和政治改革运动更合适,在这个时期,中国传统文化还没有发挥尽自己的能量,所以散文改革就充当了政治改革的先锋乃至主力军。至于明朝的前后七子和唐宋派拟古运动,实际上只是从形式上摹仿,已无实质性的进展。这是因为老谱已经用完,新招尚未诞生的缘故。到了清代,桐城派从理论上总结了散文,但目的完全是为现实政治服务,连改革的动机都没有,这已是中国散文的回光返照,只能是收拾家当,以待来人了。

然而,中国散文并不是没有审美品格,相反,中国散文的审美品格是极其丰富、深刻和自由的。首先,在传统文化观念中,作为哲学范畴的"文",其最高、最基本的含义是指天、地、人间的一切可以被感知的外象、形态和形式,从而认为自然的和人工的都是美的,即自然事物和社会事物都是美的。由于散文的政治品格要求抒写人的真实自然的思想和情感这个特点,散文实际上是一种介于自然事物和社会事物之间的一种文体形式,其审美的一面就变成了双向传输必要的桥梁。古代的上书言事的奏章按说只要能说明问题就行了,但不仅不排斥艺术性,有很多正是因为其审美价值才流传后世的,这充分证明了散文的审美品格与其政治品格是相互融通、不可分割的。其次,重视直观体悟是传统思维方式的重要特征,而直观体悟的本质是"神与物游",即从主体情感出发的一种双向融透,这实际上是一种审美方式,更鉴于"文"的基本观念,所以,就必然要取用"杂文学观念",因此,散文也是纯正的文学品类。不仅中国散文的一般"艺术特点"是由此审美方式决定和促生的,就是其基本概念和基本品格也与此密切相关。可以说,中国散文在其文体的本质上是"美文"。第三,中国散文把载"道"的工具和毁"道"的武器有机地融合在一起,在二者激扬清浊的历史进程中,中国散文成为真正的"人文"。相对于诗词、戏曲、小说等文艺样式,散文在表现中国士大夫的生命情调方面更加自由和广阔,既可以取其"载道"而表现自己功业理想的一面,又可以无所顾忌地自由抒发出世的情感和闲适的情调,还可以二者兼顾。苏轼所说的"随物赋形"四字恐怕最能表现中国散文的自由的特质。因此,中国散文体类众多、流派众多、风格众多,用任何概括性的语言都无法穷尽中国散文在审美品格上的丰富性。究其根本原因,这是由人的心灵的丰富性所决定的。

中国特有的社会文化结构决定了散文的使命和特点,而散文又以自己特殊的方式不断地向民族的深层心理结构中积淀着各种文化信息,从而形成了一个持久的良性循环,成为维系民族存在和发展的重要力量之所在。中国散文与中国人的生命情调

十四、在政治、哲学、文学之间

和生存方式之间存在着互动关系,既是各代之人创造了各代之文,也是各代之文塑造了各代之人。中国人的正大弘毅、刚健执著、阴柔坚韧、浪漫深情等丰富多彩的生命层面都在散文中得到了淋漓尽致的展现,同时也是中国人的自由不羁才创造了如此绚丽多彩的美文。

2. 唐代的政治改革与古文运动

唐代是中国散文发展史上的最为辉煌的时期之一,也是散文发展史上文章变化的重要阶段。对这一时期的散文发展产生重要影响的因素很多,除了文学自身的因素之外,主要的应该是社会政治因素。从政治制度上讲,隋朝以来废除了九品中正制等察举制度,代之以开科取士的科举制度,为出身中下层地主阶级知识分子甚至布衣之士跻身仕途提供了可能,使他们把自身的合理因素输入政治领域,因而激发了他们的政治热情,也为他们实现自己的抱负和理想提供了可能的条件;从经济体制来讲,唐朝以来,租佃经济代替了部曲经济,魏晋至唐初的四百多年的经济体制被突破,经济得到了很大的发展,有一个时期,政治也比较开明,社会也相当稳定。这些因素的交互作用,使中国的封建社会进入了全盛时期,也为散文的发展创造了良好的条件。然而,在这种情况下,一个巨大的政治—文化矛盾也正在酝酿之中。秦汉以来的政治哲学经过西汉、东汉末年和魏晋南北朝的政治风雨的冲击,已经显出了其肤浅和无力的一面,在政治意识形态中,其对原始儒家的政治化、实用化的解释已经不足以维系人心,新的政治、经济体制需要新的文化来与之相适应,这才是唐代古文运动产生的主要原因,而这种政治与文学相互融透的改革直到宋代的诗文革新运动、王安石变法、元祐更化、宋明理学的建立才渐告终结。

实际上,以韩愈、柳宗元为代表的唐代古文运动是由来已久

的,甚至要溯源到隋朝。隋文帝是个有雄才大略的皇帝,他在统
一全国以后,改革选官制度,实行科举制,并且发布命令,要抑制
浮华的文风。但必须看到的是,隋文帝要改革的是文风而不是
文体,他要求万事崇尚节俭实用,文章也不得例外,他甚至当廷
处置以浮华不实的文风写奏章的大臣,但他并没有要改革骈体
文,这是因为文体改革的诸种历史因素还没有具备。隋朝比较
有成就的作家有卢思道、王通等,虽然有提倡朴实的文风和复
古,但由于隋朝国祚不延,终于没有形成大的影响。唐承隋制,
但初唐时期的政治比隋朝更加开明,尤其是贞观年间,允许直言
进谏,也允许有个不同的政见,因此就造就了多样的散文风格。如
魏征的散文虽然大多是奏疏,但可以代表这一时期的一种风格。
他的文章的内容主要是总结前代兴亡的教训,讲如何以隋为鉴,
其文风已经趋向质实切直,刚劲慷慨,他的著名的奏疏有《十思
疏》等。对于文章,他也有自己的看法,反对"浮艳之辞",贬抑
"迂诞之说"。他的文章虽然还是骈体,但已与六朝的文风大不
相同了。由于魏征的地位很高,他的这种文风影响也很大。王
绩和王勃的散文则大有怀才不遇之感。王绩的主要散文有《醉
乡记》、《自撰墓志铭》、《五斗先生传》、《荆轲刺秦王赞》等。《醉
乡记》历来为人称道,其中以老庄思想为武器来表达自己的怀才
不遇和愤世嫉俗之情。其文愤激,其辞刚劲明快。王勃是初唐
诗歌的四杰之一,他早慧而有才,政治上很有抱负,但初入仕途
就遭斥逐,所以多有牢骚。他的主要散文作品有《滕王阁序》、
《春思赋序》、《涧底寒松赋》等。他的散文多表现了怀才不遇、有
志不得申的苦闷、不平、愤激和无奈,句式骈散兼具,文辞流畅简
洁,刚劲有力,与六朝的骈文已经有了很大的不同。稍后的陈子
昂则能够明确地提出散文改革的要求,他说"文章道弊五百年
矣,汉魏风骨,晋宋莫传",(《修竹篇序》)他的主要的散文是《谏

灵驾入京书》,文章富有热情,说理不拘一格,指陈时弊,纵横捭
阖,有战国策士的遗风。在武则天统治时期的一片歌功颂德声
中,陈子昂的文章是难能可贵的。与陈子昂相类的还有后来的
萧颖士,萧颖士在一定意义上可以说是古文运动的先驱者,作文
率性而为,不加掩饰,文风质实而又典雅,虽是骈散兼具,但已大
不同于六朝文风,其散文代表作有《庭莎赋等》。萧颖士提倡复
古,反对骈俪文风,自称"有识以来,寡于嗜好,经术之外,略不婴
心",(《赠韦司业书》)他要求文行"中道",说:"杨、马言大而愚,
屈、宋词侈而怨,沿其流者,或文、质交丧,雅正相夺,盍为之中道
乎?"(梁肃《萧君府文集序》)与他同时稍晚的李华则有更多的有
关复兴古文的言论,他在《赠礼部尚书清河孝公崔沔集序》中十
分明确地否定了屈原、宋玉等人的不够"温柔敦厚"的诗文,但并
不等于他们否定了古文,其目的不过是为了借屈原、宋玉的诗文
来反衬贯载"六经之道"的诗文而已。其实,屈、宋的怨刺传统仍
然是古道的组成部分。到了韩愈,就提出了"物不平则鸣"的著
名理论,这显然是以"正"容"变",融汇了屈、宋的怨刺传统。

　　在古文运动的准备阶段,独孤及的理论是别树一帜的。他
在《检校尚书吏部员外郎赵郡李公中集序》中说:"志非言不形,
言非文不彰,是三者相为用,亦犹涉川者假舟楫而后济。自典漠
缺,雅颂寝,世落陵夷,文亦下衰。故作者往往先文字,后比兴。
其风流荡而不返,乃至有饰其饰而遗其意者,则润色愈工,其实
愈丧。及其大坏也,俪偶章句,使枝对叶比,以八病四声为梏拲,
拲拲守之,如奉法令。闻皋繇、史克之作则哑然笑之。天下雷
同,风驱云趋,文不足言,言不足志。亦犹木兰为舟、翠羽为楫,
玩之于陆而无涉川之用。痛乎流俗之惑人也旧矣!"。在这里,
独孤及对六朝以来的骈文的批评已经不仅仅限于文体形式了,
而是对其内容的强烈不满,尤其难能可贵的是,独孤及已经认识

到了"俪偶章句"、"枝对叶比"、"八病四声"等形式上的苛刻要求
对文章表现古道是一种巨大的桎梏和障碍,要想复兴古道,就必
须突破形式的束缚。这样以来就从根本上划清了与骈骊文体的
时代界限。

　　如果说萧颖士、李华、独孤及等人还是仅仅从文章的改革上
来论及文章的复古的话,那么,梁肃、柳冕等人就明确地把文风
改革与社会政治改革联系起来,从文风复兴到古道的复兴,逐渐
显露出了古文运动的实质。梁肃十分明确地指出了文章与政治
的关系,他说:"文章之道与政通矣。世教之污崇,人情之薄厚,
与立言立事者邪正臧否,皆在焉。"(《秘书监包府君集序》)可以
说,"文章之道与政通"正是包括宋代的诗文革新运动在内的古
文运动的实质。基于这样的认识,梁肃当然极度重视文章的社
会责任,甚至把仁义道德的存亡兴废系于文章之一身,他说认为
"道德仁义非文不明,礼乐刑政非文不立"(《常州刺史独孤及集
后序》),又说"文之作,上所以发扬道德,正性命之纪;次所以裁
成典礼,厚人伦之义;又其次所以昭显异类,立天下之中"(《补阙
李君前集序》)。文的社会作用被提到了这样的高度,为西汉以
来所仅见。与梁肃相比,柳冕的文论就更有深度,他提出建立新
的文、道关系。他在许多地方都作过这样的论述,如他在《答徐
州张尚书论文武书》中这样说:"夫文章者,本于教化,发于情性。
本于教化,尧舜之道也。发情性,圣人之言也。自成康殁,颂声
寝,骚人作,淫丽兴,文与教分而为二。……噫!圣人之道犹圣
人之文也。学其道不知其文,君子耻之,学其文不知其教,君子
亦耻之。"在这段话里,他把文章的根据、表现及其关系都作了根
本性的规定,指出所要反对和矫正的就是"文"、"教"分离的现
象,还进而指明了学习、复兴古文、古道的原则。可以说这是直
接启示了韩愈的古文理论。尤其值得注意的是,柳冕在文章与

政治孰先孰后的问题上作出了十分明确的回答。他在《谢杜相公论房杜二相书》中说："如变其文即先变其俗。文章、风俗，其弊一也。变之术在教其心，使人日用而不自知也。伏惟尊经术、卑文士。经术尊则教化美，教化美则文章盛，文章盛则王道兴。此二者在圣君行之而已。"这不仅符合中国散文发展变化的特点和规律，更证明了这样一个事实，在传统中国，文学尤其是"文章"往往是政治的附庸。

　　唐代的社会矛盾经过长期的积累，终于酿成了安史之乱，这次中国历史上最大的内乱不只是充分暴露了唐代的政治、经济、文化等各方面的矛盾，更重要的是从此打破了盛世长在的迷梦，由于大唐帝国的陡然衰落，使更多的人清醒起来，更深入地思考拯救和复兴唐朝的方法和途径。贞元、元和之际，有二十多年的苟安太平，号称"中兴"，但当时的社会危机仍然严重地威胁着唐帝国的皇权统治。首先表现在藩镇割据，不听中央号令，各自为政，"全失为臣之道"；其次，吏治腐败，剥削严重，经济发展缓慢，政治措施偏离了"仁政"的轨道；第三是佛老二教猖獗，僧尼道士不耕而食，不织而衣，日益成为一股特殊的社会势力，加重了农民的负担，造成了严重的社会问题，更重要的是，由于宗教的流行以及政治意识形态的松弛，唐代的社会已经在相当大的程度上失去了维系人心的政治力量和文化动力，传统的君臣父子之道遭到了严重的破坏，危及到了皇权权威和国家的安定。这些问题不解决，唐朝就不会真正地"中兴"。虽然存在着这些危机，但二三十年的太平又给了人们一个喘息的机会，使以韩愈为代表的一部分士大夫产生了从统一思想、重振纲纪、整饬社会风尚等意识形态领域来挽救危机、重振唐朝的希望，这就是古文运动发生的根本社会原因。

　　为了更清楚地审视古文运动，对"永贞革新"不能不加以考察。王叔文的"永贞革新"是以政治改革的方式来挽救唐朝的一种尝试,但其意义又不仅在于政治本身。

永贞元年(805),唐顺宗即位,因长期生病,不复关心庶政,百官上疏,他也只是在帷中点头而已。二月,任命王叔文为翰林学士,王叔文就请求任命韦执谊为宰相。于是,王叔文在内决定大小事宜,由韦执谊在外办理,雷厉风行地改革永贞年间的各种弊政。参加这一政治集团的人还有韩泰、柳宗元、刘禹锡、陈谏、凌准、韩晔等。这次改革的最大特点就是发起于布衣阶层,其政治措施也充分体现了这一阶层的政治要求,是顺应历史发展趋势的。但由于大官僚集团的反对势力过于强大,同时也由于王叔文等人缺乏政治经验,这次改革在数月之内就迅速失败,参与人员被贬谪。

如果从社会发展和古文运动的角度来考察这次政治革新,就会看到其象征性的意义。"永贞革新"是中国传统社会鼎盛时期的最后一次改革尝试,由布衣之士来发起、领导改革,并能充分体现他们的愿望和要求,这不仅再次展现出科举制度的历史活力,更表现了唐代社会特有的气度和为其前代和后代所难以具有的特定的发展方式。然而,中国传统社会不可能发展成一个由中下层地主阶级和农民阶级执政的相对民主的社会,所以这种改革不仅必然失败,还预示着历史、文化的转向,即转向一种不是来自下层,而是来自上层的政治、经济、文化的绝对意志型的社会,而这种社会转型正是由中、晚唐开始至北宋完成。从古文运动的发展历程来考察也是如此,在韩愈以前的古文运动的漫长的准备过程中,也同样从许多方面体现了下层布衣之士的政治、文化要求,古文运动在韩愈、柳宗元时期发展到了高潮,也正是与唐代的社会矛盾充分暴露以及改革弊政的政治运动("永贞革新")相呼应、相配合的。有意味的是,由韩愈、柳宗元

十四、在政治、哲学、文学之间

推向高潮的唐代的古文运动是到了宋代的苏轼手里才真正完成的,但苏轼在文学思想已经大不同于韩、柳,倒是朱熹貌似批评韩愈,实际上吸收了韩愈的许多思想。所以说,在传统的历史条件下,韩愈的古文运动也预示着一种文化的转型,即其中的一面必然为重建新的政治意识形态服务,但这种政治意识形态又是与韩愈的理想相违背的,而古文运动的另一面又通过苏轼等人开掘和发扬孕育着破坏这种转型的合理的历史文化因素,并终于从思想文化上导致了否定封建政治意识形态的明中叶的浪漫主义文艺思潮。这恐怕就是历史—文化的辩证法。

事实上,仅仅从政治改革的角度来考察古文运动还是不够的,如果从文学自身的发展来考察,就更加饶有意味。魏晋六朝是"人的觉醒"时期,也是"文学的自觉"时期,其突出的标志就是在人物品藻和骈文领域寻找美的形式,可以说,魏晋六朝的诗歌、骈文是一次情感形式的造山运动。但是,我们又看到,魏晋六朝时期的诗和骈文的界限并不像唐朝时那样明确,从一定意义上讲,骈文中的意象更适合运用到诗中去,唐诗正是在借用了包括六朝骈文所创造的意象在内的艺术营养才走向辉煌的,换句话说,在唐朝,骈文的领域已经被诗歌据为己有。骈文作为文的主要形式,要想发展,就必须改弦更张,这是骈文自身改革的内在要求。而骈文之所以在唐朝"脱离实际",实是因为它是六朝门阀士族创造出来的一种"贵族文学",骈文的比较纯粹的审美形式正适合了他们的生命情调。唐朝自武则天以后,门阀士族观念大为淡薄,这种文体也就与庶族地主出身的士大夫相距甚远,他们更需要朴实实用的文体,这是骈文文体改革的外在要求。然而,必须看到的是,骈文的形式美的因素是由传统文化观念和汉字的形、声所决定的,因此,即使韩愈、苏轼的文章里,骈文的因素也是不能完全去除的,甚至在他们的很多优秀的文章

十四、在政治、哲学、文学之间

里,大多都有骈文的影子。

古文运动从其文化实质上来讲是一场挽救政治意识危机和社会危机的运动,但它并不是以政治运动的形式出现的,而是以散文改革的形式出现的,因此具有文学改革的性质。为了解决这上述的社会和政治危机,韩愈以道统自居,主张崇尚儒学,消除佛老的势力和影响,使人人自觉遵守纲常法纪,按照君臣大义、父子大义各安其位,各任其事。而韩愈作为一个普通官吏,推行这些社会政治主张的办法只有通过写文章来实现。但表达这样的思想内容,首先遇到的阻碍就是骈俪文体,于是,韩愈等人就以先秦两汉的散文来取代当时的骈俪文体。在中国文学史上,古文概念的提出,是始于韩愈的。韩愈把他所写的有意继承先秦两汉文体、奇句单行、自由抒写的散文称作古文,并使古文和当时流行的"俗下文字",即六朝以来讲究对偶、声律、典故、藻饰的骈俪文体对立起来,这就是所谓的古文。韩愈提倡古文的目的是反对六朝以来的骈俪文风,由于他的提倡符合了社会需要和文学发展的潮流,一时间参加的人很多,参加者有大致相同的文学主张,在交游中建立了师承和师友关系,形成了以韩愈、柳宗元为主将的作家集团,在理论宣传和创作实践上也十分自觉,并且取得了很大的实绩,对后代散文的发展产生了很大的影响。这就是古文运动。

韩愈的出身和经历使他具备了领导古文运动的条件。韩愈一生创作了丰富的散文,从题材上大致可以分为论说文、记叙文和"杂著"三类。韩愈在他的哲学论文、文艺性散文和文论性散文中主要表现了自己的"道统"。韩愈不仅在"五原"中阐述了自己的"道统",在许多文论性散文和文艺性散文中强烈地表现了这一倾向。韩愈的"道统"是建立在学习原始儒家的基础上的,在有人问他如何学习古文的时候,他明确地主张"师其意,不师

十四、在政治、哲学、文学之间

其辞":"或问:'为文宜何师?必谨对曰:宜师古贤圣人。曰:古圣贤人所为书俱存,辞皆不同,宜何师?必谨对曰:师其意,不师其辞。又曰:文宜易宜难?必谨对曰:无难易,惟其是尔。'"(《答刘正夫书》),学习古文的方法明确了,那么,学习古文的目的是什么呢?那就是"修辞以明道":"君子居其位,则思死其官;未得位,则思修其辞以明其道。我将以明道也,非以为直而加人也。"(《争臣论》),"读书以为学,缵言以为文,非以夸多而斗靡也。盖学所以为道也,文所以为理耳。苟行事得其宜,出言适其要,虽不吾面,吾将信其富于文学也。"(《送陈秀才彤序》),"愈之为古文,岂独取其句读不类于今者邪?思古人而不得见,学古道则欲兼通其辞。通其辞者,本志乎古道者也。"(《题哀辞后》),"愈之所志于古者,不惟其辞之好,好其道焉尔。"(《答李秀才书》),那么,韩愈为什么把古道看得如此重要呢?原来,自从隋朝开始,一些有识之士就把宋、齐、梁、陈等王朝短命的首要原因归结于不能行"先王之道",据说不能行"先王之道"的原因就在于六朝文章的浮靡,例如,隋朝的御史李谔就曾经说过:"魏之三祖,更尚文词忽君人之大道,好雕虫之小艺。下之从上,有同影响,竞成文华,遂成风俗。江左齐、梁,其弊弥盛。……至如羲皇、舜、禹之典,伊、傅、周、孔之说,不复关心,何尝入耳!以傲诞为清虚,以缘情为勋绩,指儒素为古拙,用辞赋为君子。故文笔日繁,其政日乱。良由弃大圣之轨模,构无用以为用也。"(《上隋高祖革文化书》)由于隋祚不延,文风浮靡的问题似乎并不显得十分突出,但到了唐朝这个问题就日益紧迫起来。上述的古文运动的先驱者屡屡论及这一问题,到了韩愈,更是认为唐代的危机是由于统治者不能实行"三代"的圣贤之道造成的,因此,复兴古道便成了古文运动的首要的历史任务。

　　在韩愈那里,"道"有特定的含义,其内容是侧重于"忧天

十四、在政治、哲学、文学之间

下"、"兼济天下"、反对藩镇割据、主张国家统一的。关于这一点，韩愈不仅屡屡论及，还写出了示范性的散文，如《张中丞传后序》、《柳子厚墓志铭》等。《张中丞传后序》是为了补李翰《张巡传》的记事不足而写的一篇跋文，文章没有步正传的后尘，不是从张巡的生平写起，而是选取了正传以外的三个典型事例（一是张巡部将南霁云向贺兰进明求救，慷慨断指，怒射浮屠；二是张巡记忆力惊人，才气过人；三是张巡就义时的从容镇定），十分鲜明地刻画出了张巡慷慨磊落、赴死无憾的奇男子的形象。这篇文章十分形象地表明了韩愈的"道"的时代含义，即以天下为己任、杀身成仁，并进而反对藩镇割据。然而，韩愈的"道"对离原始儒家仍有强烈的继承性，他虽然只主张"兼善天下"而反对"独善其身"，但他并不否认加强个人的人格修养的重要性。他说："将蕲于古之立言者，则无望其速成，无诱于势利，养其根而俟其实，加其膏而希其光。根之茂者其实遂，膏之沃者其光晔。仁义之人，其言蔼如也。"（《答李翊书》），

"夫所谓文者，必有诸其中，是故君子慎其实。实之美恶，其发也不掩。本深而末茂，形大而声宏。行峻而言厉，心醇而气和，昭晰者无疑，优游者有余。"（《答尉迟生》），这就是韩愈在文学创作上的著名的"闳中肆外"说。韩愈在《答李翊书》中集中阐述了为人与为文、立行与立言之间的联系，强调了道德修养对治学与为文的根本性意义，认为只有"行之乎仁义之途"，做"仁义之人"，才能写出好的文章来。正如韩愈自己所说，他认为自从孟子以来孔孟之学失传，社会才日益沦丧，只有他跳过了一两千年的历史，直接继承了孔孟之道，成为孟子的异代单传。这是否是事实姑且不论，但从他有关散文创作的论述中，我们确实能够很强烈地感受到孟子的"吾善养吾浩然之气"的人格修养理论和心性哲学。

十四、在政治、哲学、文学之间

由于这个缘故,韩愈被认为是一个封建卫道士,然而,封建卫道士是与伟大的文学家无缘的。事实上,封建卫道士应是指那些维护僵固的封建政治意识形态并用这种意识形态来扼杀人的感性生活和自由追求的人,但韩愈所提倡的道主要是来自原始儒家的文化理想的一面,不仅在当时具有相当的积极的现实意义,就是在今天看来也不能完全否定其合理的因素。在道统、政统、学统三者的历史运作过程中,可以说,经历了安史之乱以后,中唐时期是一个在政治和思想文化领域中道统逐渐崛起,要求以自己的历史合理性来矫正现实的不合理的正统的时期,而这种矫正以政治改革的形式并没有取得很大的效果和成功,倒是以学统(古文运动)的形式来从意识形态发动的改革产生了广泛、深刻的影响。所以说,韩愈实际上是正统的道统的维护者,并不是僵固的封建政治意识形态的维护者,至于他所提倡的道统被宋代的理学家所吸收,并为封建统治阶级所改造利用,那是传统政治、文化发展的必然规律,责任并不在韩愈本人,也不在他那个时代。

韩愈在文学创作上提出的产生了深远的历史影响的"物不平则鸣"说,可以说是他继承正统的道统的一个证明。他说:"大凡物不得其平则鸣。草木之无声,风挠之鸣,水之无声,风荡之鸣,其跃也或激之,其趋也或梗之,其沸也或炙之。金石之无声,或击之鸣。人之于言也亦然,有不得已者而后言,其歌也有思,其哭也有怀。凡出于口而为声者,其皆有弗平者乎!"(《送孟东野序》)。韩愈提出这样的理论,固然和他的出身、经历和所处社会地位有关,但更重要的是从他时代的要求出发,发掘并继承了孟子、屈原尤其是司马迁的精神。《孟子》作为政论文,其实更多地不是平静、客观地"以理服人",而是以精神力量和内在的气势服人,其中最为光辉的部分倒未必在于它描绘了一幅"仁政"的理想图景,而在于它对不合理的现实的强烈的批判力量和对理想的执著的追求。屈原的价值并不在于他是一个"爱国诗人",而在于他通过怀沙自沉证明了理想与现实的不统一,从另一个侧面形象而又十分精警地证明了孔子多次说过的"邦无道"真理,后人也往往是在"美政"理想无由实现时才想起屈原的。同样,《离骚》的意义也就在于它的追索和怨刺。而司马迁的"发愤"说则直接开启了韩愈的"物不平则鸣"说,司马迁以己推人,连被汉儒逐渐政治意识形态化的《诗经》也作出了合乎己意的解释,他说:"《诗》三百,大抵圣贤发愤之所作为也","此人皆意所郁结,不得通其道也。"(《太史公自序》),孟子、屈原和司马迁的精神和思想其实正是原始儒家所提倡的最合理的一面,也是不容易被政治意识形态化的一面,韩愈的"物不平则鸣"说正是这种精神在中唐时期的新的表现。

不仅如此,韩愈还在《荆潭唱和诗序》中对"贵族文学"予以否定,他说:"夫和平之音淡薄,而愁思之声要妙;欢愉之辞难工,而穷苦之言易好也。是故文章之作,恒发于羁旅草野。至若王公贵人,气满志得,非性能而好之,则不暇以为。"这是与"物不平则鸣"说相表里的。这段话的意义不仅在于揭示了文学创作中规律性的东西,还反映了中下层地主阶级的文学思想,代表了传统文学观念中最有积极意义的一面。"物不平则鸣"与"穷苦之言易好"合为一个整体,奠定了后来中国散文乃至中国文学的创作、评论的基础理论,由于其中蕴含了对不合理的现实的批判精神、对理想的追求精神,使得它确实成为承前(孔孟、屈原、司马迁)启后(明中叶浪漫主义文艺思潮)的伟大的文学思想。

当然,如上所述,韩愈"物不平则鸣"等思想并没有突破传统观念,不过是传统文学内部的一种调适。韩愈在政治上经常遇到不平,他说:"贤者恒不遇,不贤者比肩青紫。贤者恒无以自

十四、在政治、哲学、文学之间

存,不肖者志得气满。贤者虽得卑位则旋而死,不肖者或至眉寿。不知造物者意竟如何,无乃所好恶与人异心哉?"(《与崔群书》),这显然是对社会不公的谴责,但他并没有要突破这种社会,所要求的不过是改良。在文学上也是一样,他"时有感激怨怼奇怪之辞,以求知于天下,亦不悖于教化"(《上宰相书》)。他固然反对"温柔敦厚"、"主文而谲谏"的传统文学创作和批评标准,但他也没有提出像明中叶浪漫主义文艺思潮时期所提出的冲突的美的原则,韩愈所要做的就是充分挖掘传统文学观念中的合理因素,使传统文学能够发展到自己应有的高度。我们不能离开具体的历史条件来要求韩愈,"左"的思维方式往往会使我们的违反历史主义的原则,只要从当时的历史条件来看是合理和进步的,我们就应该予以肯定。韩愈所倡导的古文运动正是与他的特定的时代的社会、政治的进步要求相契合事业。

　　韩愈提倡古文运动不久,柳宗元就积极响应,不仅在创作上相呼应,还提出了一些的理论,对韩愈的古文运动的理论作了重要的补充。由于他的创作实绩,终于成为古文运动的主将之一,可以说,由于柳宗元的思想是对韩愈思想的提高,由于柳宗元的参加,古文运动才灌注了更加充沛的生命力。柳宗元的议论文最能表现他的思想。同样提倡"道",在其社会性含义上,柳宗元与韩愈有所不同。韩愈的主张封禅,柳宗元反对封禅,韩愈辟佛老,柳宗元不辟佛老,就是对于儒家,韩愈取其"忧天下"、"兼济天下"的一面,柳宗元则取其"济生民之困"的一面,因此,相形之下,柳宗元的思想更具有开放性。柳宗元的思想融汇了儒、道、佛三家,在当时达到了一个新的思想高度。柳宗元议论文的代表作是《贞符》和《封建论》。《贞符》是一篇典型的"明道"之作,文章驳斥了前人有关帝王受命于天的论调,指出"未有丧仁而久居者,未有恃祥而寿者",要求天子努力实行仁政,按照社会的需要治理国家,摒弃鬼神,尊重人事。《封建论》则把"家天下"向"公天下"的过渡看作是必然的趋势,认为"封建"并不符合"圣人"之意,用事实说明了郡县制比分封制更具有优越性。并且进一步认为,一种社会制度的确立,不是由哪个圣人决定的,而是由社会发展的趋势决定的,所以从根本上否定了君权神授的观念。对于现实政治,他坚决反对藩镇割据,极力批驳恢复分封制的陈腐观念。在《送薛存义序》、《答元饶州论政理书》等议论文中,柳宗元认为人民并不是官吏的奴仆,相反,官吏应当是人民的仆役,这种观点虽然还是继承了儒家的民本思想,但其提法之尖锐明确,是前无古人的。他还意识到了社会矛盾是由贫富不均造成的,试图用平均土地的方法来解决。柳宗元的这些思想在当时是独立特殊的,后来的苏轼就曾经评论说:"宗元之论出而诸子之论废矣,虽圣人复起,不能易也。"(《秦不封建论》),更为难能可贵的是,柳宗元的这些思想并没有停留在纸上,而是积极地运用到实践之中去。尤其是在长期的遭贬期间,他忍受了物质生活和精神生活上的极大的困窘和痛苦,在永州贬所为民办了很多大事、好事,这是其他的封建官吏很少做到的。

柳宗元的人物传记最能够表现他的基本思想,他的传记不像以往的史书那样"为帝王将相做家谱",而是往往取材于那些被侮辱、被压迫的下层人物。如《捕蛇者说》通过"蛇"与"赋"的对比,揭示出了一种触目惊心的社会现实:"赋敛之毒有甚是蛇",愤怒地控诉了残酷的赋税制度对劳动人民的残害,反映了农村残破荒凉、人民流离失所、官吏凶暴的社会现实,揭露了当时的严重的社会矛盾。《种树郭橐驼传》更加意味深长,借一个社会最底层的种树者郭橐驼的种树之道来比喻居官之理,讽刺了那些根本不懂生产,不懂如何治理政事的官吏,尖锐地指出他们只会烦苛政令,干扰人民。同时,作者还表现了对劳动人民的深刻同情，认为万事万物都有自己的规律，居官之理应该顺应社会的自然规律，不要做戕害事物本性的蠢事。《段太尉逸事状》则歌颂了段秀实机智勇敢、不畏强暴、爱民如子的英勇事迹和优良的品德。他的讽刺的寓言更加具有战斗性。如《三戒》中的《永某氏之鼠》和《临江之麋》讽刺那些依仗大人物的庇护而为所欲为的小人在得失了时不知天高地厚，呈尽了丑态，一旦冰山倒塌，他们必将落得彻底灭亡的可悲下场。《黔之驴》则是讽刺那些外强中干、无德无才、徒具吓人气派饭桶官吏，并给予了有力的诅咒。《负(虫版)传》和《哀溺文》则是讽刺那些财迷心窍、贪得无厌的贪官污吏，画出了他们的丑恶灵魂。《罴说》与当时的藩镇割据的现实密切相关，警告朝廷不要像靠摹仿野兽的叫声来吓走其他的野兽的没有打猎本领的猎人那样，如果不励精图治，最终只能被藩镇吞噬。上述的思想内容大多是韩愈的散文所不具备的。

在文章的社会作用上，柳宗元在一定程度上超越了韩愈的孔孟之道，强调"辅时及物"，他说："仆之为文久矣，然心少之，不务也。以为特博奕之雄耳。故在长安时，不以是取名誉，意欲施之事实，以辅时及物为道。……然而辅时及物之道，不可陈于今，则宜垂于后。言而不文则泥，然则文者固不可少耶?"(《答吴武陵论非国语书》)，在《守道论》中，柳宗元还说："物者，道之准也，守其物、由其准，而后其道存焉。"在《时令论》中他更加明确地说："圣人之道，不穷异以为神，不引天以为高，利于人，备于事，如斯而已矣。"。柳宗元甚至在一定程度上反对韩愈的以孔孟之道为道，他说："其言本儒术，则迂回茫洋而不知其适；其或切于事则苟峭刻核而不能从容，卒泥乎大道。"，如果与上面所述的他的哲学思想相联系，可以看出，柳宗元显然不是以孔孟之道为道，而是根据历史的发展规律和具体的社会需要("时"、"物")

来确定自己的文章之道,这种思想再加以发展,施诸自然万物,就必然否定抽象不变的恒一之道,而认为一物有一物之道,一时有一时之道,其后的苏轼正是发展了这一思想,对传统的封建政治意识形态进行了有力的解构,终成为否定封建政治意识形态的滥觞。

在对创作动因的解释上,柳宗元与韩愈有共同之处。韩愈强调"物不平则鸣",柳宗元也认为文学的产生是由于"有其具而未得行其道"而激发出来的,但他不是像韩愈那样从创作者个人的角度出发来论述的,而是从"辅时及物"的"君子遭世之理"来看待文学产生的当然之理和当然状态的,所以他说:"君子遭世之理,则呻吟踊跃以求知于世,而遁隐之志息焉。于是感激愤悱,思奋其志略以效于当世。故形于文字,伸于歌咏,是有其具而未得行其道者之为之也。"(《娄二十四秀才花下对酒唱和诗序》),但联系柳宗元的思想即可看出,他虽然重视文学的社会作用,但不是要求文学有助教化,而是要求文学在"感激愤悱"中按照当然之理阐发新的道。

与上述的思想相适应,柳宗元在对待古文的态度上与韩愈有很大的区别。韩愈倡导复古,但反对拟古,在当时具有进步意义。韩愈说:"惟古于词必己出,降而不能乃剽贼。后皆指前公相袭,从汉迄今用一律,寥寥久哉莫觉属。神徂圣伏道绝塞,既极乃通发绍述。文从字顺各识职,有欲求之此其躅。"(《南阳范绍述墓志铭》)。"词必己出"可以说是韩愈熔铸古人的创作性的发明,也是古文运动理论的精华所在,韩愈也确实在自己的创作实践中典范性地实现了自己的这一主张。然而,柳宗元又远远地超过了这一境界,他说:"凡人可以言古,不可以言今。……诚使博如庄周、哀如屈原、奥如、孟轲、壮如李斯、峻如马迁、富如相如、明如贾谊、专如扬雄,犹为今之人笑,则世之高者至少矣。由此观之,古之人未始不薄于当世,而荣于后世也。"(《上杨京兆凭书》),"荣古虐今者,比肩叠迹。大抵生前不遇,死而垂声者众焉。扬雄没而《法言》大兴,马迁生而《史记》未振。彼之二子且犹若是,况乎未堪闻著者哉!"(《与友人论为文书》)。"古之人未始不薄于当世,而荣于后世也",不仅是中国文学发展的规律性的总结,实际上也是中国历史、文化发展的规律性的总结。柳宗元提出这一观点的目的就是要打破"荣古虐今"的惯例,要求开辟一种与之相反的新的思维方式和新的文学发展道路。

因此,从哲学思想、政治思想、文艺思想等各个方面讲,柳宗元都是杰出的,与韩愈相较,他站到了他那个时代所能达到的最高点。从文学的角度看,柳宗元的思想开启了从补天文学(汉唐文学)到决裂文学(明中叶浪漫主义文学)的先声。柳宗元的文学思想实际上对宋代苏轼的影响很大,经过苏轼的过滤和升华,这种思想便更加心理本体化,直到必要的历史条件出现(资本主义工商业萌芽)之后,这种思想才闪烁出夺目的光辉。

任何一种思想的出现都有其内在的、漫长的历史孕育过程,韩愈、柳宗元的文学思想从各个侧面对后代的各种文学思想产生了各种影响,同样,韩愈、柳宗元的文学思想也是从历史的孕育中产生的。如前所述,韩愈在某些方面主要是继承了原始儒家的合理的文化理想的一面,在中唐这个需要补弊救偏、拯危挽颓的历史时期凸显出来,那么,柳宗元的文学思想的出现又是历史的必然吗?回答是肯定的。首先,中唐是一个政治意识形态较为软弱的时期,为新思想的萌芽提供了宽松的环境;其次,中唐又是一个希望恢复汉唐盛世的时期,这就需要有新的思想;其三,以复古为革新是中国政治、文化改革的老路,把传统中的文化理想的因素注入现实中,应该是一种较为合理的改革方式,但这种革新决不可能是一种简单的循环,每次改革总会有一点新的东西出现,甚至是对传统的文化理想的进一步挖掘和革新。正是这些条件的交互作用,才促使了柳宗元思想的出现。尤其需要指出的是,柳宗元的思想正是对传统文化理想的进一步的挖掘和革新。如果说韩愈的道还受到汉代政治意识形态深刻影响的话(如把古道当作恒一不变的东西),柳宗元的道倒是继承了原始儒家的活的灵魂,他对历史发展的看法和今胜于昔的观点是真正符合孔孟之道的。从一定意义上说,柳宗元冲破了汉儒设置的重重雾障,对原始儒家的某些观点作了创造性的发展。

如果说韩愈是在人的精神领域为中唐的政治改革提供一套传统的图景的话,柳宗元则是根据当时的历史条件为之描绘一幅新的蓝图,这也正是历史提供给他的一个契机。因此,韩愈的观点是比较容易为时人所接受的,影响自然也就比较大,柳宗元的观点似乎离人们的思想实际比较远,影响自然就不及韩愈。虽然在贬谪以前上门求教的人就很多,遭贬以后,"蘅湘以南为进士者,皆以子厚为师",其山水游记和寓言也开创了两种新的文体,但当时的影响终不及韩愈。然而,柳宗元的影响在未来,并以一种潜隐的方式进行着。

3. 宋代的"文人政治"与新古文运动

宋代是我国散文发展史上的重要时期,欧阳修、苏轼等人在继承了唐朝古文运动的基础上掀起了诗文革新运动,又称新古文运动。将唐朝的古文运动的未竟事业进一步完成,形成了与先秦两汉散文媲美的新的散文形态,确立了新散文在后代的牢不可破的统治地位,也是中国传统散文的中国封建社会后期的最主要的形态。

中国历史发展到宋代,影响中国散文发展变化的政治、经济、文化等诸方面的因素与前代大不相同。与唐朝相比,宋代的社会政治情形有了很大的不同。首先,宋朝鉴于五代亡国的教训,分割武将的权力,十分重视文人,形成了以文统武的局面,不仅在官衔和俸禄上优待文人,还广开言路,为文人议政提供一定的保障。宋太祖建武五年(962),曾立下"戒碑",要求"不得杀士大夫及上书言事人","子孙有渝此誓者,天必殛之",(《宋稗类抄》卷一)这在整个传统社会里似乎是绝无仅有的。还有一个十分重要的因素,就是宋朝科举取士比唐朝规模更大,一般的寒门庶族子弟都有机会由科举而得官,这使得宋朝呈现出"名臣辈出"的局面。这种做法虽然有种种弊端,但确实给宋朝带来了长久的安定和发展,两宋国祚之长,恐怕是"三代"以下绝无仅有的。南宋的洪迈在《容斋随笔》中总结北宋时的得失时,就曾十分自豪地说北宋久享太平是前逾古人的。在这种总的形势下,宋朝的文人有更充裕的时间来研究学问,因此,无论诗歌还是散文,书卷气都有比唐人浓得多;由于宋朝对于文人言政比较开明,甚至在科举考试中用议论政事的策论来取代了唐代的诗赋,因此,宋人也就比唐人更为善于议论。"本朝百事不及唐,然人物议论远过之"(《陆九渊集》卷34引王顺伯语),宋人的这个自我感觉,是十分准确的。同时,在文风上反而逐渐摆脱了唐人复古的模式,比唐人更加自由,具体表现在创作上就是逞才使气。然而,由于宋朝已经失去唐朝的那种昂扬向上的精神,两宋时期总的来看始终没有摆脱积贫积弱的状态,外患与内忧一直是两宋无法解决的问题,文化上的外向开拓精神逐渐转换成一种仅供体味的情感,并向心理本体积淀,文学自身发展的规律也就使得宋朝的文学逐渐倾向于表现人们的内心的情感世界,使中国开始由汉唐的"外向"偏向了宋代的"内倾"。

　　因此,学问、议论、自由和"内倾"等因素的融合与彼此间的消长便构成了宋代文学的主要特点,当然也包括散文的特点在内。严羽在《沧浪诗话》中说的"以文字为诗,以议论为诗,以才

十
四
、
在
政
治
、
哲
学
、
文
学
之
间

学为诗"应该不仅仅适合于宋诗,对于散文等文学样式也是颇有概括力的。

韩愈倡导的古文运动本身有着明显的缺陷,韩愈把"文"看成是"明道"的工具,而"道"的内容又多是正统的儒家思想,在具体实践上很容易偏重于封建伦理道德和等级秩序,很容易滑向卫道的一面;在形式上,韩愈的散文有追求险怪的毛病,当时就有人指出并反对他的文风。不过,在韩愈那里,这些缺点是不足以掩盖他的巨大成绩的,但到了韩愈的继承者那里,却片面地发展了古文运动的这两方面的缺点,使古文运动发生了分化,形成了两种不同的倾向。韩愈的大弟子李翱片面强调了"明道"的一面,这就把文章完全当了教化的工具;而另一大弟子皇甫湜虽然注重了古文中"文"的一面,但又极力倡导艰涩险怪的文风,这就形成了新的形式主义。古文运动本身走向了末路。更重要的是黄巢大起义给唐王朝以致命的打击,统治集团完全丧失了在意识形态领域拯救唐朝的信心,于是,悲观失望、消极颓废的情绪重占上风,在生活上沉于声色,醉生梦死,反映在文学上就是形式主义、唯美主义重新抬头。中国的封建政治制度发展到了宋代已经趋向烂熟,所以,那时的人们已经意识到没有什么新的路子可走,只要因循前代就可以了。因此,宋初的统治者与汉唐初年的统治者大有不同之处,这就是他们并不要求文臣总结前代的历史经验,而优游宴乐则比前代有过之而无不及。另外,经过五代的战乱之后,宋初人心思定,经济有所发展,社会比较安定,因此,统治集团就更加希望文人们粉饰太平。在这种情势下,杨亿的西昆体统治了文坛。

尤其需要看到的是,与唐代相比,宋代的工商业有了很大的发展,城市的功能也有了很大的改变,这种新的社会存在就必然冲击传统观念。唐代的长安固然繁华,但坊市制度十分严格,坊有坊门,市有市门,均由专人掌管,定时启闭。市门平明才开,黄昏即合,这还是比较典型的封建城堡式的城市,而不是商业性的都市。宋代的城市则一改唐制,据孟元老《东京梦华录》记载,汴梁"坊巷院落纵横万数,莫知纪极。处处拥门,各有茶坊酒店、勾肆饮食。……夜市直至三更才尽,五更又复开张。如要闹去处,通晓不绝。",市民的生活则是"垂髫之童,但习歌舞,斑白之老,不识干戈。…… 新声巧笑于柳陌花衢,按管调弦于茶坊酒肆。……伎巧则惊人耳目,侈奢则长人精神。"在这种情况下,确实是容易使得"人心不古"的。有人在谈及两宋的瓦舍时说:"顷者京师甚为士庶放荡不羁之所,亦为子弟流连破坏之门","今贵家子弟郎君因此荡游破坏,尤甚于汴都也。其杭之瓦舍,城内外合计有十七处"。面对这种局面,北宋的程颐惊呼道:"今礼制未修,奢靡相尚,卿大夫之家莫能中礼,而商贩之类或逾王公。礼制不足以检饬人情,名数不足以旌别贵贱。诈虞攘夺,人人求厌其欲而后已。"(《陈治法十事》),实际上这是新兴的市民生活与传统的封建意识形态发生了矛盾,要求有新的意识形态与之相适应。然而,宋代的市民阶层毕竟还不够强大,再加上外患和动荡,不可能总结出比较完备的哲学、思想系统。然而,就是这一点市民萌芽,已经给传统文化的发展提供了新的元素。

　　对北宋的新古文运动直接发生重要影响的是北宋初期就开始逐渐形成的"文人政治"。在中国士大夫的政治演生的历史进程中,宋代是一个十分重要的时代。自从汉武帝从政治意识形态上把帝王与圣人集于一身、政教合为一体之后,中国的士大夫便开始了明确的抗争。汉代发生过两次"党锢之祸",从政治的角度讲是正义与邪恶的斗争,是正直官吏与专权的宦官、外戚的斗争,但如果从文化的角度来考察,就可以看出,实际上是对"王圣"观念的抗争和冲击,是在争取学统尤其是道统的合法地位。

在这方面,唐代在一定程度上沿袭了汉代,唐代的多次朝政改革主要是出身庶族的下层士大夫为了争取政治出路——同时也是为了实现自己的政治理想——而要求削弱皇帝的特权和宦官、外戚等官僚集团的权力,由于唐代的封建制度比较成熟,政策调适得比较好,因此没有发生汉代的"党锢之祸"之类的事。然而,这种斗争的模式仍然是庶族士大夫要求削弱皇权的斗争,与汉代的"党锢之祸"相比并没有本质的区别,因此,我们姑且把汉唐政治叫做"皇权政治"。

到了宋代,其情形大有改观,已如上述,宋初的帝王乃至两宋的帝王鉴于前代的灭亡的教训,都非常重视庶族文人,事实上,经过唐代的消化,宋代已经完全没有了六朝以来的门阀士族观念(而这种观念是盛行于唐初甚至贯穿于整个唐代的),所以,宋朝的士大夫基本上没有士、庶之别的观念。应该说,中国历史发展到宋代,封建政治、经济、文化都进入了十分成熟的阶段,是中国封建社会的"民主时期"。与唐代相比,宋代朝廷中的官僚集团的特点也有了很大的不同。晚唐的牛、李党争相争近四十年,两派相互倾轧陷害,完全靠不同的皇帝的信任来压倒对方,并不是为了什么共同的政治主张而结成政治集团,所以其性质是争权夺利,比王叔文等人的团结同道、改革朝政、争取权力远远不如。北宋的庆历新政、熙宁变法、元祐更化等时期的确也形成了一些官僚集团,但他们基本上是以各自的观点为依据来选择自己的归属的,其间的争论也基本上是平等的。这其中当然不排除宵小得势,但这并不能改变这些政治集团及斗争的新的性质。"朋党"一词,在宋代以前是讳莫如深的,在宋代还是令人戒惧的话题,张溥说:"仁宗景祐三年,戒群臣越职言事。宝元元年,戒百官朋党。庆历四年,戒朋党相讦。数年以来,揭之诏书,惟恐人言。以恭己乐受之君,念诽谤妖言之律,岂其中心哉? 宰相主之,左右助之。天下所非,谓之孤立,天下所是,谓之朋党。虽甚神圣,或暴或寒,莫能自必也。"(《宋史纪事本末》卷 29),然而对朋党的戒惧恰恰反衬出宋人对朋党的坦然的态度。当范仲淹被人指为"朋党"之时,他就曾对仁宗说:"人以类聚,物以群分。自古以来,邪正在朝,未尝不各为一党,不可禁也,在圣上鉴辨之耳。",朋党一事在北宋不仅可以公开谈论,进而成为辩论的题目,甚至公开承认自己属于某党,其开明是前无古人的。北宋之初的王禹偁就写过一篇《朋党论》,认为君子、小人各有其党,而且"朋党之来远矣,自尧舜时有之",只是由于"人君恶逆而好顺,故小人道长、君子道消也",其大胆和犀利,有振聋发聩之感。但后来的欧阳修被人指责为"朋党",他根据当时的具体情况,觉得王禹偁的《朋党论》不够深入,又写了更为著名的《朋党论》。欧阳修在文中列举史实、针砭时弊、训斥天子,尽颂君子之朋,痛贬小人之党,均可谓无所顾忌、痛快淋漓。

纵观北宋初年、庆历新政、熙宁变法以及元祐更化等政治改革、变动时期,可以看出,此时的士大夫所考虑的已经不是如何削弱皇权,如何取得皇帝的宠信,而是考虑如何征服持不同政见者,在皇权的统治下,除了元祐更化时期小人当政、迫害异己外,一般说此时的士大夫是相对自由、平等的,因此,这就形成了与唐代不同的政治模式,在一定程度上具有了政党的性质,姑且称之为"文人政治"。"文人政治"对新古文运动的最大影响就是创造力的自由发挥。

唐代的古文运动没有解决原来的问题,到了宋代又面临着新的问题,在上述的双重背景下,宋代的诗文革新运动一方面要继续解决中唐的古文运动没有解决的问题,另一方面又必然具有新的时代特点。

与中唐的古文运动一样,宋代的新古文运动也经历了一个发展、高潮、结束的过程。其先驱者有柳开、王禹偁、梅尧臣、石介等，欧阳修将新古文运动推向了高潮，而苏轼则把新古文运动的终点当作自己的起点，创造出了一种新的文格与人格，成为中国封建社会后期的思想解放的先声。

宋初的柳开就已经开始反对晚唐的浮靡文风，他服膺韩愈，继承了他的古文运动的理论，再次提倡古文。他说："古文者非在辞涩言苦，使人难读诵之；在于古其理，高其意，随言长短，应变作制，同古人之行事，是谓古文也。"(《应责》)，但柳开的理论过于偏重于古文的明道作用，认为"文章为道之筌"，"文恶辞之华于理，不恶理之华于辞"(《上王学士第三书》)，他的这种思想与后来的石介的思想相呼应，开创了新古文运动的重道轻文的一面，并为后来的道学家所利用。在柳开以后，新古文运动的矛头首先指向了杨亿的时文西昆体。西昆体由杨亿编的《西昆酬唱集》而得名，集中收罗了他和刘筠、钱惟演、李宗锷等十七人相互唱和的诗，这些诗都是在他们奉旨预撰《册府元龟》时于秘阁中所作，西昆派诗人推崇李商隐的诗，但实际上只是发展了李商隐的诗中的柔弱浮艳的倾向，因此，这些诗往往是堆砌辞藻和典故，无病呻吟，缺乏现实内容。在散文创作方面，他们又刻意模仿李商隐的"四六体"骈文，写出的只是一些讲究声韵、对仗、辞藻、典故的形式主义作品。对于他们的这种散文，时称"四六"(即骈四俪六的骈体文)时文。由于这些人官位很高，主宰了文坛，再加上统治者的推崇，尤其是这种文体在科举应试时得到提倡，变成了士子们做官的敲门砖，因而造成了很大的影响，形成了一种风气，韩愈的古文不再受人重视。

对于这种现象，连当时皇帝都感到了忧虑，据《祥符诏书记》记载："祥符二年，翰林学士杨亿、知制诰钱惟演、秘阁校理刘筠，倡和《宣曲》诗，述前代掖庭事，辞多浮艳。真宗闻之曰：'辞臣，

学者宗师也,安可不戒于流宕?'乃下诏曰:'国家道莅天下,化成
域中,敦百行于人伦,阐六经于教本,翼斯文之恢古,期末俗之还
淳。而近代以来,属辞多弊,侈靡滋甚,浮艳相高,忘祖述之大
猷,竞雕刻之小巧。爰从物议,卑正源流。咨尔儒服之人,示乃
为学之道。夫博闻强识,岂可读非圣之书;修辞立诚,安可乖作
者之制?必思教化为主,典训是师,无尚空言,当遵体要。……"
在这期间,穆修、尹洙尊崇韩、柳,刻印韩、柳文集,抵制西昆体的
影响,实际上成为新古文运动的发起者。梅尧臣的理论和创作
都较有影响,他主张儒家的美刺兴寄说,要求"自下而磨上",认
为诗文应该反映下层人民的呼声,鞭挞不合理的现象。他的理
论对后继者产生了积极的影响。石介受到了柳开的影响,重道
轻文,但他在反对西昆体上最为激烈,他作《怪说》三篇,历数当
时意识形态中的怪相,其中篇有云:"今杨亿穷妍极态,缀风月,
弄花草,……破碎圣人之言,离析圣人之意,蠹伤圣人之道,使天
下不为《书》之《典》、《谟》、《禹贡》、《洪范》,《诗》之《雅》、《颂》,
《春秋》之经,《易》之'繇'、'爻'、'十翼',而为杨亿之穷妍极态,
缀风月,弄花草,淫巧侈丽,浮华纂组。其为怪大矣!"石介的思
想与真宗的诏书相应和,终于拉开了扫荡西昆体、建立新文体的
序幕。

范仲淹是集政治改革与文风改革于一身的典型人物,通过
他我们可以看到古文运动与政治改革的密切关系。范仲淹本来
是庆历新政的首脑人物,但却十分反对杨亿的时文之风,他认
为,杨亿之后,"学者刻辞镂意,有希仿佛,未暇及古也。其间甚
者专事藻饰,破碎大雅,反谓古道不适于用,废而弗学者久之。"
(《尹师鲁河南集序》)。其实,他对于文风改革的关心似乎并不
亚于政治改革,其实,他是把这二者看成是二而一的事。他在
《奏上时务书》中有这样的论述:"臣闻国之文章,应于风化,风化

厚薄,见乎文章。是故观虞夏之书,足以明帝王之道;览南朝之文,足以知衰靡之化。故圣人之理天下也,文弊则救之以质,质弊则救之以文。质弊而不救,则晦而不彰;文弊而不救。则华而将落。前代之季,不能自救,以至于大乱,乃有来者起而救之。故文章之薄,则为君子之忧;风化其坏,则为来者之资。圣帝明王,文质相救,在乎己不在乎人。《易》曰:'穷则变,变则通,通则久。亦此之谓也。'伏望圣慈与大臣议文章之道,师虞夏之风。况我圣朝千载而会,惜乎不追三代之高,而尚六朝之细。然文章之列,何代无人,盖时之所尚,何能独变?大君有命,孰不风从?可敦谕饬厉,兴复古道。更延博雅之士,布于台阁,以救斯文之薄而厚其风化也,天下幸甚。",这样的奏章,其气势并不比他上书言"十事"、献"三论"进行政治改革时差,其责任感也不比上《百官图》时弱,何以如此? 原来,在范仲淹看来,"前代之季,不能自救,以至于大乱",六朝、晚唐所以灭亡,文风颓靡而"不能自救"起码是与政治腐败同样重要的原因。他在《上时相议制举书》中也说:"今文庠不振,师道久缺,为学者不根乎经籍,从政者罕议乎教化,故文章柔靡,风俗巧伪,选用之际,常患才难。"在这里,范仲淹更进一步申明了"风俗巧伪"与政治腐败是孪生兄弟。所以他才称"虞夏之书",黜"南朝之文",称"三代之高"而贬"六朝之细。"他希望通过"厚其风化"、"兴复古道"、"救斯文之薄",来矫正"师道",培养人才,改变风俗,进而推进政治改革,走的正是一条从思想入手而进行政治改革的正确道路,这也正是中国古文运动与政治改革始终相关的根本原因。

前述诸人在文风改革上虽然取得了一定的成就,但这场新古文运动直到欧阳修才达到了高潮。欧阳修不仅通过自己的理论和创作对文风作示范性的改革,还利用知贡举的便利条件贬抑华而不实、艰深险怪的文风,注重古朴平易、有现实内容的文

章,并趁录取考生的大好时机来奖掖后进,培养了一大批有志于革新文风的年轻士子,壮大了革新势力。欧阳修以自己的理论、文章和师长(古时士子称录取自己的考官为师长)的身份全方位地推动了新古文运动,经过苏轼等人的努力,终于获得了巨大的成功。

欧阳修的思想基本是属于儒家的,他在《答吴充秀才书》、《读李翱书》、《答李翱第二书》、《与张秀才第二书》、《居士集序》等文章中,也明确地提出"道"对"文"的决定作用,但他的"道"的具体内容与柳宗元的"道"有相近之处,即主张要将古道加以变通,使之适用于现实,有补于现实,并要亲身实践。欧阳修的新古文运动的理论主要继承了韩愈的古文运动理论,同时也吸收了宋初王禹偁、梅尧臣以及反对西昆体的石介等人的理论和做法,强调道对文的决定作用。《答吴充秀才书》是欧阳修集中阐述自己有关理论的代表作,在文中,他提出了"道胜者文不难而自至"的著名观点,严肃批驳了那种"吾文士,职于文而已"的看法,反对文士只沉溺于文而"弃百事不关心"的态度,指出文士如果只着眼于文而不为道,必然"愈力愈勤而愈不至",结论是只有"道充"才能写出"纵横高下皆如意"的文章。因此,他十分反对那些尊崇"性理之学"的迂儒。在这种基本观点的指导下,他的议论文大多具有深刻的现实意义。如著名的《朋党论》提出了"君子与君子以同道为朋"、"小人与小人以同利为朋"的论断,显然是继承了韩愈的《柳子厚墓志铭》中的有关思想,但又比韩愈的观点更加概括和深刻。《纵囚论》从唐太宗务虚名而无实效等处驳难,结果把唐太宗纵囚回家的历史"佳话"一笔扫倒,其驳难直可以与王安石的《读孟尝君传》媲美,直接批判了当时图务虚名的不良政风。另外,《上范司谏书》和《与高司谏书》等也是关注现实的好文章。在史论散文中,《五代史伶官传序》提出了"盛

十四、在政治、哲学、文学之间

衰之理,虽曰天命,岂非人事哉!"的著名论点,不断申明"忧劳可以兴国,逸豫可以亡身","祸患常积于忽微,而智勇多困于所溺"等警戒性的断语,通过盛衰兴亡、得失成败的强烈对比,突出了后唐庄宗李存勖的历史悲剧的根源所在,得出了"抑本其成败之迹,而皆自于人欤"的结论。苏轼说欧阳修的文章"其言简而明,信而通,引物连类,折之于至理,以服人心。"(《居士集序》)是很能概括欧阳修议论文的风格的。

然而,欧阳修的理论是很开放的,他并没有重道轻文,他在谈到道的重要性的时候,往往也谈到文的重要性,而他的道已如上述,也并不是封建的僵固的伦理道德。如他在《与乐秀才第一书》中说:"闻古人之于学也,讲之深而信之笃,其充于中者足,而后发于外者大以光。",这似乎是以道压文了,但下边接着说:"今之学者或不然,不务深讲而笃信之徒,巧其词以为华,张其言以为大。夫强为则用力艰,用力艰则有限,有限则易竭。又其为辞,不规模于前人,则必屈曲变态,以随时俗之所好,鲜克自立。此其充于中者不足,而莫自知其所守也。"。作为一个杰出的散文家,他对于文的重要性给予了充分的重视,尤其在他的晚年,当西昆体的形式主义文风基本克服以后,更是这样。他在《送徐无党南归序》中发展了"立德"、"立功"、"立言"三不朽的观点,进一步充分肯定了文的相对独立性。他在《代人上王枢密求先集序》中更说:"言以载事,而文以饰言。事信言文,乃能表见于后世。……甚矣,言之难行也。事信矣,须文;文至矣,又系其所恃之大,以见其行远不远也。",这就十分明确地指出了事、言、文之间的不可替代的关系。与此相适应,在文学创作论上他坚决反对"有德者必有言"的理论,而是继承和发展了韩愈的"物不平则鸣"说和"欢愉之辞难工,而穷苦之言易好"的思想,对传统的文学创作观念有所突破,他指出只有"失志之人","穷居隐约,苦心

十四、在政治、哲学、文学之间

危虑"，"感激发愤"才能"寓于文辞"。他说："君子之学，或施于事业，或见于文章，而常患于难兼也。盖遭时之士，功烈显于朝廷，名誉光于竹帛，故常视文章为末事，而又有不暇与不能者焉。至于失志之人，穷居隐约，苦心危虑，而极于精思，与其有所感激发愤，惟无所施于事者，皆一寓于文辞。"(《薛简萧公文集序》)，在此基础上，欧阳修还进一步提出了"穷者而后工"的观点："凡士之蕴其所有而不得施于事者，多喜自放于山巅水涯。外见虫鱼草木风云鸟兽之状类，往往探其奇怪；内有忧思感愤之郁积，其兴于怨刺，以看作羁臣寡妇之所叹，而写人情之难言，盖愈穷而愈工，然则非诗之能穷人，殆穷者而后工也。"(《梅圣俞诗集序》)。

如果说韩愈的"物不平则鸣"说和"欢愉之辞难工，而穷苦之言易好"的思想还仅仅是指出了文学创作的规律的话，那么，欧阳修就分析了这种规律产生的内在原因，并进一步论及了文学创作的特征。尤其需要看到的是，这是对汉代以来正统的文学本源论的一种挑战和革新，欧阳修一反文学来源于道、道德、伦理等僵化禁锢的观念，认为优秀的文学来源于人对现实强烈的感受，来源于人"内有忧思感愤之郁积"的强烈的现实情感。这不仅对于当时的文艺思想是一种解放，即使对于当时的整个意识形态都有一定的影响。而这些正是在当时的社会经济条件和"文人政治"的比较自由的状态下产生的。

欧阳修文艺思想的开放性还在于不避俗见，敢于对一切有益的东西兼收并蓄，他曾经十分郑重地提出了对西昆体的批判继承问题，他说："往时作四六者，多用古人语及广引故事，以炫博学，而不思述事不畅。近时文章变体，如苏氏父子以四六叙述，委曲精尽，不减古人。自学者变格为文，迨今三十年，始得斯人。不惟迟久而后获，实恐此后未有能继之者。自古异人间出，前后参差不相待。余老矣,乃及见之,岂不为幸哉!"(《笔说》)。
他批判了四六时文的弊病,但并没有一笔抹煞骈俪文章的优点,
并举出苏氏父子的文章兼收骈俪文体的"委曲精尽",是新古文
运动三十年来最杰出的代表。欧阳修大概是接受了中唐古文运
动的教训,防止重蹈覆辙,从一个极端走向另一个极端。

总起来看,欧阳修的新古文运动的理论有三大贡献:一是比
较正确地论述了文、道关系;二是对传统的文学本源论有比较自
觉的革新;三是兼收并蓄,保持理论的开放性,防止各种片面性
的出现。

欧阳修的后继者苏轼不仅把新古文运动推向了另一个高
度,还在思想上达到了一个新的高峰,他处于魏晋时期和明中叶
浪漫主义文艺思潮时期的两次人的觉醒中间,登上了传统士大
夫人格的最高境界,为明中叶浪漫主义文艺思潮时期的诸思想
家和文艺家所宗法。苏轼的一生,可谓是"文人政治"时代人格
自觉的典型。在"文人政治"的时代,苏轼的政治热情是很高的,
因此写出了很多优秀的论说文。在思想上,苏轼融汇了儒、道、
佛三家,成为"蜀学"的核心人物,但苏轼并不像有些人所说的那
样是"杂家",实际上,苏轼对三家的思想进行了超越,取其各自
倾向自由和思想解放的一面,建立起了一种比较自由的思想和
文艺观。苏轼一生倾慕陶渊明,但他与陶渊明最大的不同就在
于他超越了陶渊明乘化委运的思想意识,通过发展孟子的"养气
说",吸收禅宗的即心即佛的思想、支遁的"适足"心理以及道家
的自然观,从根本上解决了人生不能永恒的烦恼,确立了"气"与
"神"可以永存于天地之间的坚定信念。因此,苏轼做到了有史
以来真正的旷达和执著,苏轼的精神超越不离对现实的执著,他
从细微的现实生活中体味生命的本体,建立了以感性的心理自
由为指归的审美人格。

十四、在政治、哲学、文学之间

中国的传统文化发展到宋代已经烂熟，由唐到宋的文化衰变十分清楚地显示出中国文化的特点：走向内心。至北宋时期，传统文化的早期所呈现出的汉、唐开拓精神已消失殆尽，士子文人明显地感到复兴汉唐精神已经无望，便纷纷退避内心，这大概也是北宋文化繁荣的原因之一。然而，较为发达的市民商业经济又要求传统文化为自己的生活方式找到根据和解释，所以，在这一时期，儒、释、道比以往任何时候都更容易交汇融通，更容易在文化上撞击出前所未有的新东西。在各种历史因素的挤压下，士大夫不仅无法在社会功业中实现传统的文化理想，在人生方式上也陷入了思考和困惑，对人生的思考就凸现出来，确立什么样的人生态度似乎显得比什么都重要。苏轼作为一个天才的诗人、睿智的哲人，当然会最为敏锐地觉察到这些，而他的坎坷遭遇，又为他提供了他人无法得到的感悟人生的外在契机。更重要的是，苏轼虽然遭受了异党和小人的排斥和陷害，但相对"皇权政治"，朋党之争的"文人政治"还是相对自由的，所以他能够在文艺创作和人生方式等方面充分发挥自己的创造力。

苏轼的自由心理本体的建立在中国历史上有着重大的意义。它首先是离经叛道的，对传统的儒、释、道等人生模式进行了有力的解构，为人们提供了寻求新的人生模式的可能。苏轼的人生模式固然不能为现实生活中的大多数人所效法，但它的意义不在当时，而在未来。明中叶那些"眼空千古"的启蒙思想家大骂孔子，却几乎都推崇苏轼，李贽就十分喜爱苏轼的著作，说："心实爱此公，是以开卷便如与之面叙也。"（《与焦弱侯》），他认为别人都没有领会苏轼诗文的好处，所选尽其糟粕，自己编《坡仙集》四卷，"俱世人所未取"，并说："世之所取者，世人所知耳，亦长公俯就世人而作也。至其真洪钟大吕，大扣大鸣，小扣小应，俱系精神髓骨所在，弟今尽数录出。时一披阅，心事宛然，如对长公披襟而语。"(《复焦弱侯》)。明代的董其昌说王阳明的心学"其说非出于苏(轼),而血脉则苏(轼)也"(沈德符《野获编》卷27),也是极有见地的话。

其实,苏轼的意义并不仅仅在于对明中叶的启蒙思想和浪漫主义文艺思潮有所影响,其中的合理因素还在于其不断解构僵固的政治意识形态,不断追求建立新的人格,所以,即使在现实和将来,苏轼也不会完全失去意义。

综上所述,唐宋两代的古文运动既有联系,又有很大的区别。其联系之处在于,宋代的诗文革新运动承续唐代古文运动的精神,以文学改革来推动政治改革;其区别之处在于,唐代的古文运动总体上倾向于道德秩序的重建,而宋代的诗文革新运动则发展了唐代古文运动的新的因素,将文学改革和政治改革指向了未来。因此,唐宋两代的这两次重大的文学改革运动在其成因和指向上有着极大的不同。

无论是唐代的古文运动还是宋代的新古文运动,都是在政治、哲学、文学的张力中展开的,没有这样的张力,不仅唐宋古文运动,就是整个中国散文也许不会有这样的成就和影响。正在这样的张力中,中国传统散文走完了自己的生命历程。也许,有人说散文不是纯文学,我们要提出的问题是,离开了政治、哲学、文化的背景和底蕴去考察所谓的"纯文学",到底有多大的意义和可能。

十四、在政治、哲学、文学之间

十五、在"载道"与"崇文"之间

——传统散文中的文、道观

在中国文学艺术的整个发展过程中,是崇文还是载道自始至终是不同的文艺思想的重要分野,也是争论乃至斗争的核心。由于散文的独特的政治品格,文与道的关系在散文中的表现比在任何其他艺术门类中的表现都更为集中和突出。应当说,中国古代散文主要就是在载道与崇文的不断的深入选择和二者之间的相互融通激荡中发展完成的。因此,考察中国散文中的文、道关系也就成了了解中国散文精神必不可少的内容。

1. **"文质彬彬"与文、道观念的发端**

考察文与道的关系,必然要追溯到中国文化突破时期原始儒家的有关观念,这些文化观念的确立,奠定了后世文、道观念的基础。

在某种意义上说,中国传统文化是主要关于人的文化,作为传统文化的主流,儒家学说从本质上讲是关于人的学说,是人学,儒家学说以人为起点,以人为终点,因此,包括散文理论在内的一切文艺思想和理论都是从这种人学中发展和分离出来的,尤其是与现实政治密切相关的散文理论中的文道观,更是直接承继了儒家的人学中对人的本质的规定,只有弄清了儒家关于人的本质的规定,才可能对后世文道观念尤其是道的观念作深入的理解。

人是什么？"人之异于禽兽者几希"，"非特二足而无毛也"，孟子和荀子的这些话明确地指出了人与动物的区别决不仅仅在于外在的形态，而在于其内在的区别。在孔子那里，按照道德修养水准的高低，人依次分为三个等级：即小人、君子和仁人。小人太低，只靠小人不仅无法建成理想的社会，甚至无法维持现状，而仁人太高，孔子认为很少有人能够达到这样的高度，那是一种理想的人格，因此，孔子把介于二者之间的君子当作人的代表，对君子的品格进行了明确的界定：

子曰："质胜文则野，文胜质则史。文质彬彬，然后君子。"（《论语·雍也》）。"质"是什么？孔子解释得十分清楚。如《论语·颜渊》曰："夫达也者，质直而好义。"《论语·子张》："子曰：'君子以义为质，礼以行之，孙（逊）以出之，信以成之'。在《论语》中，"仁"与"义"互现互成，而仁义与道德又是统一事物的不同侧面，因此，仁义道德是"质"的中心内容。"文"是什么？孔子认为，一个人的行为方式就是文，他说："敏而好学，不耻下问，是以谓'文'也。"（《论语·公冶长》）而这样的"文"并不是单一的，而是十分全面的："子路问成人。子曰：'若臧武仲之知，公绰之不欲，卞庄子之勇，冉求之艺，文之以礼乐，亦可以成人矣。"（《宪问》）。《礼记·表记》中则阐述得更为明确："君子服其服，则文以君子之容；有其容，则文以君子之辞；遂其辞，则实以君子之德。是故君子耻服其服而无其容；耻有其容而无其辞；耻有其辞而无其德；耻有其德而无其行。""野"是什么？《论语》中把质而少文的乡野之人称为"野人"。"史"又是什么？皇侃《论语义疏》释"史"为"虚华无实"，"多饰少实"。如何理解"彬彬"也是关键，朱熹在《四书集注》中说："彬彬，犹班班，物相杂而适均之貌。"必须注意的是，这里的"相杂"不是简单的外在的混杂，而是内在的

十五、在「载道」与「崇文」之间

调适。由此我们可以看出君子(也就是人)的本质是什么了。

如何理解"文质彬彬,然后君子",是关系到如何理解原始儒家如何规定人的本质的重大问题。孔子以仁释礼,把礼的本质规定为仁,实际上是仁、礼一体,体用不二的。但用今天的"话语"来"解读",据说礼就是形式,仁就是礼的内容。实际上,即使是本世纪以来形成的为大家所公认的"形式"、"内容"之类的最基本的"话语系统"也往往是与中国传统文化的实际凿枘难容的。(用这样的"话语系统"和思维方式来解释中国文化,貌似清晰有理,往往是削足适履,很容易掩盖历史的真相。)在孔子看来,礼就是仁,仁就是礼,没有什么内在与外在的问题,还是用中国自己的"话语系统"最能说明中国的问题:

棘成子曰:"君子质而已矣,何以文为?"子贡曰:"惜乎!夫子之说,君子也。(按:此句依朱熹的句读)驷不及舌。文犹质也,质犹文也;虎豹之鞟犹犬羊之鞟。"(《论语·颜渊》),"文犹质也,质犹文也;虎豹之鞟犹犬羊之鞟。"在子贡看来(其实也是孔子的观点),文就是质,质就是文,二者是没有区别,也是不应该有区别的。至于在汉代以后把文与质强硬地区别开来,那是另一回事。目前学术界对这个比喻的一般理解似乎与汉人近似,认为子贡的意思是说君子与小人不仅在道德修养上有所区别,在外表形式上也应该有所不同。这样理解是很符合当前人们的思维方式的,但这是一种误解。可以从以下几个方面来分析:一、原始儒家尤其是《论语》所描绘的是一个理想的社会系统,《论语》中的绝大多数社会主张并不是现实的,而是理想的,包括"君君、臣臣、父父、子子"等观念也是理想社会中的合理的"等级秩序",然而,文化理想在施诸现实时是极容易向政治意识形态化蜕变的,孔子与齐景公的一段对话是饶有意味的:

十五、在「载道」与「崇文」之间

　　齐景公问政于孔子。孔子对曰："君君、臣臣、父父、子子。"公曰："善哉！信如君不君、臣不臣、父不父、子不子，虽有粟，吾得而食诸？"(《论语·颜渊》)

　　孔子讲的是文化理想，齐景公讲的是现实的政治秩序，用的是同一句话，意思却截然相反。可以说，齐景公的这句话开了后世把孔孟的文化理想"改造"成政治意识形态的先河。孔子和孟子都认为，君应该像君的样子，否则就应该推翻他，在论证这个问题时，孟子曾经逼得梁惠王"王顾左右而言他"，下面的一段话可以看作是孔子、孟子的"君道观"：

　　齐宣王问曰："武王伐纣，有诸？"孟子对曰："于传有之。"曰："臣弑其君可乎？"曰："贼仁者谓之贼，贼义者谓之残。残贼之人，谓之一夫。闻诛一夫纣矣，未闻弑君也。"

　　孔孟之"君道"是不唯外在的社会地位而只看内在的品质的，如果你是独夫民贼，不管你是皇帝还是"圣人"，天下人皆可得而诛之。孟子对当时的国君几乎是见一个骂一个，说他们"不违君"、"不违社会"，实在是有悖于当时的历史事实。至于后世乃至当时的统治者抽空了孔孟思想的文化理想的内容而利用其外在的形式为自己的政治统治服务，那已经严重地背离了儒家原典的精神。齐景公对孔子的话当面歪曲，就是一个典型的例证。从孔孟所描绘的理想的文化系统可以明确地看出，"仲尼祖述尧舜，宪章文武"(《中庸》)，孔孟所坚持的，是内圣与外王合一的人格理想，根本就没有区分所谓的人的内在品格和外在的形式，根本没有把文与质看作是两回事。二、按照"立像以尽意"的传统，"像"为"意"而设，通观《易经》之"像"，均是以"意"解"像"，而不宜从"像"中任意发挥出"意"来。用当时的"话语系统"去解释古代的比喻，从汉代注经就开始了，更何况混乱不堪的现在？

如果以现在一般意义上的内容和形式的这样的范畴来理解"虎豹之鞟犹犬羊之鞟"这个比喻,显然与"文犹质也,质犹文也"是相矛盾的。实际上,如果说汉人解经是有意用比德的方式和政治意识形态的观念来曲解经书,试图用"神道设教"的方式来解释历史和现实,在更高的层次上重建巫术——政治思维的话,我们今天的大多数人可能在无意中曲解了古人。在这个比喻中,"皮毛"并不是我们所理解的单一的形式,而是形式和内容的统一体。这里无法将古代的比喻特征讲清楚,但古人的比喻观念与今人确实有着极大的不同。具体到这个比喻,应该理解为虎豹之毛和犬羊之毛就是皮的实质,去掉了毛,皮就成了抽象的存在物,也就无复有君子和小人之别。所以,子贡认为棘成子还是个君子,只是不明白什么是文与质,如果去掉了文,君子也就成了抽象的君子,硬要做君子,便只能是"伪君子"。三、"文质彬彬,然后君子"。"文质"是体,是道,"彬彬"是用,是器,有上乘的"文质",才会有上乘的"彬彬",反之亦然。一个人只有呈现出上乘的"彬彬"状态,才是真正的君子,才能以身作则,影响别人和社会。学术界大多认为儒家把人的本质规定为仁义道德(质),但仁义道德是抽象的,是无法表现出来的。按照原始儒家的"为己之学"的旨趣,只有"彬彬"才能以己推人,实行忠恕之道。更重要的是,以仁义道德为人的本质,为伪君子大开方便之门,荀子说:"古之学者为己,今之学者为人。君子之学也,以美其身,小人之学也,以为禽犊"(《荀子·劝学》),"小人之学"往往以仁义道德来要求别人,自己却是"禽犊",历史和现实中的教训还不够深刻吗?

由于论说文形式的发展,《孟子》讲得往往比《论语》更明确,孟子明确地提出质能生文:

"敢问夫子恶乎长?"曰:"我知言,我善养吾浩然之气。""敢问何谓浩然之气?"曰:"难言也。其为也世,至大至刚,以直养而无害,则塞于天地之间。其为气也,配义与道;无是,馁也。是集义所生者,非义袭而取之也。"(《孟子·公孙丑上》)

君子所性,仁义礼智根于心,其生色也睟然,见于面,盎于背,施于四体,四体不言而喻。(《孟子·尽心上》)

胸中正,则眸子瞭焉;胸中不正,则眸子眊焉。(《孟子·离娄上》)

显然,"义"、"道"(质)是人的内在的精神,"气"则是人之为人的表现。只要有了仁义礼智,人的"面"、"背"、"眸子"、"四体"都会呈现出"睟然"(按:朱熹把"睟然"解释成"清和润浑之貌",与"彬彬"的内容应是同意的。)的状态,二者仍然是"体用不二"的。

用一定的篇幅来澄清这个问题是迫不得已的。这不仅仅是为原始儒家的人学辩诬,更重要的是这种人学直接关系到我们民族的历史和当下的存在状态。原始儒家以"文质彬彬"来规定人的本质,决不仅仅是把人的本质规定为仁义道德,更是对人全面发展的理想化的要求。它是一种文化理想,应该说又具有永恒的合理因素。随着历史的发展,这种文化理想遭受了各种无意的曲解和有意的歪曲,甚至与原始儒家的思想完全相反,那是历史发展的必然现象,而不是原始儒家的过错。恰恰是因为有了原始儒家的这种文化理想对政治意识形态的不断的矫正(即道统对政统的矫正),民族的发展才不会完全逸出正确的轨道。

理清原始儒家对人的本质的规定,对于理解中国散文精神,更是有着不可忽视的意义。在中国散文理论和散文创作实践中,文与道的冲突与融合一直是其核心问题,但各家都打着不同

十五、在「载道」与「崇文」之间

的旗号来解释文与道,各执一辞,莫衷一是,似乎使人难辨是非。这里并不是要求以原始儒家的是非为是非,但在正本清源以后,总会有助于我们理解文、道概念的承继与变异,对于散文创作的分析与评价,也增添了一块坚实的理论基石。

2. 仁、礼分途与文、道范畴的展开

仁、礼分途是理想人格现实化的重要的转折点,这一转折发端于战国时期的荀子,完成于秦汉时期。

礼作为来源于巫术图腾活动的仪式,在孔子那里上升到了社会道德和人的本质的高度,孔子以仁释礼,将社会的外在的规范化为个体的内在的需求和自觉,具有浓厚的氏族社会中人道意识的色彩,同时也具有浓厚的理想色彩;孔子的继承者孟子发展了孔子内在论的人的本质的哲学,更加重视人的内在的自觉性,对于礼的外在规范作用有所忽视;其后,由于战国的纷争和观念的迅速演变,荀子对于历史和现实的解释就具有了更多的所谓理性精神,在很大程度上背离了孔子和孟子的温情脉脉的理想精神。因此,他对历史和现实的解释往往是"血淋淋"的。他这样解释礼的产生:

> 礼起于何也?曰人生而有欲,欲而不得,则不能无求,求而无度量分界,则不能不争。争则乱,乱则穷。先王恶其乱也,故制礼义以分之,以养人之欲,给人之求。使欲必不穷于物,物必不屈于欲,两者相陈而长,是礼之所起也。(《荀子·礼论》)

> 故先王案为之制礼义以分之,使有贵贱之等,长幼之差,智愚、能不能之分,皆使人载其事而各得其宜,然后使悫禄多少厚薄之称,是夫群居合一之道也。(《荀子·荣禄》)

孔子由内向外,以"仁"释"礼",荀子则由外及内,以"礼"释

"仁"。"礼"成了维护"仁"的强硬的外在社会秩序乃至强权。其实,这种貌似合乎"历史唯物主义"的解释并不符合礼仪产生和发展的实际情况,但这的确给战国时期的各种社会现象以"合理"的解释,并为各种适应现实需要的措施(尤其是强权措施)提供了理论依据。荀子的这种理论对中国历史的更为深刻的影响还在于其潜藏的理论内涵。孔子、孟子的礼是建立在先验的心理本体和本能的内在需求之上的,其哲学的思路是由内而外;而荀子强调了外在社会规范的原初性,认为礼是外在的通过约束人而建立社会秩序的东西,其哲学思路是由外而内的。这种哲学的直接的社会效果就是为封建等级秩序和政治意识形态张目,谭嗣同说,"两千年来之学,荀学也",其沉痛之情今日犹能想见。

虽然荀子的思想中还有其他的与孔、孟接近的方面,但就这方面来说,其对中国历史的影响在一定意义上比孔、孟犹甚。在荀子那里,仁已经被冷落在人的内心,只有礼才是具有巨大的现实力量和现实价值的东西,因而,仁与礼开始分途,现实中的强权政治(礼)便抛开了文化理想(仁)的内在约束而显得肆无忌惮。

在文道观念上,只有在仁与礼明确分途之后才有可能明确起来。在孔子那里,文质(后来的文道)不分,文是具有"形式本体"的意义的,但在仁礼分途以后,为了与荀子的礼相抗衡,质(道)的独立性就日益显示出来,同时,文(辞)的独立性也就相伴而生。质(道)与文(辞)的内在与外在的关系,实际上是与荀子哲学中仁与礼的内在和外在的关系相适应的。

历史与逻辑的统一终于在荀子的时代提出了明确的文、道观念,荀子说:"名也者,所以期累实也,辞也者,兼累实之名以论一意也。辩说也者,不异实名以喻动静之道也。说也者,心之像道也,心也者,道之工宰也,道也者,治之经理也。心合于道,说合于心,辞合于说。"(《荀子·正名》),王先谦在"心合于道,说合于心,辞合于说"下解释说:"言经为说,成文为辞,谓心能知道,说能合心,辞能成言也。"在这里,"道"还是"不为尧存,不为桀亡"(《荀子·天论》)的天道、自然之道,还不是后来的道统,"说"则是"道"的体现,具体说来是"经",而"辞"则是表达"经"的语言文字形式。实际上,"道"和"说"属于后来道的范畴,而"辞"则属于后来的文的范畴。荀子写《正名》篇的目的就在于澄清当时被公孙龙、惠施等人混淆了的"名实"关系,以儒家的观点来划清"名实"之间的界限。可以说,此篇是中国文化史上由对宇宙、社会的"综合把握"到"分析把握"的重要的转折点,文与道的关系,也正与仁与礼的关系一样,被从混沌的状态中分离出来。

当然,荀子并不是为了突出"辞"与文、道关系的,他在说了上面的一段话后紧接着说:"正名而期,质请而喻,辨异而不过,推类而不悖,听则合文,辨则尽故,以正道而辨奸,犹引绳以持曲直。是故邪说不能乱,百家无所窜。"荀子的目的昭然若揭,这与孔子的思想已有了不小的距离。据《左传》记载,孔子曾经说"《志》有之:言以足志,文以足言。不言,谁知其志?言之无文,行而不远。晋为伯,郑入陈,非文辞不为功,慎辞哉!"(《左传·襄公二十五年》),足见孔子对文辞的重视。又说"为命,裨谌草创之,世叔讨论之,行人子羽修饰之,东里子产润色之。"(《论语·宪问》),十分明显,这种对辞令的重视,是从春秋战国时期的外交实践和纵横家的需要总结出来的。然而,在孔子那里,外交性的论辩既是为了实用,同时也还是充满着对人的素质——实际上是对人格修养——的尊崇的。但在荀子那里,文辞与正"名实"一样,完全是一种实用性的工具。关于这一点,荀子的学生韩非子说得更明确:

　　礼为情貌者也,文为质饰者也。夫君子取情而去
貌,好质而恶饰。夫恃貌而论情者,其情恶也;须饰而
论质者,其质衰也。何以论之? 和氏之璧,不饰以五
采,隋侯之珠,不饰以银黄,其质至美,物不足以饰之。
夫物之待饰而后行者,其质不美也。(《韩非子·
解老》)

　　这些论述正代表了中国文艺思想史上祛除文饰、唯重实用
的倾向,这种论述本身就是刚硬、冰冷和十分专制的,对后世重
道轻文的倾向的产生、发展起到了不可低估的影响。因此,那些
打着儒家的招牌来压制文学的审美特征的学说,其实并不符合
儒家的真精神。

　　文、质的分途不仅仅在各家的争论中走向明确,就是在原始
儒家学说的内部也包孕着这种因素。如前所述,文与道这一范
畴是从文与质的范畴发展来的,道是对质的规定。孔子说:“志
于道,据于德,依于仁,游于艺。”(《论语·述而》),这虽是讲人格
修养的整体过程,但还是可以从中看出道与艺的关系,包括上面
论说的“文质彬彬”,也包孕着这一因素。还是荀子将这一因素
十分明确地展开了。他说:

　　圣人也者,道之管也。天下之道管是矣,百王之道
一是矣;故《诗》、《书》、《礼》、《乐》之道归是矣。《诗》言
是其志也,《书》言是其事也,《礼》言是其行也,《乐》言
是其和也,《春秋》言是其微也。故《风》之所之不逐者,
取是以节之也;《小雅》之所以为小雅者,取是而文之
也;《大雅》之所以为大雅者,取是而光之也;《颂》之所
以为至者,取是而通之也,天下之道毕是矣。(《荀子·
儒效》)

《诗》、《书》、《礼》、《乐》、《风》、《春秋》、《小雅》、《大雅》、《颂》

都是表现"圣人之道"的不同的侧面的不同的形式,这不仅明确地区分了内容(道)和形式(文),还把这些形式通归在道的治下。这种理论在秦汉哲学——尤其是董仲舒的哲学——中得到了强化,董仲舒在《天人三策》中更加明确地说礼、乐之大不过是载道的器具而已,从而为后世的文道观念,尤其是"文以载道"等观念奠定了基础。

接下来便是刘勰。刘勰是杂文学理论系统的总结者,他十分称赞荀子,他说:"荀况学宗而像物名赋,文质相称,固巨儒之情也。"(《文心雕龙·才略》),刘勰所以得出这样的结论,是由于他的"擘肌分理,唯物折衷"的基本观点决定的,从他的这一评价中,我们也可以看出秦汉以来重道轻文的历史事实。刘勰自己也是十分重视道的,但由于他受到了儒、释、道三家的影响,再加上他的"折衷"态度,他的道主要是"自然之道"。他在《原道》篇中说:"心生而言立,言立而文明,自然之道也。"他的"自然之道"是对秦汉以来的"自然之道"的提升和超越,剔除了其消极无为的一面,提倡其尊重自然规律和文艺规律的一面,对于后世产生了深远的积极的影响。从另一种意义上讲,刘勰写作《文心雕龙》本身就是对文艺创作和文艺理论的极大的重视,因此也就是对传统的文这一概念的极大的发展和重视。在具体内容上,刘勰从创作论、批评论、鉴赏论、文体论等方面进行深刻的分析、论述,把中国古代文论提高到了一个新的水平。刘勰的独特的历史贡献主要在于阐发文律,而不在于弘扬儒教。

刘勰虽然提出了"文以明道",但真正发挥影响的则是韩愈、柳宗元的文、道观,他们提出了"文以明道"、"文以贯道"等观念,由于历史的发展和现实的需要,他们所提倡的道已不是"自然之道",而是孔孟之道,其主要目的也并不是为了文艺本身,而是为了拯救当时颓败的意识形态。

韩愈总结发展了前人的质、道概念,对道进行了较为严格的界定,并以道取代了质。韩愈的道一方面有鲜明的时代特点,侧重于"忧天下"、"兼济天下"、反对藩镇割据、主张国家统一;另一方面,又严格地继承了古道的内容,按韩愈的说法,就是孟子的异代单传。同样提倡道,柳宗元又与韩愈不同,在其社会性含义上,韩愈主张封禅,柳宗元反对封禅,韩愈辟佛老,柳宗元不辟佛老,对于儒家,韩愈取其"忧天下"、"兼济天下"的一面,柳宗元则取其"济生民之困"的一面,应该说,柳宗元的思想更具有开放性。柳宗元虽然未作《原道》以"明道",但《贞符》和《封建论》完全可以看作是他的明道之作。《贞符》批斥了帝王受命于天的论调,指出"未有丧仁而久居者,未有恃祥而寿者",要求天子努力实行仁政,按照社会的需要治理国家。《封建论》则把"家天下"向"公天下"的过渡看作是必然的趋势,认为"封建"并不符合"圣人"之意。在道的一般性含义上,柳宗元在一定程度上超越了韩愈的孔孟之道,强调"以辅时及物为道",他说:"仆之为文久矣,然心少之,不务也。以为特博弈之雄耳。故在长安时,不以是取名誉,意欲施之事实,以辅时及物为道。……然而辅时及物之道,不可陈于今,则宜垂于后。言而不文则泥,然则文者固不可少耶?",在《守道论》中,柳宗元更加明确地说:"物者,道之准也,守其物、由其准,而后其道存焉。"如果把柳宗元的这种道的观念发展开来,他的道就是历史发展规律之道,就是事物发展规律之道。

在"文以明道"的基础上,韩愈的弟子李汉进一步提出了"文以贯道"。李汉在《昌黎先生集序》中说:"文者,贯道之器也。不深于斯理,有至焉者,不也。"这实际上是对"文以明道"的进一步解释。韩愈不仅继承了孔孟之道,还继承了孟子的有关人格修养的心性之学。韩愈在《答李翊书里》集中论述了作家的内在修养(孟子所谓的"气")与文学创作的关系,"气,水也;言,浮物也,水大而物之浮者大小毕浮。气之与言犹是也,气盛则言之短长与声之高下皆宜。"根据韩愈的思想,李汉从作者主体性的角度深入阐发了文与道的关系,在他看来,"秦汉以前,其气浑然。迨乎司马迁、相如、董生、扬雄、刘向之徒,友所谓杰出者也。至后汉、曹魏,气象萎尔。"(《昌黎先生集序》),"文以贯道"的意义在于突出了作者的主观能动性,文章中的道要通过作者的"气"这一中间环节来表现在文上,这就强调了作者的情感对于文章的决定性的作用,也就比"文以明道"仅仅把文当作阐明道的机械的工具要更加合理,也更加符合古文运动的实际情况。因此,把"文以贯道"当作中唐古文运动的理论概括似乎更为合适。

　　文、质范畴终于在中唐的古文运动中被文、道范畴所取代,并且得到充分的展开。实际上,中唐的古文运动预示着一种文化的转向——由复兴汉唐精神到重构精密深邃的政治意识形态。古文运动中复杂的因素被后世各取所需,韩愈的道统中倾向汉代政治意识形态的一面为朱熹等理学家的吸取,不仅提出了"文以载道"的文学思想,还在建立天理本体的建构中起到了一定的作用。同时,柳宗元的具有突破性的思想则为宋代的新古文运动提供了有益的营养,尤其经过苏轼所心理本体化,终于成为明中叶浪漫主义文艺思潮的先声。因此,中唐的古文运动从建立补天文学的目的出发,既对宋代政治意识形态的建立起到了作用,同时又孕育出了异己的力量,这也许就是自我否定的历史辩证法。

　　在中唐的古文运动以后,文、道范畴又经历了重大的变化。苏轼与朱熹的文、道之争可以看作是崇文与载道两种观点的代表性的争论,其影响和意义是十分重大的。

　　3."师心横纵,不傍门户":对传统文、道观念的突破在明中叶以前,苏轼与朱熹的文、道之争具有过渡性的意义。苏轼继承了庄子的自然之道的思想,也继承了唐代古文运动中具有思想解放的一面。对于道,他认为一物有一物之道,对于文,苏轼的基本观点是"不择地而出",主张摆脱僵硬的规范的限制,对于文艺创作,苏轼也认为是心灵的自然抒发,是生命的外化。所有这些,都具有尊重人的情感和个性的重要意义。然而朱熹正相反,他发展了韩愈思想中维护政治意识形态的一面,将其上升到了系统的理论高度。朱熹专门作《杂学辨》来批驳所谓的"歪理邪说",将苏轼置于首位。朱熹认为,道即天理,天理即封建制度、观念和秩序,至于文与道的关系,直接提出了著名的"文从道中流出"的观点。在《朱子语类》(卷139)中有这样两段话:

> 才卿问:"韩文李汉序头一句甚好?"曰:"公道好,某看来有病。"陈曰:"文者,贯道之器,且如六经,是文其中所道,皆是这道理,如何有病?"曰:"不然。这文皆是从道中流出,岂有文反能贯道之理? 文是文,道是道。文只如吃饭时下饭耳。若以文贯道,却是把本为末、以末为本,可乎? 而后作文者皆如此。"

> 又说:"道者,文之根本;文者,道之末叶。唯其根本乎道,所以发之于文皆道也,三代圣贤之文皆从此心写出,文便是道。"今东坡之言曰:"'吾所谓文,必与道俱',则是文自文而道自道,待作文时旋去讨个道来入放里面……所以大本都差。"

在朱熹看来,文就是"这文"、"三代圣贤之文",就是"文便是道"。"这文皆从道中流出"是文道一体,而不是文道二元。朱熹将文与道的关系规定地如此僵硬,其实已经预示着将要走向自己的反面了。

　　明中叶以后,中国经济变革和思想文化变革的时代,在这一历史时期,不仅资本主义工商业开始萌芽,中国的传统文化观念也发生了重要的变化,传统的文道观念发展到了这一时期,终于有了实质性的改变。

　　必须看到的是,明中叶时期是近代意义上的人的觉醒时期,这在漫长的中国古代史上是绝无仅有的。如果说魏晋六朝时期人的觉醒还是类的感性的觉醒、其智慧与深情也还是对类的本体存在进行探询的话,那么,明中叶的人的觉醒则是近代意义上的个性、"人欲"的觉醒,其浓厚的浪漫色彩折射出一种强烈的个性本体的倾向。尽管这种觉醒的文化、经济原因尚待探讨,但这种觉醒直接启迪了王国维、蔡元培近代思想以及五四新文化运动,则是毋庸置疑的。传统文、道观念的突破正是在这样的历史文化背景下诞生的。

　　在文艺理论和文艺创作领域,出现了以徐渭、李贽、汤显祖、袁宏道等人为代表带有近代启蒙性质的浪漫主义文艺思潮,尤其是李贽的童心说和袁宏道的性灵说,不仅在当时具有重大的意义,就是在迄今为止的中国文艺理论史上也具有重大的意义。

　　徐渭是明中叶以后思想解放和文艺上的浪漫主义思潮的先驱。袁宏道在《徐文长传》中说:"文长既已不得志于有司,遂得放浪麴蘖,恣情山水,走齐鲁燕赵之地,穷览朔漠。其所见山奔海立,沙起云飞,风鸣树偃,幽谷大都,人物鱼鸟,一切可惊可愕之状,一一皆达之于诗。其胸中又有一段不可磨灭之气,英雄失路,托足无名之悲。故其为诗如嗔如笑,如水鸣峡,如种出土,如寡妇之夜哭,羁人之寒起。当其放意,平畴千里;偶尔幽峭,鬼语秋坟。"袁宏道的话十分形象而又准确地概括了徐渭的不为传统和现实拘囿,处处与世俗抗争,一切皆率性而为的为人与为文鲜明的风格。因此,他首先反对的就是当时的复古主义思潮,他说:"今世为文章,动言宗汉西京,负董、贾、刘、扬者满天下。至于词,非屈、宋、唐、景则掩卷而不顾。及叩其所极至,其于文也,求如贾生之通达国体、一疏万言、无一字不写其胸臆者,果满天下矣乎? 或未必然也。于词也,求如宋玉辩其风于兰台以感悟其主,使异代人听之犹足以兴,亦果满天下矣乎? 亦或未必然也,夫言非自有,则未免猎其近似以要君。"(《胡大参集序》)。徐渭认为,古人的优秀作品是抒发了古人的真性情,今人没有古人的性情却偏要模仿,那就只能写出虚伪的作品,"彼之古者即我之今",任何复古主义都是把历史引向倒退。在前后七子、唐宋派等交相复古的时候,徐渭第一个以与前人完全不同的方式来反对复古。他用来取代拟古派的并不是陈陈相因的古文,而是通俗文艺。如果考察当时的通俗文艺,就可以十分明显地看出,那是一种充满着近代"人欲"情味的文艺,与传统的"诗言志"、"文载道"的文艺迥然相异。应该说,徐渭在一定程度上走出了中国诗文发展中以"复古为革新"的老路。李贽所以推崇这种文艺,是与他肯定"私心"、尊重"人欲"的哲学思想分不开的。在徐渭看来,"凡利人者,皆圣人也。"、"马医、酱师、治尺锤、洒寸铁者"都是圣人(《论中·三》)。总之,百姓就是圣人,达官贵人的人格反而在百姓之下。反映在他的文艺思想上,就从根本上否定了传统的道的内容,也从根本上否定了所谓正统的文艺形式。他极力提倡"自然"、"本色"的通俗文艺,以此来反对矫揉造作、因袭模仿、压抑真情、远离生活的拟古主义。他说:"语入要紧处,不可着一毫脂粉,越俗、越家常、越精警,此才是好水碓,不杂一毫糠衣,真本色。若于此恧缩打扮,便陟分该婆婆,犹作新妇少年哄趋,所在正不入老眼也。至散白与整白不同,尤宜俗宜真,不可着一文字,与扭捏一典故事,及截多补少促作整句。锦糊灯笼,玉镶刀口,非不好看,讨一毫明快,不知落在何处矣。此皆本色不足,仗此小做作以媚人,而不知误入野狐,作矫冶也。"
(《又题昆仑奴杂剧后》)。从上面的论述可以看出,徐渭的"真"、
"自然"、"本色"、"俗"都是相互联系的,是与伪、雅、粉饰、矫揉造
作对立的。因此,徐渭的道已经不是正统的道,文也不是传统意
义上的文,而是得经济、文化发展之先声,把传统的道改造成为
符合"人伦物理"、"吃饭穿衣"以及人的其他自然之情的道,而文
则是这种生命的表现形式,从而摆脱了陈腐僵硬的形式的桎梏。
因此,徐渭说:"人生堕地,便为情使。聚沙作战,拈叶止啼,情昉
此矣。迨终生设境触事,夷拂悲愉,发为诗文骚赋,璀璨伟丽。
令人读之喜而颐解,愤而眦裂,哀而鼻酸,恍如与其人即席挥麈,
嬉笑惮啕于数千百载之上者,无他,摹情弥真,则动人弥易,传世
亦弥远。"(《途古今南北剧序》),由此可见,道是人的自然之情,
文是本真情感的自然抒发,只有这样的文艺作品才能"动人弥
易,传世亦弥远。"传统的文道观念在这里为之一新。

在文艺批评上,徐渭也一反传统的"温柔敦厚"之道,提出了
"冷水浇背,陡然一惊"的批评标准,他的给别人的书信中说:"公
之选诗,可谓一归于正、复得其大矣。此事更无他端,即公所谓
可兴、可观、可群、可怨,一诀尽之矣。试取所选者读之,果能如
冷水浇背,陡然一惊,便是兴观群怨之品;如其不然,便不是矣。"
(《答徐口北》),他把"兴、观、群、怨"的传统批评标准的内涵予以
彻底的置换,使之成为促使人的感性解放、有助于思想启蒙的一
种方式,传统的文道观念在此愈加显得苍白无力。

徐渭以冲决罗网、掀翻天地之精神,以"眼空天地,独立一
时"之人格,终于开启了明中叶以后的浪漫主义的洪流。

在明中叶以后的启蒙思潮和浪漫主义文艺思潮中,李贽对
封建正统思想的叛逆最为激烈,代表着叛逆思潮的高峰,他的首
选的攻击目标就是封建正统的道。

　　李贽发展了阳明心学和王学左派的进步思想,进一步解除了阳明心学中"良知"的封建桎梏,剔除了其封建意识形态的一面,使人的"良知"立足于人的现实的感性生存之中,认为"人外无道,道外无人"(《明灯道古录》),"穿衣吃饭,即是人伦物理"(《答邓石阳》)。通过李贽丰富的论述,我们可以十分明确地看到,李贽认为,道决不是什么传统的伦理道德,也不是什么圣贤的教诲,不是外在于人的感性存在的抽象的观念,而是人的本性,是人的鲜活的感性,是人的内在的需要,总之,道就是人自身的自然之道。显然,这种道已经不同于传统的儒、释、道各家的道,而是一种前所未有的崭新的道。李贽的道还并不仅仅是一种清玄的空谈,而是富有实践意义的,他在《明灯道古录》和《答耿中丞》中多次提到要注重物质生产,并使人平等竞争、各遂所愿,就是所谓的"治生产业"、"各骋所长"、"各获其所愿"。由此看来,李贽的道确实具有某种程度的近代启蒙的性质。

　　与其的哲学思想相适应,他在文艺理论上提出了著名的"童心"说。李贽为此写了专题论文《童心说》,他高呼"天下之至文,未有不出于童心焉者也。",至于什么是"童心",他作了详细的解释,他说:"童子者,人之初也;童心者,心之初也。夫心之初何可失也!然童心胡然而剧失也?盖方其始也,有闻见从耳目而入,而以为主于其内,而童心失。其长也,有道理从闻见而入,而以为主于其内,而童心失。其久也,道理闻见日以益多,则所知所觉日以益广。于是焉又知美名之可好也,而务欲以扬之,而童心失;知不美之名之可丑也,而务欲以掩之,而童心失。夫道理闻见,皆自多读书、识义理而来也。古之圣人,曷尝不读书哉?然纵不读书,童心固自在也;纵多读书,亦以护此童心而使之勿失焉耳。非若学者反以多读书、识义理而反障之也。……童心既障,于是发而为言语,则言语不由衷;见而无政事,则政事无根底；著而为文章，则文辞不能达。……所以者何？以童心既障，而以从外者闻见道理为之心也。夫既以闻见道理为心，则所言者皆闻见道理之言，非童心自出之言也。言虽工，于我何与？岂非以假人言假言、而事假事文假文乎？"

"夫道理闻见，皆自多读书、识义理而来也"，文中已经说得十分清楚，"书"、"义理"指的就是"六经"、《语》《孟》，人的"童心"就是没有被封建观念污染过的心灵，而"童心"的丧失就来自于封建观念的障蔽。在这里，李贽的"童心"已经不是传统意义上的真心了，而是具有鲜明的时代色彩。真诚的封建卫道士所写的文章不能不说是出自真心，但却不是出自"童心"，因为这颗"童心"不仅仅含有真心的意思，更重要的是出自"人伦物理"、人的自然之道的真纯之心、本真之心，如果与当时的社会历史相联系，这种心其实就是新兴的市民之心，而这种心正是与封建观念对立的。

与徐渭的"冷水浇背，陡然一惊"的冲突的审美标准一样，李贽提出了新的"发愤"说，他说："太史公曰：'《说难》《孤愤》，贤圣发愤之所作也。'由此观之，古之贤圣，不愤则不作矣。……《水浒传》者，发愤之所作用也。"，联系到李贽的其他论述，可以十分清楚地看到，他的"发愤"说与司马迁的"发愤"说和韩愈的"物不平则鸣"有着根本的不同。后者不仅没有脱离传统的封建理性，还是一种有效的补天的方法，其实质不过是忠诚和维护封建统治的一种进步的表现而已，所以历来为封建正统观念所容许乃至赞扬；前者则不同，徐渭、李贽、汤显祖、袁宏道等一批启蒙思想家和文艺家提出的"冷水浇背，陡然一惊"、"发愤"、"昭回云汉，为章于天"、"跌宕怪神，怨怼激发"、"拔天插地"、"掀天揭地"一类的哲学思想和审美标准已经站到了封建传统思想和审美标准的对立面，要以这种冲突的浪漫的激情来摧毁和取代传统的情感世界,因此,这种哲学思想和审美标准确实已经具有了一定程度上的现代启蒙的性质。更为深刻的是,李贽还把这种"发愤"纳入了人的自然之道,不仅使之成为人的合理的要求,还将其规定为人的本质,这就把传统的自然—平淡的心理模式转换为自然—发愤的心理模式,从而开创了一种真正突破传统新的人生方式。

在李贽那里,道是人的自然之道,文是出自人的"童心"的自然之文,传统的"文以载道"在这里已经有了崭新的含义。

汤显祖是中国文学史的"情本体"者,他把人的自然之情看作是人作为社会存在物的本体。他在著名的《牡丹亭记题词》中说:

> 天下女子有情宁有如杜丽娘者乎?梦其人即病,病即弥连,至手画形容传于世而后死。死三年。死三年矣,复能溟漠中求得其所梦者而生。如杜丽娘者,乃可谓之有情人耳。情不知所起,一往而深,生者可以死,死可以生,生而不可与死、死而不可复生者,皆非情之至也。梦中之情何必非真,天下岂少梦中之人邪?必因荐枕而成亲,待挂冠而为密者,皆形骸之论也。

汤显祖深受李贽的影响,如果联系到李贽的思想和当时的时代精神,就会看到,汤显祖的自然之情是有着特定的时代内容的,决不是纯粹的顺欲壳起念的自然的情欲,而是一种时代的激情。如果说魏晋时期的深情还是在传统的情、理关系的范畴中所作的具有一定反抗意义的调适的话,那么,汤显祖已经将这种时代的激情熔铸为人的自然之情,实际上已经不是在封建传统内部进行调适,既不是要以理附情,更不是要以情附理,而是对封建正统观念的一种破坏和反叛,指向的是一种前所未有的新的生存方式。袁宏道以新的浪漫激情否定了传统的道,以激情为道,因而也就出现了新的激情之文,《牡丹亭》就是杰出的代表。

相对于徐渭、李贽、汤显祖,袁宏道是中国文论史上最有特色的理论家,他深受王阳明心学的影响,他说:"当代可掩前古者,惟阳明一派良知学问而已。"(《答梅客生》),他对李贽更是十分崇拜,他说:"床头有《焚书》一部,愁可以破颜,病可以健脾,昏可以醒眼,甚得力。"(《与李宏甫书》)袁宏道在文学的发展论、创作论、批评论上都有超出前人的见解。特别是他在文学创作论上的性灵说,是一种否定"道心",解放思想,追求心灵自由的学说。他说:

> 大都独抒性灵,不拘格套,非从自己胸臆流出,不肯下笔。有时情与境会,顷刻千言,如水东注,令人夺魄。其间有佳处,亦有疵处。佳处自不必言,即疵处亦多本色独造语。然余极喜其疵处,而以为佳者,尚不能不以粉饰蹈袭为恨,以为未能尽脱近代文人习气故也。

(《序小修诗》)

袁宏道的"独抒性灵,不拘格套,非从自己胸臆流出"等著名的文学思想虽然借鉴了前人的用语和用意,但与前人有着本质的不同。"性灵"二字包含着袁宏道自己特有的"真"、"趣"、"韵"等含义。袁宏道的"真"不仅是"情与境会"时的真实的感受,重要的在于这种"真"不是出于封建伦理道德之真,而是人的摆脱了"学问"、"道理"等封建思想束缚的自然性情之真,所以他说:"故劳人思妇,有时愈于学士大夫;而呻吟之所得,往往快于平时。"(《陶孝若枕中呓引》)。至于"趣",他更是作了系统的论述,他说:"世人难得者唯趣。趣如山上之色,水中之月,……夫趣得之自然者深,得之学问者浅。当其为童子也,不知有趣,然无往而非趣也。……入理愈深,然去趣愈远矣。"(《叙陈正甫会心集》)。毫无疑问,袁宏道的"趣"正是人摆脱了传统的封建伦理道德观念束缚的自由自在的纯真的心灵,是一种新的人生方式。与此相适应的是"韵",他说:

> 山有色,岚是也。水有文,波是也。学道有致,韵是也。山无岚则枯,水无波则腐,学道无韵则老学究而已。……大都士之有韵者,理必入微,而理又不可以得韵。故叫跳反掷者,稚子之韵也,嬉笑怒骂者,醉人之韵也。醉者无心,稚子亦无心,无心故理无所托,而自然之韵出焉。由斯以观,理者是非之窟宅,而韵者大解脱之场也。(袁宏道《寿存斋张公七十序》,《袁宏道集笺校》卷 54)

"理者是非之窟宅,而韵者大解脱之场也",不啻于一种宣言,他把"理"看成是束缚人、桎梏人的牢笼和枷锁,而"韵"则是人从封建正统的"理"(道)中解脱出来获得新生的途径。从上面的分析可以看出来,袁宏道的"性灵"正是创立了前所未有的新的人韵和文韵。

至于"不拘格套",则要求从形式和内容两方面来突破和否定传统的文学观念。从内容上来讲,袁宏道首先肯定了人的自然之情的流露是正当、合理的,否定了传统的"温柔敦厚"的诗教,并对是否取法古人方面发出了振聋发聩的声音,他说:"善画者,师物不师人;善学者,师心不师道;善为师者,师森罗万象不师先辈。法李唐者,岂谓其机格与字句哉?法其不为汉、不为魏、不为六朝之心而已,是真法者也。"(《叙竹林集》)。在形式方面,他说:"文章新奇,无定格式。只要发人所不能发,句式、字法、调法一一从自己胸中流出,此真新奇也。近来有一种新奇套子,似新实腐,似一落此套,则尤可厌恶之甚。"(《答李元善》)。其实不用分析,就可以十分明确地看出,袁宏道就是要创作一种新的道、文,一种崭新的文艺。

　　袁宏道虽然深受心学和李贽的影响,但作为官僚,并没有完全摆脱朱子学的影响,因此,在他的性灵说中有着矛盾的一面。袁宏道认为,性灵是构成人的内心世界的重要因素,而真则是使人的性灵成为文艺作品的特定的形式,在这一过程中,质又是表现真的必由的方式。然而,袁宏道并没有沿着这条开掘人的心灵自由的道路发展下去,而是倾向于群体的道德意识。李贽强调了作者的内心世界,使其理论具备了作家论的基本框架,袁宏道则进一步发展了作家论,整理出了与当时的资本主义萌芽的社会结构——生产、流通、消费——相适应的作家、作品、读者文艺运作的结构,为其后的文艺理论的发展奠定了坚实的基础。

　　明中叶的这股浪漫主义思潮并没有随着异族的入侵而完全消失,明末清初至清中叶一直都有着强烈的回响。金圣叹提倡"奇"、"险"的审美标准,他说:"不险则不快","险极故快极也"。"夫天下险能生妙,……险故妙,险绝故妙绝,不险则不妙,不险绝则不能妙绝也"。"越奇越骇,越骇越乐"(《水浒传》第 36 回夹批、第 41 回、54 回回评)。这里哪还有一点"温柔敦厚"的影子?这是对徐渭的"冷水浇背,陡然一惊"审美标准的极端发展,是冲突的美的极端的表现形式。这种"奇险"之美是对"温柔敦厚"之美、"中庸"之美强烈的反叛,是一种冲突的美,而冲突的美正是近代审美标准的重要特征。

　　李渔更是一个特出的人物,他不仅在理论上提倡通俗文艺,还创作了许多传之后世的通俗戏曲,其本人也十分注重感性生活。他在戏曲理论上提出了"尖新"、"纤巧"的主张,他说:"'纤巧'二字,行文之大忌也,而独不戒于传奇一种。传奇之为道也,愈纤愈密,愈巧愈精。词人忌在'老实',……'尖新'即是'纤巧'"(《闲情偶寄·词曲部·意取尖新》),"……以'尖新'出之,

十
五
、
在
「
载
道
」
与
「
崇
文
」
之
间

则令人眉扬目展,有如闻所未闻;以'老实'出之,时令人意懒心灰,有如听所不必听……","戏文做与读书人与不读书人同看,又与不读书之妇人小儿同看,故贵浅不贵深"(《闲情偶寄·词曲部·忌填塞》)。李渔的"尖新"、"纤巧"是与"美刺"、"温柔敦厚"的审美标准和道德说教相对立的,要求以普通民众喜闻乐见的形式来细腻充分地表现"人欲"之情。这与传统的文、道观念已经相去甚远了。

如果说金圣叹、李渔等人所论还是限于小说戏曲领域的话,那么袁枚所论则是正统的文章了。袁枚论诗主"性灵说",论文亦然,他说:"文之佳恶,实不系乎有用与无用也……文之与道,离也久矣,然文人学士必有所挟以占地步,故一则曰明道,再则曰明道,直是文章家习气如此。而推究作者之心,都是道其所道,未必果文王、周公、孔子之道也。夫道若大路然,亦非待文章而后明者也。"

这就明确地否定了传统之"道"和传统的"文人学士"之"文",而是要创造一种新的道和新的文。传统的文、道观至此确实已经走到末路了。

文、道观念一直是统驭中国散文乃至整个中国文学发展变化的核心,在中国封建社会的前期和后期,这一观念有着很大的不同,尽管明中叶的浪漫主义思潮曾经被中断过,但对迄今为止的整个中国文学的发展仍然有着重大的意义,因为它表现了中国文学发展的必然性。"中国封建社会后期,在文学创作问题上有三种主要观点,即格调说、神韵说和性灵说。以前后七子和清人沈德潜为代表的格调说,是强调保持封建社会上升时期的文学的那种典范的时代风格。以清人王士禛为代表的神韵说,是强调体现封建社会下降时期最为人所向往的那种冲淡幽远的美学特征。而性灵说则甩掉了封建文学的特定时代因素,仅仅强

十五、在「载道」与「崇文」之间

调吟咏情性这一方面,并朝着个性解放的方向推进了这一方面。……如果说格调说必然导致复古主义、神韵说往往使人远离现实的话,那么性灵说似乎是可以使文学走向新的时代的。"(成复旺、蔡钟翔、黄保真《中国文学理论史》第三卷,257 页。北京出版社,1987 年)。的确,尽管当时还有很长的路要走,但包括性灵说在内的浪漫主义思潮无论如何已经昭示了新世纪的曙光。

十五、在「载道」与「崇文」之间

十六、中国审美观念的转向与
小说禁毁的文化动因

中国审美历程的发展有着自己鲜明的特殊性。关于审美的本质,袁宏道曾经下过最为简明扼要的定义:"和者,人心畅适之一念耳。"(《和者乐之所由生》),但中国历代诸家的审美方式和审美境界却各有不同,归纳起来,大致可以分为三家:儒家的审美方式是由理入情,审美境界是"发乎情,止乎礼义。"庄禅的审美方式是使主体向客体消融,审美境界是"无心"、"无我"。而明中叶文艺启蒙思潮的审美方式是使客体向主体屈服,审美境界是"以情御理"、"愤积决裂"。(参见成复旺《中国古代的人学与美学》中国人民大学出版社 1992 年),最后这种审美方式已经带有近代启蒙的性质,它主要表现在以小说、戏曲为主的叙事文学中。

1. 以冲突为美:中国审美观念的转向

在明清以前,"乐而不淫,哀而不伤"的中和之美,"温柔敦厚"的诗教,不违圣教,旨在"美刺"的散文"发愤"说,助流风俗,益补人心的小说"惩劝"说,一直占据着绝对的统治地位,但这种情况到了明代,尤其是明中叶以后有了质的改变。

对于戏说、戏曲以冲突为美的审美特质的认识和规定,主要发端于明中叶以后浪漫主义文艺思潮时期的徐渭、李贽和汤显祖等人。徐渭的戏剧"嘻笑之骂怒于裂眦,长歌之哀甚于痛哭","如独鹤决云,百鲸吸海,差可拟其魄力。"(祁彪佳《远山堂剧品》),并提出了"冷水浇背,陡然一惊"的审美标准。李贽提出了文章创作的"童心"说和小说的"泄愤"说,汤显祖写出了"为情作使"的《牡丹亭》传奇,并进一步宣称:

> 彼其意诚欲愤积决裂,翠庋关接,尽其意识之必所极以开发于一时。身目不可及而怪也。(《序丘毛伯稿》)

这是一种"愤积决裂"的审美观念,是与温柔敦厚的中和之美相反的一种冲突的美。另外,像"郑板桥所谓'掀天决地',廖燕所谓'拔天插地',黄宗羲所谓'天地闭塞'、'鼓荡而出',龚自珍所谓'受天下之瑰丽而洩天下之拗怒',以及李贽最早提出的'昭回云汉,为章于天',诸如此类描写激情的说法,正揭示了文艺启蒙思潮所提倡的激情的实质。"(成复旺《中国古代的人学与美学》中国人民大学出版社 1992 年版第 525 页)。这种"激情的实质"就是要突破禁锢僵化的传统思想观念和审美观念,建立新的文艺观和审美观。对小说戏曲冲突的美的认识和规定,其论述极多,但主要体现在明中叶以后和清初至清中叶的两次大规模的通俗小说评论中。诗文和小说的序跋、评点是中国文学的主要批评形式,李贽予以充分的利用和发挥,他为《水浒传》作序并进行了详细的评点,提出了著名的"泄愤"说。这一思想早就存在,如刘敬在《剪灯余话序四》中说:"此特以泄其暂尔之愤懑,一吐其胸中之新奇,而游戏翰墨云尔。",但只有到了李贽,"泄愤"说才真正的成立并发生了巨大的影响。李贽在《忠义水浒传序》疾呼道:"古之圣贤,不愤则不作矣。不愤而作,譬如不寒而颤,不病而呻吟也,虽作何观乎?《水浒传》者,发愤之所作也。"

"泄愤"说虽然继承司马迁的"发愤著述"和韩愈的"不平则鸣"的观点,但基于他的哲学观点和时代精神,"泄愤"说强调的是作家的主体意识,突出的是个体情感的自由抒发,不再顾及什么"不违圣教"之类的律令,更不是消弭创作主体的"代圣贤立言"。因此,"泄愤"说不仅突破了小说批评上的"惩劝"说和传统的中和之美的审美观念,还确立了创造主体的决定性的作用,突出了个体生命与僵固的社会秩序的冲突,从审美的角度讲,即以冲突为美。

与此同时稍后,李开先也高度评价《水浒传》,说"《水浒传》委曲详尽,血脉贯通,《史记》而下,便是此书"(《词谑》)。汪道昆更把《水浒传》看成是"真千秋绝调矣"(《水浒传·序》)。至袁宏道,简直是尊《水浒》而贬"六经"了:"后来读《水浒》,文字益奇变。'六经'非至文,马迁失组练。"(《听朱先生说〈水浒传〉》)李贽、袁宏道等人的小说批评基本奠定了以冲突为美的审美观念。

清代不仅出现了新的小说批评形式,是回评、凡例、读法、眉批、弁言、题辞、论赞、杂说、例言等,更出现了一批小说批评大家,如金圣叹、毛宗岗、"天花藏主人"、张竹坡、脂砚斋等。他们大多继承了李贽的思想,金圣叹将《水浒》与《离骚》、《庄子》、《史记》、杜诗、《西厢》合称六才子书,提倡"奇"、"险"的审美标准,他说:"不险则不快","险极故快极也"。"夫天下险能生妙,……险故妙,险绝故妙绝也,不险则不妙,不险绝则不能妙绝也"。"越奇越骇,越骇越乐"。(《水浒传》第36回夹批、第41回、54回回评)这哪里还有温柔敦厚的影子?简直是说冲突得越激烈越好。张竹坡认为《金瓶梅》之所以被创作出来,是因为作者"愤已百二十分,酸又百二十分,不作《金瓶梅》又何以消遣哉。"(《竹坡闲话》)。"天花藏主人"在评论才子佳人小说时,认为是"不得已借乌有先生以发泄其黄粱事业","凡纸上可喜可惊,皆胸中之欲歌欲哭"(《女才子书·凡例》)。

李渔的戏曲理论也在一定程度上体现了上述的特征,他不仅提倡通俗文艺,还提出了"尖新"、"纤巧"的主张,要求戏曲作家写"前人未见之事",这些都是表现个体与社会冲突的"人欲"之文,是与传统的"美刺"、"温柔敦厚"的审美标准和道德说教尖锐对立的。

从小说戏曲的创作的实际情况来看,也确是如此,《三国演义》中道德与历史的冲突,《水浒传》中社会理想与现实伦理的冲突,《西游记》中自由人性与社会秩序的冲突,《红楼梦》中的浓烈悲剧意识与传统的大团圆结局的冲突等等,都表现出以冲突为美的基本特征。其实,当时的小说作者也已经明确地意识到这一点,如《红楼梦》开卷第一回便对才子佳人小说痛加诋诃:"至于才子佳人等书,则又开口'文君',满篇'子建',千部一腔,千人一面,且终不能不涉淫滥。在作者不过要写出自己的两首情诗艳赋来,故假捏出男女二人名姓,又必旁添一小人拨乱其间,如戏中的小丑一般……"表明作者反对那种虚假的、乐天的、庸俗的叙事态度,而要真实地表现现实中的冲突与悲剧。

戏曲也是如此,明清戏曲基本上表现了三大时代主题,即忠奸斗争、情理冲突和兴亡反思,而这三大时代主题其实只有一个共同的本质,那就是感性与理性的对立与冲突,无论是《牡丹亭》,《长生殿》,还是《清忠谱》、《桃花扇》,都是如此。

以冲突为美,从本质上讲,是时代精神决定的,但从文学艺术的发展规律来讲,它又是叙事艺术的必然具有的审美特质。因此,从这一意义上讲,明清的小说戏曲是历史发展和文学艺术发展的必然产物。

当然,还要看到的是,由于传统社会的强大的惯性和封建社会的继续存在,小说中的"泄愤"说并没有完全取代"惩劝"说,实际的情况是"惩劝"说在明清两代相当盛行,但这说明了"泄愤"说和以冲突为美的新的审美观的巨大的历史意义。明清小说戏剧的创作实绩如经天白日,启示着我们去认识和感受这种新的审美观念。

2. 禁毁与反禁毁:小说、戏曲与政治意识形态的冲突

明清两代对与小说和戏曲的禁毁,在一定意义上说明了明清小说与社会政治意识形态的冲突,也从社会政治的角度说明了明清小说、戏曲以冲突为美的审美特质。

中国历来有禁书的传统,如秦之禁书,隋之焚纬,是两次著名的大规模的禁书运动。之后,见之于史的零星记载有北宋蔡京篡改实录,南宋的秦桧禁野史,宋以后凡民间实录皆禁。元至明初,民间戏曲遭禁,而且开启了以朝廷律法禁毁戏曲的先例。至明正统七年(1442),一向被统治者鄙视为末流的小说,更遭禁毁,此风至清代尤为炽烈。由此完成了中国历时数千年的一部禁毁史。

至于小说戏曲的禁毁,主要在明清两代,需要特别指出的是,明清两代不只是禁毁小说,而是凡被视为离经叛道的思想著作、小说著作、戏曲著作尽皆禁毁,而且形成了从朝廷法令,到地方法令,再到民间舆论三位一体的完整的禁毁系统。

在明清两代的朝廷法令、地方志和个人的笔记中,禁毁法令、条例、舆论宣传极多,王利器先生在材料的整理方面做过卓有成效的整理工作。这些禁毁法令主要包括如下几方面的内容:一是禁小说;二是禁杂剧戏曲;三是禁演唱淫词小曲;四是禁小说戏曲的卑俗之词登大雅之堂。如果细读这些千奇百怪的法令,真使人觉得莫名其妙。如明太祖朝的《洪武二年禁止优人应试》、《洪武二十二年三月禁军官军人学唱》,明英宗朝的《禁唱妻上夫坟曲》,清圣祖朝的《康熙十年禁唱秧歌妇女》、《禁满洲学唱

戏要》，清世宗朝的《雍正六年二月郎坤援引小说陈奏革职》、《雍正六年七月江西清江县知县牛元弼以张筵唱戏被参》，清宣宗朝的《道光八年十一月巴彦巴图尔雇班在家演唱摘去顶带议处》，清德宗朝的《禁唱莲花落》等等。

　　明清两代，可谓禁网森严，尤其是清代，禁毁法令比明代多出数倍，实在到了随心所欲的程度。当然，统治者的工作方法并不那样简单，很多法令并不仅仅是简单的命令，往往写得"情理并茂"。试以清仁宗朝《嘉庆七年十月禁毁小说》为例："嘉庆七年十月癸亥，上谕内阁：朕恭阅皇考高宗纯皇帝实录内载乾隆十八年七月钦奉谕旨：满洲习俗纯朴，自我朝一统以来，始学汉文，曾将五经及四子、通鉴等书翻译刊行。近有不肖之徒，不翻译正传，反将《水浒》、《西厢记》等小说翻译，使人阅看，诱以为恶，甚至以满洲单字还音钞写古词者俱有，满洲习俗之偷，皆由于此，不可不严行禁止等因，钦此。仰见我皇考崇正黜邪，为风俗人心计者，至深且远。从前满洲尽皆通晓清文，是以尚能将小说方词，翻译成编，皇考深恐为习俗之害，严饬禁止。……而愚民之好勇斗狠者，溺于邪慝，转相慕效；纠伙结盟，肆行淫暴；概由看此等书词所致，世道人心，大有关系，不可不重申严禁。……"（《大清仁宗睿皇帝圣训》卷16《文教》1）。在不解内情的人看来，这样的训谕的确是用心良苦，不仅恩及满族，甚而泽被万民。然而，中国历来的统治者都是"外儒内法"，表里不一的。更重要的是决定世风的是政治而不是戏曲小说，即使真的禁毁了所有的戏曲小说，如不修明政治，也会国祚不延，因为"刘项""原来"是"不读书"的。所以，上述圣谕，实在不过是愚民的障眼法而已。

　　朝廷既多禁毁之命，地方官员自然群起效尤，禁毁法令多如牛毛，与朝廷法令大同小异，兹不赘述。倒是民间舆论，颇有意味,可摘述数则,以见当时之社会心态。袁了凡曰:"人虽不肖,未有敢肆为淫纵者,自邪书一出,将才子佳人四字,抹杀世间廉耻,而男女之大闲,不可问矣。每见深闺女子,素奉行无瑕,偶一披卷,情不自制,顿忘中媾至羞,遽作阳台之梦。亦有少年子弟,情窦方开,一见此书,邪心顿炽,终日神游楚峡,每夜梦绕巫山,或手淫而不治,或目挑而苟从,丧身失命,皆由于此。若夫巧作传奇,当场演出,以婉娈姣好之童,为阿媚淫秽之态,坏人闺门,不可胜数,皆此等书为之作俑也。畀之炎火,夫复何疑。"(清黄正元《欲海慈航禁绝淫类》),这虽说要禁"淫书",但言辞之间,风光旖旎,说得人心旌摇荡,颇有点宣传"淫书"的嫌疑。但有的就咬牙切齿,火药味十足了:"三代而下,世多邪说,而邪说之足以害世道人心者,莫如淫词小说等书。盖圣贤书籍,惟恐不能觉天下愚迷,而淫邪书籍,惟恐不能丧斯民至廉耻。自小说作而淫风炽,弹词兴而女德衰,世不乏聪明子弟,闺阁庄女,而偶睹邪书,不觉送入禽门,真可慨也。此书一出,凿淫窦,因以乱人之伦,败人之名,破人之家,杀人之身,折人之福,损人之寿,绝人之嗣,戕人之魂。其毒人也,如蜜饯砒霜;其陷人也,如雪山坑坎,是乃好民之首,乱贼之魁,王法所必诛,天律所不赦也。有能焚毁淫书者,状元宰相,操券可得,贤孙贵子,转眼可生,美名大利,立地可享,奇祸横灾,霎时可免,介福高寿,随意可增。请言收藏小说四害与焚毁淫书十法,以为天下劝。"(清金缨《格言连璧》)。其"十法"太长,约要3000字,兹不赘录。其言辞之刻毒,方法之老辣,可以由上面的引文想见。

　　对于小说作者的诅咒,实在意味深长。遭诅咒最多的似乎是罗贯中。如:"钱塘罗贯中,南宋时人,编撰小说数十种,而《水浒传》叙宋江等事,奸盗脱骗机械甚详。然变诈百端,坏人心术,其子孙三代皆哑,天道好还之报如此。"(明田汝成《西湖游览志

十六、中国审美观念的转向与小说禁毁的文化动因

余》卷 25）。李渔亦不能幸免："李生渔者，自号笠翁，居西子湖，性龌龊，善逢迎，……今观《笠翁一家言》，皆坏人伦、伤风化之语，当堕拔舌地狱无疑也。"（清董含《三冈志略》四），其对小说的恐惧、无奈，已使他们失去了封建卫道者风度，其低俗的泼妇嘴脸，已尽显于此。

那么，明清两代主要禁毁的是哪些小说呢？由于历朝颁布的法令太多，兹无法一一采述，仅摘述其中典型者，即可了解禁毁数目之大概。同治七年，江苏巡抚、镇压太平天国的帮凶丁日昌奏准查禁淫辞小说，"计开应列书目"231 部，其中"小本淫词唱本"111 部，小说 120 部，后又列续查禁淫书 34 部，两者相加，共 154 部，由此可见封建统治者查禁小说的数量之多与范围之广。

中国第一部禁毁小说是《剪灯新话》。清代顾炎武《日知录之余卷四·禁小说》记载："实录（《英宗实录》）：'政统七年，二月辛未，国子监祭酒李时勉言：'近有俗儒，假托怪异之事，饰以无根之言，如《剪灯新话》之类，不惟市井轻浮之徒，争相诵习，至于经生儒士；多舍正学不讲，日夜记忆，以资谈论；若不严禁，恐邪说异端，日新月盛，惑乱人心，乞敕礼部，行文内外衙门，及调提学校佥事御史，并按察司官，巡历去处，凡遇此等书籍，即令焚毁；有印卖及藏习者，问罪如律，庶卑人知正道，不为邪妄所惑。'从之。"

《剪灯新话》何以成为禁毁小说，要从当时的历史背景和其自身的内容来找原因。

朱元璋鉴于历代教训，实行了高度的集权和特务统治，加强文化专制，以程朱理学为正统，严格控制朝野非"正统"的思想言论，制造文字狱，加强对学校的控制，让刘基等人拟定八股程式，以八股开科取士，读书人只许读朱注《四书》和宋元人注《五经》。

· 255 ·

对于佛教,朱元璋也拿来为我所用。他说:"佛虽空,道虽玄,于内奇天机,而人未识何也?假如三教惟儒者,凡有国家,不可无。……假处山薮之愚民,未知国法,先知虑生死之罪,以至于善者多而恶者少,暗理王纲,于国有补无亏,谁能知识。"(朱元璋:《释道论》,见《全明文》,第 1 册,144 页,上海,上海古籍出版社,1992)。佛教在朱元璋那里蜕变成了"暗理王纲"的政教。朱元璋还在其《三教论》中进一步论述了他对儒、释、道三教思想结构之互补的看法:"于斯三教,除仲尼之道祖尧舜,率三王,删《诗》制典,万世永赖;其佛仙之幽灵,暗助王纲,益世无穷,惟常是吉。尝闻天下无二道,圣人无两心。三教之立,虽持身荣俭之不同,其所济给之理一。然于斯世之愚人,于斯三教,有不可缺者。"(《三教论》,同上 145~146 页),由此可见明初之思想统治。

　　《剪灯新话》的内容主要有四类:一,描写爱情。其中"多偎红倚翠之语",《秋香亭记》甚至写的就是作者本人的爱情悲剧。其"风情丽逸"常流于"病态",正常的夫妻生活已满足不了男主角,如《金凤钗记》以赞赏的态度来描绘"私通小姨",《联芳楼记》津津有味地夸耀郑生与薛氏两姊妹通奸,《申阳洞记》中的李生对三个被妖猴奸污的女子津津乐道。第二类是写因果报应的。如《令狐生冥梦录》写秦桧等历代的误国之臣在地狱里"身具桎梏,以青石为枷压之",万劫不复。《秋香亭记》写元惠宗至正年间,商生和表妹杨采采自幼相爱,长大后因战乱而天各一方,终于难成眷属,寄予了作者的身世之慨。第三类反映文人士子的悲剧命运,如《翠翠传》写书生金定的妻子翠翠在战乱中被张士诚的部将所掳,金定历尽艰险,找到妻子后却不能团圆,只能以兄妹相认,后两人绝望而死。第四类主要写人鬼、人仙奇遇的故事。如《华亭逢故人行》写洪武年间士人石若虚遇到故人的鬼魂,暗示了功臣的不幸。《水宫庆会录》写潮州士人余善文才华出众，但在人间不遇，却受到龙王器重，请到龙宫作文，返回人间后绝意功名，出家为道，后遍游名山，不知所终。

今天想来，《剪灯新话》的被禁的原因大概有如下几种：其一，所谓伤风化，乱人心。其中相当部分是描写男女爱情的，有的描写本色流露，甚至"秋月春花，每伤虚度，云情水性，失于自持。"还有的写人鬼相亲，如《金凤钗记》写兴娘的鬼魂附在妹妹庆娘身上与其人崔兴哥私奔。其二，使士子文人耽于小说，疏于经典，影响了科举考试。当时就有评论说《剪灯新话》之类的小说使得"经生儒士，多舍正学不讲，日夜记忆，以资谈论。"如此下去，朝廷控制思想的企图就会落空。其三，有影射现实之嫌。《剪灯新话》写下层百姓的不幸，文人的痛苦，假托神鬼的世界、善恶报应来诉人间之不公，在统治者看来，就像奏疏里说道一样："假托怪异之事，饰以无根之言"，直接、间接地影射现实。

有伤风化是统治者禁毁小说的重要因由，另一个重要的因由就是所谓的"倡乱"。历代皆禁的小说《水浒传》据说就是"倡乱"、"诲盗"之作。其实，更深层的原因是《水浒传》中的民主意识。《水浒传》的民主意识主要表现在以下几个方面：一是《水浒传》的"替天行道"、"全忠仗义"实质上是以传统的方式表现了民主意识。许多人认为不反皇帝是《水浒传》的一大缺陷，其实并非如此。纵观全书，可以看出，一方面，虽然忠于皇帝，但并不意味着忠于皇权，皇权如果不义，人可替天行道，可取而代之；另一方面，人人皆可参与政治，可替天行道。这与封建皇权之神圣不可侵犯，有根本的冲突。二是其领导方式颇富民主气氛，四次排座位突出了"随才器使"的民主思想和儒家的圣王理想朴素的民主意识。在梁山上，不是谁当首领谁就正确，而是谁有才德、谁的功劳大谁才能当首领，显然，这是以"江湖"来映衬"江山"，这种"天下为公"的思想，与时代相传的封建皇帝的家天下——"天下为私"——是对立的。《水浒传》所以会成为名著,最重要的原因不在于她"倡乱",而在于她的表现出了深藏于文化传统中的民主思想。

既有禁毁,就有反禁毁。而其结果,似乎不言自明。禁毁者自己早已灰飞烟灭,而被"禁毁"的"淫辞小说"却世代相传。本世纪初,就有人注意到禁毁小说的问题。鲁迅先生有《小说旧闻钞》,专列"禁黜"一类,登录了清俞正燮的《癸巳存稿》。俞正燮的《癸巳存稿》卷9"演义小说"部分这样写道:"其小说之禁,顺治九年(1652)题准,琐语淫词,通行严禁。康熙48年(1709)六月议准,淫词小说及各种秘药,地方官严禁。五十三年(1714)四月,九卿议定,坊肆小说淫词,严查禁绝,板与书销毁,违者治罪,印者流,卖者徒。乾隆元年(1736)覆准,淫词秽说,叠架盈箱,列肆租赁,限文到三日销毁;官故纵者,照禁止邪教不能察辑例,降二级调用。嘉庆七年(1802)禁坊肆不经小说,此后不准再行编造。十五年(1810)六月,御史伯依保奏禁《灯草和尚》、《如意君传》、《浓情快史》、《株林野史》、《肉蒲团》等。谕旨不得令吏胥等借端坊市纷纷搜查,致有滋扰。十八年(1813)十月,又禁止淫词小说。"

然而,被统治者视若洪水猛兽的小说淫词在民间到底是怎样的一个状况呢?如果只看历代皇帝的饬令和政府的文告,那是不能了解真实状况的,真正反映民间状况的往往是一些笔记。如明代叶盛在《水东日记》卷21《小说戏文》中写道:"今书坊相传射利之徒,伪为小说杂事;南人喜谈如汉小生(光武)、蔡伯喈、杨六使,北人喜谈如继母大贤等事甚多。农工商贩,钞写绘画,家畜人而有之。痴呆妇女,尤所酷好;好事者因目为《女通鉴》,有以也。"明代姜南在《洗砚新录》中写道:"世之瞽者;或男或女,有学弹琵琶,演说古今小说,以觅衣食。北方最多,京师特盛,南京杭州亦有之。"如果说这还是以客观的笔法来概述当时的小说流传之状况的话,那么,有些则是用艺术的笔法来描绘,就更能反映当时的情景了。如清代诸明斋在《生涯百咏》卷1《租书》中描绘说:"藏书何必多,《西游》、《水浒》架上铺;借非一瓯,还则需青蚨。喜人家记性无,昨日看完,明日又租。真个诗书不负我,拥此数卷腹可果。"卷3《唱盲词》写道:"东西两调尽盲词,弦子琵琶震一时。唱只山歌为引子,人人争说是唐诗。"同卷《说书》写道:"一声尺木乍登场,滚滚滔滔话短长。前史居然都记着,刚完《三国》又《隋唐》。"清代无名氏的《韵鹤轩杂著》卷下《听说书》写道:"举业无心贸迁懒,赶到书场怕已晚。经旬风雨未曾辍,要听书中紧要关。"我们只需引用前人的记录,不假分析,已经可以看出小说流传的状况和统治者禁毁之"成效"。看来,扎根于劳动人民心灵深处的东西,是谁也禁不掉,谁也毁不灭的。

在历史上,禁毁与反禁毁的斗争可谓意味深长。统治者知道光靠政治高压无济于事,就想利用御用文人来编造谣言、篡改小说甚至撰写小说来达到其禁毁目的。例如,封建统治者及其御用文人编造出罗贯中子孙三代皆哑、曹雪芹的后代附逆被族诛的谣言,当时就有人考证出曹雪芹本来无子,而对于罗贯中,则有人专门写《善恶图全传》来彰扬罗贯中的后代。最典型的莫过于俞万春针对《水浒传》费二十余年之力写成《荡寇志》,可谓是呕心沥血、用心良苦。当太平军攻占南京以后,将《荡寇志》之书、版一火焚尽。这是劳动人民反禁毁的一次重大胜利。

禁毁小说、戏曲的理由无非是"有伤风化"和"倡乱",说白了就是所谓的"诲淫诲盗"。然而,当我们对这种现象细加审视的时候,就会发现,历史的发展至明清已经进入了一种新的冲突状态——即传统的政治意识形态、僵固的文化观念与社会经济的发展以及由此产生的新的思想观念和情感方式冲突的状态,小说、戏曲的禁毁是由此而生的,以冲突为美的观念也是由此而生的。

　　明清以前的传统诗文(包括辞赋等)实际上是对政治本体乐感的产物,经过宋代文化的转型,尤其是经过了明代心学的陶冶和明中叶浪漫主义文艺思潮的冲击,以工商业的发展和城市经济为基础,人们的政治观念、生活观念和审美观念都发生了新的变化,表现在审美观念上便是以冲突为美,表现在文艺作品上便是小说戏曲大受青睐,表现在人格上就是对传统僵固观念的反叛和对"自由"的追求。但是,明清以前数千年一以贯之的政治意识形态必定有其强固的延续性,因此,上述二者的冲突势在必然。我们通过对小说戏曲禁毁状况的考察,可以更加深刻地探讨上述各种因素之间的互动关系。

下编　文学研究的文化关怀

十七、金庸小说的文化意义

　　塞缪尔·亨廷顿在《文明的冲突》一书中指出："世界政治的
重大冲突将发生在归属不同文明的国家和群体之间"，"文明冲
突将是现代世界冲突演变的最后阶段"，"世界在很大程度上将
由7至8种主要文明的相互作用来塑造，这些文明包括西方文
明、儒教文明、日本文明、伊斯兰文明、印度文明、斯拉夫文
明——东正教文明、拉美文明，可能再加上非洲文明，未来重大
的冲突都将爆发在这些不同文明间的地理分界线上。"如果这一
引起全球学者瞩目的观点确实具有合理性的话，那么直接的推
论之一就是只有保持民族文明的特色才能使民族独立自主和发
展壮大。事实上，自"一战"、"二战"以来许多文明类型都在不断
地以不同的方式重塑各自的文化本体，近百年来的文化选择的
历史实践也已经表明，作为"儒教文明"的中国只有走"民族化"
的道路才能真正地实现现代化。在现代意识的指导下重塑民族
文化本体已成为一种历史的必然趋势，然而，不管是活跃在海外
的"现代新儒家"所主张的"返本开新"，还是我们所提倡的"对传
统进行创造性的转化"，虽不乏观点上的合理性，却未能在实践
上大见成效，在这种历史处境中，我们发现了金庸小说的价值。
当然，我们并不是说金庸小说就一定代表了重塑民族文化本体

的方向,但她起码为我们提供了一种有益的启示。

如果我们不带"傲慢与偏见"的态度的话,我们就会发现八十年代以来席卷大陆的"武侠小说热"已成为一种不容忽视的文化现象,其读者范围之广、流行时间之长、潜在影响之大在中国文学史上实属罕见。在为数众多的新武侠小说中,金庸小说由于其对中国传统文化的富有成效的阐扬和艺术上的杰出成就而为其中最优秀的部分,甚至如严家炎先生所说:"金庸小说的出现,标志着运用中国新文学和西方近代文学的经验来改造通俗文学的努力获得了巨大的成功,如果说'五四'文学革命使小说由受人轻视的'闲书'而登上文学的神圣殿堂,那么,金庸的艺术实践又使近代武侠小说第一次进入文学的宫殿。这是另一场文学革命,是一场静悄悄地进行着的文学革命。金庸小说作为二十世纪中华文化的一个奇迹,自当成为文学史上的光彩篇章"。(严家炎:在北京大学授予查良镛先生名誉教授仪式上的讲话。转引自《南方周末》1995 年 5 月 13 日)金庸小说之所以能够在文学史上取得相当的地位,从内容上来看,最根本的原因在于它能在充沛的现代意识的融透中对传统文化进行苦心孤诣的梳理和显扬,尽管其中难免有偏失和迷误,但总的说来暗合了我们民族重塑文化本体的百年祈盼,从这一点上说,金庸小说不是一种偶然的现象,而是一种历史的选择。

另外,形式上的成功也是不可忽视的因素。其一,以传奇表现传统。传奇是自古有之并为广大人民群众喜闻乐见的小说形式,但以传奇表现传统却是金庸小说的独创。金庸小说不拘泥于细节的真实,甚至刻意追求超越细节的真实,直接诉诸人们心灵的最深层次,达到了理念的真实、文化的真实,从而创造了一种具有诗的功能的文化小说样式,以至幻至真为其突出特征。其二,从"大传统"与"小传统"的接合部切入。许多学者在研究

十七、金庸小说的文化意义

中国文化时都发现了文化传统横剖面上的不同层次,即"层级
性"结构问题,(徐复观:《中国文化的层次性》,载《港台及海外学
者论中国文化》上册,上海人民出版社 1988 年,473 页。)余英时
则认为这种层级性结构的主要分界线应该在于"大传统"和"小
传统"即上层知识阶级的精英文化与下层平民的大众文化之间。
(余英时:《士与中国文化》上海人民出版社 1987 年第 129—139
页。)毫无疑问,"小传统"是"大传统"的基础,"大传统"又对"小
传统"起着导向作用,两种"传统"存在着对立而又融通的关系。
金庸小说从两种"传统"的接合部切入,一方面以"小传统"中的
富有活力的文学形式向"大传统"渗透,并因此把"小传统"中的
合理成分输入"大传统";一方面又把"大传统"中的文化理想融
汇到"小传统"中去。这样,既超越了"小传统"文学样式中某些
"俗"的方面,也超越了"大传统"文学样式中某些"雅"的方面,做
到了大俗大雅。金庸小说在艺术形式上表现出的大俗大雅、至
幻至真的特点与其阐扬传统文化的宗旨和谐地统一起来,应当
说是创造了一种小说的现代民族形式。金庸小说在内容和形式
上的诸多的成功的尝试使我们有理由相信她在一定程度上找到
了一条弘扬民族优良传统的正确之途,通过对其内容的具体分
析,也许会更清楚地看到这一点。

  1. "武"与"侠"——征服世界与完善道德的恒久渴望

  "武"与"侠"决不仅仅是武侠小说中的概念,更是传统文化
里的重要概念。在伦理本体型的文化中,"武功"、"武力"、"武
术"等以"武"为中心的概念反映的是人们征服社会的渴望,"侠
客"、"侠义"、"侠行"等以"侠"为中心的概念反映的则是对完善
道德的祈盼。"武"的最高境界是"神武不杀","侠"的最高境界
是"欲除天下不平事",两者的终极目的都是建立一个理想的桃
园世界,所谓"侠"是目的,"武"是手段,两者在行为方式、道德追

求、文化理想等方面和谐地统一起来。

"武"与"侠"显然不能完全纾解传统社会的苦难，但如果将其看作一种文化理想，那就确实可以从中看出许多积极的、合理的因素。瞿秋白曾经说过，"济贫自有飞仙剑，尔且安心做奴才"，这的确指出了旧派武侠小说阻碍人们觉醒的一面，但这只是从旧派武侠小说当时的社会效果来评价武侠小说的社会功用，并没有否认"武"与"侠"在塑造勇武顽强、刚正侠义的民族性格中的积极作用，况且金庸的新武侠小说与旧派武侠小说在思想和艺术上有着严格的区别。金庸小说对"武"与"侠"的合理因素进行了富有现代意识的创造性的阐扬，使"武"与"侠"升入了民族文化本体之中。对于"武"，金庸小说绝没有宣扬武力、暴力，也没有表现出依靠武力来解决社会问题的倾向，而是从武德和人生境界两个方面对"武"作了深刻的阐释。在金庸小说中，武德的高尚与卑下是决定武功成败的根本因素之一，并进一步把武德分为社会道德和文化道德两个方面。作为社会道德的武德要求练武要有"振人不赡"、"扶危济困"、"欲除天下不平事"的正确的指导思想，否则就成不了"正果"或根本练不成绝世武功。郭靖、萧峰、袁承志等大侠之所以能以武功冠绝一时，其重要原因就在于他们有高尚的武德；欧阳锋、东方不败、丁春秋等人最终落得悲惨可耻的下场，也是由于他们的卑下乃至邪恶的武德所致。

作为文化道德的武德，实质上是对待文化的态度，主要表现在对武功的理解，选择和练功的方法上，由此而分出所谓的"正派武功"和"邪派武功"。"正派武功"在文化背景上符合儒家、道家乃至释家哲学的和谐理论，主张性、命双修，顺应了社会伦理道德和人性的基本要求，有助于构建弘大刚毅的人格。"邪派武功"则破坏人自身及宇宙万物间的和谐，追求"片面的深刻"，违反人性准则,最终只能玩火自焚。武德的这些方面又是各相契合一致的,"为国为民"的大侠郭靖练的是符合《周易》文化精神的武功"降龙十八掌",而谋图篡位、希逞私欲的东方不败则练戕害人性的"《葵花宝典》神功",这种武功与人格的统一就构成了富有文化意味的完整的大侠品格。

的确,伦理本体型的文化容易走向"泛道德主义",而"泛道德主义"又是阻碍民众觉醒和诱使道德滑坡的重要根源之一,但必然看到的是,"泛道德主义"属于封建政治意识形态的范畴,与传统的文化理想有着本质的区别,金庸小说所阐扬的正是后者而非前者,正是通过对文化理想范畴中的道德的强有力的张扬和富有现代意识的重建来有效地阻止"泛道德主义"的滋生泛滥。数千年的文化传统决定了我们这个民族在文化意识上的特点,即民族的伦理本体和个人的道德自觉,一旦失去了这一点,我们的民族就会失去文化上的凝聚力,就会散乱、堕落乃至消亡。金庸小说把历史上具有一定道德色彩的武功变成了体现文化理想和道德观念的符号,把儒、释、道乃至诸子百家学说中的合理成分相互融通并形象地显现出来,超越了伦理说教和道德劝化的层次,从文化、哲学的高度构建起了一个完整的道德体系,并以潜移默化的方式融入现代人的生活之中。

如果说通过武功与武德的关系只是构建了一个道德体系的话,那么,通过人生境界的阐释就使武功进入了文化本体。在金庸小说里,武功绝不是单纯的外在的技击,而是与人的生活经历乃至生命感受密切相关。作为道家文化象征的老顽童周伯通晚年练成了"左右互搏术"和"空明拳法",飞扬佻达的杨过在经历了人事惨变之后悟出了"黯然销魂掌法",其实这已不是武功,更不是武术,而是人的心灵情感的外向宣泄,是人的生命的外化形式。在这里,武功与人的生命相互融透,武功也就因此而升入了

十七、金庸小说的文化意义

文化本体。金庸小说从武德和人生境界两方面来阐释武功,实际上是借最为通俗、形象的形式阐释了最为深刻、精奥的哲理,并使之成为重塑民族文化本体的基本要素。

关于"武"与"侠"的关系,梁羽生曾说:"'侠'是灵魂,'武'是躯壳。'侠'是目的,'武'是达成'侠'的手段",(佟硕之(梁羽生):《金庸梁羽生合论》、《梁羽生及其武侠小说》,香港伟青书店1980年版。)其实,这仅是从一般武侠小说写作的角度而论。我们今天读金庸小说,既不会天真地照练武功,也不应该"欲以这种不可能的幻想来宽慰自己无希望反抗心理",(郑振铎:《论武侠小说》。)而是应该从中汲取其文化精神,因此,"武"与"侠"都应该成为梁羽生所说的"灵魂"和"目的"。事实上,金庸小说就是把两者都作为"目的"来描写的,这与其阐扬文化传统的旨趣是完全一致的。金庸小说通过对侠义精神以及与此有关的文化精神的表现而塑造的大侠形象为我们树立起了一批文化人格的楷模,对于现实人格的选择和构建有着深远的意义。

金庸小说中的侠客形象主要可以分为三类:民间侠、儒侠和道侠。民间侠的典型代表是萧峰,他具有历史上一般侠客的讲义气、重然诺、扶危济困等优良品格,更重要的是他具有古往今来的侠客中最为潇洒不羁、纵横无束而又豪爽纯真的性格;看似粗莽大汉,实是宅心仁厚,极富怜悯情怀。他的结局尤为特殊,为息两国之争,救生民于涂炭,他不惜以自杀震慑辽国,警醒大宋,这就给人们留下了无法逃避的思考:胸前刻着青郁郁狼头的"野蛮人"与高坐朝堂之上满口仁义道德的衮衮诸公相比,哪一类人更文明?传统的华夷之辩、畛域之分到底是对是错?实际上,这是借萧峰之死把普通百姓心灵深处的光华显现出来。萧峰这一朴素的民间大侠的形象确实显示出某种永恒性,在任何历史时期,萧峰所代表的正直、朴素、真诚和献身精神都具有不灭的价值和意义。儒侠的典型代表是郭靖,他的身世经历极其符合孟子的"天将降大任于斯人也……"的论断,他的性格符合孔子的"木讷近仁"、"巧言令色鲜仁矣"的论述,他的作为和结局更使他成为"为国为民"的"侠之大者"。事实上,作为儒侠的郭靖已经"名士化",更趋近于民族英雄和道德楷模,但他具有远大理想而又积极行动的大侠品格仍然有着鼓舞人心的作用,况且对于郭靖的"英雄"和"道德"方面的描述始终是诉诸文化层面的。道侠的典型代表是张三丰,他清虚自守、圆融无碍、慈善为怀而又不是遗世独立,他的清明澄澈的智慧和静穆高大的人格会赢得人们的恒久景慕。

应当说,侠义精神是一种具有积极合理因素的民族文化精神,起码是一种对黑暗邪恶势力的反拨力量,正是因为有侠义精神的普遍存在,民间社会的正义力量才得到保证,上层社会也才能从中提升出"为民请命"和"拚命硬干"的精神,塑造出"民族的脊梁"。金庸小说对传统的赴士困厄、私相复仇、依附清官等带有严重局限的侠义精神进行了超越,从侠义精神的最本质的内核入手,抓住其中具有现实合理性的因素,按照现代观念的要求对其进行了新的创造。

应当说,萧峰、郭靖、张三丰这样的形象并不符合历史的真实,但因融入了现代意识,让现代人感觉到了深刻的文化的真实。这就是对传统进行创造性的转化的成功范例。

从传统文化的本质上看,征服社会的目的是为了完善道德,完善道德的目的则是为了更好地征服社会,构建更为理想的社会存在,因此,"武"与"侠"是从传统文化的本质深处生发出来的两个概念,体现了传统社会中人们对于理想世界的恒久渴望。在当今社会中,"武"与"侠"的外在形式已失去了存在的社会基础,但其内在的文化精神却必然也必须生生不息,因为民族作为一种文化存在是不能离开自己的文化而独立于天地之间的。

2. "情"与"理"——本真生命与道德禁锢的纠结与冲突

"情"与"理"的冲突恐怕是人类生命历程的恒久冲突之一。在中国的文化传统中,"情"与"理"一直是被当作人性的两个方面来对待的,传统哲学围绕着对"情"与"理"的认识及其关系问题展开了长期的争论,形成了不同的哲学流派,极大地促进了中国哲学的发展。如果能联系社会发展史来考察哲学发展史,就会发现一种很有意味的现象:在哲学上如果"情"能稍稍抬头,则社会往往显得富有生机和活力,反之则死气沉沉。当然,中国封建文化的根本性质决定了"理"总是要胜于"情",这在大哲学家朱熹那里得到了充分的发展。他说:"天理人欲,不容并立"(朱熹:《孟子集注》卷五),"天理人欲常相对"(《朱子语类》卷十三),"人之一心,天理存,则人欲亡;人欲胜,则天理灭"(《朱子语类》卷十三)。我们且不评说朱熹哲学如何把中国传统哲学彻底精致化,把封建道德的最后一点能量都挤榨出来,从而成为中国封建社会由前期转向后期的标志之一,只是想借此说明"情"与"理"、"人欲"与"天理"在传统文化本体中占有何等重要的地位,处理好二者的关系对于重塑民族文化本体又有何等重要的意义。

在金庸小说里,"情"与"理"主要表现为人的本真生命与道德禁锢的恒久冲突,具体说来就是爱情与俗常规范的冲突。显然,金庸小说既没有表现出脱离中国文化实际的滥情倾向,也没有做抑情绝欲的道德说教,而是合理地张扬了人的本真生命,对传统的禁锢社会和人的发展的"理"进行了合理的突破,或是讴歌富有现代意识乃至恒久的价值的爱情,或是提供认识价值,使人引以为戒,把传统的爱情赋予了浓郁的文化色彩。

从整体上看,金庸小说最大的成功之一是通过爱情描写而为我们建构了一种携手走天涯的人生范式,毫无疑问,这种人生范式既是对传统的僵化、腐烂的人生范式的突破,又是一种诗意的人生,由郭靖与黄蓉、杨过与小龙女、令狐冲与任盈盈、袁承志与温青青、陈家洛与霍青桐等人共同构建起的这种人生范式有着恒久的激动人心的力量。在携手走天涯这一人生范式中,"走天涯"是指仗剑行侠,"携手"则是指与红粉知己共闯江湖。仗剑行侠之诱人,尚不在其扶危济困、除暴安良,倒多是为了肆逞己志,抒解久遭压抑的情绪,更甚者则是以江湖为江山去建功立业,获得社会实现感。"携手"的妙处就更多了,沙里淘金、自择伴侣,遍尝男女风情,且不必金屋藏娇,尽可以幸福炫人。这"携手走天涯"五字,既能满足人的社会实现的要求,又能使人充分享受感性生活,的确是人生妙诀。其妙处还不止于此,更重要的是提供了一种实现的方式:"走"。豪迈、刚烈、苍凉、忧伤、潇洒、自由,一"走",就全出来了。从这一意义上讲,"携手走天涯"确实是一种诗意人生。三分侠骨,七分柔情;七分剑胆,三分琴心。这种融"水浒"与"红楼"于一体的人生范式,既是植根于传统文化深处的,又是为正统的封建观念所不容的,因为她把传统文化中符合人的本真生命的内在的合理因素张扬出来,与维护封建等级秩序、道德观念的封建政治意识形态有着尖锐的冲突,并对其发生着撞击性的破坏作用。也正是由于这两方面的原因,这一人生范式才对现在乃至未来都有着积极的意义。在这种携手走天涯的人生范式之中,各人的情况又是千差万别、无一相似的。杨过与小龙女的爱情几乎是一种纯粹的象征,象征着世俗观念、伦理道德乃至所谓的"正人君子"们对人类最纯洁、最美好爱情的扼杀,杨过、小龙女所经历的每一次人事惨变均不与此无关。杨过身世凄苦,自幼养成了愤激而又飞扬佻达的性格,蔑视俗常规范;小龙女自幼入古墓,不审"三从",不懂"四德",不谙世事,几近老庄所谓的"婴孩"状态。如果严格地从当时的情景来考察这对师徒的爱情,就可以看到,这恐怕是人世间不带丝毫世俗色彩、功利色彩的最契合人的本真生命的纯洁的爱情。但当这一理论上的爱情被带出古墓时,因有师徒之分而遭到了黄蓉、郭靖、整个武林乃至社会的拒斥,使杨过和小龙女历经数次惨烈的分合。虽最后因二人为国拒敌立有大功而终于得到了社会的认可,但这只是良好而又虚幻的愿望,最真实的还是他们遭受"迫害"的过程。小龙女的形象使我们想起了庄子的"肌肤若冰雪,绰约若处子,不食五谷,吸水饮露,乘云气,御飞龙而游乎四海之外"的"神人","神人"之爱遭受了封建道德观念的残酷迫害,这就不仅仅具有社会层面上的"反封建"的意义,而且是从文化、哲学的高度反思了文化理想与封建政治意识形态的矛盾,为重塑民族文化本体提供了有益的借鉴。

　　作为书生侠客的陈家洛倒颇似一位古代的"人文主义者",他虽然没有哈姆雷特的"生存,还是毁灭,这是一个问题"式的对事物及人生的价值与意义的思考,但他对于霍青桐和香香公主的选择、对皇帝的轻信、为救周绮之子而放掉乾隆皇帝等做法已证明他试图把传统的文化理想施诸现实之中。他不选择武功高强、多谋善断并对他的事业会有帮助的部族首领霍青桐,而是爱上了霍青桐的妹妹香香公主———一位柔弱纯善,满身花香但却只能成为他事业的累赘的姑娘,这一方面说明他的书生气质使他永远成不了只关注现实利益的政治家,一方面也表现了传统男性文化品格中天然虚弱的一面,试图在内倾的和谐中寻求意义,再加上陈家洛轻信乾隆,以献出爱人来换取乾隆的"反正",就构成了这样的寓意:以文化理想来取代现实政治。当然,陈家洛作为本质上的书生在这"书"与"剑"的"恩仇"中只有失败,但却正是这文化理想之"书"对现实政治之"剑"的不断的殉难式的矫正才使中国历史不致沉落。

相对于上述的爱情模式,郭靖与黄蓉的爱情更具有认识价值。郭靖作为"为国为民"的大侠,自有其合理性的一面,但在与黄蓉的爱情关系上,却陷入了"情"与"理"的复杂纠葛。黄、郭之爱的传统观念上的真实性和文化理想上的不合理性使我们产生了这样的联想:任你怎样活泼轻柔、聪敏灵慧的女性也奈何不了木讷刚毅、质实朴拙的男性,不论怎样鲜嫩娇美、天趣盎然的感性生命永远挣脱不了僵硬冰冷、专横残忍的传统理性的铁掌,所谓"巧妻常伴拙夫眠"应是一声历史的浩叹。黄、郭之爱还浸透着传统的道德宿命意识,这种意识是一种道德上的虚幻的承诺,告诉人们只要恪守传统道德就会获得一切,所谓"皇天无亲,唯德是辅",即使此生不谐,来世亦必可得。道德宿命意识具有极强的麻醉作用,如果牛郎被许诺得配仙女,董永被认定可娶织女,那么他们就会永远甘于放牛和做长工而不思觉醒,永远不会面对现实的悲剧性。郭靖作为一个万民敬仰的儒侠楷模,黄、郭之爱是以牺牲黄蓉为代价而对郭靖做出的虚幻的补偿,这一重要的补偿使郭靖的生活圆满起来,在他为国捐躯之后,人们只能唏嘘赞叹而无所遗憾。

韦小宝的女性观是妇女=妓女,爱情=占有,结婚=生殖,金庸小说在探索国民性时对这一充满流氓意识的女性观进行了充分的揭露和批判。李莫愁的变态的爱情观实际上反映了不为我所有便要毁灭的嫉妒心理和小农意识。康敏的爱情观实际上把爱情政治化,要做爱情霸主。任盈盈与令狐冲的爱情带有一定的自由色彩,张无忌的爱情经历透显出更多的平民意识,而段正淳的爱情观似乎带有对爱情终极状态的思考,有一定的浪漫色彩和未来意义。可以说,金庸小说通过对各类爱情的描写全方位地表现了中国的文化传统和文化意识,不仅具有很高的审

十七、金庸小说的文化意义

美价值,更具有很高的认识价值和借鉴价值。

清末民初小说批评家管达如说:"英雄、儿女、鬼神为中国小说三大要素。"(管达如《说小说》)"武"与"侠"属于"英雄"的范畴,"情"与"理"属于"儿女"的范畴,金庸小说借助传统小说要素来充分阐扬了传统文化,营造了一个完整的文化世界,把传统引向了现实。

3.传奇与传统——亦奇亦史、亦幻亦真的和谐统一

"武"与"侠"、"情"与"理"仅是从传统小说模式切入金庸小说的一个视角,金庸小说在"英雄"与"儿女"这两个传统小说的要素上已有了崭新的突破,其实,金庸小说最大的突破还是在于创造了融历史于传奇,再借传奇表现传统的具有史诗意味的小说样式。在这种小说样式中,历史被深化为民族心灵的轨迹,历史事件被点化为代表民族性的符号,而与此无关的所谓"历史真实"则被删除;传奇这种传统的小说样式也不再张扬荒诞离奇的情节,而是变为表现文化真实的文学手段。因此,金庸小说的文化内涵远远超过了"英雄"、"儿女"所能达到的程度,在一定意义上达到了史诗的深度。

在十五部金庸小说中,绝大多数都有明确的历史背景,其中主要的六部则与具体的历史事件有着密切的联系,通过分析这些小说中的侠客形象,可以看出侠客何为。《射雕英雄传》中的郭靖先是行侠仗义,后则助守襄阳,这位为国为民的"侠之大者"实是一位民族英雄,但不论他的行动还是华山之下的冥思苦想以及他同成吉思汗的辩论都一致表明,他想实现的正是儒家的"爱人"、"仁政"、"天下为公"的社会理想。《天龙八部》里的千古大侠萧峰企望以死来消弭刀兵,使天下永得太平。《鹿鼎记》里的天地会虽是一个政治组织,但其首领陈近南则是一个兼侠客、忠臣、民族英雄于一身的人,更显示出他以侠客的身分去实现社

会理想的企图。《书剑恩仇录》中的陈家洛虽打不破书生难成大事的历史定律,但他的失败及归隐异域正使我们看到了他身上的理想成分。《倚天屠龙记》中的张无忌空为一教之首,空有绝世武功,空对明教有生死存亡之恩,但因为人太过诚实淳朴,只好为爱人画眉窗下,把好端端的一个开国皇帝让给了朱元璋。《碧血剑》则更为特出,袁承志自幼受一群忠烈之士的熏陶,满拟可以杀昏君、报父仇,造出一个理想世界,哪知崇祯无道,李自成也非明君,失望之余,只好归隐海外。再加上《神雕侠侣》中的杨过和小龙女归于玄寂,《笑傲江湖》中的令狐冲和任盈盈"曲终人不见",《连城诀》中的狄云和水笙逃避深山,真是一部悲壮的侠客无奈奏鸣曲。由此可见,不论是以"空负安邦志、遂吟去国行"的袁承志为代表的归隐型侠客,还是以"为国为民,侠之大者"的郭靖为代表的死节型侠客,他们的愿望都是要除尽不平、解民倒悬,建立一个德化淳美的桃园世界。作为历史的真实,他们的目的是达不到的;作为文化的真实,他们的行动和理想却有着永不磨灭的价值和意义。

金庸小说把这两种真实统一起来,在描写过程中充满了积极昂扬的精神,这无疑是对文化传统中这一最基本的合理的文化精神的有效的弘扬。在过去、现在和未来的民族文化本体中,侠客们的这一理想追求都将是一种永恒的存在。

其实,文化形态的侠客是由文人创造出来的,千古文人侠客梦,千古侠客梦桃园,文人与侠客原是二而一的文化存在,所不同的是文人用笔,侠客用剑而已。文人自感无用而创造出侠客,可侠客又始终无法用长剑开出一片净土,于是二者陷入了一种不灭的循环,况且二者在人生范式上也天然地趋向统一。"书剑飘零"是一个有着恒久魅力的文化意象,有书无剑,太过文弱,有剑有书,又失之粗莽,书、剑相配,才显得刚柔相济,文武两全,喜

十七、金庸小说的文化意义

欢周游飘零的侠客也才得集儒雅与勇武于一身,合风流与刚健于一体,"长剑横九野,高冠拂玄穹"的儒侠形象正是这种文化意象的写真。但二者实际上很难统一,研究武侠史即可看出,文人有用则侠客少,文人无用则侠客多,至清末的南社文人甚至自己都要做侠客,文人与侠客消长关系是极有意味的。中国的"历史国情"给予文人与侠客以悲剧式的定位,使他们在不断的失败和殉难中显示出价值和意义:他们所代表的文化理想因此不断地渗入社会现实。金庸小说在融历史入传奇时透显出这种历史进程,并肯定了其合理意义。

　　对于恩仇观念和正邪观念的超越表现了金庸小说的开放情怀。中国人生而在恩、仇之中,报恩与复仇成了他们完成道德形象和实现个人价值的主要社会行动方式,所谓"丈夫第一关心事,受恩深处报恩时"集中表现了这一思想。但这种"报"与"复"往往使人陷于一己之私而变成卑庸乃至邪恶之徒,金庸小说批判了只顾一己之私的"报"与"复",使之与国家民族和文化理想相联系。林平之与谢逊均为报一家之仇而丧心病狂,下场亦可悲,袁承志先是为报父仇而学艺,后来通过对崇祯、皇太极和李自成的一步步的认识,终于明白了家仇、国仇、天下仇皆无从报起,从而成为极具文化色彩的大侠。对于正教与邪教,金庸小说不是采取僵化的态度,而是着重表现了其相互包容、转化的一面。作为"邪教"的明教最后淹有天下,而作为"正教"的六大门派却日渐衰微,这些结局的安排,都表现出尊重合理因素、化解恩怨、消除障碍、促进社会和谐发展的积极意识。

　　《天龙八部》是一部极富宗教情怀的杰作。它为我们营造了一个无人不冤、有情皆孽的非人世界,在这里,人与人之间、正教与邪教之间、武林门派之间、国家民族之间、宗教与世俗之间乃至已经消灭的朝代与现实之间都充满着怨和恨,而这些怨和恨

又无始无终，无因无由，理说不清。《天龙八部》是一部十分深奥
复杂的小说，它没有停留在简单地宣扬佛教思想的层面上，而是
把儒家的"爱人"的悲天悯人的情怀、道家的万物齐一的思想、释
家的破孽化痴的感悟融为一体，由此而指向了反对"异化"和匡
扶人性的主题。萧峰之死和慕容复之疯又对全书起了至关重要
的点化作用，使小说表现出对美好的社会、人性的宗教式的热情
和渴望。《天龙八部》已经显示出从宗教角度对文化传统进行探
索性思考的倾向，这一点在重塑民族文化本体时应尤其加以
注意。

如果说《天龙八部》"虚"到了极处，那么《鹿鼎记》则"实"到
了极处，二者似"双璧"相映生辉。《鹿鼎记》是一部探索民族性
的杰作，可以说，她是表现小农意识、流氓意识、市井民俗等社会
心理和俗文化意识的百科全书。小说通过韦小宝这一独特的人
物把最上层与最下层、最严肃的使命和滑稽无赖的行径、庄严事
业与歪打正着的儿戏、正统英雄与传统小丑紧密地联系在一起，
从而在最广阔的天地内展现了韦小宝的精神世界，也全方位地
挖掘了小农意识。在这一点上，《鹿鼎记》与鲁迅先生前期对国
民性的探索颇有相通之处。同样是小农意识某些方面的表现，
阿Q时时处处失败而韦小宝时时处处胜利，这是由于作家观察
问题的角度不同所致。鲁迅先生站在历史发展的高度考察小农
意识是怎样阻碍民族的现代化进程的，金庸先生则侧重考察小
农意识在封建社会处于怎样的一种如鱼得水的存在状态。至于
小流氓出身的韦小宝最后竟要被当时的大儒和天地会群雄推举
做皇帝，就更明确地指出了封建制度的文化实质。另外，以韦小
宝的"士可辱而不可杀"的"精神胜利法"为特征的活命哲学，以
及小说从整体上表现出的反文化倾向、反英雄倾向和生殖至上
的信念等，都是民族的根性。小说以亦庄亦谐的笔调对某些文

十七、金庸小说的文化意义

化实质和劣根性进行了严肃的揭露、辛辣的讽刺和痛切的批判，具有极高的审美价值和认识价值，在民族文化的发展走向上有着不容忽视的地位。

当然，金庸小说并没有完全摆脱传统文化中负面因素的影响，也许因为"对美的祭奠"是文化选择中最为艰难的事情，金庸小说还是表现出"设想英雄垂暮日，温柔不住住何乡"的传统倾向。金庸小说中的大多数侠客的结局都是与丽人偕隐，在"英雄梦"与"儿女情"这两种人类最本原的冲动前选择了后者。所谓少壮做英雄梦、迟暮归温柔乡的传统的理想人生模式实在是逃避现实的美妙借口。中国人本来就少悲剧意识，在仙、酒、自然、梦、女人等丰富的消解因素的作用下就更加龟缩内心，不去直面人生。从武侠小说的发展史上看，从"性禁忌"到"侠而情"的转变源自风云激荡的清末，南社诗人的"侠情诗"为其突出的表征，"生来莲子心原苦，死傍桃花骨亦香"、"醇酒女人自古尔，柔情侠骨有谁邪？""天涯别有伤心泪，不哭英雄哭美人"，南社诗人们已感到传统侠客的光辉时代已一去不返，便祭起了"温柔乡是英雄冢"的传统法宝，而实际上这是民族精神衰微的表现。金庸小说没有从根本上突破这一限局，没有把武侠小说从俗滥的言情小说中彻底拯救出来，还有着使人沉迷的消极作用，因此，金庸小说在开启保持民族文化活力所必需的悲剧意识方面是不足的。

经过金庸改造的传奇成为表现传统的最好的文学形式，传奇与传统在我们的传统文化的深处达成了和谐的统一。从这一意义上看，即使不能说金庸小说是民族史诗性的作品，起码带有史诗的意味。民族文化本体是一个民族的价值准则、行为方式的最基本的出发点，是民族存在的根据，失去了文化本体的民族是悬空的民族、没有前途的民族。中华民族的传统文化是人类文化中最为光辉灿烂的文化之一，有着丰富的内在合理性和永恒的生机,在现代意识的指导下以自己的文化传统为根据不断地重塑民族文化本体则是每一个历史阶段无法逃避的使命,这一使命在当前的民族文化转型期显得尤为迫切和重要。金庸小说以其对优良传统的阐扬和广泛的影响而对民族文化本体的重塑发生着积极的作用,如果我们能够认识到历史上每次文化重建都是自"下"而"上"地运行的话,也许能够正视金庸小说的价值,并使其发挥更好的作用。

十八、余秋雨散文的文化取向

在经历了历史的狂热与骚乱之后，人们终于想起要以淡雅沉静的态度来静观和体味人生，以求得生命的喘息。于是，梁实秋、林语堂、冰心等人的散文被人们重新发现，出版界也投其所好，把这些人的散文冠之以"淡泊人生"、"雅致人生"等名目制成各种"选本"重复出版，使之在相当长的时间内成为读书界的热点。然而，人们很快就发现，这些散文只能暂时舒解人们过于紧张和干枯的神经，对于消除人们内心深处的焦灼、烦躁和空虚感，却较少补益。现实的历史处境告诉我们，真正属于我们这个时代的散文，必然是具有相当的文化深度的，余秋雨文化散文的出现，可谓为当代散文提供了一种范例。

1. "吞吐着一个精神道场"——对当代散文的超越

余秋雨在《藏书忧》中描写一位文人在书房中的感受时说："有时，窗外朔风呼啸，暴雨如注，我便拉上窗帘，坐拥书城，享受人生的大安详，是的，有时我确实想到了古代的隐士和老僧，在石窟和禅房中吞吐着一个精神道场。"的确，余秋雨的"文化苦旅"、"山居笔记"等系列文化散文，正像一位祈盼悟道的苦行僧或是一位背负沉重使命的山居隐士的心灵轨迹，这位"老僧"或是"隐士"，在踏遍了荒漠和闹市，追问了往古和现实之后，建立起了一座丰富深邃、宁静淡远又透出无限生机的"精神道场"。由此,余秋雨的散文对当代散文进行了一次重要的超越。

在传统中国,散文本来是这样一种文体:写风花雪月而轻歌慢吟就必然要失去散文的品格,写百年大计而亢辞雄辩往往会被摧折,与诗词、戏剧、小说等艺术门类相较,中国散文就是在这种两难的选择中走过了几千年的历程。如果从这一意义上讲,余秋雨的散文是带着历史的悲情乃至慷慨赴义的情怀而选择了后者的。因为他的散文要以其羸弱的身躯承担起在"可爱"的传统中寻找"可信"的未来,并因此来塑造民族文化人格的历史重任。

余秋雨的散文所要探讨的问题,也正是从晚清以来仁人志士所倾力追询的问题。从提倡"中体西用"说的晚清洋务派,到活跃在当今海外的"现代新儒家",都以强烈的民族责任感和深刻有力的思想、行动,希图使民族的优良传统得到创造性的现代转化。其中的许多人,甚至以生命为代价来索问这条途径是否可以通行,在颐和园投湖自杀的一代宗师王国维先生就是极好的例证。王国维有感于现实的黑暗,到中国传统文化和西方哲学中去寻找光明,他所追求的理想与晚清的现状发生了不可调和的矛盾,因此发出"哲学上之说,大都可爱者不可信,可信者不可爱"、"知其可信而不能爱,觉其可爱而不可信"、"余知其真理而又爱其谬误"(《王国维遗书·静安文集续编》第 5 册,第 23 页)等一连串的慨叹。他所爱的是叔本华、尼采所代表的唯意志论、超人哲学以及与之相关的中国文化传统,而他所信的,则是属于科学之真的杜威等人所代表的实用主义或实证主义思想,这些是与中国传统相拒斥的,是可以变为现实的可信的理论,但又不可爱。在"可爱"与"可信"相悖的矛盾心态下,他不喜欢辛亥革命以后的共和体制,认为那是政治和文化的大堕落。对于

十八、余秋雨散文的文化取向

王国维的自杀,过去很多人认为是罗振玉利用了他,现在,罗振玉的孙子把他给罗振玉的书信全部公布出来,这些材料无可辩驳地证明,王国维不是因为个人原因而自杀,而是完全以满清遗老自居,始终保持着文化上的清醒,他的以身"殉国",是一种自觉的理性选择。王国维在博览了中西文化之后,只发现了民族文化传统的"可爱"之处,并未找到其"可信"之点,于是,王国维以自己的生命塑造了一个崇高的悲剧形象。然而,"可爱"之中必然蕴含着"可信",余秋雨的散文以对传统文化的深情眷恋为基调,又以冷峻的理性为主导,对传统文化内在的生命力进行了苦心孤诣的梳理和显扬,并以富有感召力的形式,令人信服地宣示:"可爱"的文化传统中蕴含着具有无限生命力的"可信"的合理因素,未来的民族文化之树,必然也只能植根于民族的文化传统之中。其实,余秋雨的宣示已获得了热烈的反响,在商品文化肆无忌惮地泛滥的今天,余秋雨的十分严肃的文化散文却能够以不可阻挡之势大行于天下,这多少能够说明民族的"人心所向",也预示着重新检讨民族文化传统、重塑民族文化人格的百年祈盼并非没有实现的可能。

十八、余秋雨散文的文化取向

　　余秋雨的散文以其吞吐千年、汇聚古今的气概营造了一座艺与思的"精神道场",清楚地显示出其对当代散文的超越步履。在当代文学史上,相对于其他文体,散文艺术特质的失落是最为严重的。五六十年代的散文,多是对政治观念的附会图解,对现实生活谄媚般地廉价歌颂,70年代末、80年代初的散文是被泪水和谴责浸泡的散文,把罪责全部推诿给别人和历史,虽比五六十年代的散文多了几分真诚,但在回避自省方面却是一脉相承的。80年代初过后,人们急于补回失去的生活,大约怀着阿Q在梦中索取革命报酬的念头,在散文中表现"生活",表现"自我",其结果多是使"生活"丧失,"自我"沉落。余秋雨的散文则不同,它在百年乃至千年的文化走向上立定,重拾困扰着四、五代人的重大课题,避开庸俗社会学、政治学的羁绊,直指民族心灵的深处,以"为天地立心,为生民立命,为往圣继绝学,为万世开太平"(张载《西铭》)的姿态指向未来。

　余秋雨散文对当代散文的超越,不仅表现在思想文化境界上,还表现在强烈的主体意识方面。余秋雨的散文之所以有很强的感召力,其根本原因就在于作家把自己鲜活的文化生命融入了笔端,而这个具体的文化生命又是由深厚而沉重的现实历史积淀而成的。现实历史的重压,使作家的文化生命如"万斛源泉,不择地而出"(苏轼《文说》),于是,一处处人文景观便成了历史的浓缩,再由历史显现出文化,最终由文化而透显出民族的存在状态。就这样,余秋雨的散文终于摆脱了以往 40 年散文的樊篱,从"小体会"、"小摆设"、"小哲理"等小家子气的审美规范中走出来,树立起了一座真正高大独立的主体形象。主体意识的强化确实需要一个艰苦的修炼过程,余秋雨散文中鲜明的主体意识固然来自作家渊博的文史知识和良好的文学天赋,但如果只靠这些,也只能写出掉书袋式的怀古悼亡之作,决不会将一座"精神道场"弥漫于天地之间。因此,真正纯净的主体意识,需要对历史的洞察,对现实的忧患,对未来的执着,对人生的定力以及对整个人类文化的感悟,借用先贤的话说,就是要摆脱"小人儒"而达到"君子儒"的境界。余秋雨的散文对俗常生活乃至社会政治层面上的东西已无所关注,而是从更高的层次上对现实历史进行着极其深切的眷顾,其中的欢愉、忧思、欣慰、苦恼都与历史、现实和未来紧密契合,与当前处境中的高尚与卑微、深刻与虚浮息息相关,由此而构成了散文的多维结构立体化的主体意识,这种主体意识以其丰富、高大和纯净的特质把当代散文推向了一个新的里程。

十八、余秋雨散文的文化取向

余秋雨散文还是对中国传统散文优秀传统的创造性的继承。传统散文与传统诗、词、小说、戏曲相比，有着更为明确的"载道"使命，不论是载"道德"之"道"还是载"政统"之"道"，抑或是载文化生命乃至宇宙意识之"道"，只有载"道"，只有关涉严肃乃至重大的主题，才能进入散文的正统。事实上，在中国几千年的历史上，真正以文学的形式来传"道"、布"道"的，恐怕还当数散文。每一次文化形态乃至政治形态发生的巨大变革都可以在散文中找到明晰完备的踪迹，更有甚者，有许多次文化和政治变革是由散文这种文学形式作为先行者和主力军推动进行的。当然，近年来学术界对"文以载道"的文学观念多有批判，认为这影响了文学的自觉、艺术的独立，但根据中国的历史"国情"，"文以载道"的文学观念除了产生了一些僵硬死板的教化性作品外，毫无疑问是一种优良的传统，如果没有这种"文统"对现实"政统"的矫正，中国恐怕还要增加许多灾难，所以，"文统"与"政统"经常处于对立乃至冲突的状态。许多"载道"的优秀散文，虽能传之后世，但在当时却是被压抑乃至摧折的。其实"载道"散文一开始就意识到了自己的悲剧定位，但还是义无反顾地走到了今天，宁愿做历史的殉难者，而不愿失去散文的真正品格，做供人玩弄的角色。余秋雨的散文，正是继承了这种"载道"的优良传统，取传统散文文体之神而赋以现代散文文体之形，既对传统散文进行了创造性的转换，又对当代散文进行了突破，在文学文体学上也有着价值和意义。事实上，余秋雨的散文在致力于从"可爱"的传统中寻找现实的"可信"因素的过程中，其散文本身的确立，就已经说明找到并成功地实践了许多"可信"的合理因素，而这些成功，都是建立在对传统文人及传统文化理性分析的基础之上的。

2. "苦苦企盼""自身健全"——对文化人格的探询

在散文集《文化苦旅》的自序中，作者重提了那个千古一贯

十八、余秋雨散文的文化取向

而又常提常新的课题:"如果精神和体魄总是矛盾,深邃和青春总是无缘,学识和游戏总是对立,那么,何时才能问津人类自古至今一直苦苦企盼的自身健全?"这显然是一个具有人类文化普遍性的问题,余秋雨正是希图通过对中国传统文化人格的寻绎,从中获得有益的启迪,不仅在人类文化意义上,更重要的是在现实文化人格的选择和塑造上,有助于我们走出当前迷乱的窘境。

在余秋雨看来,中国传统文化人格的集中体现是传统文人的品格,而传统文人的品格则是一个极其复杂的集结,在这个集结中,传统文人首先是作为统治集团所操纵的棋盘中的一枚棋子出现的。《十万进士》令人信服地揭示出科举时代文人的既定命运,但更为重要的是,造就附庸人格并不是科举制度的实质,科举制度的深层文化内涵是要把时代的文化理想、道德理想、政治乃至经济方面的理想提升到具体的政治实践之中,因此,科举制度的文化本质是要求士子与统治者以"道"相合。正是因为有了这一本质,科举制度才能除了附带造就了一大批曲附于"政统"的平庸官僚之外,更造就了一批以"道统"自任的文化名人,如《柳侯祠》中的柳宗元,《洞庭一角》中的范仲淹,《西湖梦》和《苏东坡突围》中的白居易和苏东坡,以及《十万进士》中特意列出的那些人。关于这一点,明代的吕坤说得十分清楚:"天地间惟理与势为最尊。虽然,理又尊之尊也。庙堂之上言理,则天子不得以势相夺。即夺焉,而理则常伸于天下万世。故势者,帝王之权也;理者,圣人之权也。帝王无圣人之理则其权有时而屈。然则理也者,又势之所恃以为存亡者也。以莫大之权,无僭窃之禁,以儒者之所不辞,而敢于任斯道之南面也。"(吕坤《呻吟语》卷1)因此,传统文人一旦不能与统治者以"道"相合,就往往成为统治者的"弃子",由"弃子"而产生了中国独特的贬官文化。贬官文化是"道"的一种特殊的表现形态,也是中国传统文人品格的最好的表现形式,传统文人的文化生命因贬官而受到了猛烈的挤压,由挤压而得到了生命的激扬,在被贬的处境中,传统文人才能摆脱喧嚣与虚浮的生命状态,才能"有足够的时间与自然相晤,与自我对话。"以探讨生命的底蕴。余秋雨以深沉的理性之光照见了传统文人由入仕而致平庸的无奈与悲哀,照见了官格与文格的严重背离,同时也以无限的深情歌颂了那些因遭贬而创造出丰富的精神价值的文化名人。

余秋雨把身在仕途的传统文人划作两类,一是甘于平庸的"无生命的棋子",一是到处遭受撞击的有生命的"弃子",中国文人的绝大部分价值是集中在后者身上的。中国文人一开始就管恺撒的事,由于文人所负载的"道统"永远超于现实之前,文人就总是时时面临着被统治者抛弃的命运,也正是因为不断被抛弃,才显示出文人的社会价值和生命的意义。孟子斥责公孙衍、张仪为"以顺为正,妾妇之道"(《孟子滕文公上》),这用来斥责那些甘为附庸的官僚是十分恰当的,而遭贬的文人,则是以"道"为正,正是因为有了这种绵绵不绝的正道直行,中华民族才得以不断开化和延续至今。余秋雨希望撷取其内在的精核,以矫正当前遍地流行的"曲学阿世"的"自弃"之风。事实上,这正是十分需要的,也可能是行之有效的。也许,余秋雨先生本人就已经在"可爱"的贬官文化传统中获取了滋养。不是吗?在这极其困难的时期,余秋雨先生还是守住了文人的最后一道防线,未有"自弃"之举,并以生命之旅的方式进行了一次文化苦旅,而《家住龙华》一篇更是道出了当代文人的普遍窘境,因此,在某种意义上说,余秋雨的散文也许就是当代的"贬官文化"。

传统文人的历史文化处境不外乎出处辞受四字,因此,隐逸人格也就成为余秋雨散文所探讨的重要内容,其中,《沙漠隐泉》、《庐山》、《江南小镇》、《寂寞天柱山》、《藏书忧》等篇什都塑造了高标出世的隐逸形象或是表现了浓厚隐逸倾向。正如海外的一位著名文化史家所说,中国现代知识分子除了信仰观念与传统文人不同之外,其文人的性格并没有发生革命性的变化。因此,儒家"为己之学"的指引,道家释家寻求生命独立之精神的感召,仍然以一种文化原型的方式在对现代知识分子发生着潜在而又巨大的影响。中国传统文人的品格只有在出、处、辞、受的巨大张力中才显示出其高大纯净,闪烁夺目的光辉,而余秋雨万里独行、苦修苦旅的重要目的之一就是要为自己卜居一个归隐之所,这正象征着中国现代知识分子构建高大纯净品格的祈求,也显示出其内在驱动力的来源。在现代社会中,知识日趋重要,权威日趋多元,政治权威的功用会逐渐缩小,知识分子的作用将越来越大,因此,寻找知识分子品格的坐标、构建良好的现代品格就显得迫切而重要。余秋雨的探询,实在是一种可贵的努力。

在"苦旅"的历程中,余秋雨也发现了传统文人在品格上的严重缺陷。《酒公墓》是现当代散文中难得的佳作,足可与鲁迅先生的《孔乙己》先后辉映,其主人公张先生是一位经过洋包装的孔乙己,他一直停留在孔乙己的时代,虽留洋受训,却并未转换传统文人的品格。这位状元公的后代,一直没有觉醒,一生都是一枚"无生命的棋子"。可见,即使学到现代知识,如果没有高大的品格和觉醒的意识,也只能如"酒公"张先生一样可怜可悲。《家住龙华》一篇很短,但因放在系列散文中成为链条中的一扣而陡然增加了分量。我们除了替其中的知识分子掬一捧同情之泪以外,还要思考其悲剧的外在和内在的原因:像传统文人一样,过多的"原罪意识",过多的单向的奉献,过分地追崇"孔颜乐处",看似强大崇高,实则是懦弱与自戕的表现。正如《笔墨祭》中所说:"本该健全而响亮的文化人格越来越趋向于群体性的互渗和耗散"。传统文人一直是强固的道德传统的代表,但知识一直未与道德取得平衡,知识一直未能成为一个自足的领域。大哲学家戴震讲得极为清楚,道德如果失去了知识的支撑和限定,就会走入歧途,所以,传统文人尽管经过苦行苦修并不一定能得到建立高大品格的可靠保证。余秋雨散文对传统文人的所有叹惋几乎都与此有关,这也正是对"可爱"的传统进行创造性的转化时所必须加倍注意的地方。

在漫长的文化苦旅之中,余秋雨找到了"响亮而健全"的人格,如苏东坡、柳宗元、朱熹、李冰乃至朱耷、徐渭等人,但同时他又发现,完美意义上的"自身健全"是无法获得的,这不仅是因为知识的深邃与躯体的快逸永远处于互为"异化"的状态之中,更重要的是任何历史现实和现实历史中的人格都必然带有一定的局限。例如,余秋雨要卜居归隐,但不论做归隐于"江南小镇"、"白发苏州"的闹市之隐,还是做归隐于"天柱山"、"庐山"的山野之隐,在当前的处境中,都不能算是十分健全的人格。然而,当余秋雨带着这种无可选择的清醒的悲剧意识转回现实中时,中国现代知识分子的人格也许正在趋于"自身的健全"。

3."张罗一个""美的祭奠"——对传统文化的汰选

在《笔墨祭》中,作者明晰地表述了他的观点:"健全的人生须不断立美逐丑,然而,有时我们还不得不告别一些美,张罗一个酸楚的祭奠。世间最让人消受不住的,就是对美的祭奠。"余秋雨散文抱着"对美的祭奠"的态度,以冷峻的理性精神对传统文化进行汰选,既能对"可爱"的东西忍痛割爱,又在"可爱"的传统中找到了现实存在的"可信"依据。

民族文化伟力的精髓在于她的凝聚力,余秋雨的散文处处显示着对这种凝聚力的追询。《乡关何处》一篇从古人充满宇宙意识的超验之问起笔,落脚在散文的抒情主体对故乡——人生

十八、余秋雨散文的文化取向

归途的探询,以吞古纳今之势、领殊启一之方对民族的"故乡情结"进行了一次充满感情的梳理,但这民族的"乡关"既不在哪一座名山大川,更不在哪一座城镇宫殿,而是落在了以河姆渡人、王阳明、朱舜水、黄宗羲为代表的中国文化中。在王阳明那里,中国文化已汇聚成了伦理本体型的文化,事实上,余秋雨散文中的王维、柳宗元、苏东坡、朱熹等文化名人和哲学巨子以及古往今来的芸芸众生都在为这一伦理本体而毕生修炼,人的价值与意义完全被限定在社会的伦理关系之中,只有无限地自我提升,才能被伦理本体所接纳。因此,人生于天地之间,实质上是被伦理本体放逐和遗弃,只有经过伦理价值的自觉,人才能找到自己的精神家园。然而,这种自觉又是漫无极限的,人们很难获得进入伦理本体的可靠保证,因此,人们总是处于一种无家可归的空荡荡的感觉之中,"乡关何处"之问便由此产生。余秋雨散文中所举出的那些文化名人,无一不是因对伦理本体的激扬追寻而名垂史册,但又无一人敢于宣布自己已完全进入了伦理本体,正是这种人人欲进而又始终无法完全进入所形成的无限巨大的张力使我们的民族汇拢到一起,争相从中寻求人生的价值和意义,使每一个人都离不开那个既遥远又切近、既身在其中而又无法完全进入的"乡关"。《笔墨祭》、《风雨天一阁》、《千年庭院》及大部分篇什都明确地涵示出这一观念,使人在深深的感喟之余找到了无数文人乃至整个民族历经苦旅而不消散的坚强支点。

对于中国文化的复杂性、包容性、多样性,余秋雨散文也给予了极大的关注。《千年庭院》与《庐山》、《狼山脚下》、《寂寞天柱山》等众多的篇什一起汇成了这样一个命题:在传统中国,真正富有活力的文化尤其是真正的学术往往是非官方性的。中国的学术文化,似乎总是在轮回中发展:富有生命力的学术文化产生于官方以外,官方先是压抑摧残,继而认识到其"实用价值",

便取来为己所用,但不久便使其僵化乃至断气,只好再由其他非官方的学术文化补充养分甚至取而代之。中国文化的这种运作机理给传统文人以中国式的悲剧定位,朱熹及其学生之死便是典型的证明;但这也正给传统文人提供了内在的驱动力和广阔的历史舞台,并由此建构起他们真正的文人品格。余秋雨散文通过对朱熹类型的传统文人的赞扬,肯定了这一具有人类普遍意义的文化运作机理的合理成分,并进而为困窘的现代文人寻找心理支点。《上海人》可谓是一篇奇文,她以典型的散文特质容载了丰富深邃的学术思想,且以一种终极设定的气魄为上海文化寻找现实和未来的不可替代的位置。这篇散文不仅让现实的上海人立定了走向未来的信心,还使我们坚信,传统文化并不像某些人断言的那样是一个单一封闭的系统,而是包含着丰富的多元因子,完全可以从中开出新的传统。

　　《抱愧山西》所涉及的一类内容在我所见到的余秋雨散文中虽仅此一篇,但已足以构成一个独立的方面。该文不仅说明余秋雨散文已质询到文化传统中最为隐秘、深邃和理说不清的地方,并对以往所谓的定论给予了有力的撼动。尤其从政治、社会、文化诸角度对晋商的兴盛和败落的多种原因进行了梳理,使人不禁要与韦伯的《新教伦理与资本主义精神》以及余英时的《中国近世宗教伦理与商人精神》等世界名著相比照。其实,这篇短短的散文能够让人联想起学术名著,并不是因为散文中包含着可与学术名著相比肩的学术观点,而主要是由于散文的开拓之功、品位的提升及其独特的感染力使人由衷地感动。《抱愧山西》一文第一次以散文的形式寻绎中国的商业传统,虽还不够深厚,但其令人折服的说理和火一般的热情还是让人相信:只要有较为合适的社会政治气候,中国的文化传统中完全可以开出一股蓬勃强劲的现代商业精神。再加上《都江堰》等篇什,余秋

十八、余秋雨散文的文化取向

雨散文就形成了在文化传统中察访实业精神的一面。

余秋雨散文毫不避讳对传统文化的深情眷恋,以完全开放的态度,彻底敞开自己的情怀,把对优秀传统的眷恋抒写个痛快淋漓。《笔墨祭》是一篇不可多得的好文章,作者借祭奠毛笔文化而对传统文化的表现方式进行了吟咏。毛笔书法是一种超纯超净的心灵外化形式,天地之间恐怕再也找不出比毛笔书法更能够直接而又真纯地与人的生命沟通对话的艺术形式了,毛笔文化的失落,无疑使人类文明失去了一块芳草地。《夜雨诗意》所表现的是作者对传统感受方式的体味,这篇充满灵性和诗意的散文袒露了最符合人类本性的审美情趣,认为那些标榜现代意识的批评家"不愿看到人类行旅上的永久性泥泞,只希望获得一点儿成果性的安慰。无论在生命意识还是审美意识上,他们都是弱者"。《江南小镇》则表现了对传统生活方式的无限向往,认为隐居江南小镇,"几乎已成为一种人生范式",而"小桥流水,莼鲈之思,都是一种人生哲学的生态意象"。在这里,由于余秋雨的取向是为了对现实的"异化"进行矫正,所以在对传统的表现方式、感受方式和生活方式进行"美的祭奠"时就显得健康、新鲜而富有生机和活力。

在如此"可爱"的传统之中捡寻如此之多的"可信"之处,但冷峻的理性告诉作者,传统文化的整体性的暗昧色彩是阻障民族进步的重要因素,于是,余秋雨把中国文化的进程比作"夜航船"。在《夜航船》中,余秋雨说中国传统文人"谈知识,无关眼下;谈历史,拒绝反思。十年寒窗,竟在谈笑争胜间消耗。……"在《笔墨祭》中也指出传统文化人格总是趋向互渗与耗散,在《庐山》等篇中同样认识到传统文人的个人道德提升往往使文化陷入了整体的不道德。其实,这不仅是传统文人的品格,更是传统文化的品格,余秋雨散文始终贯穿着这种警惕的意识,以免陷入感性的盲目。在《夜航船》的结尾，余秋雨虽然在他的整个文化散文中对西方文化表现出审慎的缄默，但还是在此处把张岱百科全书式的《夜航船》和产生于同一时代的法国狄德罗的百科全书作了比较，这一比较是极具象征意味的，象征着对文化传统进行汰选的开放情怀。

　　余秋雨散文通过对传统文化的探索而建立了当代散文的重镇，这既与时代的选择有关，也与他的文化态度有关。他在某种场合曾明确地表示了他的四个文化态度：一，以人类历史为价值坐标去对待各种文化现象；二，关注处于隐蔽状态的文化；三，诚实的理性；四，关注群体人格。（见《文论报》1995 年第 2 期）这种文化态度使他的散文有了充沛的人文意识和启蒙意识。价值选择的开放性生发出真正的人文意识，而理性的运用则必致启蒙。正如康德在《对问题的回答：何谓启蒙》一文所说："运用你自己的理智，这就是启蒙的座右铭"，更为重要的是，余秋雨散文对文化传统的理性反思是一种最为符合启蒙精神的自我启蒙，而不是用别的文化系统来强行冲击传统文化系统的非己启蒙。这，也许只是在我们已经付出和正在付出惨重的代价时所得到的一点微薄的补偿。

　　余秋雨的确是一位诗人，读其散文，正如吟啸陈子昂的《登幽州台歌》，使我们思接古往今来和上下四方，使我们深刻地意识到，个人的文化追求可能已经绝望，但文化的整体和谐、天道的运行规律仍然值得深深的信赖。这是余秋雨散文的历史的悲剧意识，也是从古至今所有清醒文人的历史的悲剧意识，只有负载着这种悲剧意识，民族文化才能循序前行。

十八、余秋雨散文的文化取向

十九、道德宿命与文化理想

——《聊斋志异》与新时期山东作家群道德意识之比较

　　文学作品的意义的确是在历史的文化境遇中生成的,但如果因此而怀疑文本存在的意义,就会陷入相对主义和文化虚无主义。所以,我们更倾向使文本与文化处于一种动态平衡的良性状态,既充分尊重文化的可变性、可塑性,又不忽视文本本身凝聚和负载的具有相对稳定性的文化信息。只有这样,我们才不至于走向"全面而平庸"或"深刻而片面",才有希望走向"合乎时宜"的深邃。

　　同样是出于同一地域的山东作家,在不同的历史时期或不同的社会政治背景下,会写出负载着不同道德意识的文本,我们今天来解读这些文本,既可以看到历史的演替,也可以看到我们自身的发展。

　　《聊斋志异》是一个政治、社会、文化内涵极其丰富复杂的文本。的确,如果从政治学和社会学的角度来看待《聊斋志异》,它的许多篇章确实以铁笔掘开了现实的黑暗,以虚幻的方式真实地再现了那个虎狼当道的世界,然而,我们又不能不承认,作为文学作品,它的最高的价值并不在这里,而是在于那种突破灵魂栅栏的诗性幻想,那是最为打动人心的地方,也是《聊斋志异》的恒久魅力所在。

十九、道德宿命与文化理想

《聊斋志异》突破灵魂栅栏的诗性幻想,首先表现在"智慧兼深情"上。所谓"智慧",是指对一切灵魂栅栏的洞穿;所谓"深情",是指情结花妖狐鬼,情结生死宇宙,以情为本体。经过明中叶浪漫主义文艺思潮的洗礼,《聊斋志异》中的"智慧兼深情"与魏晋时期的"智慧兼深情"有所不同,魏晋时期的"智慧"更多的是思辨,其"深情"也侧重于对生命的眷顾与流连;而《聊斋志异》的"智慧兼深情"则是接受了明代的汤显祖等人的情本体的思想的影响,直接突破封建礼教及灵魂的栅栏,以传统的小说形式,展示出人的应然状态——情是一种无需询问的永恒。是的,当我们怀疑《聊斋志异》中的某些篇章所展示出的情的可能性的时候,我们就已经落入了灵魂的栅栏。

然而,它的正反两方面的意义都是在读者的接受过程中生成的,而读者的思想意识和心理机制是在历史的积淀中形成的,因此,《聊斋志异》的永恒的诗性幻想的一面必然与现实中的某些负面的思想意识产生复杂的纠结,这些纠结往往并不是截然分开的,而是一个问题的两面。也就是说,当你从不同的角度去看待同一篇小说的时候,它会产生出不同的意义;或者说,小说的内涵并不是单一的。《聊斋志异》的独特性就在于,无论是它的正面意义还是负面意义,都与我们的民族文化根性紧密相连。

在《聊斋志异》中,果报思想、消极退隐意识等往往是表面现象,它的本质则是传统的道德宿命意识。道德宿命意识是中国伦理本体型文化的必然产物,在传统社会的后期尤为突出。中国传统的意识形态大致经历了两次重大的构建和变化,一是秦汉时期,宇宙观、认识论是这一时期的文化、政治的核心;二是宋明时期,伦理本体、人性论是这一时期文化思想和政治理论的核心。宋明以降,这种伦理本体型的意识形态逐渐内化为民风民俗、思维方式及广泛的社会心理,戏曲、通俗小说以及文言小说都毫不例外地受到了深刻的影响。伦理本体型的文化自有其历史的合理性的一面,但当它内化为日常生活心理时,就不可避免地同迷信思想、果报轮回意识、消极退隐意识乃至"精神胜利法"等俗文化意识相融合,整合成道德宿命意识。

所谓道德宿命意识,其本质是一种道德上的虚幻的承诺,在设定道德是至高无上的本体乃至宿命的前提下,告诉人们只要恪守正统的道德观念就会获得应有的一切,所谓"皇天无亲,惟德是辅",在一定意义上就透显出这个意思。道德宿命意识的虚幻性主要表现在其非现实性上,生死轮回,报应不爽,即使此生不谐,来世亦必可得,从而迎合了人们的懒惰、无奈而又希求精神胜利的深层心理,为普通的社会心理所接受。这种道德意识因其根深蒂固而不需询问和不准询问,并与迷信心理相融合,故而带有浓厚的宿命色彩,从这一意义上讲,它实际上已经具备了宗教的某种功能。由于它已经积淀入了民族文化心理的深层结构和人们的审美心理之中,因此它具有了真正的审美品格。

《聊斋志异》因以幻想的方式来表现落魄士子的心灵世界而使之得到了集中的体现。这种原型可以追溯到"牛郎织女"和"天仙配"的故事,这些故事在其原初形态上是很简单的,无非是作为"搜神"、"志怪"的一则材料而已,并无太多的文化内涵,但这类故事在后世被极大地敷演了,企图使人们相信只要像牛郎一样淳朴敦厚,像董永一样至信至孝,总之,只要恪守正统的伦理道德观念,便一定会得到相应的回报,即使在人间得不到补偿,上天亦会眷顾。这种意识在《聊斋志异》中得到了多方面的发展,主要表现为文人士子的三种心态:

第一,自怜心态。《聊斋志异》所以塑造出了一个花妖狐鬼的世界,并非花妖狐鬼"倒比人可爱",而是文人士子们无论在精神还是在体魄上都无力在现实世界中追求爱和承受爱,才为自

十九、道德宿命与文化理想

已创造出了一个花妖狐鬼的世界。当落魄的文人士子在现实世界中找不到"黄金屋"和"颜如玉"时，便心有不甘地到"罗刹海市"中去寻找权势和富贵，到"西湖"和"牡丹园"中去寻找温柔之乡。这并不是所谓的对美好生活的向往，而是用虚幻美丽的谎言对现实的悲剧意识进行消解，使人沉迷不醒。当牛郎和董永被许诺得配仙女时，牛郎就会安心放牛，董永也会一生做长工，再也不愿思考人生的价值、意义，再也不会觉醒和反抗，社会也就失去了内在的发展动力。这些充满道德宿命意识的自我安慰与上古的催人奋发向上的神话在旨趣上恰恰相反，它以虚幻的方式揭示出文人士子怎样在自怜的心态中消弭了生命，在醉心的微笑中作了自了汉。

第二，自安心态。自怜心态是基础，自安心态和自大心态是在此基础上的两种表现。由花妖狐鬼组成的女人群落使落魄士子以及走投无路的文人有了一个温柔复归之乡作为归宿，运气佳者还可以得道成仙。在《青凤》、《娇娜》、《莲香》、《红玉》、《小翠》、《白秋练》、《香玉》等篇中，花妖狐鬼们各自尽职尽责，或为文人士子提供温柔富贵之乡，或为解厄纾难，或使得道成仙，应有尽有。这其中，贤妻理家致富，似乎是最现实的愿望，因而也描写得最多、最具体。如《白于玉》中其妻"外理生计，内训孤儿，井井有法"。《阿宝》中阿宝"善居积，亦不以他事累生，居三年，家益富"。《红玉》中红玉在冯生迭遭大狱家贫至极时，夙兴夜寐，勤苦操作，却要冯生"但请下帷读，勿问盈歉"，"约半年，人烟腾茂，类素封家"。《巧娘》一篇尤为意味深长，妖鬼之妇竟然可以使"天阉"的弱少年变成阳物壮大的"伟男"。男人有此类女人作为依靠，自然可以安乐无虞。

第三，自大心态。文人士子总是以居高临下的姿态来俯视花妖狐鬼，否则似乎便不能显示"人的尊严"。如《莲香》中的狐女和鬼女争相趋献,既满足了文人的虚荣心、尊严感,又免去了追求之苦,还迎合了其占有女人的多妻愿望。《小谢》中的文人虽然要仰仗小谢、秋容救命,但还是把她们描绘成了崇拜文人的小学生,文人的优越感也就油然而生。在《辛十四娘》等一些篇章中,虽然女性的妖、狐为男主人作出了巨大的贡献和牺牲,但她们还是得不到人的待遇,其结局往往是"化狐而死",以此作为男主人对她们的一种彻底的摆脱,以解除其对自己虚弱心灵的恐惧和不负责任的内疚。有时也会给死去的妖狐安排一个"名列仙籍"的尾声,实在不是出于本愿,只是为了告慰良心而已。

　　上述三种心态以虚幻的方式表现出了文人士子的某种真诚的生活理想。他们以为自己是价值观念的创造者和承当者,同时也是传统道德的实践者和维护者,社会应该给予他们以相应的现实待遇。虽在现实中屡屡失败,但他们仍对自己的道德价值观念坚信不移,坚信心性道德会得到社会和命运的物质性的补偿。乡土意识中务实求验的心理在这里转化为道德补偿心理,"十年寒窗"作为道德修养的代价必定要用黄金和玉颜来交换。由于道德有着不可摇撼的本体地位而使这种交换染上了浓厚的宿命色彩,使人很难怀疑其现实的真实性。必须看到的是,《聊斋志异》中的道德宿命意识往往与对黑暗现实的揭露、对美好生活的向往纠结在一起,对于同一篇小说,如果从政治分析和社会分析的层面切入可看到其鲜明的进步色彩,如果从文化分析的层面切入就会看到其浓厚的道德宿命意识。这并非是一篇小说在同等意义上的两个层面,而是本末、体用的关系,前者是其社会表象,后者才是其文化实质。如果只看到前者的进步性而不解决后者的滞后性问题,往往阻碍了人们的觉醒,是很难真正有益于民族文化的进步的。

　　道德宿命意识已包容了传统的"大团圆"、"惩恶扬善"等小说模式,并把它们上升到了本体的高度。道德宿命意识是伦理本体型文化的必然产物,由于它诉诸人们的深层审美心理,所以极难识别,具有很强的迷惑和麻醉作用。它对传统文化中的悲剧意识有着极强的消解作用,阻断了人们清醒、理智地思考现实、历史和人生,也阻断了人们对现实和命运的反叛与抗争,它以"瞒"与"骗"的方式教人们以审美的态度来作现实的奴隶。

然而,正是因为有了道德宿命意识的存在,才从中超逸出了破除灵魂栅栏的诗性的幻想,这种诗性的幻想是对道德宿命意识——灵魂栅栏——的突破,所以,它是诗性的,也是永恒的。如果说,道德宿命意识是历史向人的"积淀"而生成了现实的话,那么,诗性的幻想则是人向现实的"积淀"而生成了历史。也许,这就是文学与审美的内在逻辑。

《聊斋志异》的道德宿命意识,尚未被人认识,但对于新时期山东作家群的道德意识,却一时聚讼纷纭,莫衷一是。

新时期文学不仅流派纷呈,而且呈现出浓厚的地域文化色彩,在这些具有地域色彩的文学流派中,山东作家群无疑具有十分鲜明的特点。以张炜为代表的山东作家群主要以农村题材的"改革小说"而著名,在这些小说中,山东作家群表现出浓厚的道德意识,对于这些复杂的道德意识,评论界多有微辞,甚至认为山东作家生于孔孟之乡,易于倾向道德上的保守,落后于时代的发展,阻碍了人们的觉醒。其实,这已经不是一个单纯的对待山东作家群的问题,而是关涉到对待传统文化的认识以及民族文化发展转化的态度问题,有长久探讨的必要。

为了方便起见,兹选取王兆军的《拂晓前的葬礼》、张炜的《秋天的愤怒》、王润滋的《鲁班的子孙》和张炜的《古船》四部中、长篇小说加以讨论。我们从封建政治意识形态和文化理想的角度入手将这四部小说分成两组,《拂晓前的葬礼》和《秋天的愤

十九、道德宿命与文化理想

怒》为一组,《鲁班的子孙》和《古船》为一组,而要深入地了解这四部小说所表现出的道德意识的文化意蕴,则必须对传统文化有一个基本的认识。

我们认为,意识形态领域的传统文化大致可以分为两类,一类是文化理想,一类是封建政治意识形态。传统文化理想是要建立一个德化淳美的开放的社会,而实际上却是奴化封闭的社会在历史进程中占据着压倒优势的地位,但这并不是文化理想的过错,而是由特定的生产方式和历史条件决定的。在纯粹理想的社会里,政治的实质是道德,政治甚至可以与道德合二为一,这就是所谓的政教合一。但在现实的等级秩序社会中,"政教合一"是典型的封建政治意识形态。在文化理想向现实转化时,现实中的政治意识形态就会把文化理想弄得面目全非,甚至与文化理想背道而驰。尽管如此,文化理想始终是民族文化的精核,是与封闭僵固的封建政治意识形态相抗争的原动力,是维系民族存在与发展的根本的内驱力。我们今天所要改造、继承和弘扬的民族文化正是传统文化理想中具有现实合理性的部分。

山东作家群所要弘扬的正是合理的文化理想,所要批判、扬弃的也正是封建政治意识形态。应该说,《拂晓前的葬礼》与《秋天的愤怒》合成了一部农村封建政治史的缩影。前者的主人公村支书田家祥是一个典型的农民政治家,他的志向、谋略和行动感都是在农民意识的支配下产生的,当他终于成了"大苇塘村顶厉害的人"之后,便把自己摆到了主宰村人命运的至尊位置上,他的狭隘自私和偏执刚愎等属于小农意识范畴的性格特质就暴露出来了。作者有意安排田家祥这位社会主义时代的"封建政治家"在拂晓前死去,不过是一厢情愿的廉价的希望,实际上,他所代表的这种意识具有强固的延续性,不会因为田家祥的死亡

十九、道德宿命与文化理想

而在较短的历史阶段内消失。后者的主人公村支书肖万昌则更像一个新时代的地主,他通过权力制造政治、经济和社会心理上的借口,使自己的剥削行为显得既合乎法律、政策,又合乎情理。过去他曾经受过地主的剥削,现在他反过来剥削地主的后代,由此构成了一个饶有意味的历史颠倒。在田家祥和肖万昌的身上,我们看到了一幅生动的"政教合一"的图景:他们既是行政的独裁者、政治意识的体现者,又是文化、道德领域的裁判者,他们不仅摆脱了政治权力上的制约机制,也摆脱了价值领域的制约机制。这种"王圣"政治,正是封建政治意识形态的基本特征之一。这两篇小说不只是表现了传统的民本思想,更重要的是具有批判精神,小说试图把政治从道德中独立出来,解开"政教合一"的死结。应该说,这种思考是真正具有现代意识并符合中国国情的。

　　《鲁班的子孙》曾经引发了一场"道德主义和历史主义"、"道德评价和历史评价"的争论,多数论者似乎持否定态度,即使持肯定态度的人也找不出深刻的理论根据。实际上,作为传统道德(美德)的象征的老木匠黄志亮所反对的决非是其养子、小木匠黄秀川的改革,甚至他还盼着黄秀川回来通过改革来重整木匠铺。他反对的是黄秀川的冷酷、自私、贪婪以及贿赂当权、盘剥乡里的行为,尤其反对他"谁富谁就有理"的价值准则。黄志亮所恪守的"一靠良心,二靠手艺"的祖训并不因改革而落后,应该说具有永恒的合理性;而黄秀川为发财不择手段的做法才正表现了小生产者保守狭隘、自私贪婪的落后的一面,与改革精神无缘。小说试图对改革中的"人性蜕化"进行补救和提升,指向十分明确,决未表现出对改革方向的困惑。张炜的《古船》是一部现实主义的杰作,张炜对他在《秋天的思索》和《秋天的愤怒》中表现出的思想进行了更加深入的开掘,表现出了浓厚的文

十九、道德宿命与文化理想

意识和强烈的历史意识。像对《鲁班的子孙》一样,如果从社会、政治层面切入,对《古船》会无从索解,如果从文化理想和政治意识形态的角度切入就会有泾渭分明之感。《古船》中的赵、隋两个家族的斗争史象征了封建政治意识形态和文化理想的斗争,赵家对隋家的压制以及隋家的抗争也正象征了封建政治意识形态与文化理想之间的对立与融透的关系。赵炳是镇上资格最老的干部,退职后仍然威压乡里,他集封建家长的族权、现实社会中的政权以及横跨古今的精神裁判权于一体,俨然是一方的土皇帝,是封建政治意识形态的"王圣"政治在现实中的形象显现。他与运动打手赵多多构成了两面一体的文化整体,全方位地显现出了封建政治意识形态的本质、源流及各种表现形式。隋抱朴则代表了传统的文化理想,他不仅是一位农民知识分子,还象征了传统社会中为实现文化理想而奋斗不惜的"民族的脊梁"。他在无尽的苦难中追询屈原的《天问》,学习马克思的《共产党宣言》,在磨坊的终年枯坐中建构起了新的主体。当历史需要他站出来时,他便由思想者变为行动者。不过,这时的隋抱朴不再认为粉丝厂是隋家的祖业,而应当是大家的了。可以说,隋抱朴的形象寄托了我们民族的"圣王"理想。当然,文化理想中的民本思想和"圣王"思想并不完全等同于现代的民主思想,但它是民族文化中最具合理性的部分,是我们所谓的现代意识的重要的源头活水,也是我们民族进行创造性的转化的根本性的基础。

　　民族是一个文化概念,失去文化之源的民族只有散乱乃至消亡,因此,从本民族的文化中寻找合理因素,开出新的生机,是每个民族在自我更新的历程中不可逃避的宿命。山东作家群所表现出的道德意识总的看来是要坚持文化理想,寻求具有现实合理性的道德价值,揭露和批判封建政治意识形态,力图对传统的文化理想进行创造性的转化。应当说,这不仅在"改革小说"

十九、道德宿命与文化理想

中,就是在民族文化的走向上也是难能可贵的。

　　历史毕竟在进步,以蒲松龄的时代和当今的时代相比,蒲松龄不可能表现出当今山东作家群的道德意识,因为后者是在当今历史发展需要的背景上所必然出现的;但历史在进步中又有自己的传承性,今天山东作家群所要弘扬的道德意识,又是蒲松龄前后的时代所孕育的。蒲松龄的道德宿命意识是那个时代的必然表现,而山东作家群对政治意识形态的批判和对文化理想的弘扬又是对那个时代的回归与超越。我们比较《聊斋志异》与新时期山东作家群道德意识的意义就在于:文学研究者要以深切的人文关怀来解读和开掘出各种文本中历史发展所需要的东西,当然,也要将历史抛弃的东西彰显给大家,以引起注意,而不要将自己混同于一般的社会效果论者。

十九、道德宿命与文化理想

二十、中国传统事功精神的基本特征

对于传统文化能否现代化这一问题,不宜长期停留在理论争辩的阶段,诉诸经验性的证据似乎更有意义。近百年来,围绕着中华民族的现代化问题出现了"中体西用"、"西体中用"、"全盘西化"以及现代新儒家的"返本开新"等主张,经过长期的历史实践证明,前三种主张基本上是行不通的,而现代新儒家则过于重视宋明新儒家的心性哲学,有严重的脱离现实的倾向,尤其是海外的现代新儒家,他们更多地看到了资本主义社会的异化现象,主张人应当以心性自保,对于中国的现实,实践意义相对有限,但其"返本开新"的主张却能给我们很大的启发。我们如果能通过"返本"探讨出可供"开新"的精神资源,那么,我们的前进的方向既会明确,也会更加坚实有力。

所谓现代化,主要的内涵应是民主与科学,当然,民主与科学的含义应该包括两层,除了政治与器用层面的意义以外,更重要的应是民主与科学精神,因为这才是现代化的价值基础和根本保证。因此,考察中国传统文化中是否发展出了这种精神或倾向,对于民族的现代化的建设,将是十分有意义的。

民主与科学,相对于中国传统的主流哲学——心性哲学——来讲,应该属于事功精神的范畴。"事功"一词,最早出于

《周礼·夏官·司勋》，其中有"事功曰劳"的句子，汉代郑玄注曰："以劳定国若禹。"此处的"事功"是指为国辛劳工作而建立的功勋。至于功利的含义，直到南宋出现事功之学后才确定下来，如南宋叶适《上殿札子》中说："王之望、尹穑翕然附和，更为务实黜虚、破坏朋党、趋附事功之说。"，清代的唐甄在《潜书·良功》中说："儒者不言事功，以为外务。"其中的"事功"，都是功利的意思。但是，事功精神却早已有之。所谓事功精神，并不仅仅指一般意义上的追求功利的思想和愿望，更重要的是指与心性哲学相对的一种经世济时、关注国计民生"经济之学"。如果我们能够拨开心性之学的遮蔽，我们就会发现，在我们的传统中有丰富的事功精神。

在中国哲学发展史上，应该说事功精神与心性之学一直是中国哲学之一体的两面，二者并无绝对的界限，在很多情况下和很大程度上，二者是相互为用的，只是其中的事功精神往往被人们忽视，或者被当作心性之学的组成部分。这里我们探讨传统事功精神的基本特点，有助于我们开掘这一传统。

1. 事功精神总是在社会危机之后得到彰显

春秋战国时期是中国的"哲学突破"时期，在这一时期，既有开启中国心性之学的孔子和思孟学派，也有开启中国事功精神的墨家、荀子和农家等。我们虽然不能说后者的出现是为了对前者的矫正，但我们可以肯定地看到二者在宗趣上的区别。随着历史的发展，二者的形态和关系也变得越来越复杂和隐晦。

西汉是我国的政治意识形态空前强化的时期，其重要的标志就是经学的兴盛，但随着西汉末期经学的衰落和谶纬神学的兴起，一股求实致用的思潮开始兴起。东汉初年的著名无神论者桓谭著《新论》的宗旨就是"术辨古今，亦欲兴治也"，他在哲学上反对天鬼、谶纬、神仙方术等，既是针对大地主、大贵族奢侈浮靡的生活风气和腐朽的人生观而发的,当然也是为了经世致用。班固修《汉书》,不仅发展了司马迁的人事决定天命的思想,还发展了《史记·平准书》中重视食货的思想,专设《食货志》。著名哲学家王充著《论衡》,反对天人感应论,"疾虚妄",在《知实》和《实知》两篇中提出了充分尊重客观事实的认识论,产生了很大的影响。所有这些,都是传统事功精神在新的历史时期的新的发展和新的表现。

在经历了"安史之乱"以后,人们终于彻底清醒过来,看清了盛世背后的种种社会危机和精神危机,于是再次兴起了一场挽狂澜于既倒的经世致用的运动。在政治上,有"永贞革新",在文化上,韩愈首倡道统,以《原道》作为反佛的檄文,开启了辟佛运动,其间,李德裕积极参与,不仅写了《贺废毁佛寺德音表》、《梁武论》等强有力的反佛文章,还在任上取缔寺庙数千所,并对僧尼进行资格考试,使僧尼的人数锐减,再加上后来的武宗时期的"会昌法难",从此使佛教一蹶不振。与辟佛运动相应的,还出现了两位杰出的无神论哲学家。刘禹锡著《天论》,揭示了天命论产生的社会根源和认识论根源,指出自然界的客观性,同时也强调了"能执人理,与天争胜"的思想。柳宗元更是写出了一系列的著作,与禅学论辩,认为宇宙中充满了物质性的元气,天地皆自然变化,不以人的目的为目的,发展了王充的元气自然论的思想。中唐的这次经世致用的政治—文化运动,以改革政治弊端,反对佛教为宗旨,再辅以文学上的古文运动,显得丰富而壮观。

随着北宋的灭亡的理学的流行,南宋兴起了讲求事功的永康学派和永嘉学派。永康学派的代表人物陈亮一生有两件事光照古今,即主抗战和批理学。他20岁即著《酌古论》,评论了刘秀、刘备、曹操等19位古人,不论其德,只论军事和政治才能,后著《中兴五论》,分析了政治腐败、士气不振、理学流行等社会弊

二十、中国传统事功精神的基本特征

端,提出对策。1182 年,陈亮与朱熹结识,二人以书信的方式就
道、王霸、义利问题进行辩论,陈亮主张"天地之间,何物非道。
赫日当空,处处光明。闭眼之人,开眼即是",并认为谋取"生民
之利"是君国的根本。这场辩论引起了很大的震动,影响甚广。
永嘉学派的重要代表陈傅良将陈亮的思想归纳为"功到成处便
有德,事到济处便是理",对后世影响极大。叶适是该学派的集
大成者,他"教人就事上理会,步步着实,言之必使可行,足以开
物成物",他所集成的事功学派与以朱熹为代表的理学和陆九渊
为代表的心学鼎足而立。

至清初,明朝的心学备受责难,有人认为明朝是因空谈心学
而亡国,因而兴起了一股强大的讲求事功的实学思潮,方以智、
黄宗羲、顾炎武、王夫之、陈确、颜元、李塨、戴震都是其代表人
物,不仅延续到清中期,直至影响到近代。顾炎武等人认为"刘、
石乱华,本于清谈之流祸,人人知之。孰知今日之清谈,有甚于
前代者!昔之清谈谈老庄,今之清谈谈孔孟"(《日知录》卷七,康
熙三十四年遂初堂藏板,第 6 页),顾炎武还大声疾呼"君子之为
学,以明道也,以救世也",主张"凡文不关六经之旨,当世之务
者,一切不为"。(《顾亭林诗文集》)王夫之治学反对虚而非实,
妄而非真,如治《易》从天地自然的本性出发,其批判矛头直指佛
老,在政治思想上则具有一定的民主倾向,黄宗羲主张以"实学"
矫挽理学末流空谈义理性命之弊,率先举起"通经致用"的大旗,
直言"天下百姓之天下"。(黄宗羲《南雷文定后集》)康熙中叶,
深受墨家影响的颜元直斥"宋儒为金辽元夏之功臣",是"国家莫
大之祸"。此后,章学诚的学术思想也以经世致用为其重要特
征。但在乾隆中叶,学术风气转向,清代学者洪亮吉曾十分精辟
地论道:"自元明以来,儒者务为空疏无益之学,六书训诂屏斥不
谈,于是儒术日晦,而游谈垄兴……迨我国家之兴,而朴学辈始

出,顾处士炎武、阎征君若璩首为之倡,然奥突未尽辟也。乾隆之初,海宇刈平已百余年,鸿伟瑰特之儒,接踵而见,惠征君栋、戴编修震,其学识始足方驾古人。及四库馆之开,君(邵晋涵)与戴君又首膺其选,由徒步入翰林,于是海内之士知向学者,于惠君则读其书,于君与戴君则亲闻其绪论,向之空谈性命及从事帖括者,始骎骎然趋实学矣。"(《卷施阁文甲集·邵学士家传》)然而,这样的实学已偏离了事功精神,也昭示着传统事功精神的终结。

由此可以看出,事功精神总是兴起在重大的社会历史危机之后,其社会动因是谈玄者"谈心性高明之极,涉世务空疏之至",事功精神每每要出来矫正时弊,而其文化上的动因则是文化自身的互补与互动。

2. 事功精神具有浓厚的"实用理性"色彩

我们一般说传统文化重"实用理性",儒学重"实用理性",实际上,"实用理性"主要不是表现在传统文化中的心性之学上,而是主要表现在其中的事功精神上。传统的事功精神注重现实需求,提倡"通经致用"、"崇本抑末"、"经世致用",并善于将各种思想理论融化为解释现实需求的工具,因此表现出浓厚的"实用理性"特点。

事功精神的"实用理性"的特点具有与世推移,不守成规的新鲜的活力。在汉代,儒家的仁学母体并没有完全沿着孔子和思孟学派逐辟的超越性的祈向发展,而是根据当时的历史情况,融合了诸多学派的思想,形成了新的儒学特点。在阴阳家和其他"小传统"的作用下,儒学逐渐社会心理化,终于成为民族的文化心理结构,它还吸收了法家、兵家的思想,使其终于成为封建政治意识形态的思想理论基础。此时的儒学,不仅"儒道互补",儒家与阴阳家"互补",就是儒法也"互补"了。实际上,这是一种

二十、中国传统事功精神的基本特征

顺应历史发展的文化融合,汉代的政治、经济、文化的发展和强大是一场巨大的历史"事功",而这场"事功"是与传统文化中事功精神的"实用理性"密切相关的。

事功精神的"实用理性"不仅表现在促进文化的融合以适应历史发展上面,也表现在从某个学派中发展出适应社会历史需要的思想上面。例如,理学家总是爱把讲求事功和社会改革的非理学家骂为法家,但真正的新的"法家"就诞生在理学的内部。黄宗羲是王阳明的忠实信徒,但他却提出了真正意义上的近代民主思想。原始儒家和宋明理学是主张从内在修养的角度来约束君权的,显然,这种明君贤相理想走的是内向的、政教合一的封建集权的路子,而黄宗羲用法家维护君主特权的形式来实施儒家的民本理想,走的是从外部来限制君权、取缔君权的政教分离的"现代民主"的路子。当我们长期争论民本思想能否开出民主思想的时候,黄宗羲早已在一定意义上给出了答案。此时西风尚未东渐,这是纯粹的中国传统,而这种传统,正是事功精神及其"实用理性"从传统文化的内部发展出来的。

在传统社会末期,事功精神的开展并不只表现在救亡图存、政治改革两方面,为了进一步适应历史的需要,事功精神在哲学方面也有新的发展和表现。王阳明的心学使宋明理学走向解体,特别是其中的泰州学派,以百姓日用为人伦物理,导出了人欲即天理、私心即公道的结论;就是其中的龙溪一派,虽然要求净化人的意识,但最后还是突出了人欲。因此,这两派实际上引出了自然人性论。自然人性论固然没发展前途,但与宋代理学家的道德本体论是完全相背的,具有浓厚的近代色彩。从一定意义上说,自然人性论不再是玄虚的心性,而是实在的人欲,这也属于传统的事功精神的范畴。还有一个值得注意的现象,就是由经学向史学的转变。在王船山、章学诚以前,哲学家都是纯

二十、中国传统事功精神的基本特征

粹的经学家,其共同的特点是以道德本体、伦理价值来判断历史,历史是伦理道德的婢女,王船山、章学诚揭示了历史与伦理的巨大矛盾,显示出以客观的历史规律(史学)来压倒道德本体(经学)的倾向,这正是近代史学的突出特征。这种尊重历史规律的精神应该是传统事功精神的重大开展。

传统事功精神的"实用理性"还善于化人为我。以宋代为例,中国的固有的"入世"文化改造了极端"出世"的佛教,使其变成新的"入世"的禅宗,道教也在此时因全真教的"耕田凿井,自食其力"而具有了"入世"的性格。最有意思的是,唐、宋两代自韩愈以来都是极力反对佛教的,然而,自晋至隋唐这四五百年间,中国人的精神归宿往往不归于释,即归于道,儒家要想夺回失去的精神阵地,就要另辟蹊径,于是,韩愈、朱熹等人入佛教之室而操其戈,终于建立了纯粹中国式的理学。其实,马克思主义在中国的成功亦极有意味,其集体本位、实践品格、乐观精神、组织要求、社会理想等,不仅符合当时救国救民的需要,更与中国的传统文化相契合,因此能"同中国革命的具体实践相结合"而生根开花。

然而,必须看到的是,事功精神及其"实用理性"始终没有发展出西方式的"科学精神",中国尽管上有战国时期的墨子,下有晚清的"格致之学",但均非所谓"为知识而知识"的西方式的"科学精神"。西方人在"为知识而知识"中获得了超越的价值,中国人的事功精神却主要着落在现世的功业,很少做超于现世的关注,这也是由其"实用理性"的特点所致。但是,如果按照西方现代科学精神与人文精神相结合的思路来运思,如果不把"为知识而知识"看成是对具体知识的追求,而是进一步看成是对精神价值的追求,那么,中国人不仅不缺乏,还十分丰富,因为通过科学来造福人民,正是中国从历史到现在的真正的知识分子的一贯信条。这也是事功精神及其"实用理性"走向现代的依据之一。

3. 事功精神以心性之学、内圣之道、自然之理为价值依据

事功精神与心性之学、内圣之道、自然之理等传统的内在的价值哲学的关系是一个十分复杂而又难以用很短的篇幅加以论述的问题。这个问题在各家各派和各个时期都有不同的阐述和表现，很难一一理出，为了论述的方便，我们拟拈出《东坡易传》。《东坡易传》为苏轼所作，处于中国文化的前后相接的转型期，《易经》又是一部以义理与事功相结合为特色的典籍，《东坡易传》更是蜀学的核心著作，因此，通过分析《东坡易传》的某些方面来论述上述问题，或不失为一种有效的方法。

苏轼虽然很重视王弼的易学，但在许多方面与王弼大不相同。例如，王弼以老解《易》，继承了《老子》的"君人南面"之术的一面，以玄学的形式表现了对社会政治的热情和具体的经世之术。李觏、欧阳修在解《易》时对王弼的易学持赞赏的态度，并不是赞赏王弼的玄学，相反，他们对玄学与儒学的内在的差异保持着高度的警惕，他们不过是出于现实的需要而对王弼易学的切合人事的经世之术充满兴趣而已。在这方面，苏轼与王弼、李觏、欧阳修有所不同，他不仅要为事功精神建立儒家的心性之学的依据，还要将庄子的自然之理引入，并从而描绘一幅理想的社会图景。

苏轼一直胸怀强烈经世思想，青少年时期的那种"奋厉有当世志"的情怀在《东坡易传》中也时有流露，如他在解释"君子终日乾乾，夕惕若，历无咎"时说："九三非龙德欤？曰：否，进乎龙矣！此上下之际，祸福之交，成败之决也。……天下莫大之福，不测之祸，皆萃于我而求决焉，其济不济，间不容发，是以终日乾乾，至于夕而犹惕然，虽危而无咎也。"（《东坡易传》卷 1）这的确

是诗一般的语言，表现出的是那种锐身自任、不畏艰难的经世情怀。但苏轼的经世之学又有自己的特点，他反对空谈心性，认为"儒者之患，患在于论性"（《苏轼文集》卷4《扬雄论》），他从实处着眼，为"外王"性的事功精神建立了"内圣"的本体论依据。他在注释《系辞》"精义入神"时说：

> 精义者，穷理也。入神者，尽性以至于命也。穷理尽性以至于命，岂徒然哉？将以致用也。譬之于水，知其所以浮，知其所以沉，尽水之变，而皆有以应之，精义者也。知其所以浮沉而与之为一，不知出为水，入神者也。与水为一，不知其为水，未有不善游者也，而况以操舟乎？此之谓致用也。故善游者之操舟也，其心闲，其体舒。是何故？则用利而身安也。事至于身安，则物莫吾测而德崇矣。（《东坡易传》卷8）

在苏轼看来，所谓"精义"，就是穷尽并掌握物理，而"入神"则是在掌握物理的基础上与物互融。再说得直白一点，就是将对外物的掌握和使用纳入到个人的精神境界中，成为提高个人人格修养的一种方式，同时也是个人人格境界的外化形式。所谓"穷理尽性以至于命"，就是穷尽物理，发挥本真之性，达到掌握和改变外在命运的目的，而此时的外在的命运（"命"），已经不是独立于人而存在的东西，而是与"性"冥然合一，内化为人格境界。如果真能做到"穷理尽性以至于命"，那就必然使理、性、命合而为一，可以达到性命双修、内圣外王的至高境界。

义利之辩历来关系到一种哲学的性质，苏轼试图为利的合理性建立本体论依据。《易传·文言》中说："嘉会足以合礼，利物足以合义，贞固足以干事。君子行此四德者，故曰：'乾：元、亨、利、贞。'"苏轼在注释中说："礼非亨则偏滞而不合，义非利则惨冽而不合。"（《东坡易传》卷1）"亨"代表万物茂盛亨通，如果

二十、中国传统事功精神的基本特征

"礼"阻碍了事物的亨通，"礼"便陷入了偏滞；"利"使天地阴阳相和，各得其宜，是为"利"德，如果"义"违背了"利"的原则，"义"必然使人觉得"惨洌而不合"。苏轼突出了利对义的重要性，指出重利乃是为了重义。这本来是一种极富合理性的思想，但朱熹却说："苏氏说'利物足以合义'，却说义惨杀而不和。不可徒义，须些着利则和。如此，则义是一物，利又是一物。义是苦物，恐人嫌，须着些利令甜，此不知义之言也。义中自有利，使人而皆义，则不遗其亲，不后其君，自无不利。非和而何？"（《朱子语类》卷 68）朱熹同利于义，倡义而灭利，以天理为本体，与苏轼的尖锐对立是显而易见的。

《东坡易传》发挥了郭象以庄注易的自然主义思想，虽然强调事功精神，但在处理天人关系时，仍主张以乾坤之心为己心，强调在经世之时要自然而然，强调对自然规律的高度尊重。苏轼说："凡物之将亡而复者，非天地之所予者不能也，故阳之消也，五存而不足，及其长也，甫一而有余，此岂人力也哉？传曰：天之所坏，不可支也，其所支，亦不可坏也。违天不祥，必有大咎。"（《东坡易传》卷 3）一切都是自然运行的结果，人力只能顺天，不能违天，更不能像荀子说的那样"制天命而用之"，否则必然招致"大咎"。又说："乾之健，艮之止，其德天也，犹金之能割，火之能热也，物之相服者，必以其天。鱼不畏网而畏鹈鹕，畏其天也。"（《东坡易传》卷 3）苏轼认为万事万物之间都存在着自然而然的联系，乾之健动与艮之静止，都是自然的运动。金能割，火能热，"物之相服"，都是物之自性在运动，与人力无关，人力无法改变，也不应该试图改变。那么，自然之理与人事之功是否矛盾呢？苏轼说：

> 圣人无德业，德业，贤人也。夫德业之名，圣人之所不能免也，其所以异于人者，特以其无心尔。见其谓

之圣人则隆之,见其谓之贤人则降之,此近世之俗学,
古无是论也。(《东坡易传》卷7)

如此看来,苏轼不仅不否定"德业",实际上还对"德业"有着
高度的肯定,认为"德业"是成就圣人的必要条件,一句"夫德业
之名,圣人之所不能免也",就将苏轼与庄子区别开来。庄子要
以人合天,不仅要摒除功业,连人自己也要一起摒除掉:"其生若
浮,其死若休。不思虑,不豫谋。光矣而不耀,信矣而不期。其
寝不梦,其觉无忧。其神纯粹,其魂不疲。虚无恬淡,乃合天
德。"(《庄子·刻意》)苏轼则不同,他否定的不是功业,更不是人
自己,否定的不过是有心的实现功业的方式罢了。圣人"以异于
人者,特以其无心尔",只要以无心的方式实现"德业",就可成为
圣人,甚至只有以无心的方式实现"德业",才可成为圣人。苏轼
的自然无心的思想不只是停留在抽象的理论上,而是具有具体
而丰富的实用性,因顺应自然而成就了更大的事功,如此成就事
功又使人的心性修养和道德境界有了更大的提高,因而形成了
一个外王—内圣的良性循环过程。这,才是苏轼自然无心的事
功思想的精义所在。

苏轼对于象数与义理的关系的理解,也表现了他对事功精
神与义理之学之间的"辩证"关系的看法,他说:

《易》者,卜筮之书也。挟策布卦,以分阴阳而明吉
凶,此日者之事,而非圣人之道也。圣人之道,存乎其
文之辞,而不在其数。数非圣人之所尽心也。然《易》
始于八卦,至于六十四,此其为书,未离乎用数也。而
世之人皆耻其言《易》之数,或者言而不得其要,纷纭迂
阔而不可解,此高论之士所以不言欤?夫《易》本于卜
筮,而圣人开言于其间,以尽天下之人情。使其为数纷
乱而不可考,则圣人岂肯以其有用之言而托之无用之

二十、中国传统事功精神的基本特征

数哉?(《苏轼文集》卷2《易论》)

　　苏轼首先十分明确地肯定了《易》是卜筮之书。现在研究
《周易》的人大都认为朱熹指出《周易》是卜筮之书是朱熹对易学
研究的重大的贡献(如朱伯崑的《易经哲学史》),其实,早在朱熹
以前的半个多世纪,苏轼就已经指出了这个问题,并且明确地指
出了卜筮之《易》与圣人之《易》的根本区别。卜筮之《易》主要是
讲求事功的,而圣人之《易》则主要是讲求义理的,卜筮之《易》为
圣人之《易》提供了形而下的基础,而圣人之《易》为卜筮之《易》
提供了形而上的依据,二者实际上是相互依存、促生的关系。

　　在中国历史上,东汉、中唐、南宋、清代都出现过重视事功精
神的高潮,由于各个历史时期的具体情况代有不同,因此,其特
点和表现形式也不一样。但无论怎样变化,事功精神始终是以
心性之学、义理之学、自然之理为基础的,事功精神总是要在对
上述哲学观念的阐释中寻找和建立自身的价值依据。当然,事
功精神也不是被动和消极的,因为它与现实社会联系最直接、最
紧密,因此也就最富有活力,它不仅有着直接的现实功用,其实
还为与它相应的哲学提供了发展的基本动力。

　　看来,我们并不缺乏事功精神的精神资源,我们也可以发展
出具有中国特色的民主与科学,历史和现实都证明了这一点,我
们可以放心地"返本开新"。不过,目前我们"返本开新"时面临
这样一个问题,即如何处理好心性之学与事功精神的关系。近
四十年来,由"反右"、"文革"的"空谈心性"到"改革"的讲求事
功,应该说是走过了一个良性循环,然而,如果我们仅仅看到"文
革"空有一套禁锢僵化的理论而于世无补,甚至会导致自我毁
灭,而看不到"改革"有补于世却尚未深入地建立起自己的价值
理论,恐怕还不能算是明智的。

二十、中国传统事功精神的基本特征

二十一、儒家伦理·基督教伦理·普世伦理

1999 年 8 月 28 日至 9 月 4 日,在美国的芝加哥召开了"第二届世界宗教议会",在会议的最后一天,公开发表了由当代普世伦理的主要倡导者之一、德国著名神学家汉斯·昆(Hans Kung,——译孔汉思)所起草的《世界宗教议会走向全球伦理宣言》,并得到了绝大多数与会代表的同意与签名。此后,"全球伦理"问题更加引起了世界范围内的广泛的重视与讨论,在中国似乎也成为"显学"。

全球伦理(the Universal Ethics,又译为"普世伦理"、"普遍伦理"或"世界伦理"):孔汉思起草的《世界宗教议会走向全球伦理宣言》是这样定义的:"我们所说的全球伦理,并不是指一种全球的意识形态,也不是指超越一切现存宗教的一种单一的统一的宗教,更不是指用一种宗教来支配所有别的宗教。我们所说的全球伦理,指的是对一些有约束性的价值观、一些不可取消的标准和人格态度的一种基本共识。没有这样一种在伦理上的基本共识,社会或迟或早都会受到混乱或独裁的威胁,而个人或迟或早也会感到绝望"。([德]孔汉思、库舍尔编:《全球伦理——世界宗教议会宣言》,四川人民出版社 1997 年版,第 12 页。)按

照汉斯·昆的解释,这样一种全球伦理应当是"由所有宗教所肯定的、得到信徒和非信徒支持的、一种最低限度的共同的价值、标准和态度"。(同上书,第171·页。)普遍伦理的提出,是基于各家各界对于全球性的战争问题,资源问题,污染问题,以及价值信仰的空虚、行为失范、社会混乱等问题的共识。正像孔汉思和卡尔-约瑟夫·库舍尔所说:"世界正处于这么一个时期,它比以前任何时期都更多地由世界性政治、世界性技术、世界性经济、世界性文明所塑造,它也需要一种世界性伦理。"(《全球伦理》,何光沪译,四川人民出版社1997年版第1页)在这样的历史条件下按上述的定义普遍伦理是否合适,是大有商榷的余地的。

诚然,孔汉思的这种普遍伦理观已经具有了跨文化系统、宗教派别、地域文明乃至社会意识形态的某些因素,起码在形式上摆脱了西方"基督教文化中心论"或西方价值优越论的框架,不再将文明或文化之间的关系看作是冲突,并且设定了"最低限度"的理论目标,使其保持着一种开放性和合理的文化姿态,有利于避免霸权话语的产生。但问题的关键不在这里,而在于它仅仅是一种宗教伦理,其立论基础只能是宗教理论,由此导出的"普遍伦理"最多也只能为某些宗教徒接受,不可能成为真正的"普遍伦理"。更为严重的是,其建构方法在本质上仍然是霸权式的,其表现就是不从各种具体的文化的内部特征和内在需求出发,而是从某些文化出发(起码是从宗教出发),从外部施加影响,以基督教的"己所欲,施于人"的方式干预其他文化,尽管打扮得"公平合理",其本质依然是霸权的,最起码会导向霸权。

的确,普遍伦理是需要的,也是可能的。但要得到普遍伦理,恐怕是要建构多于寻找,因为不可能在某一种文化或是某几种文化中存在所谓的普遍伦理,我们只有像以往建构其他的伦理那样来建构普遍伦理,普遍伦理的出现和发展才是可能的。那么,建构普遍伦理的方法就成为问题的关键。如果这一问题得不到明确的解决,以现在的情况而论,建构出来的"普遍伦理"就必然带有某种文化和某种意识形态的影子,甚至会像一百年前的那次"普世化"运动一样,成为某种文化的变相的殖民运动。

　　弗雷斯恰克尔曾经描述过三种建构普世伦理的途径,即所谓"人权的路径"、"先验条件的路径"和"文化平行比较的路径"。其实,这三条路径在以往的伦理建构中并不是格格不入的,往往是相互交融和相互为用的。现代理性主义普世伦理的根本困境在于,它基本上遵循的是一条由"先验理性"的普遍预设开始,到"实践理性"的可普遍化结论的"道德推理"的伦理学构造理路。康德从先天分析形式("理性人"或人的理性)出发,推出其普遍"道德律令"。这对人有着相当的束缚作用,由此来建构普遍伦理,恐怕对于许多文化并不适用。而以罗尔斯、哈贝马斯等人为代表的当代西方伦理学家所提供的普世伦理设想,虽然在一定程度上超越了近代西方先验理性主义的普遍伦理学的模式,但却仍然在西方价值中心的基点上运行,这显然是不足取的。如果吸收"人权的路径"和"先验条件的路径"的优点而取"文化平行比较的路径",应该是一条可行的方法。"人权的路径"尊重人的基本权力,由此来建构普遍伦理,必然尊重人的感性的权力,我们姑且称之为"由下而上"的路径。"先验条件的路径"以康德为代表,尊重的是人的理性,以此来建构普遍伦理,必然尊重意识形态,我们姑且称之为"由上而下"的路径。可以说,任何一个民族建构自己的伦理,都不外乎这两种路径,或者是两种路径的综合。而"文化平行比较的路径"实际上是一种横向比较的路径,与上两种路径不在同一个范畴之内。如果说"人权的路径"和"先验条件的路径"是建构一种文化中的伦理的路径的话,那么"文化平行比较的路径"应该是建构普遍伦理的必然路径。但是"文化平行比较的路径"仅仅是一个原则，并不是一种具体的方法，只有将前两者融会其中，使原则和方法相融合，才能成为有效的原则。

离开了例证的方法和原则是虚无的。如果结合中国的文化加以分析，会发现"人权的路径"和"先验条件的路径"的融合不是机械的，而是有着自己的独立的特色，这种特色，就像在任何事物中的特色一样，并不能因为要建构普遍伦理就加以取消，否则就只有抽象伦理。万俊人著文论述建构普遍伦理的方法，试图改变前人的做法，但因其没有结合具体的实践，最终还是落入了前人的窠臼，并显得空疏无用。他不想走康德式的"自上而下"路径，而是取"自下而上"的公共理性或普遍合理性的证明方式。(《公共理性与普世伦理》，载《读书》杂志 1997 年第 4 期)并在其他文章中进一步解释这种方式有四个特点。透过繁复的论述，我们还是可以看到，它仍然是"人权的路径"的变相，而更糟糕的是，它还不如"人权的路径"具有现实的效力，最终只能变成屠龙之技，导致的结果可能是接受孔汉思的霸权式的建构方法。

孔汉思的《走向全球伦理宣言》将儒家伦理遗漏了，而儒家的伦理，尤其是以孔孟为代表的原始儒家的伦理，对于建构普遍伦理应该是具有积极的意义的。在这里，我们不从理论上谈及何种伦理的正义性，只以历史上曾经有过的深厚而广泛的伦理基础为依据，来论证原始儒家的伦理所具有的普遍意义。

从方法论上，"自下而上"的方法容易导致"人欲"的泛滥，而"自上而下"的方法则容易导致对人的个性的压制，兼取其长固然是最为理想的，但在历史上从来没有实现过。实际上，在中国的原始儒家的伦理中，已经包含着兼取二者之长的因素，即性善论的先验的设定与"能近取譬"的感性基础自然的融合。这也是

二十一、儒家伦理·基督教伦理·普世伦理

由我们中国传统哲学的"体用不二"、"器道合一"的特点决定的。当然,原始儒家的伦理并没有发展出尽善尽美的结果,但这并不影响我们挖掘其中的合理因素,尤其不应该成为我们为建构普遍伦理而探求各种伦理的合理性的障碍。

原始儒家伦理的积极意义,在与基督教伦理——西方主要伦理——的比较中更容易凸现出来。第一,基督教认为,人是生而有罪的,生而具原罪的人是不可能靠自己制定出普遍的道德准则的。这些道德准则只能由作为绝对的善的化身的上帝制订,通过先知之口向世人颁布。这样虽然使道德具有了所谓的"他律"性,但却极大地压制了人的主观能动性,限制了人的发展。而这种伦理的根本缺陷就在于人对上帝负责而上帝可以不对人负责,直接的后果就是以上帝的名义进行各种非正义的活动。当上帝这一由人捏造出来的东西再也不能维系人心的时候,人的信仰危机就不可避免地发生了。

儒家的伦理核心是"仁"。原始儒家的伦理是建立在人之本性的基础上的。在孔子看来,人的自然禀赋大体是一样的,故他说:"性相近也。"(《阳货》)至于人与人之间道德水平之不同,是后天习染的结果,与先天的禀赋没有直接的必然的联系。孔子虽然很少言"性",整部《论语》只有一句"性相近也",已为孟子及后人指引了方向。怎样达至仁呢?孔子的取径是"能近取譬",即"以己度人"、"推己及人"。那么,人何以能够"以己度人"、"推己及人"呢?其逻辑前提就是"性相近",这又是一个先验性的设定。其实,这个先验性的设定也是根据基本的社会事实而做出的,人如果没有相近之性,又怎样成为人类呢?而维护社会的基本的法则,也应该是"以己度人"、"推己及人",这恐怕是最低限度的要求,放弃了这个底线,人类将不复存在。这个底线的产生不是外在的,而是内在的,是人的理性和感性的自觉而又自然的要求。在这里,"自下而上"和"自上而下"自然地统一起来。在这样的理论和实践背景下,孔子断言:"能近取譬,可谓仁之方也已。"(《论语·雍也》)通过"能近取譬"这一方法,孔子进一步提出了"己欲立而立人,己欲达而达人"和"己所不欲勿施于人"等由己及人的推延方法,从而确立了仁是人类最低限度的基本的道德准则,同时也是最高的道德准则。这种建构方式,对于保证人与人之间的"和而不同",各种文化之间的"和而不同",应该是有着根本的意义的。

与基督教的伦理相比,原始儒家的道德是内在的,是建立在人性基础和心理原则基础上的。人生而被道德本体放逐,人生的目的就是向人自身的道德本体回归,至于每个人最终是否能够进入道德本体,或是进入了多少,主要是靠心理原则来确定的。这种道德是"自律"而非"他律"的,有时的确容易产生"道德滑坡"的现象,但人为了自身的存在,自己要对自己负责,除了人自身的道德本体之外,人没有其他的价值可言,只有自己才能拯救自己,无论在精神上还是实体上都是如此。因此,在短暂的"道德滑坡"后,人会自觉地阻止滑坡,提升道德,并最终将道德引向新的高度。尤其应该看到的是,这种道德不至于使人过于疯狂,不至于使人极度地片面发展,而是要求全面的和谐。"民吾同胞,物吾与也",正是这种道德(伦理)向社会和自然的推而广之。各个国家,各个民族的和谐发展,人与自然,人与环境的和平共处,正符合了这种伦理的精髓。

现在普遍伦理所坚持的四项原则:一是坚持非暴力与尊重生命的文化,尊重人类安全、自由和生存发展的权力;二是坚持一种团结的文化和公正的经济秩序;三是坚持一种宽容的文化和诚信的生活;四是坚持一种男女平等与伙伴关系的文化。不仅包括在上述的原始儒家的伦理观中,其实只是这种伦理观的部分显现。更应该看到的是,建构普遍伦理绝不能局限于不断地提出这样那样的普遍伦理的具体条文,而应该真正找到一种"建构原则",只要大家普遍遵循这样的原则,普遍伦理便会产生,至于其表现形态,仍然可以是多样的。

那么,一个不可避免的问题是,寻找共同的"建构原则"实际上意味着在一定程度上改变自己的文化,而很少有人愿意以改变自己的文化为代价来"屈从"普遍伦理。而更为严重的问题是,试图在不改变现有文化或是不愿从现有文化中抽绎出符合普遍伦理原则的东西加以发扬的前提下而共同遵守某些普遍伦理的条文绝对是痴心妄想,在严守"民族立场"的前提下宣传这一思想的人要么是自欺欺人,要么是别有用心。正确的方法应该是各个民族在自己本民族的文化内部抽绎出与现代的普遍伦理相契合的因素加以发展,这才是公平的,也是为人类文明发展史证明有效的。本文正是朝着这一方向努力。

第二,从普遍伦理的角度看,人的目的是什么? 人的目的就是发展人。但从基督教的"原罪"说出发,基督教的目的是"发展神",因而,基督教的伦理戒律一般都采取否定的形式,如"摩西十诫"中的"不可杀人","不可奸淫","不可偷盗","不可作假见证,陷害人","不可贪恋人的房屋"等等,人是在重重的否定性的限制中生活的。从本质上讲,这种宗教的戒律已经超出了理论的范围,具备了法律的效用。法律作为伦理道德的强制性形式和否定性形式,其指向之一,就是反伦理道德的。因此,基督教伦理是否可以称为真正的伦理,或是哪一种伦理,恐怕还是一个悬而未决的问题。

原始儒家的从肯定人的本性出发,为人的发展描绘了广阔的而自由的前景。孔子说:"为仁由己,而由人乎哉?"(《论语·颜渊》)"仁远乎哉? 我欲仁,斯仁至矣。"(《论语·述而》)这不是空洞的许诺,而是对人之为人的必然使命的认识与设定,也是对人在伦理建构中的主体地位的最大的肯定。

在孔子的"性相近"的基础上,孟子提出"性善"说,"孟子道性善,言必称尧舜。"(《孟子·滕文公上》)"乃若其性,则可以为善矣,乃所谓善也。"(《孟子·告子上》)指出了人心具备向善的趋向和为善的潜能。孟子认为,由于每个人都具备"良知"、"良能",因而人心也像人之口"有同嗜"、人耳"有同声"、人目"有同美"一样"有同然者","心之所同然者何也?谓理也,义也。……故理、义之悦我心,犹刍豢之悦我口。"(《孟子·告子上》)在这里,孟子实际上是把外在的"理"、"义"内在化,使易于僵化的"理"、"义"建立在人性的基础和心理的原则之上。程子对孟子的"性善"说给予高度的评价:"孟子有大功于世,以其言性善也。"(《四书章句集注·孟子序说》引)这种双向的建构方式可以使人得到双向的制约与和谐的发展,也正是现在的普遍伦理所竭力追求的伦理建构原则,从而成为又一个"自下而上"与"自上而下"的伦理建构方法自然融合的范例。

按基督教伦理的"原罪"说,人们对伦理准则的遵循,是不情愿的。人们之所以遵守它们,是出于对上帝的恐惧,害怕死后要下地狱或是末日审判。基督教伦理中的"己所欲,施于人",实际上反映了这种伦理准则的强制性。"己所欲"的东西别人不一定"欲",上帝"欲"的东西,人不一定"欲",如果一定要将"己所欲"的东西"施于人",强制是其必然的手段,这实际上为上帝为人制定强制性的准则张目。所以,从本质上讲,基督教伦理是一种强制性的伦理,是一种不"人道"的伦理,当然也是不易为人们接受的伦理。

儒家的伦理取径相反。儒家伦理建立在自然血缘伦理本体之上,在纵向关系上,要求在家摆正父子关系,出门摆正师生关

◇◇◇
◇◇
二
十
一
、
儒
家
伦
理
·
基
督
教
伦
理
·
普
世
伦
理

◇◇◇
◇◇

系,只要摆正了这两重基本关系,其他伦理关系无非是这两重基本关系的推延,也就自然摆正了。当然,这种上下结构式的纵向关系决不仅仅靠"礼"与"名"来维持,起决定作用的还是"仁"与"实"。至于横向关系,则强调"己所不欲,勿施于人"。这种横向关系是在自然血缘伦理本体之上的第一级概念,它是生成其他各级伦理的基础和原则。它从否定处入手,将强制性因素最大限度甚至是彻底地清除掉了,充分重视了人的自由和社会的温情,因而是人们自然向往的。

"己所不欲","勿施于人",是因为人性相近,情同此理,那么,什么样的东西才可以"施于人"呢?在"己所欲"、"己所不欲"和"众所欲"三个概念中,其概念的内涵与外延是呈反向状态的,"己所欲"的外延最大,"众所欲"的外延最小,只有外延最小的"众所欲",才是大家"互施"的范围,也是我们所追求的普遍伦理的范围。但是,这里所讲的"众所欲",不是政治和经济上的共同利益,不是世俗中所谓的"双赢",而是一种伦理建构原则,即"己所不欲,勿施于人"的伦理信仰。只有建立了这种伦理信仰,人类才会具有真正的普遍伦理,各个国家和民族才能真正在"和而不同"中发展。

第三,伦理类型与科学发展的关系是人们关注的重大课题。从二者的关系看,儒家伦理也比基督教伦理更具有合理性。在基督教的普世性宗教教义中,上帝既是道德律令的制定者,也是自然界法则的制定者,宗教的伦理道德与科学的冲突已是人们耳熟能详的事实,虽然马丁·路德等人对宗教实行了改革,但仍无法避免这一冲突。宗教与道德的裂痕在康德那里表现得尤为突出,康德在论及科学时用星云说来解释宇宙起源,不需要上帝这个假设,而在道德领域,他又为上帝保留地盘,否则便不能建立道德的本体论根据。

　　基督教文明的这种固有的内在矛盾可以导向人的片面发展,但却不能导向人的和谐的全面的发展。如对宗教伦理的单向追求或对科学的执着可以使人在其中的一方面得到发展,但这两种追求发展得越远,其冲突就越烈,因为双方是以相互否定为前提的,从理论上讲,这种发展是没有前途的。有些立论者借用韦伯的《新教伦理与资本主义精神》的观点,认为西方资本主义乃至近代科学的发展是宗教伦理的产物,而中国近代科学的滞后是因文化传统所致,实在大谬不然。近二百年的实践无法证明数千年的文化的优劣,在新世纪之交,"千年赢家是中国"这一观点由西方人提出并被普遍认可,恐怕具有更为长远的历史眼光。而我们要做的,当然更不是作一个等待"实践""检验"的被动者,而是要走在"实践"前面。我们要寻找或建构普遍伦理,就是要做能动的人。

　　真正符合伦理要求的人与自然、伦理与科学和谐发展的那些基本的伦理因素可以更多地在原始儒家的伦理观中找到。从根本上讲,儒家的道德本体是建立在自然血缘——心性的基础之上的,"内圣"是体,"外王"是用,"外王"是"内圣"的自然开出,"内圣"往往或是最好通过"外王"来表现。这种建构方式,也同样表现出了"上"、"下"合一、体用不二的特色。必须明确的是,"外王"是政治功业与科学功业等整合而成的社会功业,通过科学功业(如医疗、水利)而造福大众,正是实现"内圣"的最好途径。在这里,自然科学的价值取向也就不证自明了。那么,伦理与科学的互补互融、相互促生、和谐发展也就完全成为可能的了。

　　中国有没有科学精神一直受到怀疑,其实,中国文化中的科学精神包含在中国特有的术语——事功精神——之中,其发展历程和显现的形态也是复杂的。中国的传统哲学大致可以分为先秦社会哲学、秦汉宇宙论哲学、魏晋本体论哲学、宋明心性论哲学、近代认识论哲学五个阶段,在这五个阶段中,"圣王"理想始终是贯穿着的,但问题是不论过去还是现在,人们都把"内圣"看成是传统的正宗,而"外王"精神则被忽视。事实上,中国哲学不仅有思孟学派和宋明理学,还有荀子、《易经》、董仲舒、陈亮、叶适、顾炎武、康有为等。大有意味的是,在重大的历史危机之后,总会出现事功精神对"空谈心性"的矫正,其原因是由于谈玄者谈心性高明之极,涉世务空疏之至。南北朝时期、宋代和明初都曾出现了讲求事功的学派,尤其是明初的顾、黄等人,上承永康、永嘉学派,下启戊戌变法,形成了自孔子以来注重"外王"、"经世"、事功的传统。然而,必须看到的是,宋明理学极大地、片面地发展了孔孟思想中"内圣"的一面,"外王"精神往往为"内圣"哲学所掩盖。但是,理学的发展也是复杂的,理学家总是爱把讲求事功和社会改革的非理学家骂为法家,但真正的新的"法家"就诞生在理学的内部。黄宗羲是王阳明的忠实信徒,但他却提出了真正意义上的近代民主思想。原始儒家和宋明理学是主张从内在修养的角度来约束君权的,显然,这种明君贤相理想走的是内向的、政教合一的封建集权的路子,而黄宗羲用法家维护君主特权的形式来实施儒家的民本理想,走的是从外部来限制君权、取缔君权的政教分离的现代民主的路子。当我们喋喋不休地争论民本思想能否开出民主思想的时候,黄宗羲早已作出了答案。此时西风尚未东渐,这是纯粹的中国传统。

在传统社会末期,这种事功精神的开展并不只表现在救亡图存、政治改革两方面,在哲学方面也有新的发展。王阳明的心学使宋明理学走向解体,特别是其中的泰州学派,以百姓日用为人伦物理,导出了人欲即天理、私心即公道的结论;就是其中的龙溪一派,虽然要求净化人的意识,但最后还是突出了人欲。因此,这两派实际上引出了自然人性论。自然人性论固然没发展前途,但与宋代理学家的道德本体论是完全相背的,具有浓厚的近代色彩。从一定意义上说,自然人性论不再是玄虚的心性,而是实在的人欲,这也属于传统的事功精神的范畴。还有一个值得注意的现象,就是由经学向史学的转变。在王船山、章学诚以前,哲学家都是纯粹的经学家,其共同的特点是以道德本体、伦理价值来判断历史,历史是伦理道德的婢女,王船山、章学诚揭示了历史与伦理的巨大矛盾,显示出以客观的历史规律(史学)来压倒道德本体(经学)的倾向,这正是近代史学的突出特征。这种尊重历史规律的精神应该是传统事功精神的重大开展。

中国重经验科学而缺乏西方式的科学探索,没有发展出西方式的"科学精神",的确是事实。所谓"科学精神",无非是"为知识而知识",在传统中国,士大夫只注重"三不朽",不注重探讨自然科学知识,这与中国人对自然的整体的经验把握和"天人合一"的观念有关。但如果不把"为知识而知识"看成是对具体知识的追求,而是进一步看成是对精神价值的追求,那么,中国人不仅不缺乏,还十分丰富。通过科学来造福人民,正是中国从历史到现在的真正的知识分子的一贯信条。

上述的发展脉络虽然是复杂的,但它依然深刻地体现了"内圣"与"外王"的体用不二的关系,也体现出中国的事功精神——科学精神的基本特色。它反对片面地为科学而科学,而是为科学提供了明确的价值指向,从理论上为我们提供了科学与伦理和谐发展的可能。从普遍伦理提出的时代背景来看,普遍伦理反对的就是科学的片面发展和无目的的泛滥,因此,儒家理论观中的"内圣""外王"的思想将会给解决普遍伦理的核心问题提供重要的启示和取径。

需要重申的是,建构普遍伦理不是哪一种文化的事,更不是宗教伦理的事,而是要通过真正的"横向比较",从各种不同文化中找出相同的东西,将其适合于普遍伦理的因素加以发展,从而实现各种文化的"和而不同"。除此之外,无论哪一种所谓的"方法",无论怎样伪装,都必然带有文化殖民的色彩,其本质与一百年前的那次殖民性的普世运动是一样的。我们作为发展中国家,对此必须有着清醒的认识和坚定的立场。

二十一、儒家伦理·基督教伦理·普世伦理

后　记

　　近几年写了一些探索中国文学与传统文化之间的关系的文章,想来恐怕不仅与个人的秉赋和爱好有关,也与个人的学术经历有关。本人先是跟从朱靖华先生攻读古典文学专业的硕士研究生,毕业留校后因工作所需教过两年的现当代文学课程,后随陈传才先生在职攻读文艺学专业古代文论与传统文化方向博士研究生,其间更受到了蔡锺翔、成复旺、黄保真、黄克剑诸师课上课下的教诲与训导,至于本人的私淑,难以一一尽列。虽对古人的"转益多师"心向往之,但实是既未升堂,更未入室,往往是弃精取粗而回,故而形成了今天学术研究上的驳杂不纯的局面。

　　然而,这种从不自我设计的率性而为的学术研究却似乎总是不自觉地围绕着某个核心展开,终于有一天,这个核心在我的头脑中清晰地浮现出来,这便是中国文学与传统文化的关系。我明确地感受到,我对传统文化的热爱由此而得到了体现,文学研究也不再是一种"技术工作",而成为一种价值的建构。

　　中国传统文化讲究"无心得之",这本书也非刻意而为,乃是奉命编纂的急就章,其中虽自然地凸现出一个核心,但轩轾不谐之处也很多,至于文章的鄙陋,自不待言,唯有对传统文化与文学的一片热忱,或许可以补拙。

　　按说我还没有发感慨的资格，但书生本色，有感即发，不善韬晦。二十多年的教书生涯下来，自觉有了一点体会：学术只可用来立命，不可用来安身。薪薄俸微而又薪桂米珠，靠学术安身，恐怕其身不安，其学也就难正。古人将安身与立命并提，实是一种理想，安身与立命，本像"生"与"义"一样，不可兼得。因此，将人文学术当作谋生之道者，勿入此门！

　　黄卷青灯可以立命。但是，己所不欲，勿施予人，己所欲也未必可以施予人，吾愿黄卷青灯，然黄卷青灯无以事父母，蓄妻子。于是，安身与立命形成了一个强大的张力场，在这场中磨啮得久了，也就懂得了中国的文化与文学。

　　　　　　　　　2002 年 4 月记于中国人民大学

后

记

图书在版编目(CIP)数据

文学与文化的张力／冷成金著. —上海:学林出版社,
2002.5
 ISBN 7-80668-312-7

Ⅰ.文…　Ⅱ.冷…　Ⅲ.文化-研究-中国
Ⅳ.G12

中国版本图书馆 CIP 数据核字(2002)第 022661 号

文学与文化的张力

作　　者──冷成金
责任编辑──乐惟清
封面设计──周剑峰
出　　版──学林出版社(上海钦州南路 81 号)
　　　　　　电话:64515005　传真:64515005
发　　行──新华书店上海发行所
　　　　　　学林图书发行部(上海钦州南路 81 号 1 楼)
　　　　　　电话:64515012　传真:64844088
印　　刷──江苏常熟市第四印刷厂
开　　本──850×1168　1/32
印　　张──10.625
字　　数──24.5 万
版　　次──2002 年 5 月第 1 版
　　　　　　2002 年 5 月第 1 次印刷
印　　数──3000 册
书　　号──ISBN 7-80668-312-7/Ⅰ·82
定　　价──18.00 元